acabus

Sibylle Narberhaus

Mittsommernachtsangst

Sylt-Krimi

acabus

Narberhaus, Sibylle: Mittsommernachtsangst. Sylt-Krimi.
Hamburg, acabus Verlag 2018

3. Auflage
ISBN: 978-3-86282-560-8

Dieses Buch ist auch als eBook erhältlich und kann über den Handel oder den Verlag bezogen werden.
ePub-eBook: ISBN 978-3-86282-562-2
PDF-eBook: ISBN 978-3-86282-561-5

Lektorat: Laura Künstler, acabus Verlag
Satz: Laura Künstler, acabus Verlag
Cover: © Annelie Lamers, acabus Verlag
Covermotiv: sylt-nordsee-insel-landschaft-2570288, www.pixabay.de

Bibliografische Information der Deutschen Nationalbibliothek:
Die Deutsche Nationalbibliothek verzeichnet diese Publikation in der Deutschen Nationalbibliografie; detaillierte bibliografische Daten sind im Internet über http://dnb.d-nb.de abrufbar.

Der acabus Verlag ist ein Imprint der Diplomica Verlag GmbH, Hermannstal 119k, 22119 Hamburg.

---

http://www.acabus-verlag.de
Printed in Europe

Für Babel

Hamburg, 2009

»Schneller, schneller, der verblutet uns!«

Die Stimme des Notarztes klang bis zum Äußersten gespannt. Er lief neben der Trage her, die die Sanitäter aus dem Rettungswagen geholt hatten und mit der sie eilig durch die automatische Tür der Notaufnahme rannten. Auf der Trage lag ein junger Mann, auf dessen Pullover sich ein riesiger Blutfleck abzeichnete. Zwei Polizeibeamte in Uniform waren dem Team in geringem Abstand gefolgt. Das Rettungsteam hastete mit dem Patienten den langen Gang entlang bis zur Luftschleuse und dann weiter in den Schockraum, in dem zwei Ärzte und Krankenschwestern warteten, um den Schwerverletzten in Empfang zu nehmen. Jeder wusste, was zu tun war. Ein eingespieltes Team war das Wichtigste, wenn es um Leben und Tod ging.

»Wen haben wir hier?«, fragte der ältere der beiden Ärzte und warf einen kritischen Blick auf den Patienten.

»Männliche Person, 25 Jahre, Schussverletzung im Bauchraum. Er hat sehr viel Blut verloren, Kreislauf stabil«, fasste der Notarzt zusammen, auf dessen Stirn kleine Schweißperlen standen.

Der Verwundete wurde mit geübten Handgriffen vorsichtig von der mobilen Trage auf eine Untersuchungsliege gehoben.

»Oh Gott, den hat es ja ordentlich erwischt. So etwas habe ich ja noch nie gesehen! Na, das wird nichts mehr. Wenn Sie mich fragen, können wir uns das gleich sparen«, sagte der junge Assistenzarzt und verzog das Gesicht, als er die Wunde freilegte.

»Reden Sie nicht, machen Sie lieber! Jetzt ist keine Zeit für Spekulationen. Mit dieser Einstellung hätten Sie besser kein Arzt werden sollen. Los, los, schnell«, wurde er von seinem älteren Kollegen in rüdem Ton gemaßregelt. »Schwester, sagen Sie im OP Bescheid. Die sollen alles bereithalten, wir sind sofort da! Schnell, schnell! Viel Zeit bleibt uns nicht.«

Er warf einen besorgten Blick auf den Patienten. Die Krankenschwester tat, wie ihr geheißen und griff unverzüglich zum Telefonhörer.

Nachdem die Ärzte über fünf Stunden um das Leben des jungen Mannes gekämpft hatten, wurde er schließlich auf die Intensivstation gebracht. Schwester Pia hatte Nachtdienst und kümmerte sich um den frisch operierten Patienten. Sie überprüfte in regelmäßigen Abständen alle Geräte und Monitore, an die er angeschlossen war.

Sie war seit wenigen Wochen in der Unfallklinik in Hamburg tätig. Vor Kurzem hatte sie ihre Ausbildung zur Krankenschwester erfolgreich in Augsburg beendet. Auf ihrer Suche nach einer freien Stelle hatte es sie in den hohen Norden verschlagen, weit ab der Heimat. Die Klinik in Augsburg, in der sie bislang gearbeitet hatte, konnte sie trotz aller Bemühungen nicht übernehmen, da kein Budget zur Verfügung stand. Eine Anstellung in einer anderen Klinik in der näheren Umgebung zu finden, war ebenfalls vergebens gewesen, obwohl Pia ausgezeichnete Noten und Referenzen vorweisen konnte. Es lag schlicht und einfach daran, dass in den Kassen der städtischen Krankenhäuser gähnende Leere herrschte und kein zusätzliches Personal eingestellt werden konnte – auch wenn überall massiver Personalmangel bestand. Erst eine Bewerbung in Hamburg war erfolgreich gewesen, und Pia hatte die Stelle erhalten. Ihre Freude darüber wurde etwas getrübt, da einige ihrer Kollegen und Freunde sie dafür bedauerten, dass sie nach Hamburg gehen musste. Dort gäbe es stets schlechtes Wetter, und die Menschen im Norden seien stur und unfreundlich, hatten sie ihr prophezeit. Danach war Pia mit einem unsicheren Gefühl nach Hamburg gekommen. Plötzlich war sie völlig auf sich allein gestellt, in einer riesigen Stadt, in der sie keine Menschenseele kannte, und über die sie sich lediglich in Reiseführern informiert hatte. Sie wollte vorbereitetet sein auf das, was sie erwarten würde, wenigstens ein bisschen. Pia hatte beschlossen, sich nicht beirren zu lassen und diese Herausforderung anzunehmen. Sie dachte an ihre Tante Clara, deren Motto war, dass alles im Leben seinen Sinn hatte. Bei näherer Betrachtung hatte Pia gar keine andere Alternative gehabt. Wenn sie in ihrem Beruf weiterarbeiten wollte, musste sie die Stelle annehmen, daran führte kein Weg vorbei. Und da war Hamburg nicht die schlechteste Wahl. Sie hatte sich eine kleine Zweizimmerwohnung in der Nähe der Klinik gemietet. Nicht die schönste Wohnlage, aber sehr zentral mit einem guten Anschluss an die öffentlichen Verkehrsmittel, falls Pia auf ihr Auto verzichten wollte. Die Wohnung befand sich in einem Mehrfamilienhaus, war hell und vor Kurzem frisch renoviert worden. Sie besaß sogar einen kleinen Balkon, den sie vor allem im Sommer genießen konnte, und auch für Töpfe mit ihren geliebten Küchenkräutern bot sich genügend Platz. Darauf freute sie sich schon voller Ungeduld. Vor allem war die Wohnung halbwegs bezahlbar. Pia war zufrieden und dankbar. Ihr Arbeitsvertrag war zunächst auf ein Jahr befristet. Die Chancen, nach einem Jahr nach Augsburg zurückkehren zu können, standen gut, da die Erweiterung und Modernisierung der Neuro- und Unfallchirurgie geplant waren. Bereits nach einigen Tagen in der neuen Stadt konnte Pia feststellen, dass die Menschen hier in keiner Weise abweisend oder griesgrämig waren.

Die Kolleginnen und Kollegen hatten sie freundlich und offen aufgenommen und ihr den Einstieg leichtgemacht. Sture Menschen gab es, entgegen dem, was man ihr in ihrer Heimat hatte weismachen wollen, in Bayern ebenso wie schlechtes Wetter. Pia hatte schnell Freundschaft mit dieser pulsierenden Großstadt geschlossen. Hier gab es genügend Möglichkeiten, die Freizeit sinnvoll zu gestalten. Auf die Sommermonate freute sie sich besonders, wenn sie draußen an der Alster sitzen, spazieren gehen, oder einen Ausflug auf einem Boot machen konnte. Sie liebte das Wasser. Am meisten aber liebte Pia das Meer. Von Hamburg an die Küste war es nicht weit. Sie hatte sich fest vorgenommen, ab und zu einen Abstecher an die Nordsee zu unternehmen, um abzuschalten und ihre Kraftreserven aufzutanken. Ihr neuer Job in der Unfallklinik war sehr anstrengend, und sie wurde täglich mit schweren Verletzungen und Schicksalen konfrontiert. Das brachte ihr Beruf mit sich. Diese Erkenntnis traf sie nicht unvorbereitet, denn sie hatte gewusst, was auf sie zukommen würde. Sie arbeitete viel, gern und hart.

Pia hatte noch ein paar Stunden Dienst bis zum frühen Morgen vor sich, denn es war erst kurz nach Mitternacht. Es war Anfang Dezember, und draußen fiel der erste Schnee. Wie dicke Wattebausche schwebte er lautlos vom Himmel. Die Schneeflocken verwandelten sich auf den Straßen dank des großzügigen Einsatzes von Streusalz leider sofort in hässlich grauen Schneematsch, der sich nur langsam auflöste.

Pia stand neben dem jungen Patienten am Bett und betrachtete ihn. Er war groß, hatte breite Schultern und kräftige Arme. Die Hände wirkten gepflegt und zeigten trotzdem, dass ihnen harte Arbeit nicht fremd zu sein schien. Das Haar war kurz, dicht und pechschwarz. Sein Gesicht hatte markante Züge und wirkte momentan ganz friedlich. Er besaß dichte Augenbrauen und lange, dunkle Wimpern. Welche Augenfarbe er wohl hatte? Aufgrund seines allgemein dunklen Typs, überlegte Pia, hatte er vermutlich warme dunkelbraune Augen. Sie stellte sich ihn in gesundem Zustand vor. Er war zweifellos eine stattliche Erscheinung. Jetzt lag er in einem Bett auf der Intensivstation, an Monitoren angeschlossen, und sein Leben hing an einem seidenen Faden. In letzter Minute hatten sie ihn retten können. Ob er seine schwere Verletzung überlebte, stand jedoch noch nicht fest. Das lag nun nicht mehr in der Macht der Ärzte. Mehr hatten die Kollegen nicht für ihn tun können. Die Zeit würde die Entscheidung über Leben und Tod übernehmen. Pia kontrollierte die Medikamentenzufuhr und die Anzeigen auf dem Monitor. Sein Blutdruck und die Sauerstoffsättigung lagen im Normalbereich. Auch sein Brustkorb hob und senkte sich gleichmäßig. Die grüne Linie auf dem Bildschirm zeigte an, dass sein Herz regelmäßig im Takt schlug. Zusätzlich war der Patient an ein Beatmungsgerät angeschlossen, für den Fall, dass seine Atmung plötzlich aussetzte. Somit konnte jederzeit sichergestellt werden, dass die Lunge ununterbrochen Sauerstoff bekam und Gehirn und Blutbahn weiterhin versorgt wurden. Er musste über eine sehr gute körperliche Konstitution verfügen, sonst hätte er es nicht soweit geschafft. Pia vermerkte alle Werte ordnungsgemäß auf dem Krankenblatt.

Es war ungewöhnlich ruhig geblieben in der letzten Stunde auf der Station. Vielleicht lag es daran, dass sie heute ausnahmsweise personell nicht unterbesetzt waren. Für gewöhnlich herrschte zu dieser Jahreszeit chronische Unterbesetzung, da viele Kolleginnen und Kollegen krank waren oder Resturlaub nahmen. Die starke physische und psychische Belastung, der sie in diesem Beruf ausgesetzt waren, ging an niemandem spurlos vorbei. Weil Pia den üblichen Papierkram bereits erledigt hatte, und das Stationszimmer durch ihre Kollegin Laura besetzt war, zog sie sich einen Stuhl neben das Bett des Patienten und setzte sich. Sie fragte sich, wie es zu seiner schweren Verletzung gekommen sein könnte. War er in eine Prügelei geraten, bei der am Ende eine Waffe gezogen und er von einer Kugel getroffen worden war? War er zufällig zum Opfer geworden und versehentlich in die Schusslinie geraten? Oder war er ein Polizeibeamter, der in Ausübung seines Berufes verletzt wurde? Vielleicht handelte es sich bei dem Patienten sogar um einen Kriminellen. Doch das wollte sich Pia lieber nicht vorstellen. Nein, wie ein Straftäter sah er nicht aus. So viel sie auch grübelte, eine Antwort auf ihre Fragen würde er ihr in seiner jetzigen Situation nicht geben können. Er. Wer war er? Wie lautete sein Name? Sie hatte vorhin nicht darauf geachtet, als sie die Eintragungen gemacht hatte. Pia angelte erneut nach dem Krankenblatt und schlug die blaue Plastikmappe auf. In dem Namensfeld, in dem Vor- und Nachname des jeweiligen Patienten festgehalten wurden, war lediglich ein Wort eingetragen: Skander. Damit konnte sie auf Anhieb nichts anfangen. War das sein Name? Wenn ja, warum besaß der Patient keinen kompletten Namen, so wie sie Pia Könemann hieß? In Gedanken versunken blieb sie eine Weile an seinem Bett sitzen, bis ihre Kollegin Laura vorsichtig den Kopf zur Tür hineinsteckte und sie zu sich winkte. Pia stand leise auf und huschte durch den Türspalt hinaus auf den Flur. Behutsam schloss sie die Tür hinter sich.

»Alles in Ordnung?«, wollte Laura wissen und deutete mit dem Kopf in Richtung des Patienten.

»Ja, er ist stabil. Ich hoffe, das bleibt so. Noch ist er nicht über den Berg.«

Laura nickte zustimmend. Dann sagte sie: »Kennst du ihn?«

»Nein, ich kenne ihn nicht. Wieso fragst du?« Pia irritierte die Frage.

»Weil du lange bei ihm warst. Da dachte ich, dass ihr euch kennt.«

Pia zögerte kurz, bevor sie antwortete. »Nein, ich habe ihn vorher nie gesehen. Einfach nur so. Ich dachte, es könnte nicht schaden, wenn jemand bei ihm ist.«

Sie sah den skeptischen Blick ihrer Kollegin. Vermutlich glaubte sie ihr nicht.

»Du musst nichts erklären, Pia, es war lediglich eine Frage, mehr nicht. Sicher schadet es nicht, wenn jemand bei ihm ist, da gebe ich dir recht. Bleib ruhig. Ich hole dich, wenn du anderweitig gebraucht wirst. Es ist nicht viel los momentan. Beinahe unheimlich, diese Ruhe.«

Nachdenklich ging Pia zurück in das Zimmer. Lauras Zweifel an ihrer Antwort waren nachvollziehbar. Pia hätte an ihrer Stelle ähnlich reagiert. Ihre Patienten waren ihr nie gleichgültig, und sie tat alles, um ihnen die bestmögliche Hilfe zukommen zu lassen. Dabei achtete sie stets darauf, die emotionale Grenze nicht zu überschreiten. Sie trat einen Schritt näher an das Bett und betrachtete den Mann darin. Warum übte er eine solche Faszination auf sie aus? Pia hatte selbst keine plausible Erklärung dafür. Im Grunde war er doch nur ein Patient wie jeder andere auch.

Die restliche Nacht und die frühen Morgenstunden verliefen ebenfalls wider Erwarten ruhig auf der Station.

»Das ist sehr ungewöhnlich. Längere Ruhephasen kommen bei uns praktisch nicht vor, musst du wissen. Normalerweise geht es hier zu wie im Taubenschlag«, hatte eine erfahrene, ältere Krankenschwester Pia erklärt, als sie sich einen Kaffee aus dem

Schwesternzimmer holte. Eine bleierne Müdigkeit drohte, sie für einen kurzen Augenblick einzuholen.

Einige wenige Patienten wurden eingeliefert, aber sie hatten im Allgemeinen kleinere Verletzungen, die in den meisten Fällen ambulant behandelt werden konnten und keiner stationären Aufnahme bedurften. Eine ältere Dame mit Herzrhythmusstörungen wurde vorsichtshalber zur Beobachtung bis zum nächsten Tag aufgenommen. So konnte sich Pia pünktlich kurz nach 6.00 Uhr morgens auf den Heimweg machen. Bevor sie ging, sah sie noch einmal kurz im Zimmer des jungen Mannes vorbei. Sein Zustand war unverändert, seine Wunde hatte erfreulicherweise aufgehört nachzubluten.

Zu Hause in ihrer Wohnung angekommen, hängte Pia ihre Jacke an die Garderobe und legte die Zeitung, die sie aus dem Briefkasten mit nach oben genommen hatte, auf den Küchentisch. Im Vorbeigehen warf sie einen Blick auf den Anrufbeantworter, aber das kleine rote Licht blinkte nicht. Sie hatte während ihrer Abwesenheit keinen Anruf erhalten. Wer sollte auch mitten in der Nacht bei ihr angerufen haben? Sie ging ins Schlafzimmer und zog sich aus. Nachdem sie sich schnell die Zähne geputzt und das Gesicht gewaschen hatte, fiel sie todmüde ins Bett. Sie brauchte dringend ein paar Stunden Schlaf. Schließlich musste sie am Abend für die kommende Nachtschicht ausgeruht sein, um wieder voll einsatzfähig zu sein. Pia hatte die Vorhänge fest zugezogen, denn sie konnte tagsüber nur in absoluter Dunkelheit schlafen. In kurzer Zeit würde es draußen hell werden. In ihr Bett gekuschelt, schlief sie sogleich erschöpft ein.

Gegen 14.00 Uhr wurde Pia von lauten Geräuschen im Treppenhaus aus dem Schlaf gerissen. Die Kinder der Nachbarn kamen aus der Schule und nahmen – wie immer – wenig Rücksicht auf ihre Umwelt. Die Eltern verhielten sich in keiner Weise besser. Auch andere Mieter im Haus hatten sich schon häufig über die Lautstärke und Rücksichtslosigkeit der Familie beim Vermieter beschwert. Allerdings bislang ohne nennenswerten Erfolg. Pia hatte sogar in Erwägung gezogen, sich eine andere Wohnung zu suchen. Sie musste immerhin regelmäßig tagsüber schlafen, wenn sie Nachtdienst hatte. Aber in Hamburg eine bezahlbare Wohnung zu finden, die darüber hinaus verkehrsgünstig in der Nähe der Klinik lag, war so gut wie unmöglich. Außerdem mochte sie ihre Wohnung und fühlte sich wohl darin. Also blieb ihr keine andere Wahl, als sich mit den vorhandenen Gegebenheiten zu arrangieren. Sie streckte sich ausgiebig, stand auf, ging duschen und setzte sich anschließend in die Küche an ihren kleinen Küchentisch und trank einen starken Kaffee, um in Schwung zu kommen. Nachtdienste zehrten besonders an ihren Reserven. Mit dem Kaffeebecher in der Hand, blickte sie gedankenverloren aus dem Fenster. Draußen war es ungemütlich und windig. Es schien nicht richtig hell werden zu wollen. Ein grauer Wintertag. Vom Wind getriebene, nasse Schneeflocken wurden an das Küchenfenster gedrückt und rutschten wie in Zeitlupe die Scheibe herunter, wobei sie sich auf ihrem Weg nach unten langsam auflösten. Bei diesem Wetter verspürte Pia keine Lust, nach draußen zu gehen. Sie beschloss, es sich auf dem breiten Sofa bequem zu machen und zu lesen. Sie liebte Bücher über alles. Leider war sie nach Dienstschluss meistens zu müde, um sich ihnen ausgiebig widmen zu können. Dann fielen ihr schon nach zwei Seiten die Augen zu, egal wie spannend das Buch sein mochte. In ihrem Regal standen unzählige Bücher, die darauf warteten, gelesen zu werden. Das Gros davon hatte

Pia geschenkt bekommen, in erster Linie von Freunden oder Patienten. Zweimal in der Woche ging sie zum Sport und selbst das fiel ihr gelegentlich sehr schwer. Für den Sommer hatte sie sich vorgenommen, öfter joggen zu gehen. In Augsburg war sie regelmäßig mit einer Nachbarin gelaufen. Hamburg bot viele geeignete Strecken. Und vielleicht würde sie jemanden finden, der mit ihr laufen ging. Sie könnte einen Aushang am schwarzen Brett der Klinik machen. Wenn jemand mitzöge, wäre es einfacher, den inneren Schweinehund zu besiegen.

Pia hatte sich in ihre dunkelblaue Wolldecke mit den weißen Sternen gekuschelt, als das Telefon klingelte. Sie angelte vom Sofa aus danach und nahm das Gespräch an.

»Hallo, Pia, hier ist Schwester Anke«, meldete sich eine freundliche Frauenstimme.

»Hallo, Anke! Was kann ich für dich tun? Hat sich etwa der Dienstplan geändert, und ich habe es vergessen?«, fragte Pia erschrocken, denn sie konnte sich keinen anderen Grund für den Anruf ihrer Kollegin vorstellen. Privat hatten sie keine Berührungspunkte, denn Anke war alleinerziehende Mutter von drei Kindern und stets im Stress. Ein Treffen nach Dienstschluss war für sie undenkbar. Pia fragte sich manchmal, wie man eine solche Doppelbelastung überhaupt meistern konnte.

»Nein, der Dienstplan hat sich nicht geändert. Deswegen rufe ich nicht an. Es geht um den Patienten, der letzte Nacht eingeliefert worden ist. Der junge Mann mit dem Bauchschuss, du weißt schon. Er …«

»Was ist mit ihm?«, unterbrach Pia sie, ihr Herz krampfte sich für einen Moment zusammen.

»Sein Zustand hat sich rapide verschlechtert. Er musste eben ein weiteres Mal operiert werden. Genaueres kann ich dir momentan nicht sagen. Ich weiß, dass ich dich deswegen nicht informieren sollte, aber Laura hat gesagt, er würde dir am Herzen liegen. Deshalb wollte ich dir schnell Bescheid sagen.« Sie sprach leise. Offensichtlich wollte sie vermeiden, dass jemand das Gespräch mitbekam.

»Ich bin sofort da! Vielen Dank für deinen Anruf«, erwiderte Pia und legte auf.

Sie überlegte nicht lange, zog sich in Windeseile um und fuhr auf direktem Weg in die Klinik. Sie parkte ihren Wagen auf dem Mitarbeiterparkplatz und lief zum Eingang. Nasser Schnee fiel ihr auf Jacke und Haar. Nachdem sie im Trockenen war, wischte sie ihn im Gehen mit der Hand von den Jackenärmeln und schüttelte ihr schulterlanges Haar. Sie war so hastig von zu Hause aufgebrochen, dass sie sich nicht einmal die Zeit genommen hatte, sich einen Pferdeschwanz zu binden und etwas zu schminken. Für gewöhnlich trug sie ihr Haar nie offen, es war einfach unpraktisch, vor allem während der Arbeit. Da waren offenes Haar und Schmuck sowieso tabu. Mit schnellen Schritten eilte sie den langen Gang entlang bis zu dem Zimmer des Patienten mit der Schussverletzung. Schwester Anke kam in dem Augenblick durch die Tür, als Pia eintreten wollte.

»Wie geht es ihm?«, fragte Pia besorgt. Sie wirkte abgehetzt.

»Er hat nochmal Glück gehabt. Sein Zustand ist momentan stabil.« Sie drehte den Kopf und blickte über ihre Schulter zu dem jungen Mann. »Aber vorhin sah es nicht gut aus. Er liegt seitdem im Koma. Ich wollte dich wirklich nicht beunruhigen, Pia. Du hast schließlich Feierabend.«

»Nein, das tust du nicht. Ich bin dir außerordentlich dankbar, dass du mich informiert hast. Ich werde jetzt bei ihm bleiben. In ein paar Stunden beginnt ohnehin mein Dienst.«

»Wie du meinst, das ist deine Entscheidung«, antwortete ihre Kollegin und zuckte die Achseln. »Frischer Kaffee steht bei uns im Stationszimmer, wenn du magst. Ein bisschen Kuchen ist auch noch übrig, falls du Muffins mit rosa Glasur und bunten Streuseln magst. Die Reste vom Kindergeburtstag.« Sie schenkte Pia ein freundliches Lächeln.

»Danke, klingt verlockend«, erwiderte Pia und betrat das Zimmer, nachdem sie ihre Hände sorgfältig gewaschen, desinfiziert und sich einen Kittel übergezogen hatte.

Sie rückte sich den Stuhl an das Bett und nahm darauf Platz. Der Patient lag reglos in seinem Bett. Sie strich ihm sanft mit den Fingern eine Haarsträhne aus der Stirn. Dann legte sie ihre Hand vorsichtig auf seine. Er sah noch blasser aus als zuvor, aber die Kurven auf den Monitoren zeigten keine Auffälligkeiten an. Atmung und Blutdruck waren im Normalbereich.

»Du darfst nicht aufgeben, hörst du?«, flüsterte Pia ihm zu. »Bis hierhin hast du es doch geschafft, den Rest packst du auch noch. Doktor Rupert hat wochenlang schlechte Laune, wenn sich einer seiner Patienten einfach aus dem Staub macht. Das willst du uns ja wohl nicht antun.«

Pia erwischte sich dabei, wie sie bei den Worten lächeln musste. Sie streichelte über seinen Unterarm. Dann begann sie, ihm eine Geschichte zu erzählen, die sie kürzlich gelesen hatte. Sie handelte von einem jungen Mann, der um die ganze Welt reiste, um die Frau wiederzufinden, die ihm einst das Leben gerettet hatte. Sie wusste, dass er vermutlich nichts davon mitbekommen würde, aber sie hatte einfach das unerklärliche Verlangen, mit ihm zu sprechen. Vielleicht würde sein Unterbewusstsein irgendetwas von dem aufnehmen, was sie sagte. Es gab Fälle, in denen Komapatienten mehr mitbekamen, als allgemein angenommen wurde. Und schaden würde es in keinem Fall.

Mehrere Tage vergingen, und Pia nutzte jede freie Minute, um bei Skander zu sein und ihm Geschichten zu erzählen. Er hatte das Bewusstsein noch immer nicht wiedererlangt. Manchmal berichtete sie ihm, was sie den Tag über gemacht oder erlebt hatte. Oder wie trüb und traurig das sonst so pulsierende Hamburg aufgrund des Wetters momentan wirkte. Sie wunderte sich, dass der junge Mann niemals Besuch erhielt. Er bekam weder Post, noch erkundigte sich jemand telefonisch nach ihm. Vermisste ihn denn niemand oder machte sich Sorgen um ihn? Scheinbar hatte er keine Angehörigen in der Stadt, und niemand wusste, dass er schwerverletzt im Krankenhaus lag. Ab und zu begegnete Pia einem Polizeibeamten in Zivil, der sich über den Zustand des Patienten erkundigte. Das war alles. Er war stets kurz angebunden, und weitergehende Informationen konnte Pia ihm bedauerlicherweise nicht entlocken. Sie vermutete, dass er eine Aussage zu dem, was vorgefallen war, einholen wollte.

Eines Abends nach Dienstschluss schaute Pia bei Skander vorbei, wie sie es jedes Mal tat, bevor sie sich auf den Heimweg machte. Diese täglichen Besuche waren mittlerweile zu einem festen Ritual geworden. Erst im Anschluss konnte sie beruhigt und guten Gewissens nach Hause gehen. Sie fühlte seinen Puls und vergewisserte sich, dass es ihm gut ging. Als sie zum Abschied mit ihrer Hand leicht über seine Wange strich, zuckten plötzlich seine Augenlider, und er öffnete langsam die Augen. Pia zog überrascht ihre Hand zurück, und ihr Herz machte einen gewaltigen Freudensprung. Dann blickte sie in zwei stahlblaue Augen, so blau wie sie zuvor noch keine gesehen hatte. Er sah sie direkt an, und der Hauch eines Lächelns umspielte seinen Mund.

»Hallo«, sagte Pia leise über ihn gebeugt. »Können Sie mich verstehen? Sie befinden sich im Krankenhaus.«

Mit einem schwachen Augenaufschlag bestätigte er, dass er sie verstanden hatte. Dann schloss er seine Augen. Pia stürmte aufgeregt aus dem Zimmer, um ihren Chef, Doktor Rupert, zu holen. Kurz darauf betrat dieser mit drei weiteren Kollegen und zwei Schwestern das Zimmer. Pia hielt sich im Hintergrund, während die Ärzte den Patienten eingehend untersuchten. Sie war überglücklich, dass Skander – oder wie auch immer er heißen mochte – aufgewacht war und offenbar alles verstand, was er gefragt wurde, auch wenn er nur schwache Reaktionen zeigte. Das war durchaus ein gutes Zeichen. Doktor Rupert machte Notizen auf dem Krankenblatt und schien ebenfalls erleichtert über den Zustand des jungen Mannes zu sein. Er machte ein zufriedenes Gesicht, und ließ sich sogar zu einem Scherz hinreißen, was eher selten der Fall war.

Abschließend wandte er sich an Pia und sagte: »Danke, Schwester Pia. Aber jetzt machen Sie bitte Feierabend, Sie müssen sich unbedingt ausruhen. Nicht, dass Sie uns aus den Latschen kippen.« Er lachte heiser. »Wir brauchen Sie hier dringend. Um den Patienten kümmern wir uns. Machen Sie sich keine Sorgen. Das Schlimmste hat er überstanden.«

»Ich wollte gerade nach Hause gehen und habe noch schnell nach ihm gesehen, da ist er plötzlich aufgewacht.«

»Ja, aber jetzt kommen Sie.« Doktor Rupert klopfte Pia väterlich auf die Schulter und schob sie sanft, aber bestimmt in Richtung der Tür.

Pia fühlte sich erleichtert und ging mit einem guten Gefühl nach Hause, obwohl sie insgeheim gerne geblieben wäre. Aber ihr Chef hatte recht, sie brauchte dringend Schlaf. Sie hatte die letzten Tage fast ausschließlich im Krankenhaus verbracht. Sie war nur zu Hause gewesen, um zu schlafen, zu duschen und eine Kleinigkeit zu essen. Skander hatte überlebt und er war bei Bewusstsein. Das war das Wichtigste. Vielleicht war er morgen in der Lage zu sprechen, und sie konnte endlich mit ihm reden. Plötzlich verspürte Pia ein Gefühl der Vorfreude.

Sylt, sechs Jahre später

Ein gellender Schrei war bis zum Parkplatz an der Hauptstraße zwischen Rantum und Hörnum zu hören. Es war der markerschütternde Schrei einer Frau. Der Mann, der gerade die Heckklappe seines Kombis öffnete, um seinen Hund für die morgendliche Runde am Strand herauszulassen, fuhr erschrocken zusammen. Er blickte in Richtung der Dünen, von wo der Ruf gekommen war. Dann hielt er kurz inne und lauschte. Jetzt war es wieder ganz still. Nichts rührte sich, weit und breit war niemand zu sehen. Es war 6.30 Uhr am Morgen, aber längst hell. Der Mond war noch schwach am Himmel zu erkennen, hatte jedoch die Bühne für die aufgehende Sonne freigegeben, die die Insel in ein warmes, freundliches Licht tauchte. Selbst der frische Westwind schien seine Arbeit noch nicht aufgenommen zu haben, denn es herrschte absolute Windstille. Bevor der Mann die Polizei alarmierte, wollte er sich vergewissern, dass er sich nicht getäuscht hatte. Vielleicht hatte er den Schrei einer Möwe mit dem eines Menschen verwechselt. Er befestigte die Leine am Halsband seines Hundes, schloss das Auto ab, und das Duo bewegte sich auf dem schmalen Weg aus Sand und Kies durch die Heidelandschaft in Richtung Strand. Gleich hinter einer engen Kurve kam ihm eine Frau mit einem kleinen weißen Hund entgegen. Sie hatte ein hochrotes Gesicht und konnte vor lauter Atemnot kaum sprechen. Wie es aussah, war sie den ganzen Weg durch die Dünen gerannt.

»Da unten«, japste sie aufgeregt und verschluckte sich beinahe beim Sprechen, »liegt ein Toter! Wir müssen sofort die Polizei verständigen! Schnell!«

Der Mann sah an der Frau vorbei zum Strand und konnte an der Wasserkante etwas Dunkles liegen sehen. Ob es sich dabei um ein menschliches Wesen handelte, vermochte er nicht zu sagen. Dafür war die Entfernung zu groß und seine Augen zu schlecht.

»Beruhigen Sie sich. Sind Sie sicher, dass es sich nicht um ein Tier handelt?«, fragte er.

»Ich kann sehr wohl einen Menschen von einem Tier unterscheiden«, erwiderte die Frau gekränkt und streichelte ihren Hund, den sie auf dem Arm hielt.

»In Ordnung«, versuchte der Mann, die aufgeregte Frau zu beruhigen. »Ich schlage vor, Sie bleiben hier, ich gehe mir das mal aus der Nähe anschauen und rufe anschließend die Polizei. Brauchen Sie einen Arzt?«

Die Frau hatte sich mittlerweile erschöpft in den Sand gesetzt und schüttelte energisch den Kopf.

»Nein danke, ich brauche keinen Arzt. Mir geht es gut. Ich habe mich bloß so erschrocken und bin schnell gelaufen.« Sie machte eine kurze Atempause. »Oh Gott, dieser Anblick war furchtbar! Ein Toter, hier auf dieser schönen Insel. Am frühen Morgen! Damit rechnet doch niemand!«, begann sie zu jammern.

Der Mann runzelte die Stirn und murmelte leise vor sich hin. Dann stapfte er mit seinem Hund den sandigen Weg über die Düne runter zum Meer. Er erkannte beim Näherkommen, dass es sich bei dem dunklen Etwas, das an der Wasserkante lag, tatsächlich um einen Menschen handelte. Die Frau hatte sich nicht getäuscht. Als er direkt davorstand, sah er, dass der leblose Körper eindeutig ein Mann war. Der Tote war mit einem Taucheranzug bekleidet. Er hatte blondes Haar. Einige Haarsträhnen und bräunliche Algen klebten ihm im Gesicht, das von grün schimmernden Schmeißfliegen heimgesucht wurde. Der Mund war leicht geöffnet. Seine Haut war aufgedunsen und blass und hatte eine wächserne Beschaffenheit angenommen. Die Augen waren weit aufgerissen und starrten leblos in den wolkenlosen Morgenhimmel. Der Mann mit Hund atmete tief durch und wandte sich ab, denn bei diesem Anblick überkam ihn schlagartig eine starke Übelkeit. Obwohl er seit vielen Jahrzehnten Mitglied der freiwilligen Feuerwehr in seinem Heimatort war und schon einige Tote gesehen hatte, war dieser Anblick auf nüchternen Magen selbst für hartgesottene Männer, wie er einer war, alles andere als angenehm. Er zog sein Handy aus der Jackentasche, trat ein paar Schritte von der Leiche weg und wählte den Notruf der Polizei.

Es dauerte nicht lange und die Polizei sowie ein Rettungswagen waren zur Stelle. Eine Kriminalhauptkommissarin, die sich als Katja Städtler vorstellte, leitete die Ermittlungen und befragte zunächst die Frau, die die Leiche als Erste gefunden hatte, und anschließend den Mann mit Hund. Beide machten ihre Aussage, konnten aber keine sachdienlichen Hinweise zu den Todesumständen des Tauchers geben. Eine zeitraubende Identifikation des Toten erübrigte sich, denn Frau Städtler erkannte den Mann auf den ersten Blick. Es handelte sich zweifelsfrei um einen ihrer Kollegen. Noch gestern hatte sie mit ihm gesprochen. Er hatte ihr von seinem Verdacht eines geplanten Terroranschlages auf Sylt berichtet und sie damit fast zur Weißglut gebracht. Es lagen ihrer Meinung nach keinerlei Anzeichen für seine abenteuerliche Vermutung vor. Er hatte sich in eine fixe Idee verrannt, hatte Katja Städtler angenommen. Zumal der Kollege bekannt dafür war, sich in bestimmte Dinge zu verbeißen, auch wenn sie völlig an den Haaren herbeigezogen waren. Manchmal war sie geneigt anzunehmen, er leide unter krankhaften Wahnvorstellungen. Und bevor sie nichts Beweiskräftiges in der Hand hielt, konnte sie sowieso nichts unternehmen. Das hatte sie ihm mehr als deutlich zu verstehen gegeben. Gleichzeitig hatte sie ihn eindringlich davor gewarnt, im Alleingang zu handeln. Doch jetzt war er tot. Zweifel und Schuldgefühle nagten an der Kriminalhauptkommissarin. Ihr Magen rebellierte, doch sie kämpfte entschieden dagegen an. Katja Städtler wusste, dass sie diesen Fall nicht ohne fremde Hilfe schaffen würde, wenn der Tod des Kollegen tatsächlich in Zusammenhang mit einem geplanten Terroranschlag stehen sollte. Sie hatte weder die Erfahrung, noch die notwendigen Kapazitäten, um sich der Angelegenheit intensiv anzunehmen. In den Sommermonaten herrschte Hochbetrieb auf der Insel, da brauchte man jeden Beamten. Meistens wurden zusätzlich Kollegen vom Festland angefordert. Sollte sich der Terrorverdacht nun bestätigen, und ihr Kollege recht gehabt haben, benötigte sie in jedem Fall dringend Hilfe von außen. Das war eine andere Hausnummer als die Fälle, die es gewöhnlich auf der Insel zu lösen galt. Sie sah sich gezwungen, umgehend in Flensburg anzurufen und um Unterstützung zu bitten, auch wenn es ihr absolut widerstrebte. Sie wollte sich weder zum Gespött des gesamten Reviers, noch grundlos die Pferde scheu machen.

Augsburg

In dem Moment, als sie das Krankenhaus durch die große automatische Tür verlassen wollte, hörte sie eine Stimme hinter sich.

»Pia, bitte warte kurz!«

Pia drehte sich um und sah, wie ihre Kollegin Gaby auf sie zugelaufen kam.

»Gut, dass ich dich erwische!«, keuchte sie atemlos.

»Was ist los? Sind sie hinter dir her, oder ist etwas passiert?«, fragte Pia und drückte mit einer Hand ihr Halstuch fester an ihren Hals.

Im Eingangsbereich zog es, ganz egal, ob Winter oder Sommer herrschte.

»Ich wollte dich fragen, ob du am kommenden Wochenende mit mir den Spätdienst tauschen kannst?« Gaby sah Pia erwartungsvoll mit ihren braunen Rehaugen an.

Pia überlegte eine Sekunde, ehe sie antwortete. Das war ihr freier Samstagabend, an dem sie mit Johannes ins Theater gehen wollte. Er hatte überraschend Karten bekommen, obwohl die Vorstellung seit Wochen ausverkauft war. Seine Frau wollte mit den Kindern über das Wochenende zu ihren Eltern nach München fahren, dann hatten sie endlich ein bisschen Zeit für sich. Und der Sonntag war ohnehin Pias freier Tag. Gaby blieb Pias zögerliches Verhalten nicht verborgen.

»Pia, wenn du etwas geplant hast, dann ist das kein Problem. Ich kann Beate fragen, ob sie mit mir tauschen will. Ich wäre halt gerne auf die Party von meinem neuen Nachbarn gegangen. Der ist echt ein cooler Typ und hat mich gestern überraschend eingeladen. Das ist meine Chance! Der ist so süß! Wenn du ihn sehen würdest, würdest du mich verstehen. Ich glaube, er mag mich.«

»Ist schon okay. Ich will deinem Glück nicht im Wege stehen. Ich übernehme deinen Spätdienst«, erklärte Pia, als sie den verzückten Gesichtsausdruck ihrer Kollegin sah.

Sie konnte generell schlecht Nein sagen. Gaby war eine tolle Kollegin, mit der sie gerne zusammenarbeitete und auf die sie sich stets verlassen konnte. Das war heutzutage keine Selbstverständlichkeit mehr. Pia wusste bloß nicht, wie sie Johannes die Tatsache beibringen sollte, dass aus dem gemeinsamen Theaterbesuch nichts werden würde. Gaby fiel Pia um den Hals und bedankte sich überschwänglich bei ihr.

»Danke, Pia! Du bist ein Engel! Das werde ich dir niemals vergessen. Du wirst meine Trauzeugin!« Sie zwinkerte Pia zu.

»Schon okay. Dann streng dich aber an, dass das was wird mit euch«, erwiderte Pia schmunzelnd.

»Ich werde mir Mühe geben! Was soll ich bloß anziehen?«, erwiderte Gaby.

»Ich bin sicher, du wirst etwas finden. Nicht zu überdreht, aber auch nicht zu leger«, schlug Pia vor.

»Das sagst du! Du könntest dir einen Sack überhängen und würdest fantastisch damit aussehen«, konterte Gaby und musterte Pia.

»Sei nicht albern. Du machst das schon!«

»Ich werde dir berichten«, versprach Gaby.

Dann marschierte sie beschwingt mit einem Lächeln auf dem Gesicht zurück auf ihre Station. Pia ging über den großen Parkplatz zu ihrem Auto und kramte auf dem Weg dorthin in ihrer Umhängetasche nach dem Autoschlüssel. Kaugummis, Ersatzstrumpfhose, Lipgloss, Haarbürste, alles Mögliche beförderte sie aus den Untiefen ihrer Tasche zutage auf der Suche nach diesem blöden Schlüssel. Nachdem sie den Inhalt der Tasche mehrfach durchwühlt hatte, fiel er ihr endlich in die Hände. Sie schloss ihren Wagen auf und schleuderte ihre Tasche neben sich auf den Beifahrersitz. Dann ließ sie sich in den Fahrersitz sinken. Bevor sie den Zündschlüssel im Schloss herumdrehte, blickte sie in den Rückspiegel und sagte zu sich selbst: »Du bist einfach zu gut für diese Welt, Pia Könemann.«

Dann startete sie den Motor und fuhr durch den dichten Verkehr nach Hause.

Zu Hause machte sie sich eine Kleinigkeit zu essen und setzte sich mit dem Teller und einem großen Glas Mineralwasser vor den Fernseher auf ihr Sofa. Wie so oft in letzter Zeit, bot das Fernsehprogramm nicht gerade etwas nach Pias Geschmack. Daher zappte sie wahllos durch die unzähligen Kanäle. Da hatte man eine Unmenge an verschiedenen Programmen zur Auswahl, bezahlte obendrein eine Menge Geld dafür und trotzdem war nichts dabei, was interessant war. Entweder gab es Wiederholungen oder irgendwelche fragwürdigen Shows. Sie schaltete den Fernseher aus und beschloss, vor dem Schlafengehen ein Bad zu nehmen. Es war zwar bereits Ende Mai, aber das Wetter war irgendwie auf dem Stand Ende März stehen geblieben. Es war windig und eindeutig viel zu kalt für die Jahreszeit. Der Wonnemonat Mai machte seinem Namen in diesem Jahr nicht gerade alle Ehre.

Als Pia sich Badewasser einlaufen ließ, klingelte ihr Telefon.

»Könemann«, meldete sie sich, da die Nummer unterdrückt war, und sie nicht wusste, wer sie sprechen wollte.

»Pia, Liebes, hier ist Tante Clara!«, meldete sich eine freundliche Frauenstimme am anderen Ende der Leitung.

»Tante Clara! Das ist eine Überraschung! Wie geht es dir? Hast du dich schon richtig eingelebt auf Sylt?«, wollte Pia von ihrer Tante wissen.

Mit einem Anruf ihrer Tante hatte Pia überhaupt nicht gerechnet. Gleichzeitig erwachte das schlechte Gewissen in ihr, da sie sich lange nicht mehr um ihre Tante gekümmert oder sie wenigstens angerufen hatte.

»Ich lebe seit zwei Jahren auf der Insel, Pia. Ich denke, dass man sagen kann, dass ich mich inzwischen eingelebt habe. Jedenfalls finde ich immer wieder den Weg nach Hause. Aber du brauchst kein schlechtes Gewissen zu haben, weil du dich eine Weile nicht gemeldet hast. Ich weiß, dass du viel um die Ohren hast. Ich rufe an, weil ich dich fragen will, ob du mich besuchen möchtest. Der Sommer steht vor der Tür. Um diese Zeit ist es herrlich auf Sylt. Der Juni ist der Monat mit den meisten Sonnenstunden. Außerdem warst du nicht auf der Insel, seitdem ich hier fest wohne. Oder täusche ich mich?«, bemerkte ihre Tante und warf all ihre Überzeugungskraft in die Waagschale.

»Stimmt, das hatte ich die ganze Zeit vor. Aber momentan bekomme ich bestimmt keinen Urlaub. Bei uns in der Klinik ist der Teufel los.«

»Aber das ist er doch immer. Liegt es vielleicht eher an diesem Johannes? Oder gehört dieser Name der Vergangenheit an? Das würde ich sehr begrüßen. Du weißt ja, was ich von dieser Beziehung und vor allem von ihm halte«, betonte Tante Clara.

»Ach, Tante Clara, lass uns bitte nicht wieder mit diesem Thema anfangen. Nein, er gehört nicht der Vergangenheit an, und er hat mir versprochen, jetzt endlich mit seiner Frau zu sprechen. Er will die Scheidung einreichen, und dann ist das Versteckspiel endgültig zu Ende. Ich will endlich eine normale Beziehung führen.«

»Wie oft hat er dir das versprochen? Pia, wach endlich auf! Du bist ein kluges Mädchen! Warum vergeudest du die schönsten Jahre deines Lebens mit ihm? Dieser Mann hat dich nicht verdient, und er wird sich dir zuliebe nicht ändern. Glaub mir, ich weiß wovon ich spreche«, erwiderte ihre Tante.

»Dieses Mal ist es ihm wirklich ernst«, entgegnete Pia mit kindlichem Trotz.

Sie war es so leid, sich ständig rechtfertigen zu müssen, weil sie seit über zwei Jahren eine Beziehung mit einem verheirateten Mann hatte, der zufällig auch ihr Chef war.

»Na, du musst es ja wissen. Aber sag später bitte nicht, ich hätte dich nicht gewarnt! Jeder muss seine Erfahrungen selbst machen. Ich bin in jedem Fall für dich da, das weißt du hoffentlich«, seufzte ihre Tante resigniert.

Dennoch wusste Pia, dass ihre Tante niemals schnell aufgab. Das Thema war lange nicht vom Tisch.

»Das weiß und schätze ich sehr, Tante Clara.«

»Na, dann würde ich vorschlagen, du meldest dich, wenn du etwas Zeit finden kannst, mich zu besuchen. Ich habe auf meinem Grundstück übrigens ein sehr hübsches Ferienhaus. Klein, aber fein. Da wärst du völlig ungestört und ganz für dich. Klingt das gut? Überlege es dir in Ruhe. Du bist jederzeit herzlich willkommen. Ich würde dich so gerne wiedersehen.«

»Jetzt machst du mich richtig neugierig. Vielleicht lässt sich doch etwas einrichten. Ich würde dich auch gern wiedersehen.«

»Dann sind wir uns ja einig. Jetzt will ich dich auch nicht länger stören. Gute Nacht, Pia! Und lass dich nicht von diesem Johannes herumschubsen.«

»Danke, Tante Clara, dir auch eine gute Nacht! Ich werde deinen Rat beherzigen. Was deine Einladung betrifft, gebe ich dir bald Bescheid.«

Mit diesen Worten legte Pia auf und ging ins Badezimmer, um das Wasser auszustellen. Die Wanne war mittlerweile randvoll. Pia zog sich aus, legte sich in die Badewanne und tauchte ab in die warme, wohlriechende Schaumwelt. Tief in ihrem Inneren wusste sie, dass ihre Tante recht hatte. Johannes vertröstete sie ein um das andere Mal. Die Wochen und Monate gingen ins Land, ohne dass er eine endgültige Entscheidung traf. Nie war der richtige Zeitpunkt gewesen, um mit seiner Frau zu sprechen. Entweder ging es ihr gerade nicht gut, oder die beiden Kinder waren noch zu klein und würden eine Trennung der Eltern nicht verkraften. Er wollte ihnen den Schock ersparen. Irgendeinen Grund gab es immer. Stets hatte Pia Verständnis gezeigt und sich in Geduld geübt. In der Klinik durfte niemand von ihrem Verhältnis wissen. Schämte sich Johannes am Ende vielleicht für sie, kam es Pia in den Sinn, während sie die Schaumberge um sich herum betrachtete. Sie bestanden aus lauter kleinen aneinander gereihten Bläschen, und das Licht ließ sie in den Farben des Regenbogens schimmern, je nachdem wie man den Kopf drehte. Wenn Pia ein Stück Seife hineinhielt, zerplatzten sie eine nach der anderen mit leisem Knistern. Genauso schnell zerplatzten auch Johannes Versprechungen. Tja, Johannes, überlegte Pia. Sie war sich sicher, ihn zu lieben und gab ihm daher auch ein um das andere Mal eine zweite Chance, um sich dann erneut hinhalten zu lassen. Dabei sehnte sie sich lediglich nach bedingungsloser Liebe, ohne sie verheimlichen zu müssen. Das war der Preis, den man zahlte, wenn man sich mit einem Mann einließ, der bereits vergeben war und eine Familie hatte, schalt sie sich selbst und sank bis zum Kinn ins wohltuend warme Wasser. Man konnte eben nicht alles haben. War das wirklich so? Diesen Freitagabend, wenn Johannes zum Essen kam, würde sie in aller Ruhe mit ihm reden, das nahm sie sich fest vor. Noch war sie jung genug, um von vorne anzufangen und alt genug, sich seine Hinhaltetaktik nicht länger gefallen zu lassen. Schließlich wollte sie in ein paar Jahren in den Spiegel schauen können, ohne sich eingestehen zu müssen, dass alles ein riesiger Irrtum war und sie sich etwas vorgemacht hatte. Es war höchste Zeit, Klartext zu reden und die Konsequenzen daraus zu ziehen.

Das erbarmungslose Piepen des Weckers riss Pia um 4.00 Uhr morgens aus ihren unruhigen Träumen. Nach einer Dusche und einem heißen Kaffee fühlte sie sich wacher, packte ihre Sachen zusammen und verließ die Wohnung, um in die Klinik zu fahren. Draußen wurde es langsam hell und auf den Straßen war um diese Zeit wenig Betrieb. Das würde sich spätestens in einer Stunde ändern. Eine Blechlawine quälte sich dann durch Augsburgs Innenstadt und Umgebung.

Als Pia sich im Krankenhaus umgezogen hatte und auf dem Weg ins Stationszimmer war, begegnete sie Johannes auf dem Gang.

»Guten Morgen, Pia!«, begrüßte er sie.

Er blickte zu allen Seiten, um sich zu vergewissern, dass niemand zu sehen war, bevor er ihr einen flüchtigen Kuss auf die Wange gab.

»Hallo, Johannes!«, erwiderte Pia erstaunt. »Ich wusste gar nicht, dass du heute Frühdienst hast.«

»Ich habe kurzfristig mit Martin getauscht. Du kennst das ja, es ist keine Seltenheit, dass sich der Dienstplan ändert.«

»Aber es bleibt bei heute Abend, oder?«, fragte Pia zögerlich. Sie fühlte sich auf einmal verunsichert und eine böse Vorahnung beschlich sie.

»Sicher, Kleines. Hatten wir schon eine Uhrzeit ausgemacht?«

»Ja, hatten wir, 19.30 Uhr. Wegen Samstagabend gibt es allerdings ein Problem. Ich habe den Spätdienst von Gaby übernommen. Ich fürchte, aus unserem Theaterbesuch wird leider nichts. Tut mir sehr leid, Johannes. Ich habe ein ganz schlechtes Gewissen, aber vielleicht kannst du die Karten irgendwem geben. Bitte sei nicht böse auf mich«, entschuldigte sich Pia.

»Ach, Kleines, ich bin froh, dass du das Thema als Erste ansprichst. Ich muss auch absagen, mir ist etwas Unaufschiebbares dazwischengekommen. Die Karten habe ich bereits an einen Kollegen verkauft. Darüber musst du dir nicht dein hübsches Köpfchen zerbrechen.«

Pia zog überrascht die Augenbrauen hoch.

»Oh! Was gibt es denn Unaufschiebbares? Hast du Dienst?«

»Nein, lass uns bitte heute Abend darüber reden, okay? Da wartet jetzt eine Schilddrüse auf mich«, fuhr Johannes schnell fort und sah auf seine teure Armbanduhr am Handgelenk.

Er deutete in Richtung des OPs und ging mit eiligen Schritten davon, ehe Pia irgendetwas erwidern konnte. Verdutzt sah sie ihm einen Augenblick nach. Da ließ er sie einfach ohne weitere Erklärung stehen, als handle es sich um eine bedeutungslose Nebensächlichkeit. Sie hatte sich Gedanken gemacht, wie sie ihm beibringen sollte, dass aus dem gemeinsamen Theaterbesuch nichts wurde. Im Nachhinein hatte sie sich geärgert, dass sie ihrer Kollegin bereitwillig nachgegeben hatte. Und was tat er? Er hatte die Karten längst anderweitig verkauft! Das war typisch für ihn. Pia ging nachdenklich zum Schwesternzimmer. Sie wusste nicht, was schwerer wog, die Enttäuschung über den geplatzten Abend oder die Wut über seine Gleichgültigkeit.

Nachdem der Arbeitstag überstanden war, machte Pia auf dem Nachhauseweg einen Abstecher zum Stadtmarkt. Bis Johannes am Abend kommen wollte, hatte sie noch Einiges zu tun. Dazu zählte auch einkaufen. Sie parkte ihren Wagen im nahegelegenen Parkhaus und lief zu Fuß weiter ins Stadtinnere zum Stadtmarkt. Sie schlenderte zwischen den Ständen hindurch, die unterschiedliche Waren anboten. An einem Stand roch es verführerisch nach frischen Backwaren, die sie förmlich anlachten. Ein Stück weiter befand sich Pias Lieblingsstand. Dort kaufte sie immer ihr Obst und Gemüse und wurde freundlich von der Verkäuferin begrüßt. Nachdem Pia das Gemüse ausgewählt, bezahlt und verstaut hatte, brauchte sie nur noch den Fisch für ihr abendliches Mahl. An einem der Fischstände erwarb sie einen wunderschönen, frischen Kabeljau. Genau richtig. Johannes würde sicher begeistert sein. Er aß genauso gerne Fisch wie sie selbst. Pia wäre gerne weiter über den Stadtmarkt geschlendert, aber die Zeit saß ihr im Nacken. Ihr blieben nur wenige Stunden für die Vorbereitungen. Also ging sie zügig zu ihrem Auto zurück und fuhr nach Hause.

Als sie ihre Einkäufe nach oben in ihre Wohnung geschleppt und alles verstaut hatte, begann sie damit, die Wohnung aufzuräumen. Abschließend bezog sie noch schnell das Bett neu. Sie freute sich auf diesen Abend und auf eine gemeinsame Nacht mit Johannes. Er würde dieses Mal nicht mitten in der Nacht nach Hause fahren müssen. Sie würde am nächsten Morgen in seinen Armen aufwachen und den neuen Tag mit einem gemeinsamen Frühstück beginnen. Vielleicht würde er ihr heute endlich sagen, dass er mit seiner Frau gesprochen hatte. Und einem Leben Seite an Seite stünde ab sofort nichts mehr im Wege. Ein nervöses Kribbeln durchfuhr sie bei diesem Gedanken. Dann machte sie sich an die Essensvorbereitungen.

Kurz vor 19.30 Uhr zog sie sich um, legte Make-up auf und warf einen abschließenden Blick in den Spiegel. Ja, was sie dort sah, konnte sich durchaus sehen lassen. Sie trug ihr langes, dunkles Haar offen, und in der Jeans und der Bluse machte sie eine gute Figur. Mit ihrer Figur hatte sie nie Probleme gehabt. Sie befand sich in der glücklichen Lage, alles essen zu können, ohne nennenswert zuzunehmen. Darum wurde sie von vielen ihrer Freundinnen und Kolleginnen beneidet. Allerdings achtete Pia auch darauf, was sie aß und machte von jeher viel Sport.

An der Tür klingelte es. Pia straffte die Schultern, atmete tief durch und öffnete die Wohnungstür, vor der Johannes mit einer Flasche Wein in der Hand stand.

»Hallo Kleines«, sagte er zur Begrüßung und küsste Pia beim Eintreten auf die Wange.

Dann schob er sich an ihr vorbei in die Wohnung. Pia folgte ihm ins Wohnzimmer, wo er die Flasche auf den Tisch gestellt hatte und sich auf das Sofa mit den vielen Kissen fallen ließ.

»Möchtest du einen Schluck Weißwein, bevor wir essen?«, fragte Pia und hielt zwei Gläser hoch, die sie kurz vor Johannes Eintreffen bereitgestellt hatte.

Anschließend verschwand sie in der Küche, um den Wein zu holen, den sie besorgt und kalt hatte.

»Ja, das ist keine schlechte Idee«, rief Johannes ihr nach und streckte seine Beine aus.

Pia kam mit der geöffneten Flasche zurück und füllte den Wein in die Gläser. Ihr war aufgefallen, dass Johannes müde und ausgelaugt wirkte. Vermutlich war sein Tag im Krankenhaus hektisch gewesen. Vielleicht waren außerplanmäßige Operationen angefallen. Das kam vor. Pia reichte ihm lächelnd ein Glas und ließ sich neben ihm auf dem Sofa nieder.

»Auf einen schönen Abend!«, prostete sie ihm zu.

Er erhob ebenfalls sein Glas, betrachtete den Inhalt gegen das Licht und trank dann einen Schluck. Der Wein war nicht übel, stellte Pia fest, als sie das Glas absetzte. Sie hatte ihn bei dem Supermarkt um die Ecke gekauft. Er war ein Sonderangebot gewesen, weil dort im Markt gerade spanische Woche war. Jetzt sah Pia Johannes erwartungsvoll an. Er beugte sich nach vorne und stellte sein Glas neben seiner mitgebrachten Weinflasche auf dem niedrigen Couchtisch ab.

»Kann man trinken«, bemerkte er. Dann lehnte er sich zurück, sah Pia an und sagte: »Kleines, ich muss etwas mit dir besprechen.«

Während er mit ihr sprach, drehte er seinen Ehering, den er stets trug. Er legte ihn selbst dann nicht ab, wenn er mit ihr schlief. Zu Beginn ihrer Beziehung fand Pia das sehr befremdlich. Aber immer, wenn sie ihn darauf ansprach, hatte er ihr erklärt, dass es so besser wäre. Dann käme er nie in die Bredouille, seiner Frau eine Ausrede auftischen zu müssen, falls er den Ring einmal versehentlich bei Pia vergessen sollte. Irgendwann hatte Pia jeglichen Widerstand aufgegeben und versucht, den Ring einfach zu ignorieren. Es war lediglich ein Symbol aus Metall, das mit ihr nichts weiter zu tun hatte.

In diesem Moment klingelte die Küchenuhr, und Pia sprang vom Sofa auf.

»Oh, das Essen! Kleinen Augenblick, ich bin gleich wieder da!«

Mit diesen Worten war sie bereits auf dem Weg in die Küche. Johannes erhob sich seufzend ebenfalls vom Sofa und folgte ihr. Als er im Türrahmen der Küche auftauchte, holte Pia, mit zwei Topflappen bewaffnet, ein Blech aus dem Ofen. Heißer Dampf stieg auf und tauchte die kleine Küche für einen kurzen Augenblick in dichten Nebel. Eine lange Haarsträhne fiel Pia ins Gesicht, und da sie keine Hand frei hatte, pustete sie sie weg, allerdings ohne nennenswerten Erfolg. Sie hing ihr gleich wieder im Gesicht. Schließlich legte sie die Topflappen beiseite und sah zu Johannes, der noch immer gegen den Türrahmen gelehnt in der offenen Küchentür stand.

»So, das hätten wir. Sieht gut aus, oder? Was wolltest du nun mit mir besprechen? Hast du mit deiner Frau geredet und ihr von uns erzählt? Wie hat sie reagiert?«, fragte sie neugierig und angelte gleichzeitig nach einer großen Servierplatte aus einem der oberen Küchenschränke.

»Pia, ich habe mit ihr gesprochen.«

Johannes fühlte sich sichtlich unwohl, denn er knetete nervös seine Hände.

»Und? Jetzt mach es doch nicht so spannend«, drängelte Pia ungeduldig, ging auf ihn zu und umfasste seine Taille.

»Es geht nicht mehr.«

»Hat sie es eingesehen? Sie hat doch bestimmt etwas geahnt, oder?«

»Wir müssen Schluss machen. Es tut mir leid, Pia.« Johannes griff nach ihren Händen, doch Pia entzog sich ihm und machte zwei Schritte rückwärts. Für einen kurzen Augenblick hatte sie das Gefühl, der Boden unter ihren Füßen würde nachgeben. Sie war sich nicht sicher, ob sie seine Worte eben richtig verstanden hatte.

»Schluss?«, wiederholte sie entgeistert. »Einfach so? Aus heiterem Himmel?«

»Ich weiß, das kommt ein wenig plötzlich, aber ...«

»Ja, in der Tat. Ich finde, dass *plötzlich* die richtige Beschreibung ist. Vor ein paar Tagen hast du mir hoch und heilig verkündet, dass du dich von Sabine scheiden lässt. Hast du es dir anders überlegt? Oder woher kommt der abrupte Sinneswandel, Herr Doktor Johannes Mühlbach?« Pias Stimme wurde laut.

»Kleines, werd jetzt bitte nicht hysterisch! Ich bin ein verheirateter Mann und habe eine gewisse Verantwortung meiner Familie gegenüber. Das hast du von Anfang an gewusst.«

Pia lachte spöttisch auf und fuhr sich nervös mit einer Hand durchs Haar. Es fiel ihr schwer, nicht die Beherrschung zu verlieren. Hatte er tatsächlich von Verantwortung gesprochen?

»Das fällt dir ja sehr früh ein. Was ist los? Wie lautet der wahre Grund? Hat sie dir den Geldhahn abgedreht oder gedroht, dir deinen Porsche wegzunehmen? Vielleicht ist aber auch dein ehrenwerter Schwiegervater dahintergekommen? Hast du plötzlich Angst um deinen guten Ruf? Oder reiche ich dir einfach nicht mehr?«

»Nein, natürlich nicht. Was redest du? Es ist nur ...«, druckste Johannes herum, »Um es auf den Punkt zu bringen: Sabine ist schwanger.« Er rieb sich verlegen den Nacken und war nicht in der Lage, Pia in die Augen zu schauen.

»Wie bitte?« Pia konnte nicht glauben, was sie gehört hatte. »Schwanger? Von wem denn?«

»Pia, bitte. Von wem wohl! Mach dich nicht lächerlich«, erwiderte Johannes konsterniert.

Pia schnaubte verächtlich. »Ich und lächerlich? Das sagt der Richtige! Ich denke, bei euch läuft seit Ewigkeiten nichts mehr. Aber das ist längst nicht alles, stimmt's? Das ist nicht der einzige Grund, habe ich recht? Ich will es wissen, Johannes! Sag mir nur einmal die Wahrheit!« Pias dunkle Augen funkelten angriffslustig.

»Nein, du hast recht. Es gibt da noch etwas.« Er zögerte. »Sabines Vater hat mir einen sehr guten Job in seiner Klinik angeboten. Das ist meine Chance! Solch ein Angebot bekommt man nicht zweimal im Leben.«

Pia schwieg.

»Ich dachte, du würdest dich für mich freuen, Kleines.«

Er versuchte Pia in den Arm zu nehmen, aber sie wich ihm erneut aus. Eine Berührung von ihm – und sei sie noch so klein – hätte sie zum jetzigen Zeitpunkt unter keinen Umständen ertragen. Sie fühlte sich zutiefst verletzt und hintergangen.

»Bist du völlig durchgedreht? Wieso sollte ich mich darüber freuen? Du beendest mit einem Schlag unsere Beziehung, und ich soll dich noch beglückwünschen? Was ist mit meinen Chancen? Ich bin 30 Jahre alt, Johannes, ich wünsche mir Kinder! Du hast versprochen, mit mir eine eigene Familie zu gründen! Seit über zwei Jahren hältst du mich hin mit leeren Versprechungen, und jetzt soll ich mich freuen, dass deine Frau schwanger ist und du obendrein einen grandiosen Job bekommst? Und sag nie wieder Kleines zu mir!«, schleuderte sie ihm wütend entgegen. Ihre Stimme überschlug sich fast, und sie kämpfte mit aller Macht gegen die aufsteigenden Tränen, denn diesen Triumph wollte sie ihm in keinem Fall gönnen. Sie fühlte sich ausreichend gedemütigt. Er sollte sie nicht zusätzlich bemitleiden.

»Es tut mir alles wahnsinnig leid, aber ich kann nicht anders. Du musst mich verstehen! Wir leben eben in völlig verschiedenen Welten, Pia. Versteh mich bitte nicht falsch, du bist eine wunderbare Frau: intelligent, witzig, sinnlich und wunderschön. Wir hatten eine sehr schöne Zeit zusammen, aber vielleicht ist ein Mann aus deinem Umfeld besser für dich«, sagte Johannes und versuchte erneut, sich Pia zu nähern.

Er wollte sie an der Schulter berühren, aber sie wich aus. Sie schluckte, und in ihrem Kopf begann sich alles zu drehen. Sie hielt sich beide Hände an die Schläfen und wandte ihr Gesicht zur Seite.

»Das glaube ich alles nicht. Merkst du überhaupt nicht, wie du alles kaputtmachst und in den Dreck ziehst? Was bist du nur für ein Mensch!« In diesem Moment verabscheute sie ihn aus tiefstem Herzen.

»Ich wünsche mir, dass wir Freunde bleiben, Pia, bitte! Lass es uns wenigstens versuchen«, versuchte Johannes einzulenken.

»Natürlich! Ich komme hin und wieder bei euch vorbei und passe auf die Kinder auf, wenn du mit Sabine schön ausgehst! Oder wie hast du dir das vorgestellt? Nein, Johannes, wir werden nur noch Kollegen sein, und auch das werden wir auf das Notwendigste beschränken. Ab sofort verkehren wir rein beruflich miteinander. Und verstehen muss ich das schon überhaupt nicht! Bitte geh. Auf der Stelle!«

»Pia!«

»Geh! Ich will dich nicht mehr sehen!«

Pia verschränkte die Arme vor der Brust. Sie zitterte vor Anspannung am ganzen Körper. Ihr war plötzlich eiskalt. Johannes senkte betreten den Kopf und drehte sich ohne ein weiteres Wort zur Tür. Im Flur nahm er seine Jacke von der Garderobe und öffnete nach kurzem Zögern die Wohnungstür.

In der offenen Tür drehte er sich noch einmal zu ihr um und sagte: »Es tut mir schrecklich leid, dass alles so gekommen ist. Bitte, glaube mir, aber ich kann nicht anders.«

Dann verschwand er durch die Tür, die mit einem leisen Klicken hinter ihm ins Schloss fiel.

Pia ließ sich mit zittrigen Knien auf einen der Küchenstühle sinken, schlug beide Hände vors Gesicht und begann, elendig zu schluchzen. Die Tränen strömten wie Sturzbäche über ihr Gesicht. Sie ließ ihren aufgestauten Emotionen freien Lauf. Alle ihre Hoffnungen und Wünsche hatten sich von einer auf die andere Minute in Luft aufgelöst. Noch vor einer Stunde hatte sie geglaubt, endlich am Ziel zu sein, ein gemeinsames Leben mit Johannes führen zu können. Und jetzt lag alles unter einem Scherbenhaufen aus Enttäuschung, Wut und Bitterkeit begraben. Verzweifelt und wütend zugleich schleuderte Pia das Blech vom Herd, und der gedünstete Fisch landete, auf einem Bett aus Gemüse, mit lautem Scheppern auf dem Küchenboden. Die leblos milchigen Augen des Fisches starrten sie vorwurfsvoll an.

Als sich Pia nach einer Weile beruhigt hatte, wischte sie die letzten Tränen aus dem Gesicht und räumte die Folgen ihres Wutausbruches auf. Ihr tat der schöne Fisch leid, er konnte schließlich nichts für diese Misere. Er war völlig umsonst gestorben und wanderte in den Abfall. Denn Hunger verspürte Pia nicht mehr. Sie wusste nicht, was sie spürte. Eine seltsame Leere machte sich in ihr breit. Es tat nichts mehr weh, als wäre alles in ihr taub geworden und als liefe sie auf Watte. Jegliche Bewegungen schienen nur mechanisch abzulaufen. Sie fühlte sich nahezu ferngesteuert. Das alles erschien ihr wie ein böser Traum, und sie hoffte, jeden Augenblick daraus aufzuwachen. Nachdem sie die Küche saubergemacht und aufgeräumt hatte, legte sie sich in ihr Bett. Aber sie konnte nicht einschlafen. Immer wieder sah sie auf das einsame Kopfkissen neben sich. Erneut stiegen ihr Tränen in die Augen. Tausende Gedanken und Erinnerungen kreisten wild in ihrem Kopf durcheinander. Mit einem Schlag war alles anders. Sie war allein. Einsam. Noch ein Stück einsamer als vorher. Sie musste ihr Leben grundlegend neu ausrichten. Vielleicht bedeutete diese Einsamkeit die Chance auf einen Neuanfang. Auf jeden Fall musste sie hier raus, sonst hatte sie das Gefühl zu ersticken. Wenigstens für eine unbestimmte Zeit. Sie brauchte von ihrem bisherigen Umfeld dringend Abstand! Gleich morgen würde sie mit ihrer Kollegin Gaby sprechen. Sie hatte sicherlich eine gute Idee und konnte ihr helfen. Sie musste ihr ja nicht sagen, dass der Grund für ihre geplante Auszeit Johannes hieß.

»Guten Morgen, Pia! Oh, mein Gott, wie siehst du denn aus? Was ist passiert?«, wurde sie von Gaby mit besorgtem Gesichtsausdruck begrüßt, als sie das Schwesternzimmer am nächsten Morgen betrat.

»Morgen«, murmelte Pia und hielt den Kopf gesenkt. Ihre geschwollenen und geröteten Augenlider ließen keinen Zweifel daran, dass sie geweint hatte.

»Also, was ist los?«, wollte Gaby wissen.

»Nichts, alles okay«, entgegnete Pia und kramte krampfhaft in einer Schublade nach einem funktionierenden Kugelschreiber.

»So wie du aussiehst, ist gar nichts okay. Also?« Gaby hatte sich vor Pia aufgebaut und die Hände demonstrativ in die Hüften gestemmt. »Es gab Ärger mit ihm, habe ich recht?«

»Mit ihm? Wieso? Woher?«

Pia sah ihre Kollegin verblüfft an.

»Keine Sorge! Außer mir weiß niemand davon. Aber ich kenne dich lange genug, und ich bin nicht blind. Sei froh, dass du den los bist. Ehrlich.«

»Ich weiß augenblicklich nicht so genau, was ich eigentlich sein soll. Wenn es nur nicht so verdammt wehtun würde.«

»Ich kenne das, das geht vorbei, Pia. Glaub mir, du bist ohnehin viel zu schade für den Kerl. Der wird nie eine Frau glücklich machen können. Er ist arrogant, karrieregeil und besitzt kein Rückgrat. Wenn es darauf ankommt, lässt er dich fallen wie eine heiße Kartoffel. Ehrlich, Pia, du hast in jedem Fall etwas Besseres verdient! Auch, wenn du das momentan sicher nicht hören willst und es auch nicht hilft zum jetzigen Zeitpunkt.«

»Ja, danke für den Vergleich, aber wahrscheinlich hast du recht«, gab Pia seufzend zu und steckte einen neongrünen Kugelschreiber mit oranger Aufschrift in die Tasche ihres Kittels.

»Nicht nur wahrscheinlich, sondern ganz bestimmt. Trink erst mal einen kräftigen Schluck Kaffee. Der bringt dich auf die Beine. Ich kann dir dazu auch ein Stück Schokolade anbieten, wenn du magst.«

Pia lächelte gequält. Gaby nahm einen Becher aus dem Schrank, goss einen frisch gebrühten Kaffee ein und reichte ihn Pia. Pia trank einen kräftigen Schluck. Er tat gut. Dann beobachtete sie ihre Kollegin, wie sie eine Tafel Schokolade auspackte und ihr anbot.

»Danke, wenn ich dich nicht hätte! Du, Gaby, ich bräuchte deinen Rat. Ich habe noch meinen gesamten Jahresurlaub, zwei Wochen Resturlaub und einen Haufen Überstunden, die abgebaut werden müssen. Ich würde gerne ein paar Wochen raus hier. Am besten sofort und weit weg. Meinst du, das funktioniert irgendwie?«

»Warum soll das nicht gehen? Personalmangel haben wir ohnehin ständig. Da ist es egal, ob jemand mehr oder weniger weg ist. Im Ernst, der Urlaub muss genommen werden und die Überstunden auch. Hier ist ein Urlaubsformular.« Sie zog eine Schublade auf und reichte Pia ein bedrucktes Stück Papier. »Das gibst du ausgefüllt bei der Pflegedienstleitung ab. Am besten gleich. Dann muss es nur noch dein Doktor Mühlbach unterschreiben. Und das wird er wohl machen, nach dem, was er sich geleistet hat. Bestimmt möchte er nicht, dass die Geschichte publik wird. Wäre nicht förderlich für die Karriere. Dumm ist er nicht.« Gaby grinste zufrieden.

»Danke«, erwiderte Pia und begann, das Formular auszufüllen.

Pias Urlaubsantrag wurde ohne Probleme genehmigt. Johannes hatte keine Schwierigkeiten gemacht und den Antrag ohne Weiteres unterschrieben. Vermutlich hatte er Angst, sie würde ihm sonst eine Szene machen, oder er war einfach froh, Pia einige Zeit nicht sehen zu müssen. Das alles spielte für Pia ab sofort keine Rolle mehr. Sie konnte sich auf vier Wochen Urlaub freuen, die vor ihr lagen. Ihr Ziel hieß Sylt. Sie hatte zunächst Bedenken, dass sie sich die lange Zeit auf Sylt finanziell nicht leisten konnte. Als Krankenschwester verdiente man keine Reichtümer. Aber glücklicherweise gab es auf der Insel auch Discounter, dort konnte sie sich günstig mit Lebensmitteln eindecken und besonders große Ansprüche hatte Pia nicht, jedenfalls was das Essen anging. Zudem hatte sie ein bisschen Geld gespart. Vielleicht würde sie doch auf das Angebot ihrer Tante zurückkommen, bei ihr im Ferienhaus zu wohnen. Dann brauchte sie sich keine teure Ferienwohnung oder ein Hotelzimmer zu nehmen. So kurzfristig würde es bestimmt ohnehin nicht leicht sein, überhaupt eine freie und erschwingliche Unterkunft für den langen Zeitraum zu bekommen, vermutete Pia. Die Hauptferienzeit stand unmittelbar bevor. Pia beschloss, am Abend ihre Tante Clara anzurufen. Ihren Eltern wollte sie kurz mitteilen, dass sie für eine Weile verreisen würde. Den wahren Grund für ihre Flucht konnte sie ihnen nicht sagen. Sie wussten nichts von ihrem Verhältnis zu Johannes. Sie hätten es nicht verstanden, und ihre Mutter wäre vor Scham vermutlich nicht mehr auf die Straße gegangen. Eine Affäre mit einem verheirateten Mann gehörte nicht in ihr perfektes Weltbild. Was sollte die Nachbarschaft denken? Ein Unding! Ihre Eltern waren sehr konservativ und in vielerlei Hinsicht äußerst engstirnig. Was nicht zu ihrer Weltanschauung passte, wurde schlichtweg nicht akzeptiert. Toleranz war ein Fremdwort. Pia hatte es vor langer Zeit aufgegeben, mit ihnen zu diskutieren oder zu versuchen, ihnen eine andere Sichtweise schmackhaft zu machen. Es war zwecklos und verschenkte Zeit.

Pias Eltern hielten sich momentan irgendwo in Europa auf. Sie wusste nicht, wo sie sich genau befanden. Seitdem Pias Vater vor einem Jahr frühzeitig pensioniert worden war, waren ihre Eltern ständig auf Reisen. Sie hatten sich ein Wohnmobil angeschafft, was Pia nicht nachvollziehen konnte, denn sie hasste Camping so lange sie denken konnte. So tourten sie von einem Ziel zum nächsten. Ab und zu erhielt Pia eine Ansichtskarte, aber selten einen Anruf. Das war ihrem Vater meistens zu teuer, aus dem Ausland anzurufen, obwohl es keine Roaminggebühren mehr gab. Im Grunde freute sich Pia darüber, dass ihre Eltern unternehmungslustig waren und nicht den lieben langen Tag auf dem Sofa saßen und sich von irgendwelchen fragwürdigen Fernsehserien berieseln ließen. Es war ihr Leben und solange sie glücklich waren, war es Pia auch.

Zu Hause goss Pia sich ein Glas Rotwein ein, nahm das Telefon und setzte sich mit beidem auf ihr Sofa. Sie nahm einen kräftigen Schluck Wein, der ihr sanft die Kehle hinunterlief und genoss den kräftigen Geschmack von reifen samtigen Beeren, bevor sie Tante Claras Nummer wählte. Johannes hatte ihr diesen edlen Tropfen letztes Jahr zu ihrem dreißigsten Geburtstag geschenkt. Sie hatte die Flasche immer aufbewahrt, um sie zu einem besonderen Anlass zu öffnen. Heute war dieser Anlass, hatte Pia beschlossen. Das Kapitel Johannes war endgültig abgeschlossen, und es bestand kein Grund mehr, den Wein länger aufzubewahren. Jetzt begann ein neues Leben. Zwangsläufig. Es konnte darüber hinaus nicht schaden, sich ein bisschen Mut für das anstehende Telefonat anzutrinken.

»Könemann«, erklang die selbstbewusste Stimme ihrer Tante am anderen Ende der Leitung.

»Hallo, Tante Clara, hier ist Pia.«

»Pia, na das ist ja eine Überraschung! Wie schön! Ich hätte nicht gedacht, dass ich so schnell etwas von dir hören würde.«

Pia konnte das Schmunzeln in der Stimme ihrer Tante hören.

»Ja, ich auch nicht, ehrlich gesagt«, gab Pia kleinlaut zu. »Tante Clara, ich wollte fragen, ob dein Angebot noch steht, dass ich dich besuchen kann auf Sylt?«

»Natürlich. Herzlich gern, das weißt du doch. Wann beabsichtigst du zu kommen?«

»Am liebsten morgen.«

»Sehr gerne! Allerdings habe ich das Ferienhaus gestern Abend noch für die nächsten drei Monate vermieten können«, erklärte ihre Tante.

»Oh. Kein Problem, ich kann mir eine Ferienwohnung oder ein Zimmer suchen.« Pia wollte sich ihre Enttäuschung nicht anmerken lassen. »Drei Monate ist eine sehr lange Zeit. Wer kann sich einen so ausgedehnten Urlaub auf Sylt leisten? Ein Künstler oder doch eher ein Millionär?«, wollte Pia scherzhaft wissen.

Ihre Tante lachte. »Nein, Pia, weder noch. Der Mieter ist ein junger Mann. Er arbeitet für eine Weile auf Sylt. Irgendetwas mit Meeresforschung oder in der Richtung. Ich habe nicht detailliert nachgefragt. Er scheint nicht sehr gesprächig zu sein. Geht mich auch nichts an. Hauptsache, er zahlt die Miete. Das hat er im Voraus getan. Übrigens sieht er ganz sympathisch aus. Leider eine Spur zu jung für mich. Aber Spaß beiseite. Du brauchst dir keine Ferienwohnung zu suchen. Wenn es dir nichts ausmacht, kannst du das Gästezimmer beziehen. Es ist zwar nicht sehr groß, aber dafür verfügt es über ein eigenes Badezimmer.«

»Das klingt verlockend. Das Angebot würde ich gerne annehmen, Tante Clara.« Pia überlegte nicht lange.

»Darf ich fragen, warum du plötzlich Zeit hast?« Ihre Tante ließ eben nicht locker. Pia hatte fest mit dieser Frage gerechnet – früher oder später.

»Na, schön, ich kann es sowieso nicht vor dir geheim halten.« Pia atmete tief durch. »Johannes hat gestern mit mir Schluss gemacht.«

Pia verspürte einen Kloß im Hals, als sie den Satz ausgesprochen hatte. Am liebsten wäre sie sofort in Tränen ausgebrochen, aber sie riss sich zusammen. Die Worte taten unendlich weh.

»Sieh an!«, sagte ihre Tante wenig überrascht von dieser Nachricht. »Sicher gibt es dafür einen bestimmten Grund?«

»Um genau zu sein, gibt es sogar zwei Gründe: Seine Frau ist schwanger, und sein Schwiegervater hat ihm einen super Job besorgt«, antwortete Pia und merkte, wie sie innerlich vor Wut zu kochen begann. Der Zorn besiegte den Schmerz.

»Ach, was! Na, das nenne ich konsequent. Wollte er sich nicht eben noch scheiden lassen deinetwegen? Sei nicht traurig, Pia. Du hast etwas Besseres verdient. Ich weiß, dass das sehr weh tut, aber sei froh, dass du ihn los bist!«

»Das habe ich heute schon einmal gehört. Scheint tatsächlich etwas dran zu sein.« Ein zaghaftes Lächeln huschte über ihr Gesicht.

»Ganz bestimmt. Vielleicht findest du auf Sylt den Mann fürs Leben. Mein neuer Mieter könnte dich auf andere Gedanken bringen. Er sieht wirklich nett aus«, bemerkte ihre Tante beiläufig.

»Nein danke, mein Bedarf an Männern ist für die nächsten 100 Jahre gedeckt. Bitte komm nicht auf die Idee, mich verkuppeln zu wollen. Dann komme ich erst gar nicht«, gab Pia zurück.

»Das möchte ich auf keinen Fall riskieren. Dazu freue ich mich zu sehr auf deinen Besuch. Wir werden es uns richtig gut gehen lassen.«

»Ja, ich freue mich auch. Auf Sylt war ich eine Ewigkeit nicht mehr. Ein Besuch ist längst überfällig. Bestimmt hat sich viel verändert. Ich bin übrigens sehr gespannt auf dein neues Zuhause.«

»Dann wünsche ich dir eine gute Reise, Liebes. Ich hole dich vom Flughafen ab. Du fliegst doch, oder kommst du mit dem Auto?«

»Nein, ich habe mir einen Flug gegönnt, auch wenn er momentan nicht ins Budget passt.«

»Mach dir darum keinen Kopf, ich habe dich eingeladen, also bezahle ich auch die Reisekosten. Eine Fahrt mit dem Auto wäre eine zu große Strapaze bei den vielen Baustellen und Staus.«

»Das kann ich nicht annehmen. Ich würde mich allerdings freuen, wenn du mich vom Flughafen abholen würdest. Am besten rufe ich dich an, wenn ich losfliege und gebe dir die endgültige Ankunftszeit bekannt. Irgendwann am frühen Nachmittag, die genaue Uhrzeit weiß ich auswendig nicht.«

»Kein Problem. Wir hören voneinander. Bis morgen und gute Reise!«

Pia verabschiedete sich von ihrer Tante und legte auf. Zufrieden und erleichtert lehnte sie sich auf ihrem Sofa zurück und trank ihren Wein. Sie freute sich auf die Zeit auf Sylt.

Sylt

Alexander kramte in seiner Hosentasche nach dem Schlüsselbund. Dann schloss er das Vorhängeschloss an dem Container auf. Die Tür ließ sich mit einem Quietschen öffnen. Hier waren dringend einige Tropfen Öl nötig, überlegte er. Bo saß mit gespitzten Ohren neben ihm im Sand und beobachtete sein Herrchen aufmerksam. Dann betrat Alexander das Innere des Containers und sah sich im schwachen Licht um. Sand hatte sich durch den Türspalt gedrückt und eine feine Schicht auf dem Fußboden im Türbereich gebildet. Alexander inspizierte den Raum näher. Von hier aus würde er also die nächsten Wochen hauptsächlich arbeiten. Dagegen war das Ferienhaus bei der netten Dame in List wesentlich einladender. Der Container wirkte unpersönlich und kalt. Die einzige künstliche Lichtquelle in diesem Verschlag bildete eine Glühbirne, die nur in der Fassung an einem langen Kabel von der Decke herabbaumelte. Alexander betätigte den Kippschalter neben der Tür, und die Lampe erhellte nach kurzem Flackern den Raum. Die Beleuchtung funktionierte immerhin. Er schaltete das Licht aus und ging ein paar Schritte durch den Raum. Der Boden unter seinen Füßen knirschte an einigen Stellen leicht. Er würde einmal ordentlich durchfegen müssen. Eine kleine Küchenzeile mit Wasserhahn, Spüle und einem Kühlschrank waren auf der einen Längsseite eingebaut worden. Er drehte an dem Wasserhahn, der nicht sehr funktionsfähig aussah. Nach einem kurzen Röcheln floss wider Erwarten Wasser in einem dünnen Strahl in das Spülbecken. Fließend Wasser gab es also auch. Alexander stellte den Wasserhahn ab. Gegenüber an der langen Seite stand eine schmale Pritsche, auf der ein Kissen und eine sorgfältig zusammengelegte, dünne, dunkelblaue Wolldecke lagen. Darauf konnte er notfalls schlafen, falls dies erforderlich sein sollte. Alexander drückte mit einer Hand prüfend auf die Matratze, die mit einem Quietschen leicht nachgab. Naja, er kam zu dem Schluss, dass bequemer Liegekomfort anders aussah. Aber schließlich wollte er an diesem Ort keinen Wellnessurlaub verbringen. Er hatte schon in weitaus schlimmeren Unterkünften seine Nächte verbracht. An den Wänden des Containers hingen mit Magneten befestigte Poster, die Abbildungen von Schweinswalen zeigten. Mit diesen sympathischen Meeressäugern, die Delfinen ähnelten, hatte er sich in den letzten Tagen ausgiebig beschäftigt. Neben der Liege stand ein schlichter Holztisch umrahmt von zwei Stühlen. Auf dem Tisch befand sich eine Dockingstation für seinen Laptop und eine lange Mehrfachsteckdose. Nachdem Alexander sich einen ersten Eindruck verschafft hatte, verließ er sein Büro und verschloss die Tür mit dem Vorhängeschloss hinter sich. Gleich morgen früh würde es losgehen. Dann würde er sich zunächst mit Katja Städtler treffen. Er hoffte, sie hatte brauchbare Informationen für ihn, und er würde auf der Insel nicht nur seine Zeit verschwenden. Sie war die einzige Kontaktperson, die ihm genannt worden war, als er sich noch auf dem Festland befunden hatte. Um 11.00 Uhr waren sie in einem Bistro auf der Westerländer Promenade verabredet.

»Komm, Bo!«

Er gab seinem Hund ein Zeichen, und der schwarze Schäferhund folgte ihm.

Augsburg

Die Sonne schien von einem wolkenlos blauen Himmel wie auf einer Postkarte. Heute war der erste Juni und damit meteorologischer Sommeranfang. Pia verstaute mit Mühe die letzten Sachen in ihrem Koffer, der mittlerweile fast überquoll und die Form eines überdimensionalen Ostereis angenommen hatte. Sie hoffte, sie würde am Flughafen in München nicht Übergepäck zahlen müssen. Ihre beste Freundin Sophie hatte sich freundlicherweise bereit erklärt, sie zum Flughafen nach München zu fahren. Das ersparte Pia eine Zugfahrt. Sie fuhr nicht gerne mit dem Zug und erst recht nicht mit sperrigem Gepäck. Man wusste nie, wo man seinen Koffer abstellen sollte in diesen zumeist überfüllten Zügen. Sie hätte ihren riesigen Koffer unmöglich in eines der Gepäckfächer über den Sitzen wuchten können. Dafür war der Koffer einerseits zu groß und schwer, andererseits sie zu schwach. Pia ließ nie ihre Handtasche aus den Augen aus lauter Angst, sie könne in einem Moment der Unaufmerksamkeit den Besitzer wechseln. Grundsätzlich verreiste sie ungern mit vielen Menschen um sich herum. Am liebsten fuhr sie mit dem Auto oder bestieg ein Flugzeug, wenn es sich um weite Strecken handelte. Von München aus ging ein Direktflug nach Westerland auf Sylt. Ihre Tante hatte darauf bestanden, sie vom Flughafen abzuholen, als sie ihr die genaue Ankunftszeit der Maschine telefonisch durchgegeben hatte. Pia hätte auch ein Taxi nehmen können. Sie wollte ihrer Tante keine Umstände machen. Es war ja schon nett genug, dass sie sie bei sich wohnen ließ für diese lange Zeit und obendrein den Flug bezahlen wollte.

Vor dem Haus hupte ein Auto. Pia lief zum Fenster und spähte hinaus. Unten auf der Straße konnte sie Sophies Wagen erkennen. Pia schnappte sich ihre Handtasche und ihre Jacke, sah sich noch ein letztes Mal um und bugsierte dann den sperrigen Koffer durch die Wohnungstür. Wieder war sie froh, dass das Treppenhaus über einen Aufzug verfügte und sie das schwere Monstrum nicht nach unten tragen musste. Bevor sie in den Fahrstuhl stieg, warf sie schnell den zweiten Wohnungsschlüssel durch den schmalen Briefschlitz in der Tür ihrer Nachbarin. Diese hatte versprochen, sich um die Pflanzen und die Post zu kümmern während Pias Abwesenheit. Andersherum hatte Pia das bei ihr auch gelegentlich getan. Frau Börmer war eine nette ältere Dame und besaß einen Yorkshire Terrier, mit dem sie regelmäßig spazieren ging.

Als Sophie Pias Koffer ins Auto heben wollte, konnte sie sich einen Kommentar nicht verkneifen. »Um Himmels willen, was hast du alles eingepackt? Deinetwegen müssen sie eine Sondermaschine einsetzen. Meinst du, die befördern derart viel Übergepäck überhaupt?«

»Ja, es ist ein bisschen mehr geworden als geplant. Du weißt doch, wie das ist. An der See weiß man nie, wie das Wetter wird. Da muss man mit allem rechnen, auch im Sommer. Außerdem werde ich schließlich vier Wochen dort oben verbringen. Ich kann nicht immer mit den gleichen Klamotten rumlaufen«, rechtfertigte sich Pia.

»Sicher. Aber es soll dort auf der Insel Geschäfte geben. Die sollen tatsächlich so etwas wie Bekleidung verkaufen. Außerdem wird deine Tante ja wohl eine Waschmaschine besitzen, die du benutzen darfst.«

»Jaja. Jetzt lass uns bitte fahren. Ich möchte ungern den Flug verpassen. Wer weiß, was auf den Straßen los ist.«

»Weiß er eigentlich, wohin du fährst?«, wollte Sophie wissen, während sie auf die Autobahn in Richtung München fuhren.

»Du meinst Johannes?«

»Wen sonst?«

»Nein. Was ich mache, geht ihn nichts mehr an«, antwortete Pia mit fester Stimme und blickte demonstrativ aus dem Fenster der Beifahrertür.

Sie hatte sich fest vorgenommen, nicht zu weinen. Die Erinnerung an den letzten Abend mit ihm war immer noch präsent und klaffte wie eine offene Wunde. Aber sie wusste, dass sie sich nicht mehr länger an irgendwelche Hoffnungen klammern musste. Er hatte sie zutiefst verletzt und gekränkt. Sie war bereit, einen endgültigen Schlussstrich unter die Episode Johannes zu ziehen. Diese Reise nach Sylt sollte ihr dabei helfen, Abstand zu gewinnen.

»War nur eine Frage«, entgegnete Sophie, als sie merkte, dass Pia das Thema nicht vertiefen wollte. »Von mir erfährt er nichts.«

Auf dem Münchner Flughafen herrschte viel Betrieb. Zurzeit fand eine große Messe statt, daher strömten täglich etliche Besucher in die Stadt und verließen sie kurz darauf wieder. Sophie hatte Schwierigkeiten, einen freien Parkplatz zu bekommen. Mehrmals fuhren sie auf und ab, aber es wurde keine Parklücke frei.

»Das gibt es doch nicht! Nichts frei! Wenn der hier nicht mit seiner fetten Karre gleich zwei Plätze belegen würde, könnte ich mich problemlos dazwischen quetschen«, schimpfte Sophie laut vor sich hin. »Weißt du was? Ich lass dich einfach da drüben schnell raus. Da ist zwar Halteverbot, aber eine andere Chance haben wir nicht, wenn du den Flieger bekommen willst. Okay?«

»Ja, klar! Das ist kein Problem. Die paar Meter zum Eingang kann ich laufen«, erwiderte Pia.

Sophie hielt kurzerhand neben dem Taxistand an. Das verursachte sofort ein wildes Hupkonzert bei den nachfolgenden Autos. Aber Sophie ließ sich von solchen Geschehnissen wenig beeindrucken. Sie war Mutter von vier Kindern und nicht so leicht aus der Ruhe zu bringen. Stattdessen stieg sie aus, ging zu dem hupenden Fahrer direkt hinter ihnen und sagte: »Grüß Gott, das ist aber liebenswürdig, dass Sie uns beim Entladen helfen wollen. Sie brauchen deswegen nicht hupen, um auf sich aufmerksam zu machen. Wir hätten Sie nicht übergangen.«

Dem Fahrer blieb vor Staunen der Mund offenstehen, und er stellte sein Hupkonzert augenblicklich ein. Pia musste grinsen. Das war typisch für Sophie. Pia nahm ihr Gepäck und drückte ihre Freundin fest zum Abschied.

»Danke, dass du mich gefahren hast. Du bist ein wahrer Schatz!«

»Keine Ursache. Das habe ich gerne gemacht. Pass gut auf dich auf und lass bald von dir hören! Vielleicht triffst du ja den Mann deiner Träume auf der Insel«, sagte ihre Freundin augenzwinkernd.

»Kein Bedarf! Du klingst beinahe wie Tante Clara. Ich melde mich bei dir, versprochen.«

Dann stieg Sophie in den Wagen, und Pia zerrte das schwere Gepäck hinter sich her in die Abflughalle. An den großen Anzeigetafeln war ihr Flug bereits angeschlagen, und sie machte sich auf den Weg in Richtung des angegebenen Check-in-Schalters. Nachdem sie den Koffer aufgegeben und die Sicherheitskontrolle hinter sich gelassen hatte, kaufte sich Pia eine Zeitschrift und suchte sich einen freien Platz im Wartebereich. Viel interessanter als zu lesen, fand Pia es allerdings, die Mitreisenden um sich herum zu beobachten. Ihr schräg gegenüber saß ein junger Mann im Anzug. Er telefonierte und tippte gleichzeitig konzentriert auf seinem Laptop herum. Höchstwahrscheinlich war er geschäftlich unterwegs, vermutete Pia. Heutzutage durfte man keine Minute ungenutzt verstreichen lassen. Drei Plätze weiter links saß ein junges Paar und war ebenfalls mit den Smartphones beschäftigt. Scheinbar war das persönliche Gespräch nicht mehr zeitgemäß, was Pia sehr bedauerte. Sie fragte sich manchmal ernsthaft, wie es die Menschheit ohne diese modernen Kommunikationsmittel überhaupt so weit hatte schaffen können. Selbst im Krankenhaus nutzten die Patienten ihre Laptops, Smartphones und Tablets, sofern aus medizinischer Sicht nichts dagegensprach.

Jetzt wurde Pias Flug ausgerufen. Umgehend sprangen die ersten Passagiere hektisch von ihren Sitzen auf – die Bordkarten fest in der Hand – und bildeten eine dicke Traube am Gate. Pia ließ sich dagegen Zeit und bestieg als eine der letzten Fluggäste das Flugzeug. Die Sitzplätze waren beim Einchecken vergeben worden, sodass jeder Passagier seinen festen Platz hatte und keine Eile geboten war. Pia wurde beim Betreten der Maschine freundlich von einer Flugbegleiterin begrüßt, nahm sich eine der ausliegenden Tageszeitungen und bahnte sich den Weg zu ihrem Sitz.

Neben Pia saß ein Mann mittleren Alters und erklärte seiner Frau ohne Unterlass die technischen Flugdaten sowie die Route, die das Flugzeug in wenigen Minuten nehmen würde. Diese Informationen entnahm er der Broschüre, die vor ihm in der Sitztasche klemmte. Die Frau wurde von Minute zu Minute blasser, kalter Schweiß stand ihr auf der Stirn. Sie litt ganz offensichtlich unter Flugangst. Die Erklärungen ihres übereifrigen Ehemannes waren in dieser Situation alles andere als hilfreich, davon war Pia überzeugt.

»Schnupsel«, sagte er zu seiner Frau, »Sieh mal, mit dem Auto zu verreisen ist statistisch gesehen wesentlich gefährlicher als zu fliegen. Flugzeuge stürzen ausgesprochen selten ab. Aber dann hat man sowieso kaum eine Überlebenschance. Das geht dann alles ganz schnell, da merkst du nichts mehr. Erst recht nicht, wenn man über dem Meer abstürzt. Durch den Aufprall wird die Maschine in tausend Stücke gerissen. Oder?« Er sah zu Pia, um eine Bestätigung für seine These zu erhalten. »Stimmt doch, oder was meinen Sie?«

»Keine Ahnung! Ich bin glücklicherweise noch nie abgestürzt«, entgegnete Pia und musste sich anstrengen, ein Grinsen zu verkneifen.

Die arme Frau! Wie konnte man derart unsensibel sein, dachte sie und sah auf die Hände der Ehefrau, die sich rechts und links in die Armlehnen des Sitzes krallten. Das Flugzeug setzte sich langsam in Bewegung und rollte zur Startbahn. Pia freute sich, dass sie einen Fensterplatz ergattert hatte. Als die Maschine die endgültige Startposition erreicht hatte, erlosch das Licht bis auf eine Notbeleuchtung. Dann dröhnten die Triebwerke und der tonnenschwere Stahlkoloss setzte sich holpernd in Bewegung. Schneller, immer schneller, bis das Fahrwerk keinen Kontakt mehr zum Boden hatte und das Flugzeug abhob. Pia hatte jedes Mal das Bild eines startenden Albatros vor sich, der an Land behäbig, einen langen Anlauf benötigt, um dann elegant und schwerelos durch die Luft zu gleiten.

Als die Maschine in der Luft war, machte Pia es sich in ihrem Sitz bequem und blickte entspannt aus dem Fenster. Die Häuser, Autos und Felder unter ihnen wurden immer kleiner. Alles erschien plötzlich winzig und unbedeutend. Was war der Mensch nur für ein kleines bedeutungsloses Etwas, was dort auf der Erde kroch. Und doch war er es, der alles zerstörte und glaubte, sich durch Schutzorganisationen oder Ähnliches als ehrenwerter Retter der Welt aufspielen zu müssen. Wovor musste die Menschheit gerettet werden? Vor sich selbst? Wozu waren Menschen eigentlich da? Welche Aufgabe hatten sie im Zuge der Evolution erworben? Menschen führten erbarmungslose Kriege, verletzten und betrogen sich gegenseitig und zerstörten letztendlich die Umwelt um sich herum um jeden Preis. Im Grunde kam die Erde sehr gut allein zurecht.

»Was darf ich Ihnen zu trinken geben?«

Pia wurde durch die Frage der Flugbegleiterin aus ihren Gedanken gerissen und war dankbar dafür, die düsteren Überlegungen nicht weiterführen zu müssen.

»Einen Kaffee, bitte, schwarz«, antwortete sie.

Der Mann neben ihr schlürfte bereits genüsslich einen Tomatensaft. Da war es wieder: Das seltsame Phänomen des Tomatensafts, der fast ausschließlich in 10.000 Metern getrunken wurde. Selbst in dieser Höhe würde Pia ihn nicht herunterbekommen. Dieses Getränk zu sich zu nehmen, bereitete ihr schon auf dem Boden erhebliche Schwierigkeiten. Tomaten schmeckten hervorragend roh im Salat, gebacken auf der Pizza oder passiert als Nudelsoße. Sie gehörten ihres Erachtens nicht als Saft zerquetscht in ein Glas.

»Trinken Sie das zu Hause auch?«, konnte sich Pia die Frage an ihren Sitznachbarn nicht verkneifen.

»Nein, wieso?«, fragte dieser und sah Pia irritiert an, als wäre dies eine unseriöse Frage.

»Ach, nur interessehalber.«

Damit bestätigte sich Pias Theorie aufs Neue. Zufrieden trank sie ihren Kaffee und sah aus dem Fenster.

Sylt

Nach eineinhalb Stunden Flugzeit erreichten sie die Insel Sylt. Da lag sie direkt unter ihnen, die Königin der Inseln. Majestätisch, geheimnisvoll und schön zugleich. Auf der einen Seite schimmerte es in allen erdenklichen Blau- und Grüntönen und auf der anderen lag das Wattenmeer mit seinen bizarren

Mustern aus Schlick und Wasser. Die Maschine befand sich im Landeanflug, und ein Rumpeln war zu hören und spüren. Das Fahrgestell wurde ausgefahren. Die Frau in Pias Reihe war leichenblass und wischte sich mit einem Papiertaschentuch hektisch den Schweiß von der Stirn. Pia sah gebannt aus dem Fenster, und ein Lächeln huschte über ihr Gesicht. Die weißen endlos wirkenden Sandstrände und Dünen waren deutlich zu erkennen. Ebenso die lange Straße, die von Nord nach Süd in der Mitte der Insel verlief und die Hauptader des Straßennetzes bildete. Von oben sah alles leicht und unbeschwert aus. Kaum hatte das Flugzeug den Boden berührt und rollte über das Flugfeld, wurde in der Kabine begeistert geklatscht. Pia war dieses Verhalten jedes Mal peinlich, denn es kam ihr völlig überflüssig vor. Die Piloten im Cockpit konnten es noch nicht einmal hören. Davon abgesehen, konnte Pia diese Art der Begeisterung nicht nachvollziehen. Waren die Passagiere so froh, endlich wieder festen Boden unter den Füßen zu haben, oder waren sie von der eigentlichen Leistung, solch einen stählernen Vogel heil vom Himmel zu bekommen, dermaßen angetan? Wenn Pia eine Braunüle setzte oder einen Verband wechselte, hatte im Anschluss nie jemand applaudiert. In den allermeisten Fällen erntete sie lediglich ein empörtes »Autsch, Sie tun mir weh!« von den Patienten. Dabei tat sie auch bloß ihren Job. Augenblicklich klackten die ersten Anschnallgurte, obwohl die Anschnallzeichen über den Sitzen noch nicht erloschen waren. Einige Fluggäste sprangen von ihren Sitzen auf und fingerten an den Gepäckboxen über ihnen. Auch für diese Drängelei konnte Pia wenig Verständnis aufbringen. Schließlich konnte man das Flugzeug erst verlassen, wenn die Tür geöffnet wurde. Dann blieb immer noch genügend Zeit, aufzustehen und sein Gepäck an sich zu nehmen. Die flugangstgeplagte Ehefrau ihres unsensiblen Sitznachbarn öffnete die Augen, und langsam schien Leben in ihren Körper zurückzukehren. Ihre Gesichtsfarbe wechselte von weiß auf leicht rosa.

»Siehst du, Schnupsel, habe ich doch gleich gesagt, dass das alles nicht schlimm ist«, tönte ihr Ehemann zufrieden und tätschelte liebevoll ihre Hand. »Nun kann der Urlaub beginnen. Wir müssen erst wieder in zwei Wochen zurückfliegen.«

Pia musste schmunzeln. Ab jetzt würde auch ihr Urlaub beginnen, und sie wollte sich nicht länger über das seltsame Benehmen der Mitreisenden wundern. Als eine der letzten Passagiere verließ Pia die Maschine. Sie wuchtete ihren Koffer vom Gepäckband und begab sich damit nach draußen. Dort hielt sie Ausschau nach ihrer Tante, aber sie konnte sie nirgendwo entdecken. Hatte sie sich in der letzten Zeit so stark verändert, dass Pia sie womöglich nicht erkannte? Plötzlich hörte sie ihr Handy in der Tasche klingeln. Der Anruf kam von Tante Clara.

»Pia, Liebes, entschuldige bitte, ich bin noch immer zu Hause. Der Handwerker ist nicht rechtzeitig fertig geworden. Entweder wartest du eine halbe Stunde oder du musst dir ein Taxi nehmen. Es tut mir wirklich leid, dass ich dich nicht pünktlich abholen kann!«

»Ach, Tante Clara, das ist nicht schlimm. Mach dir keinen unnötigen Stress. Ich nehme mir ein Taxi. Davon gibt es hier ja reichlich. Also bis gleich«, erwiderte Pia und steckte das Handy zurück in ihre Tasche.

Pia winkte eines der wartenden Taxis zu sich. Nachdem der Taxifahrer fluchend ihren schweren Koffer im Wagen verstaut hatte, fuhren sie in Richtung Norden nach List. Dort wohnte Tante Clara. Das Wetter auf Sylt war ebenso schön sonnig wie in München, allerdings um einige Grad kälter, und es wehte ein frischer Wind aus Nordwest. Kleine weiße Wolken dekorierten den ansonsten strahlend blauen Himmel wie Sahneklekse auf einer Torte. Ein Nordseehimmel wie auf einer Postkarte. Irgendwie erschien Pia das Blau des Himmels hier im Norden eine Spur blauer als zu Hause. Das Wetter versprach, sich in den nächsten Tagen zu ändern, die Temperaturen sollten deutlich ansteigen. Das hatte Pia ihre Wetter-App verraten. Das Taxi hatte den Flughafen hinter sich gelassen und fuhr durch Kampen, den Nobelort der Insel, mit den vielen luxuriösen Reetdachhäusern und teuren Geschäften rechts und links der Hauptstraße. Danach ging es die Hauptstraße entlang in Richtung List. Wenn man rechts aus dem Fenster blickte, konnte man das Wattenmeer sehen. Auf der gegenüberliegenden Seite erstreckten sich große Dünengebiete, die teilweise mit Heide bewachsen waren und die eindrucksvolle Landschaft hier prägten.

»Was sind das für komische Dinger, die dort aus dem Wasser ragen? Die waren mir bei meinem letzten Aufenthalt nicht aufgefallen«, fragte Pia den Taxifahrer und blickte auf das Wasser.

»Ach, Sie meinen unsere Seekühe?«, antwortete der Taxifahrer und sah belustigt in den Rückspiegel zu Pia, die auf der Rückbank saß und die Stirn runzelte. Sein Unmut über den schweren Koffer schien verflogen zu sein.

»Seekühe?«, wiederholte sie verunsichert.

»Ja, das sind Relikte aus Kriegszeiten. Natürlich handelt es sich nicht um echte Tiere. Wir nennen sie nur so. Das sind hölzerne Plattformen auf Stahlfüßen, die dem Militär zu Trainingszwecken für die Flugzeuge als Bombenzielscheiben dienten. Im Prinzip keine schöne Erinnerung, wenn Sie mich fragen.« Er zuckte die Schultern.

»Na, da habe ich gleich etwas gelernt. Bin gespannt, ob meine Tante das auch weiß.«

Pia betrachtete die ungewöhnlichen Konstruktionen beim Vorbeifahren. Nach einer Weile erschienen rechterhand die ersten Häuser, und das Ortsschild von List begrüßte die Besucher. Der Taxifahrer bog noch ein-, zweimal ab, und schließlich stand Pia vor dem Haus ihrer Tante. Es lag unmittelbar an der Wattseite und grenzte an die langgezogene Blidselbucht. Das Haus erschien Pia auf den ersten Blick sehr groß. Ein typisches, reetgedecktes Friesenhaus mit einer weißen Pforte aus Holz und einer grünen Tür im Friesenstil. Sie zahlte die Taxifahrt und bedachte den Fahrer mit einem großzügigen Trinkgeld, weil der Koffer so schwer gewesen war und sie deswegen ein schlechtes Gewissen hatte. Da sie bereits am Flughafen deswegen einige Euro hatte drauflegen müssen, kam es jetzt auf zehn Euro mehr oder weniger nicht mehr an. Dafür hatte sie sich keine teure Unterkunft mieten müssen, tröstete sie sich. Wenn sie nach vier Wochen zurückfliegen würde, würde sie einen Teil der Sachen in ein Paket stopfen und per Post nach Hause schicken. Pia ging durch die hölzerne Pforte den gepflasterten Weg auf die Haustür zu. Diese öffnete sich im gleichen Moment, und ihre Tante stand freudestrahlend in der offenen Tür.

»Pia!« Tante Clara breitete die Arme aus, trat ein paar Schritte näher und umarmte ihre Nichte herzlich. »Ich kann dir gar nicht sagen, wie ich mich freue, dich zu sehen. Hattest du einen angenehmen Flug? Dass du ein Taxi nehmen musstest, tut mir schrecklich leid. Der Klempner ist erst vor wenigen Minuten gefahren. Du bringst herrliches Wetter mit!« Sie deutete zum Himmel. »Die letzten Tage waren eher durchwachsen und sehr stürmisch.«

»Ja danke, der Flug war angenehm. Allerdings bin ich etwas geschafft von der Reise, obwohl alles glatt lief.«

»Komm, wir gehen rein! Dann kannst du dich frisch machen und ein wenig ausruhen«, erwiderte Tante Clara und griff nach Pias Reisetasche.

Pia schnaufte bei dem Versuch, den Koffer über die kleine Treppenstufe zu ziehen.

»Lass den Koffer vorerst im Flur stehen. Den können wir später gemeinsam nach oben in dein Zimmer bringen. Ich helfe dir. Jetzt komm, ich habe im Garten für uns gedeckt«, sagte ihre Tante, als sie die Haustür hinter ihnen geschlossen hatte.

Tante Clara ging vor Pia her durch den Flur in ein großzügiges Wohnzimmer mit hellen Möbeln. Durch das große Fenster und die offene Terrassentür hatte man einen herrlichen Blick auf das Wattenmeer. Bei klarer Sicht konnte man von hier aus sogar den Kirchturm von St. Severin in Keitum erkennen, das hatte Tante Clara damals beim Einzug berichtet, erinnerte sich Pia.

»Das ist ja fantastisch!«, stellte Pia begeistert fest. »Wie bist du überhaupt an dieses schöne Anwesen gekommen? Ich bin sprachlos. So schön und vor allem so groß habe ich es mir nicht vorgestellt. Und dieser großzügige Garten mit den vielen Blumen!« Pias Begeisterung kannte keine Grenzen.

»Das erzähle ich dir später. Los komm und setz dich. Möchtest du Tee?«, fragte Tante Clara, als sie auf der Terrasse angekommen waren.

Auf dem langen hellen Holztisch, der von sechs Korbstühlen umrahmt war, befanden sich zwei Gedecke, eine Teekanne und eine Platte mit selbst gebackenem Kuchen. Pia wählte den Platz mit Blick aufs Wasser.

»Ja, ich nehme sehr gerne einen Tee. Danke. Ich trinke ohnehin zu viel Kaffee in letzter Zeit.«

Pia hob die Teetasse an, und ihre Tante goss ein.

»Nimm dir von dem Kuchen, Pia. Ich habe ihn heute Vormittag frisch gebacken. Ich hoffe, er schmeckt dir.«

»Ganz bestimmt. Er sieht jedenfalls hervorragend aus. Ich habe ein bisschen Hunger nach der Reise, muss ich zugeben. Auf das Sandwich im Flugzeug habe ich freiwillig verzichtet.«

»Kann ich verstehen. Das ist selten ein kulinarischer Höhepunkt.«

Pia nahm sich ein Stückchen Kuchen und ließ ihren Blick durch den Garten wandern.

Dann fragte sie: »Ach, ist das schön hier! Was ist das für ein kleines Häuschen dort drüben? Gehört das auch dir?«

Sie deutete auf ein separates, weiß gestrichenes Gebäude, das an der Grenze zum Nachbargrundstück stand und ebenfalls ein Reetdach besaß.

»Ja, das ist meine Ferienwohnung oder eher mein Ferienhaus. Das Häuschen bietet bequem Platz für zwei Personen, auch wenn es von außen nicht besonders geräumig wirkt. Zurzeit ist es allerdings vermietet. Das hatte ich dir ja am Telefon erzählt. Ich kann es dir also leider nicht von innen zeigen.«

»Das ist ein hübsches Haus. Ist er momentan da?«, wollte Pia wissen und spießte ein Stück Kuchen mit ihrer Gabel auf. Ihre Tante zog amüsiert eine Augenbraue hoch. »Nicht, was du denkst. Ich hätte sonst kurz durchs Fenster geschielt, um zu sehen, wie es drinnen aussieht«, rechtfertigte sich Pia. »Dein Mieter interessiert mich nun wirklich nicht. Es geht mir schlichtweg um das Haus.«

»Natürlich. Nein, er ist nicht zu Hause, glaube ich. Ich sagte ja, dass er auf der Insel arbeitet und keinen Urlaub macht. Er ist ausgesprochen nett. Vielleicht erlaubt er dir, einen Blick ins Innere des Hauses zu werfen, wenn du höflich fragst. Er heißt übrigens Alexander Kramer.«

»Was soll das denn heißen? Ich bin die Höflichkeit in Person«, protestierte Pia mit gespielter Empörung.

Beide Frauen mussten herzlich lachen. Nachdem sie eine Weile auf der Terrasse gesessen hatten, zeigte Tante Clara Pia das Gästezimmer und half ihrer Nichte mit dem Gepäck. Das Zimmer war nicht besonders groß und befand sich im ersten Obergeschoss mit Blick in den herrlichen Garten, auf das Meer und das niedliche Ferienhäuschen rechter Hand. Es war hell möbliert im nordischen Stil. In der Mitte des Raumes stand ein Bett mit der Stirnseite zur Wand, auf dem eine hellblaue Tagesdecke lag. Rechts und links daneben befanden sich weiß gestrichene Holzkisten, die als Nachttische dienten, jeweils mit einer kleinen Lampe darauf. Im Erker unter dem Fenster stand ein einfacher Tisch, ebenfalls in Weiß, mit einem Stuhl davor. Dem Bett gegenüber, befanden sich ein zweiflügliger Kleiderschrank und eine Kommode mit drei großzügigen Schubladen. Durch eine Verbindungstür gelangte man in das angrenzende Badezimmer mit Dusche, Toilette und sogar einer Badewanne.

»Gefällt es dir?«, erkundigte sich Tante Clara.

Pia nickte. Sie fühlte sich von der ersten Minute an unglaublich wohl im Haus ihrer Tante. Sie beglückwünschte sich selbst zu dem Entschluss, an diesem herrlichen Ort eine Weile lang Urlaub zu machen. Es war die richtige Entscheidung gewesen, obwohl der ursprüngliche Anlass für die Reise nach wie vor schwer auf ihrer Seele lastete. Pia war erst ungefähr eine Stunde auf der Insel, aber sie hatte das Gefühl, eine Ewigkeit von zu Hause weg zu sein. Sie deutete das als gutes Zeichen.

»Pack in Ruhe aus. Gegen 19.30 Uhr mache ich Abendessen. Vorher muss ich nach Westerland. Ich habe heute Chorprobe. Aber du kommst bis dahin sicher ohne mich zurecht, oder? Wenn etwas fehlen sollte, oder du Hunger und Durst hast, bediene dich. Der Kühlschrank ist voll. Fühl dich ganz wie zu Hause«, ließ Tante Clara Pia wissen.

»Gerne, mach dir um mich keine Sorgen. Ich gehe eventuell nachher eine Runde spazieren und schaue mir die nähere Umgebung an.«

»Mach das. Bis später! Übrigens: Am Ende des Gartens führt eine Treppe runter zum Meer. Die kannst du benutzen. Es ist ein Privatweg, der ausschließlich zu diesem Haus gehört. Eine sehr angenehme Abkürzung, wenn man zum Strand möchte.«

Pia nickte, und ihre Tante verschwand die Treppe nach unten.

Bis Pia alles ausgepackt und in dem Schrank und der Kommode verstaut hatte, war es kurz nach 18.00 Uhr. Eigentlich war sie viel zu müde, um einen Spaziergang zu machen. Daher schnappte sie sich die Tageszeitung, die unten in der Küche lag, goss sich ein Glas Mineralwasser ein und setzte sich an den Küchentisch. Sie hatte gerade einen Artikel zu Ende gelesen, als es an der Haustür klingelte. Hatte ihre Tante den Schlüssel vergessen, oder wer konnte es sein? Dass sie Besuch erwartete, hatte Tante Clara nicht erwähnt. Pia stand auf und ging zur Tür, um nachzusehen. Vor der Haustür stand ein großer, dunkelhaariger Mann, breitschultrig und mit sportlicher Figur. Pia schätzte ihn auf Mitte 30. Neben ihm saß ein schwarzer Hund und beäugte sie aufmerksam. Der Mann starrte Pia für einen kurzen Augenblick aus ozeanblauen Augen an, als käme sie von einem anderen Planeten.

Dann sagte er mit tiefer, angenehmer Stimme: »Guten Abend, ich wollte zu Frau Könemann. Ist sie zu Hause?«

Pia schüttelte wortlos den Kopf.

»Könnten Sie ihr das bitte von mir geben?« Er reichte Pia einen Teller. »Mit bestem Dank zurück. Und sagen Sie ihr bitte, dass der Kuchen sehr gut geschmeckt hat«, fügte er hinzu und war im Begriff zu gehen, als Pia endlich ihre Sprache wiederfand.

»Danke, ich werde es gerne ausrichten. Von wem?«

»Entschuldigung, ich habe mich nicht vorgestellt. Mein Name ist Kramer. Alexander Kramer, ich habe das Ferienhaus gemietet. Und Sie sind?«

Er reichte ihr seine Hand zur Begrüßung, und Pia spürte einen festen Händedruck.

»Pia Könemann. Clara Könemann ist meine Tante. Ich bin zu Besuch bei ihr.«

»Aha. Nett, Sie kennengelernt zu haben. Ich wünsche Ihnen eine angenehme Zeit auf Sylt.«

Daraufhin drehte er sich um und ging den schmalen Weg entlang, der zum Ferienhaus führte. Der schwarze Hund folgte ihm wie ein Schatten. Pia schloss die Haustür und ging zurück in die Küche. Als sie zum Küchenfenster trat, konnte sie gerade noch sehen, wie die Haustür des Ferienhauses geschlossen wurde. Das war er also, Alexander Kramer. Der Mieter ihrer Tante. Bei seinem Anblick hatte es Pia glatt die Sprache verschlagen, was im Allgemeinen nicht sehr häufig vorkam. Er hatte sie für einen Moment merkwürdig angesehen. Ihre Tante hatte erwähnt, dass ihr Mieter nett aussehen würde, aber mit solch einer umwerfenden Erscheinung hatte sie beileibe nicht gerechnet. Darauf war sie nicht vorbereitet gewesen. Pia konnte nicht ahnen, was ihre Tante mit *nett* gemeint hatte. Schließlich waren die Geschmäcker verschieden. Pia kannte ihre Tante solange sie denken konnte, aber welchen Männertyp sie bevorzugte, davon hatte Pia nicht den blassesten Schimmer. Tante Clara war nie verheiratet gewesen. Pia fiel auf, dass sie im Grunde sehr wenig von ihrer Tante wusste, was deren Partner anging. Ihr Vater hatte ab und zu ein paar Bemerkungen fallen lassen, aber er wurde nie konkret. Das Thema wurde im Hause Könemann nie weiter vertieft. Pia wusste, dass ihre eigenen Eltern keine Ahnung hatten, welchen Typ Mann sie selbst bevorzugte. Für Pias Freunde hatten sie sich nie sonderlich interessiert. Zu Familienfeiern war Tante Clara jedes Mal ohne Begleitung gekommen. Dieser Alexander jedoch ging Pia nicht mehr aus dem Kopf.

»Ich bin wieder da!«, rief Tante Clara, als sie das Haus betrat. Der Schlüsselbund in ihrer Hand klapperte, als sie ihn in die Schale auf der Kommode im Flur legte.

»Ich bin in der Küche«, rief Pia zurück.

Tante Clara kam in die Küche, und ihr Blick fiel sofort auf den zurückgebrachten Teller auf dem Tisch.

»Oh, wie ich sehe, hat Herr Kramer den Teller zurückgebracht?«, fragte sie mit einem schelmischen Grinsen.

»Ja, das hat er. Und ja, er sieht sogar äußerst nett aus. Das wolltest du doch von mir hören. Sein Anblick hat mir glatt die Sprache verschlagen. Bist du nun zufrieden?«

»Tja, so ist das mit der weiblichen Emanzipation und den guten Vorsätzen. Kaum steht solch ein Superexemplar des anderen Geschlechts vor uns, da setzt das Hirn aus und die Hormone übernehmen das Steuer.«

»Na, so schlimm war es nun auch wieder nicht. Ich konnte mich gerade noch bremsen. Du hast mir gar nicht gesagt, dass er einen Hund besitzt«, lenkte Pia ab.

»Hatte ich nicht? Hm, das muss ich völlig vergessen haben. Ein sehr schönes Tier, ein schwarzer Schäferhund. Und sehr gut erzogen, er pariert aufs Wort. Hast du starken Hunger? Ich sterbe vor Hunger. Diese Singerei macht mich jedes Mal derart hungrig, dass ich ernsthaft überlege, das Hobby zu wechseln. Wenn das so weitergeht, muss ich wohlmöglich einen Sportkurs besuchen, um die überflüssigen Pfunde wieder abzustrampeln.«

Pia musste lachen, denn ihre Tante war so lange sie denken konnte gertenschlank, und das Wort Diät gehörte eindeutig nicht in ihren Sprachschatz.

Nachdem sie beide zu Abend gegessen und bei einem Glas Wein eine Weile auf dem Sofa erzählt hatten, fielen Pia langsam die Augen zu. Der Tag war lang gewesen, und sie war todmüde. Tante Clara zog es ebenfalls vor, ins Bett zu gehen. Schließlich war morgen auch noch ein Tag.

»Danke, dass ich hier sein darf«, sagte Pia, als sie halb auf der Treppe nach oben stand.

»Ich freue mich sehr über deinen Besuch. Du wirst dich sicher gut erholen auf der Insel. Gute Nacht, Liebes. Schlaf dich richtig aus.«

Kurz vor 11.00 Uhr saß Katja Städtler in einem Bistro und hatte sich einen Kaffee bestellt. Immer wieder sah sie ungeduldig auf ihre Armbanduhr. Noch eine Minute. Sie hasste Unpünktlichkeit. Ihr Schreibtisch war bis oben hin mit Arbeit beladen. Sie wusste nicht, wo sie zuerst anfangen sollte, daher bedeutete jede vergeudete Minute zusätzlichen Stress und zu guter Letzt Überstunden. Wer weiß, was für einen arroganten Typen man ihr aus Flensburg schicken würde. Aber die neu gebildete SOKO Strand brauchte dringend Unterstützung. Als Kriminalhauptkommissarin hatte sie es nicht einfach in der Männerwelt. Es war nicht nur ein Gerücht, dass Frauen sich weitaus mehr anstrengen mussten, um den gleichen Respekt und dieselbe Anerkennung zu erlangen, die Männern bei gleicher Qualifikation zuteil wurde. Auf die Minute genau betrat ein großer, gut gebauter Mann mit kurzen, schwarzen Haaren das Lokal. Er sah sich um und steuerte dann zielstrebig auf Katja Städtler zu.

»Frau Städtler?«, fragte er, ohne eine Miene zu verziehen.

»Wenn Sie Alexander Kramer sind, dann sind wir tatsächlich verabredet. Nehmen Sie Platz«, forderte Katja Städtler ihn auf und musterte ihn, während er sich den Stuhl zurechtrückte.

Er war unrasiert und hatte ungewöhnlich tiefblaue Augen, die von einem dichten Kranz aus langen, dunklen Wimpern umrahmt waren. Faszinierend, das musste sie zugeben. Viele Frauen würden Gott weiß etwas dafür geben, so von der Natur ausgestattet zu werden.

»Möchten Sie etwas trinken?«, fragte sie ihn. »Ich habe mir erlaubt, schon mal einen Kaffee zu bestellen. Ohne ausreichend Kaffee am Vormittag überlebe ich den restlichen Tag nicht.« Sie seufzte.

»Nein, danke. Kommen wir gleich zur Sache«, erwiderte er nüchtern.

Seine direkte Art gefiel der Kriminalhauptkommissarin. Er schien durch und durch ein Profi zu sein, denn er verzichtete auf jegliches anfängliche Geplänkel.

»Ich nehme an, Sie wissen, warum Sie hier sind«, fuhr sie fort. Er nickte. »Ihr Büro in Rantum am Strand haben Sie vermutlich bereits inspiziert. Die Schlüssel müssten sie auf dem Festland erhalten haben.«

»Ja, das ist soweit in Ordnung. Gibt es neue Hinweise zum Tod des Kollegen?«

Katja Städtler fiel es schwer, ihren Blick von seinen Augen zu lösen.

»Nein, aber zunächst die Fakten, die wir haben: Der Kollege wurde vor sechs Tagen tot am Strand von Rantum gefunden. Ziemlich genau an der Stelle, an der jetzt ihr mobiles Büro steht. Er trug seinen Taucheranzug, als er von einer Spaziergängerin frühmorgens gefunden wurde. Äußere Verletzungen waren auf den ersten Blick nicht zu erkennen. Die Obduktion hat ergeben, dass man ihm eine Substanz oder ein Gift in den Nacken injiziert hat, wodurch sämtliche Körperfunktionen gelähmt wurden. Die Kollegen untersuchen gerade die genaue Zusammensetzung dieser Substanz. Aufgrund der Lähmung ist er ertrunken, das war die Todesursache. Das Gift muss ihm unter Wasser gespritzt worden sein und unmittelbar gewirkt haben. Unter seinen Fingernägeln wurden Spuren von Kunststoff gefunden. Das weist darauf hin, dass er sich vorher oder währenddessen gewehrt haben muss.« Sie machte eine Pause. Der Gedanke war schwer zu ertragen.

Die Bedienung stellte den Kaffee vor ihr auf den Tisch.

»Vermutlich trug der Angreifer ebenfalls einen Taucheranzug«, folgerte Alexander Kramer.

»Danke«, sagte Katja Städtler zu der Bedienung und fuhr dann an Alexander gewandt fort: »Das nehmen wir an. Die Kollegen versuchen dazu mehr herauszufinden. Aufgrund des Zusammenspiels zwischen der Strömung und der schnellen Wirkung des Mittels haben die Berechnungen ergeben, dass es ungefähr auf der Höhe des Strandübergangs Samoa passiert sein muss. Dort wollte der Kollege sich umsehen. Ich hatte deswegen kurz zuvor mit ihm gesprochen und ihn gebeten, keine Alleingänge zu unternehmen, solange wir nichts Genaueres wissen. Aber er war ein Hitzkopf.«

Sie senkte ihren Blick und sah in die Tasse, die sie mit beiden Händen festhielt, als könne sie eigenmächtig entkommen.

»Von den Flensburger-Kollegen habe ich bereits die wichtigsten Informationen zu diesem Fall erhalten. Haben Sie darüber hinaus Hinweise auf den oder die Täter? Hat der getötete Kollege eventuell Tonaufzeichnungen von belauschten Gesprächen hinterlassen, die uns weiterbringen könnten? Oder Fotos, Videoaufnahmen und Ähnliches? Es muss doch irgendwas geben, was ihn zu der Annahme gebracht hat, dass ein Anschlag geplant ist«, fragte Alexander Kramer und fixierte sein Gegenüber. »Wenn das alles nur ein Hirngespinst war, dann wäre er jetzt wohl nicht tot.«

»Vermutlich, aber wir haben bislang nichts gefunden. Auch in seiner Wohnung sind wir nicht fündig geworden. Da war nichts.«

»Gar nichts? Nicht mal ein USB-Stick oder eine Speicherkarte?«

»Nein, aber wir haben seinen Laptop mitgenommen. Wir sind noch nicht dazu gekommen, ihn abschließend zu untersuchen. Ehrlich gesagt, tappen wir bislang im Dunklen. Es wurde die SOKO Strand gebildet, aber wir haben viel zu wenig Leute dafür. Doch das erklären Sie mal dem Staatsanwalt!« Sie zog die Augenbrauen hoch und trank einen Schluck. »Wir haben Saison, da ist der Teufel los auf der Insel. Diebstähle, Pöbeleien,

Ruhestörung, nichts Besonderes, aber das hält uns auf Trab. Doch jetzt hat man ja Sie zur Unterstützung geschickt.« Sie sah ihn herausfordernd an. »Sie sollen eine Superwaffe sein, eine Art James Bond, wurde mir berichtet. Wie ich gehört habe, haben Sie die letzten zwei Wochen in der Klinik verbracht. Sind Sie wieder richtig fit?«

»Ich mache bloß meinen Job. Ja, alles okay. Wer außer Ihnen weiß, dass ich hier bin?«, erkundigte er sich.

Seine tiefe Stimme und sein Anblick verursachten bei Katja Städtler eine angenehme Gänsehaut. Sie riss sich zusammen. Er war ein Kollege und menschlich ein Eisblock, appellierte sie an ihre Professionalität. Außerdem war sie glücklich liiert. Dennoch übte dieser Mann eine gewisse Anziehungskraft auf sie aus.

»Frau Städtler?«

»Bitte? Entschuldigung. Wo bin ich bloß mit meinen Gedanken?« Sie lachte verlegen.

Kramer gab ein brummendes Geräusch von sich und lehnte sich auf seinem Stuhl zurück.

»Außer mir weiß nur der Kollege Kai Wenger von Ihrer Anwesenheit, sonst niemand. Dabei sollten wir es belassen. Ich denke, das ist ebenso in Ihrem Interesse.«

Er nickte zustimmend.

Dann fragte er: »Was ist mit den Mitgliedern dieser Umweltorganisation? Ich habe dazu eine Notiz in meinen Unterlagen gefunden. Die Informationen waren allerdings sehr dürftig. Was hat es damit auf sich?«

»Das ist eine harmlose Gruppe junger Leute, die sich um die Zählung der Schweinswale kümmert oder etwas in der Art. Sie besteht aus insgesamt 15 Jugendlichen. Drei Personen sind erst seit Kurzem dabei und absolvieren ein Praktikum für die

Zeit der Sommermonate in der Wattenmeerstation in Rantum. Als Umweltaktivisten würde ich sie nicht bezeichnen. Sie helfen lediglich aus und sind mit kleinen Aufgaben betraut. Einer von ihnen macht ein freiwilliges ökologisches Jahr. Ich kann Ihnen die Einzelheiten unserer Nachforschungen gerne zur Verfügung stellen. Kollege Wenger hat sie einzeln überprüft. Völlig unauffällig, keine Vorstrafen oder ähnliches. Harmlos.«

»Ich gehe davon aus, dass die Überprüfung gründlich gemacht wurde. Sonst Personen, die besonders ins Visier genommen wurden?«

»Nein. Bislang gibt es nur vage Vermutungen, aber keine konkreten Beweise. Wir bleiben weiterhin dran. Wie kann ich Sie erreichen, wenn es Neuigkeiten gibt?«, fragte die Kriminalhauptkommissarin und kramte ein abgegriffenes Notizbuch aus ihrer Umhängetasche hervor.

Ohne eine Antwort zu geben, holte Alexander Kramer ein schlichtes Handy aus der Jackentasche und reichte es ihr über den Tisch hinweg.

»Auf diesem Handy ist nur eine einzige Nummer gespeichert, mit der sie mich Tag und Nacht erreichen können. Es kann nicht geortet werden. Geben Sie es unter keinen Umständen aus der Hand. An niemanden! Das gilt auch für die Nummer. Verstanden?«

»Sicher«, antwortete sie und ärgerte sich, dass er sie wie eine blutige Anfängerin behandelte.

Mit Sicherheit war er sogar um einiges jünger als sie selbst. Sie schätzte ihn auf höchstens Ende 30. Er war scheinbar nicht viel besser, als die übrigen Wichtigtuer, mit denen sie in ihrer Laufbahn bei der Polizei zu tun hatte. Obwohl sie im ersten Augenblick gedacht hatte, er sei anders. Was aber wusste sie schon von ihm? Sie kannte seinen Namen, falls es überhaupt sein richtiger Name war. Dennoch sollte er einer der Besten sein, das hatte ihr der Kollege von der Kripo in Flensburg versichert. Alexander Kramer war weltweit eingesetzt worden, wenn es um brisante Fälle ging. In erster Linie war er ein Experte auf dem Gebiet der Terrorbekämpfung. Sie hatte sich im Vorfeld über ihn schlau gemacht, so gut es ging. Viel war es allerdings nicht, was sie hatte in Erfahrung bringen können. Keine Informationen über genaues Alter, Herkunft, Familienstand. In dieser Hinsicht konnte sie dem Polizeicomputer keine Informationen entlocken. Ein harter Hund, aber mit wunderschönen blauen Augen, dachte sie, als sie ihn im Profil beobachtete.

In diesem Moment erhob er sich und sagte: »Frau Städtler, wir bleiben in Verbindung. Ich melde mich in ein paar Tagen bei Ihnen. Eventuell auch früher, wenn es wichtig sein sollte. Ansonsten wissen Sie, wie Sie mich erreichen können.«

»In Ordnung.«

Sie verstaute das Handy zusammen mit ihrem Notizbuch in ihrer Tasche und gab der Bedienung ein Zeichen, um zu zahlen. Alexander Kramer verließ vor ihr das Lokal. Draußen folgte ihm ein schwarzer Schäferhund, der vor der Tür auf ihn gewartet haben musste. Sie sah ihm nachdenklich nach, als er draußen auf der Promenade in Richtung Innenstadt verschwand. Wie viele gebrochene Frauenherzen pflasterten wohl seinen Weg, fragte sie sich.

Pia trank bereits ihre zweite Tasse Kaffee auf der Terrasse und genoss die Aussicht auf das Wattenmeer, als ihre Tante zu ihr trat und sich neben sie setzte.

»Na, Pia, kommst du langsam in Urlaubsstimmung?«, fragte sie.

»Ja, das fällt nicht sehr schwer bei diesem herrlichen Ausblick. Im Übrigen habe ich hervorragend geschlafen, so tief und fest wie schon lange nicht mehr«, antwortete Pia und seufzte. »Kann ich dir heute bei irgendetwas behilflich sein? Ich möchte mich gerne für deine Gastfreundschaft revanchieren.«

»Das ist nicht nötig. Aber wenn du so fragst … Der Rasen müsste dringend gemäht werden, und der Gärtner ist krank geworden. Er hat heute Morgen angerufen. Das wäre schön, wenn du das übernehmen könntest.«

»Na klar, das mache ich«, versprach Pia.

»Prima. Den Rasenmäher findest du in der Garage. Da muss auch irgendwo ein Kanister mit Benzin rumstehen. Ich muss später noch einkaufen. Da kannst du gerne mitkommen und tragen helfen. Aber nur, wenn du nicht etwas anderes vorhast. Du sollst dich in erster Linie erholen und abschalten. So, jetzt muss ich schleunigst los, ich habe eine Verabredung.«

Tante Clara erhob sich von ihrem Stuhl. Sie sprühte förmlich vor lauter Energie.

»Ich habe keine konkreten Pläne für heute. Was ist das für eine Verabredung, zu der du gehst?«, wollte Pia wissen.

»Ja«, sagte ihre Tante mit einem verschmitzten Grinsen, »das erfährst du noch früh genug.«

Pia sah ihre Tante mit bettelnder Miene an, aber diese lachte nur und schüttelte den Kopf.

Nachdem Pia ihren Kaffee ausgetrunken hatte, machte sie sich ans Werk. Sie öffnete die Garage und holte den Rasenmäher zwischen allem Möglichen heraus. Beinahe wurde sie von einer

Leiter getroffen, die provisorisch gegen der Wand lehnte und umzufallen drohte. Pia konnte sie im letzten Moment abfangen. Bei dem Rasenmäher handelte es sich um ein ausgesprochen betagtes Modell. Der Lack auf dem Gehäuse des Gerätes war zum Teil abgeplatzt, und Pia hatte Schwierigkeiten, ihn in Gang zu bringen. So oft sie auch an der Schnur des Anlassers zog, das Gerät gab kein Lebenszeichen von sich. Pia schraubte den Tankdeckel auf und spähte durch die kleine Öffnung in den Tank. Kein Wunder, dass er nicht ansprang. Im Tank befand sich kein einziger Tropfen Benzin. Der Benzinkanister befand sich, wie versprochen, in der Garage. Schließlich startete sie einen zweiten Anlauf. Aber auch ein weiterer Versuch, das Gerät zum Laufen zu bringen, blieb erfolglos. Pia seufzte resigniert und rieb sich die Hand, die vom Ziehen an der harten Schnur des Anlassers schmerzte.

»Du sturer Esel! Du kommst auf den Schrott, wenn du nicht gleich mitmachst! Das verspreche ich dir!«, schimpfte sie laut vor sich hin.

Plötzlich hörte Pia eine Stimme hinter sich. »Meinen Sie, dass ihn das beeindruckt?«

Erschrocken drehte sie sich um.

»Soll ich versuchen, ihn von einer Zusammenarbeit zu überzeugen?« Alexander Kramer stand direkt hinter ihr. Pia hatte seine Schritte auf dem dichten Rasen nicht gehört.

»Oh, hallo, Herr Kramer! Ja, bitte, versuchen Sie Ihr Glück! Nur zu! Meine Überzeugungskraft reicht offensichtlich nicht aus.«

Pia machte einen Schritt zur Seite und überließ das Feld dem Mieter ihrer Tante. Alexander kniete sich hin und unterzog den Mäher einer genauen Prüfung. Schließlich drückte er dreimal auf einen kleinen schwarzen Knopf unterhalb des Benzintanks. Pia stand neben ihm und beobachtete ihn dabei. Er hatte kräftige, sonnengebräunte Arme, und an den Unterarmen traten bei jeder Bewegung einige Adern leicht unter der Haut hervor. Unter dem linken Ärmel seines T-Shirts konnte Pia den Teil einer Tätowierung hervor blitzen sehen. Sie mochte generell keine Tätowierungen und war der Ansicht, dass ausgesprochen wenige Menschen sie wirklich tragen konnten. Dabei musste das Gesamtbild stimmen. Ferner konnte sie nicht nachvollziehen, wie man sich freiwillig einer solch schmerzvollen Tortur unterziehen konnte. Von den gesundheitlichen Risiken ganz abgesehen. Zu oft hatte sie Patienten gesehen, bei denen die Tätowierungen schlecht gemacht worden waren, und die sich anschließend mit üblen Entzündungen herumquälen mussten. Jetzt stand Alexander auf, zog kräftig am Seil des Anlassers und der Rasenmäher sprang mit einem Höllenlärm bereitwillig an.

»Danke für Ihre Überzeugungsarbeit«, sagte Pia mit lauter Stimme, um sich gegen das dröhnende Motorengeräusch durchzusetzen.

»Keine Ursache«, entgegnete Alexander und wischte sich die Hände an dem alten Lappen ab, den Pia in der Garage gefunden und vorsorglich mitgenommen hatte. »Soll ich das Mähen für Sie übernehmen?«

»Nein, danke, das kriege ich hin.«

»Wie Sie wollen. Viel Erfolg!«

Er sah ihr intensiv in die Augen. Dann nickte er ihr zu und ging zielstrebig zum Ferienhaus. Pia fuhr mit dem Mäher lange Bahnen und musste zugeben, dass es eine ziemlich schweißtreibende Angelegenheit war. Dermaßen anstrengend hatte sie es sich nicht vorgestellt. Sie konnte sich nicht erinnern, wann sie zum letzten Mal den Rasen bei ihren Eltern gemäht hatte. Sie besaßen nur einen kleinen Reihenhausgarten in Neusäß bei Augsburg. Dagegen glich diese Fläche eher einem parkähnlichen Anwesen. Vielleicht hätte sie Alexanders Angebot nicht leichtfertig ausschlagen sollen. Aber sie wollte es selbst machen, sie hatte es ihrer Tante versprochen. Wie sah es denn aus, wenn sie die Arbeit einfach weitergab? Immer wieder schielte sie hinüber zum Ferienhaus. Einmal konnte sie Alexander kurz hinter dem Küchenfenster erblicken. Dann war er nicht mehr zu sehen.

Nach getaner Arbeit, brauchte sie dringend eine Dusche, denn sie klebte am ganzen Körper. Sie ging nach oben in ihr kleines Badezimmer und zog sich die durchgeschwitzten Sachen aus. Die Dusche war herrlich erfrischend, und sie fühlte sich danach wie neugeboren. Während sie sich abtrocknete, sah sie durch das kleine Fenster hinunter in den Garten, um ihr Werk zu betrachten. Für einen Golfrasen reichte es nicht, aber wenigstens waren die gemähten Bahnen einigermaßen parallel geworden. Alexander verließ in diesem Augenblick das Haus und ging quer durch den Garten zu der Treppe, die zum Meer führte. Sein Hund folgte ihm. Das Tier schien seinen Herrn auf Schritt und Tritt zu begleiten. An der Gartentür drehte Alexander sich um und sah in Pias Richtung. Pia wich sofort einen Schritt vom Fenster zurück und presste sich ihr Handtuch fest vor den Körper. Konnte er bemerkt haben, dass sie ihn beobachtete? Nein, das war ausgeschlossen. Er war zu weit weg, und die Sonne spiegelte sich in der gekippten Scheibe.

Am frühen Nachmittag kehrte Tante Clara von ihrem Termin gut gelaunt zurück.

»Na, das war wohl erfolgreich, du strahlst so«, bemerkte Pia.

»Das kann man sagen, aber wie ich sehe, warst du ebenfalls außerordentlich produktiv. Hast du das alte Monster problemlos in Gang bekommen?«

»Wie man es nimmt. Alexander hat mir geholfen. Allein habe ich es nicht geschafft. Das mit dem Benzin nachfüllen habe ich hinbekommen, aber ich wusste nicht, dass ich noch einen bestimmten Knopf drücken musste«, gab Pia leicht zerknirscht zu.

»Ach, wie schön. Ich meine, wie gut, dass Alexander zur Stelle war. Ich mache mir jetzt einen Tee. Möchtest du auch einen? Hier an der Nordsee trinkt der Einheimische regelmäßig Tee. Ich habe mich mittlerweile richtig daran gewöhnt und möchte dieses Ritual nicht mehr missen.«

»Dann werde ich mich diesen Gepflogenheiten anpassen und trinke eine Tasse mit.«

Die beiden Frauen saßen auf der Terrasse, genossen die wärmenden Sonnenstrahlen und ließen sich den Tee schmecken, den Tante Clara zubereitet hatte. Ein leichter Wind wehte vom Meer herüber. Die rosa und weiß blühenden Heckenrosen wiegten sich hin und her und verströmten einen herrlichen Duft. Es roch nach Sommer, und Pia fühlte sich leicht und unbeschwert. Kummer und Sorgen waren weit weg, und ihre Seele hatte Luft zum Atmen.

»Erzähl mir, wo du gewesen bist, Tante Clara, bitte«, wollte Pia endlich wissen.

»Also gut. Aber so spannend ist es nicht.«

»Tante Clara!«

»Schon gut. Ich habe vor einem halben Jahr einen Mann kennengelernt.«

»Das habe ich mir gedacht«, sagte Pia triumphierend und fühlte sich in ihrer Annahme bestätigt. »Und weiter?«

»Nicht, wie du denkst, Pia. Er ist ebenfalls ein pensionierter Arzt, so wie ich. Seine Frau ist vor zwei Jahren gestorben, und er lebt seit einem Jahr auf Sylt. Wir haben uns im Chor kennengelernt. Jetzt überlegen wir, gemeinsam zu musizieren. Hausmusik.«

»Hausmusik. Hört sich gut an. Wo wollt ihr das machen?«

»Hier bei mir. Mein Haus ist groß genug. Rolf spielt Cello, und ich wollte meine Geige wieder ausgraben. Während ich berufstätig war, hatte ich nie Zeit zu spielen. Wir versuchen momentan, weitere Mitspieler für unsere Idee zu begeistern.«

»Klingt interessant. Habt ihr schon jemanden im Auge?«, erkundigte sich Pia.

»Eventuell haben wir einen Mitstreiter für das Klavier.« Tante Clara deutete in das Wohnzimmer, wo ein Klavier an der Wand stand.

»Aha, ich hatte mich schon gewundert. Du spielst doch gar nicht Klavier, oder?«

»Nein, ich habe das gute Stück vom Vorbesitzer des Hauses übernommen. Es wollte niemand haben und zum Wegwerfen ist es nun wirklich zu schade. Spielst du noch Querflöte?«

»Nein, lange nicht mehr. Ich bin nach Dienstschluss immer derart erledigt, da fehlt mir die Energie, um zu spielen. Außerdem kann ich im Haus nicht üben, wann es mir beliebt. Du weißt, die Ruhezeiten. Die anderen Mieter sind in dieser Hinsicht unerbittlich.«

»Spießer! Das ist schade. Du darfst gerne bei uns mitspielen, wenn du magst. Ein Instrument lässt sich sicherlich irgendwo auftreiben. Ich wollte am kommenden Samstagabend für ein paar

Leute kochen. Dann wird alles besprochen. Du bist herzlich eingeladen. Es werden auch einige Chormitglieder kommen. Dann lernst du sie alle kennen und Rolf auch.«

»Oh, danke. Das wird sicherlich interessant. Weißt du schon, was du kochst?«

»Ich habe mich noch nicht endgültig entschieden, aber ein paar Tage Zeit zum Überlegen bleiben mir bis dahin ja noch. Hast du einen Vorschlag?«

Am Abend fuhr Pia mit ihrer Tante zum Einkaufen nach Westerland. Die großen Supermärkte hatten während der Sommermonate lange geöffnet. Ein positiver Nebeneffekt, wenn man in einer Ferienregion lebte. Selbst sonntags waren die meisten Geschäfte für einige Stunden offen. Die Kehrseite der Medaille war, dass es überall überlaufen war. Egal, ob man einen Platz im Restaurant haben wollte oder einen Parkplatz suchte. Das ist manchmal außerordentlich nervig, hatte Tante Clara erklärt. Besonders, wenn man es eilig hatte.

Voll bepackt mit Taschen und Tüten kehrten sie nach List zurück. Nachdem die Einkäufe in der Küche und im Vorratskeller verstaut waren, schlug Tante Clara vor, sich mit einem Glas Wein auf die Terrasse zu setzen, um den Tag in Ruhe ausklingen zu lassen. Pia begrüßte den Vorschlag. Der Wind war kaum mehr zu spüren, ein lauer Sommerabend lag über der Insel. Pia berichtete von ihrer täglichen Arbeit, die sie zunehmend stresste. Die Gesamtsituation in der Klinik wurde von Woche zu Woche eher schlechter als besser. Die ständigen Einsparungen und der damit verbundene Personalmangel machten allen, Mitarbeitern sowie Patienten, zu schaffen. Da halfen auch keine Umstrukturierungsmaßnahmen, die die ganze Problematik nicht behoben, sondern zusätzlich für Unsicherheit und Unzufriedenheit sorgten. Tante Clara konnte ihre Nichte gut verstehen, denn sie hatte jahrelang selbst an den unterschiedlichsten Kliniken in Deutschland gearbeitet. Zuletzt hatte sie als Professorin an Universitäten gelehrt. Das war oft nicht minder anstrengend, aber anders als der Krankenhausbetrieb. Vor allem existierte dort weder Schicht- noch Feiertagsdienst. Auch die Wochenenden konnte man, wie die meisten anderen Arbeitnehmer, genießen und planen.

»Hast du mal darüber nachgedacht, etwas anderes zu machen? Beruflich, meine ich«, fragte Tante Clara.

»Ja, aber mir ist bislang keine brauchbare Alternative eingefallen. Grundsätzlich liebe ich meinen Beruf und würde ihn nur schweren Herzens aufgeben. Es wäre schön, wenn die Bedingungen besser wären. Mehr erwarte ich nicht.«

»Hm. Vielleicht fällt uns eine Lösung ein. Jetzt genieß erst mal deinen Urlaub. Ich wüsste keinen besseren Ort, um den Kopf frei zu bekommen. So, ich bin müde. Ich werde zu Bett gehen. Ich bin halt eine alte Frau!« Sie lachte und trank ihr Glas aus.

»Du bist alles andere, aber nicht alt!«

»Bleib ruhig sitzen und genieße deinen Wein. Es ist ein so schöner Abend. Gute Nacht, Pia. Nochmal vielen Dank fürs Rasenmähen und deine Hilfe beim Einkaufen.«

Tante Clara strich Pia mit der Hand über das Haar.

»Habe ich gerne gemacht. Schlaf schön! Übrigens finde ich eure Idee mit der Hausmusik wirklich klasse.«

Tante Clara lächelte und ging nach drinnen. Sie zog die Fliegengittertür hinter sich zu, damit keine Mücken ins Hausinnere gelangen konnten.

Pia blieb eine geraume Weile einfach nur sitzen. Sie lauschte den Geräuschen und ließ ihren Blick durch den Garten wandern, der in ein bläuliches Licht getaucht war. Der Mond stand erhaben am Himmel und leuchtete weißlich. In Kürze würde Vollmond sein. Vereinzelt wanderten einige kleine Wolken vorbei. Dazwischen leuchteten die Sterne am Nachthimmel. Vor Pia auf dem Tisch brannte eine dicke weiße Kerze in einem Windlicht ruhig vor sich hin, von deren Lichtschein verschiedene Insekten angelockt wurden. Zuletzt blieben Pias Augen am Ferienhaus hängen, das dunkel und verlassen in der Nacht geheimnisvoll aussah. Die weiße Farbe bildete einen leuchtenden Kontrast zu dem dunklen Reetdach. Es war kurz nach 23.00 Uhr, und Alexander schien nicht zu Hause zu sein, oder er ging sehr früh zu Bett. Sie hatte ihn weder kommen sehen noch seinen Wagen gehört. Doch das musste nichts bedeuten. Heute im Garten hatte sie ihn auch nicht kommen hören, als er plötzlich hinter ihr gestanden hatte. Pia erhob sich von ihrem Stuhl und ging über den Rasen zur Treppe zum Meer. Mit leisem Quietschen öffnete sie die Pforte und ging die Betonstufen hinunter. Sie zog sich die Schuhe aus und stellte sie auf einer der untersten Stufen ab. Dann lief sie barfuß durch den Sand zum Wasser. Der Sand unter ihren Fußsohlen fühlte sich zunächst kalt an. Aber nach einigen Metern empfand sie das Gefühl als angenehm. Sie musste aufpassen, dass sie nicht in eine der scharfkantigen Muscheln trat, die überall am Strand lagen. Es war Flut und das Wasser ganz dicht. Ohne den Wind lag es fast bewegungslos da, und der Mond spiegelte sich auf der glatten Oberfläche. Es erschien ihr beinahe kitschig, so schön war der Anblick. Vereinzelt konnte man Möwenschreie hören oder die Rufe eines Austernfischers. Ansonsten war es ruhig und die

Luft herrlich klar. Am liebsten hätte Pia diesen Moment festgehalten. Sie wanderte eine Weile am Wasser entlang, bis sie die letzten Häuser hinter sich gelassen hatte. Dann legte sie eine Pause ein und setzte sich auf eine angespülte Holzplanke, die im Sand lag, zog die Beine dicht an den Körper und schlang ihre Arme um die Knie, auf denen sie ihr Kinn stützte. Sie saß einfach nur da. Langsam kehrte Ruhe ein in ihre gestresste Seele und in den Strom ihrer Gedanken. Sie hielt ihren Blick auf die Weite des Meeres gerichtet. Immer wieder blitzte das Licht des Kampener Leuchtturms am Horizont auf. Gleichmäßig im Takt ihres Herzschlags.

Nach einer Weile begann Pia zu frösteln. Sie hatte ihre Strickjacke auf der Terrasse liegen lassen, weil es dort angenehm warm gewesen war. Außerdem hatte sie nicht vorgehabt, einen langen Spaziergang zu machen. Hier unten am Meer war es spürbar kälter als im Schutz der Häuser. Als sie aufstehen wollte, um sich auf den Rückweg zu machen, sah sie eine menschliche Gestalt an der Wasserkante entlanggehen. Sie kam rasch näher. Der Silhouette und dem Gang nach zu urteilen, handelte es sich um einen Mann. Erst, als Pia den Hund sah, erkannte sie, dass es Alexander war. Er steuerte direkt auf sie zu, und Pia merkte, dass ihr Herz schneller zu schlagen begann.

»Hallo! Sind Sie mondsüchtig, oder können Sie nicht schlafen? Darf ich?«, fragte er, als er vor ihr stand.

Ehe Pia etwas erwidern konnte, hatte er sich neben sie in den Sand gesetzt.

»Ich wollte ein bisschen spazieren gehen. Es ist eine schöne Nacht und alles ist ruhig, das mag ich. Was treibt Sie zu dieser späten Stunde an den Strand? Ist es wegen des Hundes?«, wollte Pia wissen.

»Nein, ich muss nachdenken. Dann gehe ich immer spazieren. Egal, wie spät es ist.«

Pia beobachtete ihn dabei, wie er Sand in die Hände nahm und ihn langsam durch seine Finger rieseln ließ. Diesen Vorgang wiederholte er mehrmals bis sich ein kleiner Sandhügel zwischen seinen nackten Füßen gebildet hatte.

»Sie haben einen schönen Hund. Wie heißt er?«, versuchte Pia ein lockeres Gespräch anzufangen, um ihre Nervosität zu überspielen.

»Sein Name ist Bo.«

Das Tier legte den Kopf schief, als es seinen Namen hörte.

»Interessanter Name«, stellte Pia fest. »Haben Sie ihn schon lange?«

»Nein, er gehörte meinem Bruder«, entgegnete Alexander, ohne Pia dabei anzusehen.

»Gehörte? Warum wollte Ihr Bruder ihn nicht mehr?«

»Mein Bruder ist tot.«

Alexander sah Pia direkt in die Augen. Sie konnte seinen Blick nicht klar deuten. Er war weder traurig noch anklagend.

»Oh, das tut mir sehr leid, ich wusste nicht, dass …«

»Schon gut. Das konnten Sie nicht wissen.«

Alexander wandte seinen Blick ab und sah auf das spiegelglatte Wasser. Pia fühlte ein Unbehagen in sich aufsteigen und wechselte das Thema.

»Meine Tante sagt, Sie arbeiten auf Sylt. Was machen Sie?«

Sie beobachtete ihn im Profil. Er drehte den Kopf und sah Pia erneut an. Seine blauen Augen strahlten selbst in der Dunkelheit. Pia konnte sich nicht helfen, aber dieser Blick ließ sie nicht mehr los. Konnte es möglich sein, dass Alexander der junge Mann von damals war? Nein, der hieß nicht Alexander, da war sie sich absolut sicher. Der Name würde ihr bestimmt irgendwann einfallen. Er lag ihr auf der Zunge, aber sie kam nicht darauf. Das Alter konnte in etwa hinkommen. So aus der Nähe betrachtet, schätzte sie Alexander auf eher Anfang dreißig. Allerdings war sie im Schätzen nie besonders gut gewesen. Sie konnte ebenso völlig falsch liegen.

»Ich arbeite für die Schutzstation Wattenmeer. Wir beobachten die Schweinswale und analysieren ihr Verhalten, besonders in Hinblick auf Veränderungen in ihrem direkten Umfeld. Windkraftanlagen auf See zum Beispiel beeinflussen ihr Leben. Die Schweinswale halten sich gerne vor der Küste Sylts auf, vor allem in dem Abschnitt bei Rantum. Wenn man aufmerksam auf das Meer sieht, kann man sie ab und zu sehen. Auch Jungtiere lassen sich beobachten. Schweinswale erinnern an Delfine, wenn ihre Rückenflosse aus dem Meer ragt.«

»Das klingt höchst interessant. Ich nehme an, Sie haben Meeresbiologie studiert?«

Er gab ihr darauf keine Antwort, sondern fragte: »Und Sie? Was machen Sie, wenn Sie nicht gerade ihrer Tante auf Sylt einen Besuch abstatten?«

Er sah Pia abwartend an.

»Ich arbeite als Krankenschwester in einer Klinik«, erklärte Pia. »Nichts Spektakuläres verglichen mit dem Job eines Meeresbiologen.« Sie rieb mit den Handflächen über beide Schienbeine.

Alexander bekam wieder diesen seltsamen Gesichtsausdruck, wie neulich an der Haustür, als sie ihm geöffnet hatte. Pia war irritiert. Vielleicht sollte sie nicht so viel von sich preisgeben, überlegte sie. Er war ein Fremder, auch wenn er bei ihrer Tante wohnte und er sie interessierte.

Er schien ihre Unsicherheit zu spüren. »Woher kommen Sie?«, erkundigte er sich.

»Ich lebe und arbeite in Augsburg. Und Sie?«, erwiderte sie nach kurzem Zögern.

»Hamburg, ursprünglich. Aber manchmal verschlägt einen das Leben an die unterschiedlichsten Orte auf dieser Welt.«

Pia wusste nicht, was sie erwidern sollte. Sie glaubte einen Hauch Melancholie in seinen Worten erkannt zu haben und nickte lediglich. Sie saßen eine Weile schweigend nebeneinander. Alexander malte mit einem kleinen Stöckchen Kreise in den Sand und wischte anschließend alles mit der Hand glatt. Pia sah ihm dabei zu. Dann erhob er sich.

»Es ist spät. Sie sollten lieber nicht allein hierbleiben. Frieren Sie?«

Er musterte Pia, die ihre Arme dicht vor dem Körper verschränkt und die Schultern hochgezogen hatte. Ohne ihre Antwort abzuwarten, zog er sein Kapuzenshirt aus und reichte es Pia.

»Hier, bitte, ziehen Sie das an! Ich möchte nicht, dass Sie sich erkälten. Wäre doch schade, wenn Sie ihren Urlaub krank im Bett verbringen müssten.«

Ein zaghaftes Lächeln erschien auf seinem Gesicht. Sie nahm den Pullover entgegen und zog ihn über. Die Wärme tat ihr gut.

»Danke«, erwiderte sie.

Alexander reichte ihr seine Hand und half ihr, aufzustehen. Gemeinsam machten sie sich auf den Rückweg zu der Treppe, die zu Tante Claras Grundstück führte. Bo, der die ganze Zeit über neben ihnen im Sand gelegen hatte, lief einige Meter voraus. Im Garten wollte Pia den Pullover ausziehen, aber Alexander winkte ab.

»Lassen Sie! Den können Sie mir später wiedergeben. Gute Nacht, Pia! Schlafen Sie gut.«

»Danke, Sie auch, Alexander. Gute Nacht, Bo«, erwiderte Pia und streichelte dem Hund über den Kopf.

»Hey, was machen Sie da?«

Der junge Mann schreckte zusammen. Er hatte Alexander nicht kommen hören und drehte sich blitzartig um.

»Ich wollte bloß nachsehen, ob jemand da ist«, stotterte er verlegen.

»Dafür müssen Sie das Schloss knacken? Anklopfen hätte es auch getan«, erwiderte Alexander verärgert und ging auf den jungen Mann mit den struppig blonden Haaren und dem Vollbart zu.

Er trug ein schlabbriges, ausgewaschenes blaues T-Shirt und eine Shorts im Cargostil.

»Das war nicht meine Absicht. Ehrlich! Wir sind von der Schutzstation und wollten nur sehen, ob der neue Kollege schon da ist.«

»Wir?« Alexander blickte sich um. »Wer ist wir? Ich sehe außer Ihnen niemanden.«

»Mein Freund Paul musste mal eben in die Dünen verschwinden, wenn Sie wissen, was ich meine.« Er lachte verlegen.

»Hm«, murmelte Alexander, dann sagte er: »Alexander Kramer«. Er reichte dem Mann die Hand. »Ich bin der neue Kollege. Mit wem habe ich das Vergnügen?«

»Sven Behnsen«, antwortete der blonde Mann und sah skeptisch zu Bo, der dicht hinter Alexander stand und aufmerksam die Ohren spitzte. Er hechelte und präsentierte ein weißes Gebiss mit eindrucksvollen Zähnen.

»Freut mich, Sven. Kaffee?«, fragte Alexander und schloss den Container auf.

»Kann nie schaden. Ist der Hund bissig?«, fragte Sven mit besorgtem Unterton und ließ Bo nicht aus den Augen. Er vermied jedoch, ihm direkt in die Augen zu sehen. Das hatte er irgendwo gelesen.

»Ich würde es nicht darauf ankommen lassen«, bemerkte Alexander sachlich.

Dann gab er dem Hund ein Zeichen, und Bo legte sich draußen neben die geöffnete Tür in den Sand. Die beiden Männer betraten den Container. Die Luft darin war stickig und abgestanden. Alexander stellte die Kaffeemaschine an, nachdem er Wasser und Kaffeepulver eingefüllt hatte. Schließlich wandte er sich Sven Behnsen zu.

»Erzähl mal, Sven. Was ist deine Aufgabe bei der Schutzstation? Wie lange arbeitest du dort bereits?«

Ehe er eine Antwort erhielt, klangen von draußen Rufe. »Sven? Sven! Wo steckst du denn?«

»Das ist Paul! Paul, ich bin hier drinnen!«, rief Sven durch die geöffnete Containertür.

Ein junger Mann mit dunklen Locken steckte kurz darauf den Kopf durch die Tür.

»Ach, hier bist du! Ich dachte schon, du wärst abgehauen.«

»Warum sollte er?«, schaltete sich Alexander ein.

»Oh, ich dachte bloß. Morgen, ich bin Paul Röber.«

»Morgen, ich bin Alexander Kramer, der neue Kollege. Ich wollte gerade von deinem Freund wissen, was ihr so den ganzen Tag treibt.«

»Wieso ist das wichtig?«, fragte Paul herausfordernd.

»Es interessiert mich. Wir sind doch sozusagen Kollegen, auch wenn ich nicht direkt in der Station arbeite, sondern die meiste Zeit von hier aus.«

Alexander fixierte seine beiden Gäste und versuchte, sein Misstrauen ihnen gegenüber zu verbergen. Im Hintergrund röchelte die Kaffeemaschine. Wasserdampf stieg auf und der Duft von frischem Kaffee durchströmte den Raum.

»Wir zählen die Schweinswale vor Rantum und die Seehunde an den Stränden von Hörnum. Zweimal am Tag laufen wir Patrouille dort. Ich denke, wir sollten jetzt besser los. Das mit dem Kaffee können wir ein anderes Mal nachholen.« Sven Behnsen schien es plötzlich sehr eilig zu haben.

»Wie ihr meint. Nächstes Mal, wenn ihr mir einen Besuch abstatten wollt, wartet bitte, bis ich mit dem Schlüssel da bin«, bemerkte Alexander, während er sich dampfenden Kaffee in eine Tasse goss.

»Geht klar, Mann«, erwiderte Sven im Gehen.

Die beiden jungen Männer traten den Rückzug an. Paul redete auf Sven ein. Alexander sah ihnen einen Moment nach. Er lehnte in der offenen Tür, hatte eine Hand in die Hosentasche seiner Jeans gesteckt, in der anderen hielt er seinen Kaffeebecher. Als die beiden außer Sichtweite waren, zog er sein Telefon aus der Hosentasche und rief Katja Städtler an.

»Na, Pia? Hattest du einen schönen Abend gestern?«

Tante Clara deckte den Frühstückstisch, als Pia die Küche betrat. Pia schnappte sich ein goldbraun glänzendes Hörnchen aus dem Brotkorb und setzte sich auf einen der Küchenstühle.

»Ich bin unten am Strand gewesen und habe einen kleinen Spaziergang gemacht.«

»Im Mondschein. Soso. War das nicht ein bisschen leichtsinnig ganz allein mitten in der Nacht? Wer weiß, wer sich um diese Zeit da rumtreibt. Auf Sylt gibt es nicht nur nette Menschen«, stellte ihre Tante fest und stellte zwei unterschiedliche Gläser Marmelade auf den Tisch.

»Ich weiß. Aber ich kann gut auf mich aufpassen, schließlich habe ich in einer Großstadt gelebt. Außerdem habe ich zufällig Alexander am Strand getroffen.« Ihre Tante zog die Augenbrauen hoch. »Er musste nachdenken und hat einen Spaziergang mit Bo gemacht, hat er gesagt. Wir haben uns unterhalten.«

»Aha, ein Spaziergang mit Bo?«

»Ja, Bo heißt sein Hund. Er hat ursprünglich seinem Bruder gehört. Aber der ist tot. Mehr weiß ich nicht.« Pia zuckte mit den Schultern und schnitt das Hörnchen mit dem Messer der Länge nach durch.

»Das ist traurig. Das war wohl eine längere Unterhaltung?«

»Es war reiner Zufall, dass ich ihn getroffen habe. Viel haben wir nicht gesprochen. Er ist nicht sehr gesprächig, wie du wahrscheinlich selbst schon festgestellt hast. Er wollte nur wissen, wo ich herkomme und was ich beruflich mache.«

»Pia, du musst dich nicht rechtfertigen«, wehrte ihre Tante ab und goss beiden Kaffee in die Tassen.

»Aber interessieren tut es dich trotzdem. Ich kenne dich.« Pia trank einen Schluck. »Ich finde ihn sympathisch, aber mehr auch nicht.« Sie machte eine Pause und blickte gedankenverloren auf ihren Teller. »Er wirkt irgendwie distanziert, gleichzeitig aber nicht unhöflich. Ich kann ihn schwer einschätzen. Manchmal wirkt er geradezu unheimlich. Und dann diese Augen.«

»Was gefällt dir an seinen Augen nicht?«, hakte ihre Tante nach.

»Glaubst du an Schicksal, Tante Clara?«, fragte sie, ohne die Frage ihrer Tante zu beantworten.

»Wie kommst du darauf? Hat die Frage etwas mit Alexander zu tun?« Tante Clara sah ihre Nichte erstaunt an.

»Ich möchte es einfach nur so wissen.«

»Du fragst nicht ohne Grund. Also, raus mit der Sprache. Was ist los? Warum fragst du?«

»Ach, wahrscheinlich ist alles sowieso lediglich ein Hirngespinst. Vergiss es lieber.«

»Pia!«, ermahnte sie ihre Tante streng. »Jetzt wird nicht gekniffen. Ich höre!«

»Also schön, du gibst ohnehin keine Ruhe.«

»Richtig erkannt.«

Pia holte tief Luft. »Ich habe vor vielen Jahren einen Patienten betreut, der genauso blaue Augen hatte wie Alexander. In gewisser Weise sieht er ihm sogar ähnlich. Das war in Hamburg. Dort habe ich gleich nach der Ausbildung ein Jahr in der Unfallklinik gearbeitet, weil in Augsburg keine Stelle frei war. Erinnerst du dich?« Ihre Tante nickte. »Alexander kommt ursprünglich aus Hamburg.«

»Und jetzt glaubst du, dass Alexander dieser Patient war?«

Pia zuckte die Achseln. »Ich weiß es nicht.«

»Hast du Alexander nicht gefragt, ob er zu dieser Zeit dort behandelt wurde? Dann wäre alles klar.«

»Nein, habe ich nicht. Es erscheint mir zu weit hergeholt. Der hält mich doch für total bescheuert oder denkt, ich will was von ihm. Nein. Er kann es nicht sein, denn Alexander hat eine Tätowierung am linken Oberarm.«

»Ach.« Tante Clara schielte über den Rand ihrer Brille zu Pia. »Das war mir noch gar nicht aufgefallen. Ich habe ihn aber auch bislang nur bekleidet gesehen.« Tante Clara grinste und widmete sich demonstrativ wieder ihrer Zeitung.

»Du kannst beruhigt sein, ich auch! Als er mir mit dem Rasenmäher geholfen hat, habe ich zufällig ein Stück davon zu Gesicht bekommen. Was ich damit sagen will ist, dass der Patient von damals keine Tätowierung hatte. Daran erinnere ich mich genau.«

»Das hat nichts zu bedeuten.« Tante Clara bestrich eine Hälfte des Brötchens mit Marmelade. »Die Tätowierung kann er sich nachträglich zugelegt haben. Ist ja gerade schwer in Mode. Ich hoffe, er hat Geschmack bewiesen und sich nicht einen Totenkopf in die Haut ritzen lassen.«

»Nein, kein Totenkopf«, bestätigte Pia.

»Schlau von ihm. Aber zurück zum Thema: Hatte dein Patient denn keinen Namen? Das wäre doch das Einfachste!«

»Das ist es ja! Der Name fällt mir nicht mehr ein. Ich zermartere mir schon ständig das Hirn. Ich komme nicht drauf! Das war aber auch alles sehr seltsam damals. Ich hatte Nachtdienst an dem Tag. Der junge Mann wurde mit einem Bauchschuss in die Notaufnahme eingeliefert. Keiner hat ernsthaft geglaubt, dass er es schaffen würde. Seine Verletzung war äußerst schwerwiegend. Er schwebte in akuter Lebensgefahr und lag lange im Koma. Auf seinem Krankenblatt stand nur ein Name, mehr nicht. Aber Alexander hieß er auf keinen Fall. Merkwürdigerweise hatte er nie Besuch. Niemand erkundigte sich nach ihm. Keine Eltern, keine Freunde, nicht einmal eine Freundin! Bis auf einen Polizeibeamten, der zweimal nach ihm gefragt hat, ist niemand aufgetaucht. Findest du das nicht sonderbar?«

Tante Clara überlegte und kaute dabei. »Was ist dann passiert?«

»Er lag fast zwei Wochen im Koma. Ich habe jeden Tag nach ihm gesehen. Auch in meiner Freizeit.«

Tante Clara hielt inne und sah ihre Nichte verwundert an.

»Warum? Du weißt doch, dass eine emotionale Bindung zu einem Patienten in deinem Beruf unangebracht ist.«

»Natürlich weiß ich das. Das mache ich sonst auch nicht! Ich kann es mir selbst nicht erklären. Da war so ein Gefühl.«

»Und? Hast du mit ihm gesprochen, als er wieder bei Bewusstsein war?«, wollte Tante Clara wissen.

Sie hatte sich auf ihrem Stuhl zurückgelehnt und beobachtete ihre Nichte genau.

»Nein, dazu hatte ich leider keine Gelegenheit. Als er aufwachte, sah er mich kurz an, und ich hatte den Eindruck, er würde mich anlächeln. Dann schloss er die Augen wieder. Das Ärzteteam hat sich anschließend um ihn gekümmert. Mein Chef hat mich nach Hause geschickt. Am kommenden Morgen war er nicht mehr da.«

»Nicht mehr da?«

»Er war verlegt worden, weshalb auch immer. Ich weiß es bis heute nicht. Niemand konnte, beziehungsweise wollte mir eine Auskunft geben, was mit ihm geschehen war. Vielleicht lebt er gar nicht mehr.«

Pia sah nachdenklich aus dem Fenster.

»Tja, das klingt in der Tat sehr eigenartig. Aber die Geschichte scheint dich auch nach so langer Zeit nicht loszulassen. Habe ich recht?«

»Im Grunde hatte ich das alles längst vergessen, bis mich diese blauen Augen daran erinnert haben.«

»Was willst du tun?«, fragte Tante Clara und bestrich die zweite Hälfte des Brötchens mit Honig.

Pia sah sie ratlos an.

»Keine Ahnung. Gar nichts. Was sollte ich deiner Meinung nach tun? Wahrscheinlich habe ich mich eh getäuscht. Es gibt Millionen Menschen mit blauen Augen auf der Welt. Und Männer mit schwarzen Haaren und breiten Schultern auch. Ich sage ja, es ist ein Hirngespinst.«

Pia trank ihre Tasse in einem Zug leer und griff nach der Kanne. »Kaffee?«

»Gern. Nehmen wir mal an, Alexander ist tatsächlich der Mann aus der Klinik. Dann müsste er doch eine Narbe haben. Ein Bauchschuss verheilt nicht spurlos. Das muss ich dir nicht erklären«, fasste Tante Clara zusammen und goss sich Milch in die neu gefüllte Tasse.

»Ja und? Soll ich ihn vielleicht fragen, ob er sich bitte mal kurz für mich auszieht, oder wie stellst du dir das vor?«

»Das wäre eine Möglichkeit.«

»Tolle Idee!« Pia seufzte.

»Ach, Pia. Sei kreativ, lass dir etwas einfallen! Du gibst sowieso keine Ruhe, bis du es sicher weißt.« Tante Clara schmunzelte amüsiert. »Ich fahre nachher nach Westerland, einige Besorgungen machen. Soll ich dich mitnehmen?«

»Ja, gerne. Ich könnte ausgiebig durch die Fußgängerzone bummeln. In der Buchhandlung wollte ich mich mit neuem Lesestoff versorgen. Jetzt habe ich endlich Zeit zum Lesen.«

Nachdem Pia geholfen hatte, den Frühstückstisch abzuräumen, fuhr sie mit ihrer Tante nach Westerland. Das Wetter zeigte sich von seiner besten Seite. Wer gerade in der glücklichen Lage war,

Urlaub auf Sylt genießen zu dürfen, hatte doppeltes Glück. Pia schlenderte die Friedrichsstraße entlang und sah in die Auslagen der Geschäfte. Ihr letzter Einkaufsbummel lag lange zurück. Als sie an einer Buchhandlung vorbeikam, ging sie hinein. Gleich im Eingangsbereich stapelten sich auf einem runden Tisch die Neuerscheinungen des Monats. Pia nahm ein Buch nach dem anderen in die Hand und überflog den Klappentext. Schließlich sagten ihr zwei Titel zu. Nachdem sie gezahlt hatte, setzte sie ihren Weg durch die Fußgängerzone fort. Als sie letztendlich an der Promenade am Meer angekommen war, kaufte sie sich zwei Kugeln Eis und setzte sich damit auf eine der frei gewordenen Bänke vor dem weißen Holzgeländer. Sie blickte aufs Meer und musste gegen die Sonne blinzeln. Ausgerechnet heute hatte sie ihre Sonnenbrille vergessen. Die Sonne strahlte vom blauen Himmel. Das Wasser glitzerte herrlich und leuchtete in allen Meeresfarben. Ein intensiver Geruch nach Algen wehte zu ihr herüber. Der Wind ließ die gehissten, bunten Fahnen lautstark flattern. Pia beobachtete die Menschen, die an ihr vorbei flanierten. Einige unterhielten sich angeregt oder schlenderten umher, ohne ein bestimmtes Ziel im Visier zu haben. Ihre Gesichter wirkten völlig entspannt. Ganz anders als die angespannten und zumeist gehetzten Mienen der Passanten, die Pia aus der Augsburger Innenstadt kannte, wenn sie dort unterwegs war. Sie sahen weder nach rechts noch nach links, sondern eilten ihrem Ziel entgegen, meist mit der Zeit im Nacken. Im Urlaub tickten die Uhren anders. Eine Mutter hatte alle Hände voll damit zu tun, ihre beiden Kinder samt Kinderwagen die wenigen Treppenstufen zum Strand hinunter zu bugsieren. Ein junger Mann eilte ihr zu Hilfe, nachdem andere Passanten demonstrativ weggesehen hatten. Pia bemerkte ein älteres Ehepaar, das händchenhaltend am Geländer der Promenade stand und aufs Meer blickte. Die Frau hatte ihren Kopf gegen die Schulter des Mannes gelehnt. Welch ein schönes Bild, dachte Pia. Ob sie auch eines Tages die Liebe ihres Lebens finden und im Alter so glücklich sein würde wie diese zwei? Plötzlich wurde ihr Herz von einem sehnsüchtigen Gefühl erfasst. Spontan fiel ihr Johannes ein. Sie vermisste ihn trotz allem – irgendwie. Vielleicht vermisste sie aber auch nur das Gefühl, nicht allein sein zu müssen. Auf Sylt bewegte sie sich wie in einer anderen Welt. Aber sie wusste, dass sie diese Welt in absehbarer Zeit verlassen musste. Was erwartete sie zu Hause? Ein großes, dunkles Loch der Einsamkeit? Eine große Silbermöwe landete direkt vor Pia und riss sie aus ihren Gedanken. Der imposante Vogel stolzierte vor ihr auf und ab, legte den Kopf schief und beäugte interessiert die Eiswaffel in Pias Hand. Gedankenverloren hatte Pia vergessen, ihr Eis aufzuessen und nicht bemerkt, wie es schmolz. Das geschmolzene Eis lief ihr bereits über die Finger. Beinahe wäre etwas davon auf ihre Jeans getropft. Die Möwe flog augenblicklich hoch, als ein kleiner bellender Hund an einer langen Leine auf sie zujagte. Pia erschrak ebenfalls. Dann stand sie auf und ging gegenüber zu den Toiletten, um sich die klebrigen Hände zu waschen, bevor sie zur Friedrichsstraße zurückkehrte. Sie spazierte die Straße in Richtung Bahnhof entlang. In dem Brunnen, in dem mittig die dicke Wilhelmine, die berühmte Brunnenfigur von Westerland, saß, bespritzten sich Kinder unter schallendem Gelächter mit Wasser. Sehr zum Ärger einiger Passanten. Pia fand es lustig und freute sich mit ihnen. Sollten die Kinder ein bisschen Spaß haben. Bei diesem warmen Wetter tat eine Abkühlung jedem gut. Am Bahnhof angekommen, stieg sie in einen Bus, der nach List fuhr. Sie könnte sich für spätere Ausflüge bestimmt das

Fahrrad ihrer Tante ausleihen, überlegte sie, als sie die vielen Radfahrer sah, die parallel zur Hauptstraße durch die Landschaft strampelten.

Pia stieg an der zweiten Haltestelle in List aus und ging das letzte Stück zum Haus ihrer Tante zu Fuß. Tante Clara war bereits zu Hause, denn ihr Auto parkte wie gewohnt in der Einfahrt. Gleich daneben stand der Wagen von Alexander. Er war ebenfalls zu Hause, obwohl es erst 16.00 Uhr nachmittags war. Pia ging in die Küche, um sich etwas zu trinken zu nehmen. Durch das Fenster konnte sie erkennen, dass ihre Tante im Garten stand und mit Alexander sprach. Er nickte zustimmend. Nun kam Tante Clara über die Terrasse ins Wohnzimmer.

»Hallo, Tante Clara, ich bin in der Küche!«, rief Pia und leerte das Glas Wasser in einem Zug.

»Ach, du bist zurück? Na, hattest du Erfolg?«

»Ja, es war schön. Ist alles in Ordnung?«

Pia blickte aus dem Fenster in den Garten.

»Ja, natürlich. Alexander hat angeboten, die Pforte zu reparieren. Sie quietscht und klappert bei Sturm die ganze Nacht, da bekommt man kein Auge zu. Er scheint handwerklich geschickt zu sein.«

Mit diesen Worten verließ Tante Clara die Küche. Pia stellte ihr Glas in die Spüle und sah dabei aus dem Fenster. Sie beobachtete Alexander, wie er an dem Gartentor arbeitete. Er trug ein einfaches T-Shirt, und Pia konnte seinen wohlgeformten Oberkörper sehen, der sich darunter deutlich abzeichnete. Vermutlich machte er viel Sport. Ihr wurde schlagartig warm. Er war vollkommen anders als Johannes, überlegte sie. Johannes war ebenfalls von großer Statur, aber schmal und wie aus einem Guss. Er besaß nicht ansatzweise ein knackiges Hinterteil. Er war halt kein Athlet. Doch schließlich zählten an erster Stelle die inneren Werte eines Menschen. Zugegeben, das war bei Johannes nicht das Kriterium, was ihn besonders auszeichnete. Das hatte Pia erst kürzlich schmerzhaft feststellen müssen. Was war es also gewesen, was Johannes für sie unwiderstehlich gemacht hatte? Wieso hatte sie sich in ihn verliebt und sich so viel gefallen lassen? Das hatte sie sich in letzter Zeit oft gefragt. Er war lebensfroh, charmant und ein sehr guter Arzt. Dazu kam sein mitreißendes Lachen. Reichte das aus? Pia hatte sich damals auf Anhieb in ihn verliebt und er sich in sie. Das hatte er zumindest stets behauptet. Als sie erfuhr, dass er verheiratet war, brach für sie zunächst eine Welt zusammen. Die Rolle der Geliebten war Pia fremd und zuwider. Andere Paare in dieser Konstellation hatte sie immer aufs Schärfste verurteilt. Plötzlich aber fand sie sich selbst in dieser Situation, und die geheimen Treffen wurden irgendwann zur Routine. Die Skrupel traten mehr und mehr in den Hintergrund. Der Blickwinkel hatte sich verschoben. Im Grunde basierte ihre Beziehung auf einer einzigen Lüge, denn Johannes hatte in Wirklichkeit nie vorgehabt, sich von seiner Frau zu trennen. Die Ausreden waren vielfältig. Seine Frau wäre das kleinste Problem, mit ihr hätte er sich auseinandergelebt, hatte er stets beteuert. Doch wie es aussah, war das Gegenteil der Fall, denn jetzt erwartete sie ein weiteres Kind von ihm. Nachdenklich sah Pia aus dem Fenster und konnte sich kaum von Alexanders Anblick lösen. Was war mit ihm? Hatte er eine Freundin, oder war er sogar verheiratet? Vielleicht hatte er Kinder. Würde er seine Frau ebenso betrügen, wie es Johannes getan hatte? Interessierte er sich überhaupt für Frauen? Es dürfte ihm jedenfalls nicht schwerfallen, eine zu finden bei dem Aussehen.

»Sag Bescheid, wenn du ein neues Handtuch brauchst. Das da müsste gleich durchgescheuert sein, so lange wie du schon an dem Glas herum polierst.«

Pia fuhr zusammen. Sie hatte ihre Tante nicht kommen hören und fühlte sich augenblicklich ertappt. Beinahe wäre ihr das Glas aus der Hand gerutscht. Sie konnte es im letzten Moment festhalten.

»Was? Ach, ich bin fertig.«

Pia stellte das Glas in den Schrank und hängte das Handtuch zurück an den dafür vorgesehenen Haken neben der Küchentür.

Tante Clara sah an Pia vorbei aus dem Fenster und konnte sich ein Grinsen nicht verkneifen.

»Du solltest ihm etwas zu trinken bringen. Er hat bestimmt Durst«, schlug sie vor.

»Wenn es dich glücklich macht«, seufzte Pia und strich sich eine Strähne aus dem Gesicht.

Kurz darauf trug Pia ein Tablett mit zwei Bechern Kaffee und einer Schale Kekse hinaus in den Garten.

»Meine Tante meint, Sie könnten eine kleine Stärkung vertragen.«

Pia hielt Alexander das Tablett vor die Nase.

»Oh danke. Ich bin ohnehin fertig. Die Pforte quietscht jetzt nicht mehr. Die Schrauben habe ich auch nachgezogen.«

»Da wird sich Tante Clara freuen.«

»Kommen Sie, wir setzen uns vor das Ferienhaus auf die Bank, da ist es windgeschützter.«

Bo lag neben der Haustür im Gras und verfolgte aufmerksam jede Bewegung seines Herrn. Alexander ging ein paar Schritte vor und Pia folgte ihm. Sie konnte sehen, dass sich unterhalb seines rechten Schulterblattes ein rotbrauner Fleck auf seinem T-Shirt gebildet hatte.

»Entschuldigen Sie bitte, Alexander, ich möchte nicht aufdringlich erscheinen, aber Sie haben einen Fleck auf dem Rücken. Sieht aus wie ein Blutfleck. Haben Sie sich verletzt?«

Er schielte über seine Schulter. »Vor einer Krankenschwester kann man nichts verbergen«, sagte er schmunzelnd. »Ja, da ist eine kleine Verletzung. Scheint wieder etwas zu bluten.«

»Wenn Sie nichts dagegen haben, würde ich mir das gerne mal ansehen.«

Er sah sie überrascht an.

»Ich glaube, das wird nicht nötig sein, danke trotzdem.«

Seine Worte klangen plötzlich schroff und abweisend. Alexander setzte die Tasse an die Lippen und trank. Pia wäre nach dieser rüden Abfuhr am liebsten sofort aufgestanden und gegangen. Aber sie war keine zwölf Jahre mehr und wollte sich nicht lächerlich machen. Sie war ganz andere Dinge gewohnt, die ihr mancher Patient – und leider auch Kollege – tagtäglich an den Kopf warf. Dann sollte Alexander eben sehen, wie er damit klarkam. Sie hatte es lediglich gut gemeint und wollte helfen. Schweigend saßen sie nebeneinander auf der Bank, tranken Kaffee und blickten in den Garten. Pia kraulte Bo das Ohr, was er mit einem zufriedenen Grunzen honorierte.

»Na gut, kommen Sie mit rein, und werfen Sie einen Blick darauf. Ich will nicht, dass Sie sich ein Leben lang Vorwürfe machen, wenn ich morgen tot in der Ecke liege.« Alexander grinste schief und erhob sich von der Gartenbank. Pia stellte ihre Tasse auf das Tablett und folgte ihm ins Haus. Bo wollte mitkommen, aber Alexander bedeutete ihm mit einem Handzeichen, draußen zu bleiben. Der Hund legte sich wieder ins Gras.

Die Einrichtung im Inneren des Hauses war schlicht gehalten, aber geschmackvoll. In erster Linie dominierte die Farbe Weiß, obwohl das genau genommen gar keine Farbe ist. Pia erkannte sogleich die Handschrift ihrer Tante. Drinnen war es heller, als sich Pia aufgrund der recht kleinen Fenster vorgestellt hatte. Die Türrahmen waren niedrig, sodass Alexander den Kopf einziehen musste, um sich nicht zu stoßen. Pia kam gerade so aufrecht darunter durch. Als sie in das Badezimmer kamen, drehte sich Alexander mit dem Rücken zu Pia und zog sich sein T-Shirt über den Kopf. Pias Blick richtete sich auf eine beeindruckend durchtrainierte Rückenmuskulatur. Jeder Orthopäde würde vor Begeisterung außer sich geraten.

»So, dann legen Sie los!«, forderte Alexander Pia auf.

Pias Herz schlug schneller, während sie seinen Rücken betrachtete. Die vollständige Tätowierung an seinem Arm war jetzt gut sichtbar. Sie bestand aus drei knapp fingerdicken Linien, die sich ineinander verschlungen und wie ein Band einmal um seinen linken Oberarm wanden. Eine perfekte Arbeit, soweit Pia das als Laie beurteilen konnte. Unterhalb des Schulterblattes waren ein handgroßes Hämatom in dunklem Lila und eine circa fünf Zentimeter große, genähte Wunde zu erkennen. Die Fäden waren bereits gezogen worden, aber die Naht war an einer Stelle eingerissen und hatte die Blutung verursacht. Die Haut war an dieser Stelle stark gerötet und geschwollen.

»Wie ist das passiert?«, wollte Pia wissen und inspizierte die Verletzung genauer.

Sie fuhr mit den Fingern weiträumig um die Stelle herum, ohne das entzündete Areal direkt zu berühren. Alexander zuckte bei ihrer Berührung leicht zusammen.

»Das ist auf dem Boot passiert. Ich bin unglücklich hängengeblieben. Nichts Dramatisches.«

»Aha. Und das Hämatom ist vermutlich auch dabei entstanden«, warf Pia ein. Sie glaubte ihm kein einziges Wort.

»Genau so war es. Und? Werde ich es überleben?«, wollte Alexander mit einem Schmunzeln in der Stimme wissen.

»Die Naht ist an einer Stelle eingerissen. Wahrscheinlich haben Sie sich nicht genügend geschont. Ich muss die Wunde zunächst desinfizieren, sonst entzündet sie sich weiter. Die Haut ist bereits stark gerötet an der Stelle. Damit ist nicht zu spaßen. Haben Sie etwas zum Desinfizieren da? Sonst laufe ich schnell rüber ins Haus.«

»Da drüben im Schrank finden Sie alles, was Sie brauchen«, antwortete er und zeigte nach links.

Pia machte einen Schritt in die Richtung und öffnete die Tür eines kleinen Schränkchens.

»Respekt!«, murmelte sie. »Vermutlich verletzen Sie sich häufiger und haben deshalb eine halbe Apotheke vorrätig, oder?«

Alexander holte tief Luft, erwiderte jedoch nichts. Pia verschaffte sich einen Überblick über den Inhalt des Schränkchens und nahm sich, was sie brauchte. Zunächst reinigte sie die Wunde gründlich, tupfte vorsichtig eine entzündungshemmende Salbe darauf und klebte anschließend ein großes wasserfestes Pflaster darüber.

»So, fertig. Morgen würde ich mir das gerne noch mal ansehen. Sie können damit duschen. Aber verzichten Sie darauf, schwere Gegenstände zu heben oder Sport zu machen, sonst besteht die Gefahr, dass es wieder aufreißt. Die Wunde muss erst richtig verheilen. Meines Erachtens wurden die Fäden viel zu früh gezogen.«

»Danke«, sagte Alexander, griff nach seinem T-Shirt und zog es sich an.

So sehr Pia sich auch anstrengte, sie konnte keinen Blick auf seinen Bauch erhaschen, um nachzusehen, ob sich dort eine Narbe befand.

Alexander schien ihre Neugier zu bemerken, denn er fragte: »Alles okay?«

»Jaja. Alles gut.«

Pia lachte nervös. Sie ärgerte sich über sich selbst. Das wäre die Gelegenheit gewesen, aber er war zu schnell, und sie stand ungünstig. Vielleicht würde sie beim nächsten Mal mehr Glück haben. Morgen wollte sie sich die Verletzung erneut ansehen. Dann würde sie sich geschickter anstellen, nahm sie sich vor.

Als sie draußen vor dem kleinen Häuschen standen, verabschiedete sie sich von Alexander, schnappte sich das Tablett mit den Kaffeetassen und lief quer über den Rasen zum Haus ihrer Tante. Bo lag im Gras und sah ihr nach. Ab und zu zuckte ein Ohr, weil er von einer Fliege belästigt wurde, die sich darauf niederlassen wollte. Als Pia nicht mehr zu sehen war, verließ Alexander sein Haus und fuhr mit dem Auto nach Westerland.

»Du warst lange bei ihm«, stellte Tante Clara fest, als Pia in die Küche kam und die beiden benutzten Becher in die Spülmaschine stellte.

»Er hat eine Verletzung, die ich mir angesehen und versorgt habe. Deswegen hat es etwas länger gedauert.«

»Ihm ist doch etwa nichts beim Reparieren der Gartenpforte passiert? Das könnte ich mir nie verzeihen«, sagte ihre Tante mit besorgter Miene.

»Nein. Die Verletzung ist schon älter. Angeblich hat er sie sich durch eine Ungeschicklichkeit auf dem Boot zugezogen.«

»Du glaubst ihm nicht.«

»Nein, das ist eine schwerwiegendere Verletzung, die sogar genäht wurde. Außerdem hat sich um die Wunde herum ein ordentliches Hämatom gebildet. Das war nicht nur ein bedeutungsloser Kratzer, wie er es darstellt. Meines Erachtens handelt es sich um eine Schlagverletzung. Alexander verfügt zudem über eine Erste-Hilfe-Ausrüstung wie in einem Rettungswagen. Findest du das nicht ungewöhnlich?«

»Vielleicht ist er tatsächlich ungeschickt und tut sich öfter weh«, überlegte Tante Clara und zuckte mit den Schultern.

»Dieser Mann sieht nicht sehr tollpatschig aus. Bei ihm ist jeder Muskel durchtrainiert, und er bewegt sich äußerst präzise. Irgendwas stimmt mit ihm nicht. Das sagt mir mein Gefühl.«

»Ach Pia, verrenn dich nicht in irgendwelche mysteriösen Theorien. Rede offen mit ihm und mach es nicht unnötig kompliziert. Er wird dir nicht gleich den Kopf abreißen!«

»Ich habe nicht einmal eine Theorie. Das ist es ja!«

Ihre Tante musste herzlich lachen.

Katja Städtler saß an der Musikmuschel auf der Promenade und wartete auf Alexander Kramer. Sie trug eine Sonnenbrille mit blau gespiegelten Gläsern und blätterte in einem Wirtschaftsmagazin.

»Auf die Minute pünktlich, Mr. Bond«, sagte sie, als Alexander in einer Bankreihe über ihr Platz nahm.

»Lassen Sie den Unsinn. Haben Sie die beiden Jungen noch mal überprüft?«

»Selbstverständlich, aber es gibt nichts Verdächtiges, wie ich im Vorfeld gesagt hatte. Sie sind beide vollkommen harmlos. Sie kommen aus Berlin, haben dort ihr Abitur gemacht und absolvieren momentan ein Praktikum, beziehungsweise der eine von ihnen, Paul Röber, ein freiwilliges ökologisches Jahr. Ich möchte Ihnen wirklich nicht zu nahe treten, Kramer, aber das sind harmlose Kinder und alles andere als Terroristen. Glauben Sie, weil einer der beiden einen Vollbart trägt, gehört er gleich dem IS an? Dann hätten wir viel zu tun. Vollbärte stehen zurzeit hoch im Kurs!«

»Die haben alle mal klein angefangen. Und als Kinder kann man die beiden kaum mehr bezeichnen«, erwiderte Alexander gelassen und säuberte die Gläser seiner Sonnenbrille am Saum seines T-Shirts.

»Machen Sie sich nicht lächerlich. Ich bin nicht erst seit gestern in dem Job. Sylt ist zwar bei Weitem nicht so gefährlich wie Chicago, aber auch wir leben in der Realität.«

»Wie kommen Sie auf Chicago?« Er wartete auf eine Erklärung.

»Kramer, was glauben Sie? Ich habe meine Hausaufgaben gemacht. Mir ist es lieber, ich weiß, mit wem ich es zu tun habe«, konterte Katja Städtler mit zufriedener Miene.

Sie genoss es, ihn offensichtlich an einem wunden Punkt getroffen zu haben. Sie hatte herausgefunden, dass er eine Weile lang in Chicago bei einer Sondereinheit gearbeitet hatte. Irgendetwas musste jedoch während dieser Zeit vorgefallen sein, denn er brach den Einsatz vorzeitig ab und kam nach Deutschland zurück. Was letztendlich dazu geführt hatte, hatte sie nicht in Erfahrung bringen können.

»Kümmern Sie sich um den Fall, und halten Sie sich aus meinen Angelegenheiten raus«, erwiderte er in messerscharfem Ton.

»Soll das eine Drohung sein?«

»Nein, betrachten Sie es als Empfehlung.« Er setzte seine Sonnenbrille wieder auf. »Halten Sie mich auf dem Laufenden und benachrichtigen Sie mich umgehend, wenn es Neuigkeiten zum Fall gibt.«

Mit diesen Worten stand er auf und verließ die Promenade in Richtung der ›Sylter Welle‹, dem Schwimmbad von Westerland. Kriminalhauptkommissarin Städtler sah ihm nach. Mit einer derartig derben Abfuhr hatte sie nicht gerechnet und war sprachlos und verärgert zugleich.

Alexander fuhr nach Rantum und setzte sich in seinen Bürocontainer. Dort schaltete er den Laptop an und jagte die Namen der beiden Jugendlichen durch den Polizeicomputer. Jedoch ohne Erfolg. Die Kollegin schien recht zu behalten. Doch sein Instinkt sagte ihm, dass mit den jungen Männern etwas faul war. Vor allem der Dunkelhaarige, dieser Paul, machte ihn misstrauisch. Weshalb hatte der Blonde versucht, in den Container einzubrechen? Eine Frage, der er unbedingt nachgehen wollte. Er schaltete den Rechner aus und beschloss, ihn sicherheitshalber heute Abend mit nach Hause zu nehmen. Es befanden sich zu viele wichtige Daten darauf, und er hatte ein ungutes Gefühl dabei, ihn über Nacht im Container zu lassen.

Am nächsten Morgen wurde Pia durch ein lautes Donnergrollen geweckt. Sie blinzelte schlaftrunken auf ihren Wecker. Er zeigte kurz vor 8.00 Uhr. So früh und ein Gewitter? Sie drehte sich auf die andere Seite, konnte aber nicht wieder einschlafen, sondern lauschte dem Rauschen des einsetzenden Regens, der vom Himmel prasselte. Nachdem sie sich einige Zeit hin und her gewälzt hatte, stand sie auf und begab sich ins Badezimmer. Unter der Dusche kamen ihre müden Lebensgeister langsam in Schwung. Als sie fertig angezogen war, ging sie hinunter in die Küche. Von dort schlug ihr ein verführerischer Duft nach frischem Kaffee entgegen. Das Gewitter war mittlerweile abgezogen, und die Sonne kämpfte sich zaghaft zwischen den Wolken hervor. Auf dem Küchentisch stand ein Gedeck mit einem Zettel, auf dem ihr ihre Tante mitteilte, dass sie früh zum Einkaufen gefahren sei und erst gegen Mittag zurück sein würde. Pia goss sich Kaffee ein und nahm ein frisches Croissant aus dem Brotkorb. Mit beidem schlenderte sie auf die Terrasse. Die Luft war herrlich frisch und roch gut nach dem Regen. Die Sonne hatte den Kampf gegen die Wolken gewonnen und lachte nun von einem blauen Himmel. Auf dem Rasen glitzerten die letzten Regentropfen im Sonnenschein, bevor sie gänzlich verdunsteten. Pia wischte mit einem Handtuch erst den Tisch und dann einen der Gartenstühle trocken und setzte sich darauf. Während sie genussvoll in das Croissant biss und den Blick auf das Meer genoss, kam Alexander aus seinem Haus, gefolgt von Bo. Er blickte kurz in ihre Richtung und grüßte. Er schien zum Meer gehen zu wollen, denn er hielt einen Ball an einer Schnur in der Hand, den Bo angestrengt fixierte. Pia winkte zurück und trank von ihrem Kaffee. Nach einer Weile stand sie auf und folgte den beiden zum Strand hinunter. Dort beobachtete sie, wie Alexander mit Bo spielte, und konnte ihn das erste Mal richtig lachen sehen. Er wirkte gelöster als sonst. Er warf den Ball unzählige Male ins Wasser. Bo holte ihn begeistert heraus und legte ihn anschließend seinem Herrchen zu Füßen. Pia sah ihnen gerne dabei zu. Die beiden waren ein eingespieltes

Team. Es brauchte nicht viele Worte, der Hund kannte die Kommandos seines Herrn genau und befolgte sie prompt.

»Bo ist sehr schlau«, sagte Pia, als sie unten am Wasser angekommen war.

Alexander drehte sich überrascht um. Er hatte sie offenbar nicht kommen sehen.

»Guten Morgen! Stimmt, er ist intelligent, und es macht ihm großen Spaß«, antwortete Alexander. »Darüber hinaus schwimmt er für sein Leben gern. Was ist, haben Sie Lust eine Runde schwimmen zu gehen?«

»Oh nein. Das Wasser ist mir viel zu kalt. Außerdem habe ich Angst, dass ich von einem dieser Krebse gebissen werde.«

Pia deutete auf eine große Krabbe, die sich mit drohend erhobenen Scheren seitlich über den Meeresboden bewegte. Alexander lachte. Er wirkte vollkommen entspannt, so kam es Pia jedenfalls vor.

»Die Krabbe hat mehr Angst vor Ihnen, als Sie vor ihr. Da können Sie sicher sein.«

Bo war aus dem Wasser gekommen und schüttelte sich kräftig, sodass Pia und Alexander nass wurden. Pia sprang einen Satz zur Seite und wäre beinahe gefallen, wenn Alexander sie nicht aufgefangen hätte. Sie landete fest in seinem Arm. Für einen kurzen Augenblick hielt er sie und sah ihr in die Augen. Schnell löste sich Pia aus seinem Griff.

»Danke«, murmelte sie. »Wie geht es Ihrer Verletzung?« Sie versuchte, ihre Nervosität zu überspielen.

»Ich glaube, damit ist alles in Ordnung. Aber bitte, bedienen Sie sich! Verschaffen Sie sich selbst einen Eindruck.«

Alexander drehte sich mit dem Rücken zu Pia. Als er keine Anstalten machte, sein T-Shirt auszuziehen, schob sie es zaghaft hoch und löste mit einem schnellen Ruck das Pflaster von der Haut. Er zuckte kurz. Pia inspizierte die darunterliegende Stelle und war mit dem Ergebnis zufrieden.

»Sieht gut aus. Da dürfte nichts mehr passieren. Die Rötung ist abgeklungen und die Schwellung zurückgegangen.«

»Da habe ich nochmal Glück gehabt.« Er drehte sich zu ihr um und lächelte. »Danke für Ihre Hilfe. Lust auf einen Kaffee?«

»Gern«, erwiderte Pia.

Sie gingen beide die Treppe nach oben in den Garten. Bo war vorweg gelaufen. Er war mit seinen vier Beinen ohnehin schneller. Seinen Ball trug er stolz in der Schnauze. Sie betraten das kleine Haus. Pia folgte Alexander in die Küche. Dort nahm er zwei Becher aus dem Schrank und betätigte einen Knopf an der Kaffeemaschine. Die Maschine setzte sich daraufhin mit einem surrenden Mahlgeräusch in Gang.

»Setzen Sie sich. Mit Milch?«, fragte er.

»Schwarz bitte.«

»Sicher?« Er reichte Pia einen Becher. »Sie kennen meinen Kaffee nicht. Ich brauche wenigstens einen kleinen Schuss Milch«, sagte er und öffnete die Kühlschranktür.

»Stärker als der Kaffee bei uns im Krankenhaus kann er kaum sein. Daran habe ich mich auch gewöhnt«, entgegnete Pia. »Man gewöhnt sich an Vieles.«

»Ist das so?« Er sah sie fragend an. Pia wusste nicht, was sie erwidern sollte.

»Naja, so ist es doch mit vielen Dingen. In meinem Job habe ich es längst aufgegeben, irgendwelche Erwartungen zu stellen. Mit manchen Gegebenheiten muss man sich abfinden.«

»Ist das nicht frustrierend auf die Dauer?«

Alexander sah sie aus seinen blauen Augen aufmerksam an. Pia zuckte mit den Schultern. Dann trank sie schnell einen Schluck. Seine unmittelbare Nähe machte sie nervös. Es war kein unangenehmes Gefühl – eher das Gegenteil. Trotz allem brachte Alexanders Anwesenheit sie vollkommen aus dem Konzept. Plötzlich fiel es ihr schwer, die richtigen Worte zu finden, selbst bei einer so ungezwungenen Unterhaltung wie dieser. Daher sah sie sich interessiert um.

»So schön habe ich mir das Haus gar nicht vorgestellt«, bemerkte Pia.

»Ich hatte Glück, dass es gerade frei war. Kannten Sie das Haus vorher nicht?«

Pia schüttelte den Kopf. »Nein, ich muss gestehen, ich habe meine Tante, seit sie auf Sylt wohnt, nicht besucht. Ich hatte es mir fest vorgenommen, aber ständig kam etwas dazwischen.«

»Sie müssen sich nicht rechtfertigen«, unterbrach Alexander sie.

»Ich habe trotzdem ein schlechtes Gewissen.« Sie leerte ihren Becher. Dann sagte sie: »Ich glaube, ich sollte langsam gehen. Danke für den Kaffee, er war lecker.«

»Gerne. Danke für Ihre Unterstützung.«

Er deutete mit dem Kopf über seine Schulter zu der Stelle auf dem Rücken.

»Habe ich gern gemacht. Also dann.«

Zögerlich drehte sie sich um und steuerte auf die Haustür zu. Alexander folgte ihr bis nach draußen. Er sah ihr nach, bis sie die Terrasse des Hauses ihrer Tante erreicht hatte.

Pia beschloss, sauber zu machen, da Tante Clara abends Gäste zum Essen eingeladen hatte. Wenn Pia hier schon unentgeltlich wohnen konnte, wollte sie wenigstens ihren Teil dazu beitragen und sich ein bisschen nützlich machen. Sie fing mit Staub saugen an. Danach stand Staub wischen auf ihrem Plan. Mit einem Staubtuch bewaffnet, fuhr sie behutsam über die Möbel im Esszimmer. Auf einem Sideboard, das antik aussah, standen unterschiedlich große Bilderrahmen mit Fotografien. Pia betrachtete sie. Auf einem Bild erkannte sie ihre Tante zusammen mit ihrem Bruder, Pias Vater. Die Aufnahme musste vor etlichen Jahren entstanden sein, denn darauf hatte ihr Vater noch volles Haar. Ein anderes Bild zeigte Pia auf einem Pony reitend. Daran konnte sich Pia gut erinnern. Das Foto wurde an ihrem siebten Geburtstag aufgenommen. Da war Tante Clara von einem Ärztekongress aus Mexiko zurückgekehrt, und die Familie hatte einen Ausflug in den nahegelegenen Tierpark gemacht. Pia musste lächeln bei dieser Erinnerung. Tante Clara war während ihres Berufslebens häufig unterwegs gewesen, und Pia hatte sie selten gesehen. Doch sie erhielt von überall auf der Welt Postkarten von ihr. Eigens dafür hatte Pia in ihrem Zimmer ein Stück an der Wand reserviert, an dem sie die Karten mit Reiszwecken befestigt hatte. Wenn Tante Clara zu Besuch kam, war es stets ein besonderes Erlebnis. Pia löcherte sie mit den unterschiedlichsten Fragen, und Tante Clara beantwortete sie alle bereitwillig. Auch wenn es Pia ein schlechtes Gewissen bereitete, hatte sie sich immer mehr zu ihrer Tante als zu ihrer eigenen Mutter hingezogen gefühlt. Mit Tante Clara konnte sie über Dinge sprechen, die sie ihrer Mutter niemals hätte anvertrauen können. Das war von Anfang an so gewesen. Egal, worum es ging, sie hatte ein offenes Ohr für ihre Nichte. Das bedeutete nicht, dass Tante Clara mit allem einverstanden war, was Pia tat. Die Beziehung zu Johannes war nur ein Beispiel, aber sie war stets ein guter Zuhörer und Ratgeber. Oftmals hatte sie Pia auf den Boden der Realität zurückgeholt oder ihr Trost gespendet. Pia schätzte ihre Tante sehr.

Nach zwei Stunden Hausputz war Pia mit allem fertig, und das Haus erstrahlte in neuem Glanz. Zufrieden und erschöpft zugleich, ließ sie sich auf einen der Küchenstühle fallen. Da hörte sie einen Wagen in die Einfahrt fahren. Das war sicherlich Tante Clara. Das nenne ich Timing, dachte Pia.

Sie ging zur Haustür und öffnete. Es war tatsächlich ihre Tante, die gekommen war. Sie war vom Einkaufen zurück, und Pia sah, dass Alexander ihr bereits half, den Wagen zu entladen.

»Hallo, Pia, Liebes!«, begrüßte sie ihre Nichte. »Ist es nicht wunderbar, einen starken Mann im Haus zu haben?«

Sie zwinkerte Pia im Vorbeigehen verschwörerisch zu. Diese rollte daraufhin mit den Augen und nahm ihrer Tante die Einkaufstüten ab.

»Wir sollten besser gleich Kramer informieren«, stellte Kai Wenger fest, nachdem er das Telefonat beendet hatte.

»Ja, da wird uns nichts anderes übrig bleiben«, bemerkte Katja Städtler und griff nach dem Handy, das sie von Alexander Kramer erhalten hatte.

»Kramer«, hörte sie seine Stimme am anderen Ende, nachdem es zweimal geklingelt hatte.

»Städtler hier. Es gibt Neuigkeiten.«

»Und zwar?«

»Erstens: Dem Kollegen wurde, wie vermutet, ein Neurotoxin verabreicht. Es war ein ausgesprochen starkes Nervengift, das in Sekundenschnelle alle Körperfunktionen gelähmt hat. Er konnte sich nicht mehr bewegen, geschweige denn atmen und ist letztlich ertrunken.« Bei diesen Worten durchlief Katja Städtler ein kalter Schauer.

»Und zweitens?«, fragte Alexander ungerührt.

»Wir haben einen neuen Hinweis erhalten, dass ein Anschlag auf das AC-1 geplant sein soll. Vermutlich innerhalb der nächsten zwei Wochen.«

»Geht es bitte etwas genauer?«

»Nein, geht es nicht, denn mehr Informationen haben wir derzeit nicht«, erwiderte Kriminalhauptkommissarin Städtler gereizt. Sie konnte hören, wie Alexander Kramer tief Luft holte und rechnete mit einem Gegenschlag seinerseits.

»Wir treffen uns morgen im Laufe des Tages am Bahnhof. Ich rufe Sie kurz vorher an.«

Mit diesen Worten hatte er das Gespräch beendet.

»Hey, Katja, was ist los? Du guckst so entgeistert?«, wollte Kai Wenger wissen, als er seine Kollegin sprachlos auf ihrem Stuhl sitzen sah.

Das Handy hielt sie noch immer in der Hand.

»Also, der hat einen Ton drauf. Ich weiß nicht, ob ich länger Lust habe, mit dem zusammen zu arbeiten«, sagte sie und legte das Handy beiseite.

»Tja, das werden wir uns kaum aussuchen können.«

Ihr Kollege nahm einen kräftigen Schluck aus seiner Mineralwasserflasche.

»Er will sich morgen mit mir am Bahnhof treffen. Morgen ist Sonntag, was denkt der sich eigentlich?«

Katja wollte den morgigen Tag ausschließlich ihrem Freund widmen. Er war von einer längeren Dienstreise zurückgekommen. Sie wollten morgen gemeinsam in Kampen frühstücken und den restlichen Tag entspannt am Strand verbringen. Daraus wurde scheinbar nichts. Kollege Kramer hatte ihr einen Strich durch die Rechnung gemacht. Der Typ ging ihr langsam aber sicher gewaltig auf die Nerven. Sie sehnte den Tag herbei, an dem er von der Insel und aus ihrem Leben verschwand.

Die Gäste erschienen pünktlich um 19.30 Uhr. Pia hatte ihrer Tante bei den Vorbereitungen geholfen und unter anderem das Tischdecken übernommen. In die Mitte des Tisches hatte sie eine schlichte Vase mit bunten Sommerblumen aus dem Garten platziert. Pia freute sich auf einen geselligen Abend im Kreise von Tante Claras Freunden. Sie blickte auf die Uhr. Jetzt fehlte nur noch ein Gast, dann war die Runde vollzählig. Da klingelte es an der Tür.

»Kannst du bitte öffnen, Pia?«, bat Tante Clara ihre Nichte, denn sie war dabei, ein Begrüßungsschlückchen an die Gäste zu verteilen.

»Kein Problem, ich mache auf!«

Pia hatte sich heute Abend besonders hübsch gemacht. Sie trug ein leichtes, blauweiß gemustertes Sommerkleid, das ihre schmale Taille besonders betonte, und hatte ihr dunkles langes Haar locker im Nacken zusammengesteckt. Sie öffnete die Haustür.

»Guten Abend!«

Pia stutzte für einen kurzen Moment. Vor ihr stand Alexander Kramer mit einer Flasche Wein in der Hand. Er war mit einer hellen Hose und einem blaukarierten Hemd bekleidet und wirkte völlig anders als noch morgens am Strand. Er hatte kurz zuvor geduscht, denn sein Haar war feucht, und ihn umgab ein intensiver Duft nach einem herben Duschgel. Pia blieb nicht verborgen, dass er sie ebenfalls aufmerksam musterte.

»Hallo, Alexander, kommen Sie bitte rein. Wo haben Sie Bo gelassen?«, fragte Pia und konnte ihre Überraschung über seine Anwesenheit schwer überspielen. Pias Tante hatte mit keinem Wort erwähnt, dass Alexander zu den erwarteten Gästen gehörte.

»Bo wollte heute ausnahmsweise früh schlafen gehen.« Alexander lächelte und entblößte dabei seine perfekt weißen Zähne.

Er ließ Pia den Vortritt, und sie gingen ins Esszimmer, wo sich die übrigen Gäste mit einem Sektglas in der Hand angeregt unterhielten.

Nun ergriff Tante Clara das Wort: »Ihr Lieben! Ich freue mich sehr, dass Ihr meiner Einladung gefolgt seid. Meine Nichte Pia habt Ihr bereits kennengelernt. Jetzt möchte ich Euch gerne meinen Mieter und Helfer in der Not, Alexander Kramer, vorstellen. Er wohnt für einige Wochen in dem kleinen Ferienhaus, weil er auf unserer wunderschönen Insel beruflich zu tun hat.«

»Guten Abend.« Alexander grüßte charmant in die Runde, dann ruhte sein Blick auf Pia.

Tante Clara fuhr fort: »Ich wünsche uns allen einen unterhaltsamen Abend! Bitte nehmt Platz, es geht gleich los.«

Alle erhoben das Glas auf die Gastgeberin und nahmen anschließend ihre Plätze ein. Pia war ihrer Tante in die Küche gefolgt.

»Warum hast du mir verschwiegen, dass er auch da sein würde?«, flüsterte sie. »Ich habe ihn an der Tür völlig entgeistert angestarrt. Das war ausgesprochen peinlich! Ich kam mir total blöd vor.«

»Ich habe es nicht verschwiegen, Liebes, wir haben gar nicht darüber gesprochen.« Tante Clara verteilte die überbackenen Austern auf zwei Servierplatten. »Und selbst wenn. Hast du etwas gegen seine Anwesenheit einzuwenden? Mein Eindruck neulich war ein anderer. Du magst ihn, gib es zu. Und ich bin mir sicher, du gefällst ihm auch. Er hat dich vorhin kaum aus den Augen gelassen, falls es dir entgangen sein sollte.«

Zufrieden betrachtete sie ihr Werk. Nachdem sie das letzte Blättchen Petersilie zwischen zwei Austern drapiert hatte, trug sie die zwei Platten an Pia vorbei ins Esszimmer. Pia erwiderte nichts und folgte ihr mit dem Brotkorb und den Zitronenscheiben, die sie auf einem Teller angerichtet hatte.

Der Abend gestaltete sich rundum gelungen. Es wurde ausgiebig erzählt, gelacht und natürlich reichlich gegessen und getrunken. Als es weit nach Mitternacht war, verabschiedeten sich die letzten Gäste. Alexander war bis zum Schluss geblieben und hatte beim Aufräumen geholfen. Jetzt verabschiedete er sich ebenfalls.

»Danke für den schönen Abend, Frau Könemann. Das Essen war ausgezeichnet. Ich verabschiede mich. Bo muss noch eine kleine Runde drehen. Also, gute Nacht!«

»Gute Nacht, Alexander! Bitte nennen Sie mich Clara. Haben Sie vielen Dank für den Wein«, sagte Tante Clara. »Den sollten wir bei Gelegenheit alle zusammen auf der Terrasse trinken.«

»Gerne.«

Alexander lächelte ihr zu und richtete anschließend seinen Blick auf Pia. Sie nickte ihm zu und begleitete ihn zur Tür.

»Schlafen Sie gut!«, sagte er.

Pia sah ihm nach, bis er um die Ecke gebogen war.

»Tja, da geht er hin«, bemerkte Tante Clara, die plötzlich hinter Pia stand. »Komm, lass uns schlafen gehen. Der Tag war anstrengend. Der Wein hat obendrein für die nötige Bettschwere gesorgt.« Sie kicherte. Dann wurde sie ernst. »Danke für deine Hilfe, Pia. Ich kann mich nicht erinnern, wann das Haus zuletzt dermaßen geglänzt hat.«

»Jetzt übertreibst du maßlos!«

Pia umarmte ihre Tante und begab sich nach oben in ihr Zimmer. Sie machte kein Licht, denn der Mond erhellte den Raum. Sie sah aus dem Fenster und konnte Alexander im letzten Augenblick durch die Gartenpforte zum Strandübergang verschwinden sehen. Für den Bruchteil einer Sekunde überlegte sie, ihm zum Strand zu folgen. Aber wozu? Welchen Grund hätte sie gehabt? Er hätte sie im Vorfeld fragen können, ob sie ihn bei seinem Spaziergang mit dem Hund begleiten wollte. Das hatte er nicht getan. Wahrscheinlich war er lieber allein, beschloss Pia für sich. Sie ging ins Bad, zog sich aus, entfernte grob die Schminke aus ihrem Gesicht und putzte sich die Zähne. Dann schlüpfte sie in ihr Nachthemd und fiel müde ins Bett. Sie kuschelte sich fest ein und zog die Bettdecke bis zu den Ohren.

»Was machst du da?«, fragte Julia, als sie sah, dass Sven am Laptop saß und seine Finger pfeilschnell über die Tastatur flogen. Als sie sich ihm näherte, klappte er ihn blitzartig zu.

»Ich? Ich habe an meinem Bericht geschrieben.«

»Aha. Das scheint mir ein sehr geheimnisvoller Bericht zu sein.« Sven zeigte keine Reaktion. »Wir sollen nach Rantum fahren zu dem Typen, der dort im Container arbeitet. Herr Jacobs meint, wir sollen ihn fragen, ob wir ihm irgendwie behilflich sein können.«

»Wenn es sein muss«, brummte Sven. Seine Begeisterung über diesen Auftrag hielt sich in Grenzen.

»Ich kann genauso gut Paul fragen, ob er mich begleitet, wenn du keinen Bock hast.«

»Nein, schon okay. Ich komme mit, aber unter der Bedingung, dass wir mit dem Rad fahren. Ich habe keine Lust, auf den Bus zu warten. Der ist sowieso voll mit irgendwelchen nervigen Touristen.«

»Meinetwegen. Treffen wir uns in einer Viertelstunde am Fahrradständer?«, schlug Julia vor.

Sie war eine der Praktikantinnen, die diesen Sommer in der Schutzstation arbeitete. Sie kam aus der Nähe von Berlin und war ein aufgewecktes und hübsches Mädchen.

Gemeinsam fuhren Julia und Sven mit ihren Rädern in Richtung Rantum. Auf dem Parkplatz stellten sie sie ab und gingen den restlichen Weg zum Strand zu Fuß. Die Fahrräder durch den Sand zu schieben wäre ein anstrengendes Unterfangen gewesen und ohnehin verboten. Ein Hinweisschild machte darauf aufmerksam, dass Räder nicht an den Strand mitgenommen werden durften.

»Hoffentlich ist der Typ überhaupt da. Nicht, dass der Weg hierher umsonst war«, grummelte Sven, dessen Laune sich auf der Fahrt nicht wesentlich verbessert hatte.

»Das werden wir ja sehen. Man könnte das Gefühl bekommen, du magst ihn nicht sonderlich?«, erkundigte sich Julia neugierig.

»Geht so. Da! Sein Köter ist jedenfalls da, dann ist er auch nicht weit«, stellte Sven fest und deutete in Richtung des Containers.

»Das ist ein schönes Tier. Ich mag Hunde.«

Sven murmelte irgendetwas Unverständliches vor sich hin und stapfte hinter Julia her.

Als sie den Container erreicht hatten, trat Alexander aus der Tür.

»Morgen. Kann ich euch helfen?«, fragte er und hielt ein Glas Orangensaft in der Hand.

»Hi, wir kommen von der Schutzstation aus Hörnum«, erwiderte Julia und musterte Alexander von oben bis unten.

»Das dachte ich mir. Mit deinem Kollegen hatte ich bereits das Vergnügen.« Er deutete mit einer Kopfbewegung zu Sven. Dann machte er einen Schritt auf Julia zu und reichte ihr die Hand zur Begrüßung. »Alexander.«

»Ich bin Julia. Wie heißt er?«, wollte sie wissen und zeigte auf Bo.

»Das ist Bo.«

»Darf ich ihn streicheln?«

»Bitte. Was führt euch zu mir?«

»Herr Jacobs schickt uns. Wir sollen fragen, ob wir dir behilflich sein können«, erklärte Sven gleichgültig. Dabei blickte er zu Boden und zog mit seiner Schuhspitze Kreise in den Sand.

»Ich komme gut allein zurecht. Außerdem muss ich gleich weg. Ein anderes Mal gerne. Ich sage Ulf Jacobs Bescheid, wenn ich Unterstützung benötige. Tschüss.«

Mit diesen Worten drehte Alexander sich um und ging ins Innere seines Büros zurück. Er gab dem Hund einen Befehl, und Bo folgte ihm.

»Komm, ich habe gleich gewusst, dass der Weg umsonst war«, maulte Sven und trat den Rückzug an.

»Das kann man auch anders sehen. Der ist der Hammer, der Typ«, bemerkte Julia und drehte sich noch einmal zum Container um.

»Komm mal wieder runter, Julia. Der ist viel zu alt für dich. Der könnte dein Vater sein.«

»Kann sein. Aber er sieht göttlich aus! Das musst du zugeben. Hast du schon einmal so wahnsinnig blaue Augen gesehen? Und dann dieser Body!« Sie bekam einen verzückten Gesichtsausdruck.

Sven rollte mit den Augen. »Das lass bloß nicht Paul hören.«

»Was hat Paul damit zu tun?«

»Ich denke, da läuft was zwischen euch?«

Julia zuckte mit den Schultern und zog die Augenbrauen hoch. »Vielleicht. Paul ist ganz süß.«

Katja Städtler saß mit ihrem Freund in einem Café, als ihr Handy klingelte. Sie warf einen Blick auf das Display.

»Oh Mist, ich habe es geahnt. Das ist Kollege Kramer«, stöhnte sie und nahm das Gespräch entgegen. »Städtler.«

»Kramer. Wo sind Sie gerade?«

»Ich sitze in einem Café in Kampen, habe mit Müh und Not einen Platz ergattert und hätte sehr gerne in Ruhe gefrühstückt«, entgegnete sie und sah dabei ihren Freund an, der fragend eine Augenbraue hochzog und eine Grimasse schnitt.

»Aha. Haben Sie neue Anhaltspunkte oder die Aufzeichnungen Ihres toten Kollegen gefunden, die uns in der Sache wenigstens ansatzweise weiterbringen könnten?«

Katja Städtler zögerte einen Moment. Egal, was sie antworten würde, der Sonntag war gelaufen. Das sagte ihr Instinkt.

Schade um das leckere Frühstück. »Nein. Nichts. Wir sind alle Unterlagen und Notizen, die wir finden konnten, mehrfach durchgegangen. Ein paar Fotos waren darunter, doch darauf ist nichts zu sehen außer Landschaft und Wasser. Aber ich …«

Kramer ließ sie nicht zu Ende sprechen. »Okay. Dann lassen Sie es sich weiterhin schmecken. Wir sprechen morgen weiter. Schönen Tag noch.«

Damit war das Gespräch beendet. Katja Städtler blickte verdutzt auf das Telefon in ihrer Hand.

»Katja? Geht es dir gut?«, fragte ihr Freund.

»Also, aus dem soll einer schlau werden. Er will sich doch nicht mehr heute treffen. Wozu erst der ganze Trubel? Der Typ macht mich wahnsinnig!« Kopfschüttelnd steckte sie das Handy ein.

»Vielleicht hat er etwas Wichtigeres zu tun. Ein Date?«, vermutete ihr Freund amüsiert.

»Der? Mit wem denn? Ich bin überzeugt, dass er keine Freundin hat. Der lebt ausschließlich für den Job. Außerdem derart unsensibel wie der ist, schlägt er sowieso gleich jede Frau in die Flucht. Ach, und überhaupt.« Sie winkte ab.

»Warum? Sieht er darüber hinaus so übel aus, dass sich keine mit ihm einlassen würde?«

»Nein, das ist es nicht – eher das Gegenteil. Der strotzt nur so vor Männlichkeit. Kramer sieht verdammt gut aus, das muss ich ihm lassen. Der kann sich vermutlich vor Frauen kaum retten«, entgegnete Katja Städtler und köpfte ihr Frühstücksei mit einem gezielten Schlag.

Ihr Freund sah sie überrascht an. Dann sagte er: »Hm, das hattest du bislang nicht erwähnt.«

»Was meinst du?«

»Na, dass dein Kollege sehr attraktiv ist.«

»Warum auch? Ist doch egal. Vergiss Kramer! Hauptsache, wir haben diesen Tag nur für uns.«

Katja Städtler blickte ihren Freund an und streichelte ihm liebevoll über die Wange. Dann beugte sie sich zu ihm und gab ihm einen Kuss. Anschließend ließ sie den Blick über das morgendliche Wattenmeer schweifen. Die Sicht war gut. Draußen auf dem Meer konnte man ein kleines Segelboot erkennen.

Da es gestern Abend spät geworden war, hatte Pia lange geschlafen und beschlossen, den Tag mit Lesen zu verbringen. Tante Clara hatte es sich unter dem Sonnenschirm auf der Terrasse bequem gemacht und sortierte hoch konzentriert Notenblätter. Sie war fest entschlossen, ihre Idee mit der Musikgruppe zu forcieren. Pia hatte sich eine Liege genommen und im Garten unter dem Apfelbaum ein gemütliches Schattenplätzchen gefunden. Sie hatte erst wenige Seiten in ihrem neuen Buch gelesen, da bemerkte sie Alexander und Bo, die durch den Garten kamen. Alexander steuerte direkt auf seine Bleibe zu und nickte nur kurz zu ihr herüber. Enttäuscht, dass er nicht auf ein paar Worte zu ihr gekommen war, widmete Pia sich wieder ihrem Buch. Sie konnte sich nicht auf die Zeilen konzentrieren, sondern blickte immer wieder verstohlen zu dem Ferienhaus hinüber, in der Hoffnung, den einen oder anderen Blick auf Alexander zu erhaschen. Sie musste sich eingestehen, dass er ihr in keiner Weise gleichgültig war. Als sie ihn eben hatte kommen sehen, hatte ihr Herz einen kleinen Sprung gemacht. Pia war neugierig und wollte mehr über diesen Mann wissen. Aber sie hatte keine Idee, wie sie mehr über ihn in Erfahrung bringen konnte, ohne lästig oder aufdringlich zu wirken. Im Grunde wusste sie so gut wie nichts von ihm. Er hatte ihr erzählt, dass sein Bruder gestorben war und Bo seitdem bei ihm lebte. Dass er in der Schutzstation arbeitete und ursprünglich aus Hamburg kam. Mehr nicht. Das war bei näherer Betrachtung eine magere Ausbeute. Nach einer Stunde zwischen Grübeln und Lesen verspürte Pia ein leichtes Hungergefühl und das Bedürfnis, sich zu bewegen. Tante Clara war zwischenzeitlich nach Westerland gefahren. Pia kam die Idee, sich ein leckeres Eis zu gönnen. Sie hatte in einem Forum im Internet gelesen, dass es in List eine Eisdiele mit köstlichem selbstgemachten Eis geben sollte. Das wollte sie unbedingt ausprobieren, um sich ein eigenes Urteil zu bilden. Sie legte ihr Buch zur Seite, erhob sich von dem Liegestuhl und schlüpfte in ihre Schuhe. Für einen kurzen Moment überlegte sie, ob sie Alexander fragen sollte, ob er Lust hatte, sie zu begleiten. Mehr als Nein konnte er nicht sagen. Sie nahm allen Mut zusammen und steuerte auf das kleine Haus zu, ehe sie es sich anders überlegte. Mit pochendem Herzen betätigte sie den Türklopfer, der die Form einer handgroßen Herzmuschel hatte, und klopfte zweimal an. Von drinnen ertönte sofort ein Bellen. Nach wenigen Sekunden konnte sie Schritte vernehmen. Sie hörte Alexanders Stimme, die dem Hund einen leisen Befehl gab. Dann öffnete sich die Tür.

»Hallo, Pia!« Alexander sah sie abwartend an.

Obwohl Pia versuchte, ruhig zu bleiben, sprudelten die Worte förmlich aus ihr heraus: »Hallo! Ich hoffe, ich störe nicht. Also, ich wollte einen Spaziergang zur Eisdiele machen und fragen, ob Sie eventuell Lust hätten, mitzukommen. Aber nur, wenn Sie nichts Anderes vorhaben. Das wäre an einem Sonntag nicht ausgeschlossen. Ich nehme es Ihnen nicht übel, wenn Sie Nein sagen. Ich möchte mich auch in keiner Weise aufdrängen. Es ist einfach eine spontane Idee.«

»Das klingt beinahe, als ob ich gar nicht mitkommen sollte?« Er wirkte amüsiert.

»Doch, natürlich. Ich meine nur …« Pia spürte, wie ihr warm wurde und sie rot anlief. In diesem Augenblick wäre sie am liebsten auf der Stelle im Erdboden versunken. Sie fühlte sich plötzlich in ihre Teenagerzeit zurückversetzt.

»Ich komme sehr gerne mit. Einen Moment, ich bin gleich soweit. Kommen Sie doch so lange rein.«

Alexander trat zur Seite und ließ Pia eintreten. Bo kam schwanzwedelnd angelaufen, um den Besuch zu begrüßen.

»Hallo, Bo!«

Pia kniete sich hin und wurde von Bo einmal quer über das Gesicht geleckt. Ein Tier war in bestimmten Situationen Gold wert. Sie widmete sich Bo und konnte somit ihre Unsicherheit herrlich überspielen.

»Er mag Sie. Sie können gut mit Hunden umgehen«, stellte Alexander fest und steckte sein Portemonnaie in die Hosentasche seiner Jeans.

»Ja, ich liebe Hunde. Selbst hatte ich leider nie einen. Meine Mutter hat eine Tierhaarallergie. Ich musste mich früher nach dem Reitunterricht in der Garage umziehen, damit kein einziges Pferdehaar ins Haus kam. Später, als ich älter war, habe ich mich oft um die Hunde in der Nachbarschaft gekümmert. Bin mit ihnen spazieren gegangen, habe mit ihnen gespielt oder auf sie aufgepasst, wenn die Besitzer länger unterwegs waren.«

»Hunde akzeptieren einen so, wie man ist und sind nicht nachtragend«, sagte Alexander. Pia bemerkte den melancholischen Unterton in seiner Stimme. Alexander schickte Bo auf seinen Platz und verließ mit Pia das Ferienhaus. Sie schlenderten durch das Wohngebiet zur Hauptstraße von List. Immer wieder mussten sie Radfahrern ausweichen, die zum Teil rücksichtslos an ihnen vorbeifuhren, obwohl der Weg gleichermaßen für Radfahrer und Fußgänger ausgewiesen war.

»Wie lange bleiben Sie auf Sylt?«, wollte Alexander von Pia wissen, während sie nebeneinander hergingen.

»Noch gut drei Wochen, ich bin ja erst angekommen. Obwohl die Zeit leider viel zu schnell vorbeigeht. Das ist geradezu beängstigend.«

»Reisen Sie gerne allein?«

Pia freute sich insgeheim über diese Frage. War das eine zaghafte Annäherung seinerseits? Sie versuchte, neutral zu antworten, bevor sie irgendeinen Blödsinn von sich gab wie vorhin. Außerdem sollte sie nicht zu viel in seine Worte hineininterpretieren, mahnte sie sich selbst.

»Nein, aber manchmal ergibt es sich. Zurzeit verreise ich eher allein.« Sie hoffte, ihre Antwort würde seine eigentliche Frage ausreichend beantworten. »Und Sie?«

»Ich mache keinen Urlaub. Ich arbeite auf Sylt.«

Das war im Gegenzug nicht die Antwort, die Pia erhofft hatte. Er wich ihren Fragen gerne aus. Warum? Zwischenzeitlich waren sie an der Eisdiele angekommen. Eine lange Schlange hatte sich bis nach draußen gebildet.

»Ach ist das voll! Das hätte ich nicht gedacht«, stellte Pia fest. Die Enttäuschung stand ihr ins Gesicht geschrieben. »Da stehen wir ewig an.« Sie seufzte.

»Haben Sie es denn eilig?«, erkundigte sich Alexander und stellte sich hinten an die Schlange an.

»Nein, ich habe Zeit.«

»Na, dann.«

Sie schenkte ihm ein Lächeln. In Wahrheit genoss sie jede Minute seiner Gegenwart. Da hätte die Schlange nicht lang genug sein können. Während der Wartezeit plauderten sie zwanglos über alles Mögliche. Nachdem sie endlich an der Reihe waren, und jeder mit einem Becher Eis nach draußen trat, entdeckte Pia auf der angrenzenden Terrasse einen freien Strandkorb. Sie stürmte los und sicherte ihnen den Platz. Alexander folgte ihr und setzte sich neben sie. Ihre Knie berührten sich leicht. Pia spürte daraufhin ein leichtes Kribbeln. Sie musste über sich selbst lächeln.

Alexander registrierte ihre gute Laune und fragte: »Darf ich fragen, worüber Sie sich freuen?«

»Nur so. Ich freue mich, hier zu sein.« Mit dir, Alexander Kramer, fügte sie in Gedanken hinzu und sah ihn an. »Haben Sie lange in Hamburg gelebt?«, begann Pia, während sie ihr Eis löffelte. Die Sorten Vanille und Blaubeere schmeckten himmlisch.

Alexander hatte sich für Schokolade und Mango entschieden.

»Ich bin dort geboren und aufgewachsen. Vor sechs Jahren bin ich weggezogen«, erwiderte Alexander, ohne Pia dabei anzusehen.

»Warum?«

»Das hatte berufliche Gründe.«

Er war eine harte Nuss, musste Pia feststellen. Es gelang ihr nicht, ihn aus der Reserve zu locken. Vielleicht stellte sie sich zu ungeschickt an. Sie startete einen erneuten Versuch, darauf bedacht, die Grenze zur Aufdringlichkeit nicht zu überschreiten.

»Ich habe in Hamburg eine Weile in der Unfallklinik gearbeitet. Eine interessante Zeit. Das ist auch ungefähr sechs Jahre her.«

Jetzt muss er reagieren, wenn er es damals gewesen ist, war sich Pia sicher. Warum sagte er nicht, dass er zu dieser Zeit schwerverletzt im Krankenhaus lag? Andererseits, warum fragte sie ihn nicht direkt? Vermutlich war er es nicht, und sie konnte vergeblich auf die erhoffte Antwort warten. Tante Clara behielt recht, sie verrannte sich in wilde Theorien. Alexander holte tief Luft und sah ihr fest in die Augen, als würde er Anlauf nehmen. Doch im entscheidenden Augenblick wandte er seinen Blick ab. Es war, als würde er vom Zehnmeterbrett springen wollen, aber im letzten Moment verließe ihn der Mut.

Pia nahm allen Mut zusammen und fragte: »Waren Sie dort mal Patient? In der Unfallklinik, meine ich. Vielleicht sind wir uns zufällig begegnet?«

Ihr Herz schlug ihr bis zum Hals, während sie auf seine Reaktion wartete. Sie drückte den kleinen Plastiklöffel fest in ihrer Hand. Nun gab es kein Zurück mehr. Er konnte ihr nicht mehr ausweichen und musste die Frage beantworten. Gleich hatte Pia endlich Gewissheit.

Plötzlich tauchte eine junge Frau vor ihnen auf. Pia war derart auf Alexander fixiert, dass sie sie nicht bemerkt hatte. Sie hatte alles andere um sich herum ausgeblendet.

»Hi, Alex!«

Alexander sah auf.

»Julia, hallo«, antwortete er kühl.

Pia beobachtete ihn, um herauszubekommen, in welcher Beziehung er zu der jungen Frau stand, die ihn zu kennen schien.

»Wie geht's? Super Wetter heute. Sehen wir uns morgen wieder?«, fragte sie mit selbstbewusstem Blick.

»Das glaube ich nicht. Genieße das Wetter! Einen schönen Tag«, erwiderte Alexander eiskalt.

»Naja, mal sehen. Vielleicht hast Du morgen bessere Laune. Dir auch einen schönen Tag! Genieß dein Eis!«

Vorläufig schien diese Julia verstanden zu haben, dass sie unerwünscht war, denn sie drehte sich um und verschwand hüftschwingend über den Parkplatz. Dort warteten zwei Männer auf sie. Pia schätze das Trio auf höchstens Anfang zwanzig. Sie staunte über das selbstsichere Auftreten dieser Person. Sie hätte sich niemals getraut, einen Mann in Gegenwart einer anderen Frau dermaßen offensichtlich anzumachen. Es hätte durchaus sein können, dass sie, Pia, mit Alexander liiert war. Solches Verhalten gehörte sich einfach nicht in Pias Augen. Sie hätte zu gern gewusst, wer Julia war, aber sie biss sich auf die Zunge näher nachzufragen.

Zu ihrer Überraschung sagte Alexander, als könne er ihre Gedanken lesen: »Das war unsere Praktikantin. Ich habe erst einmal mit ihr gesprochen. Aber sie ist scheinbar extrem anhänglich.« Er verzog den Mund.

Und dreist, ergänzte Pia, sprach es aber nicht laut aus, sondern sagte lediglich: »Sehr aufgeweckt.«

Nachdem sie ihr Eis gegessen hatten, traten sie den Rückweg an. Dieses Mal schlug Alexander vor, den Weg über die Promenade am Wasser entlang zu nehmen. Pia war einverstanden.

»Da werden wir nicht ständig von Radfahrern gescheucht. Außerdem ist die Aussicht schöner«, hatte er argumentiert.

Das letzte Stück zum Haus von Tante Clara liefen sie am Strand entlang, da der asphaltierte Weg irgendwann endete. Pia tat es Alexander gleich und zog ihre Schuhe aus. Der feine weiße Sand war warm und massierte bei jedem Schritt auf angenehme Weise ihre Fußsohlen. Die Treppe zum Haus ihrer Tante war bereits in Sichtweite, da durchfuhr Pia plötzlich ein stechender Schmerz unter ihrem rechten Fuß. Sie war in etwas getreten. Der Schmerz war höllisch, sodass sie keinen einzigen Schritt mehr machen konnte.

»Autsch!«, rief sie und ließ sich in den Sand sinken. Pia wurde flau im Magen, und sie kniff die Augen zusammen. Alexander kniete sich neben sie.

Mit besorgter Miene fragte er: »Was ist passiert? Pia, geht es dir nicht gut?«

»Ich glaube, ich habe mir etwas eingetreten. Es tut verdammt weh.«

Pia presste die Lippen aufeinander und versuchte, ein tapferes Gesicht zu machen. Sie wollte ungern vor Alexanders Augen die Nummer des sterbenden Schwans zum Besten geben. Trotz ihrer unglücklichen Lage war ihr allerdings nicht verborgen geblieben, dass Alexander sie geduzt hatte. Doch der Schmerz dämpfte die Freude darüber schnell. Blut tropfte in den hellen Sand und bildete kleine rote Klümpchen.

»Lass mal sehen.« Alexander widmete sich Pias Fuß und untersuchte ihn vorsichtig. Dann sagte er: »Da haben wir den Übeltäter! In deiner Fußsohle steckt eine Glasscherbe, vermutlich von einer Bierflasche.«

»So ein Mist! Wer lässt denn seine Flaschen am Strand rumliegen!«

»Ich denke, wir sollten die Scherbe nicht vor Ort entfernen. Sonst gelangt Schmutz in die Wunde. Wir brauchen außerdem eine Pinzette, ohne bekomme ich sie nicht heraus. Warte, ich helfe dir beim Aufstehen!«

Alexander legte Pias Arm um seinen Hals. Mit einem Arm fasste er unter ihre Achsel und mit dem anderen unter die Kniekehlen. Dann hob er sie behutsam hoch. Unter anderen Umständen hätte Pia seine direkte Nähe mehr genießen können. Sie war dicht an ihn gepresst, hatte ihre Arme um seinen Hals geschlungen und spürte bei jeder Bewegung das Spiel seiner Muskeln. Ihr Kopf lehnte an seiner Schulter. Sie hielt die Augen leicht geschlossen. Er roch gut.

»Geht es?«, erkundigte er sich, als sie nichts sagte.

»Ja danke. Ich hoffe, ich bin dir nicht zu schwer?«

Er lachte kurz auf.

»Das soll wohl ein Witz sein? Da habe ich schon ganz andere Gewichte bewegt. Du wiegst quasi nichts.«

Er trug Pia die Treppenstufen nach oben und quer über die Rasenfläche in Richtung Terrasse. Sie stöhnte leise.

»Du wirst mir nicht ohnmächtig auf den letzten Metern?«, scherzte er. »Als Krankenschwester musst du Blut sehen können, dachte ich.«

»Stimmt. Aber Verletzungen am eigenen Leib sind halt was anderes. Es tut wirklich weh und brennt. Entschuldige, dass ich ein solches Weichei bin«, erwiderte Pia kleinlaut.

Alexander musste lachen. Als Tante Clara beide auf die Terrasse zukommen sah, winkte sie ihnen fröhlich entgegen. Zunächst machte sie ein amüsiertes Gesicht, dann schlug ihr Gesichtsausdruck in Besorgnis um, als sie Pias blutenden Fuß erkannte.

»Um Himmels willen, was ist passiert?«, rief sie und eilte auf die beiden zu.

»Ich bin in eine Scherbe getreten. Alles halb so wild«, erklärte Pia.

Tante Clara warf einen prüfenden Blick auf Pias Verletzung.

»Alexander, bitte bringen Sie meine Nichte ins Haus. Dort kann ich mir die Wunde genauer ansehen und versorgen.«

Alexander trug Pia ins Wohnzimmer und setzte sie behutsam auf dem Sofa ab.

»Danke für deine Hilfe«, sagte Pia.

»Das ist doch selbstverständlich. Ich habe einen riesigen Schrecken bekommen, als du plötzlich zu Boden gegangen bist.«

Tante Clara war im Badezimmer verschwunden und kehrte mit einer Erste-Hilfe-Box und einem Handtuch zurück. Während sie mit einer Pinzette die Scherbe fachmännisch aus der Wunde entfernte, konnte Pia sehen, dass Alexander sie dabei beobachtete.

»Sind Sie auch Krankenschwester, Clara?«, wollte er wissen.

»Nein, ich bin Chirurgin im Ruhestand. Aber das bekomme ich noch hin. Könnten Sie mir das bitte abnehmen?« Tante Clara reichte Alexander die blutige Scherbe auf einem Stück Küchenpapier. »Danke. Da waren Sie mal wieder zur richtigen Zeit am richtigen Ort, wie es aussieht«, stellte Tante Clara fest und zwinkerte Pia heimlich zu.

»Das war purer Zufall«, erwiderte er.

»So, Liebes, das wäre geschafft. Gegen Tetanus bist du geimpft, nehme ich an.«

Pia nickte. »Ja, bin ich. Danke, Tante Clara.«

»Ich muss los. Bo wartet bestimmt schon. Gute Besserung und vielen Dank für das Eis, Pia! Auf Wiedersehen, Clara.«

Alexander verabschiedete sich und verließ das Haus über die Terrasse.

»Na, das nenne ich Glück im Unglück«, stellte Tante Clara erfreut fest. »Ihr habt zusammen Eis gegessen?«

»Ja, in List. Ich habe ihn gefragt, und er ist spontan mitgekommen. Das war alles«, erwiderte Pia.

»Schön. Immerhin ein Anfang.« Tante Clara wirkte sichtlich zufrieden. Sie schraubte das Fläschchen mit dem Desinfektionsmittel zu.

»Wir haben eine Praktikantin von der Schutzstation dort getroffen. Sie heißt Julia. Sie hat Alexander regelrecht angemacht. In meiner Gegenwart!«

»Erkenne ich in deinen Worten einen Anflug von Eifersucht?« Tante Clara konnte sich ein Schmunzeln nicht verkneifen.

»Nein, aber ich fand es unpassend. Schließlich saß ich genau neben ihm. Ich hätte seine Freundin sein können. Sie hat mich komplett ignoriert.« In Pias Stimme schwang eine gewaltige Portion Empörung mit.

»Und wie hat er darauf reagiert?«

»Ganz gelassen. Ich hatte nicht das Gefühl, dass zwischen den beiden etwas läuft. Er hat ihr unmissverständlich zu verstehen gegeben, dass sie stört. Er war sogar ziemlich schroff.«

»Na also, dann musst du dir keine Gedanken machen. Möchtest du auf dem Sofa bleiben oder soll ich dir helfen, nach draußen zu gehen? Irgendwo müsste ich ein Paar Gehhilfen rumstehen haben. Vermutlich habe ich sie in den Keller verbannt. Ich habe mir letzten Herbst das Knie verletzt. Da waren diese Dinger hilfreich, ansonsten stehen sie nur im Weg. Die freundliche Dame im Sanitätshaus wollte mir gleich eine Bonuskarte aufschwatzen. Naja, wahrscheinlich kann man in meinem Alter nicht früh genug anfangen, Punkte zu sammeln.« Tante Clara verzog das Gesicht und Pia musste an sich halten, nicht schallend loszulachen. Sie konnte sich das Gesicht ihrer Tante bildlich vorstellen, als die Verkäuferin ihr dieses Angebot unterbreitete.

»Jetzt hör auf! Du bist doch nicht alt. Aber um auf deine Frage zurückzukommen, ich würde gerne auf meine Liege zurück. Das kriege ich ohne Krücken hin. Dann gehe ich rechts eben nur auf der Ferse.«

Pia setzte sich auf und versuchte aufzustehen. Sie machte ein paar vorsichtige Schritte. Das Auftreten tat ein bisschen weh und sie spürte, wie das Blut in dem Fuß pochte, aber sie hatte schnell den Bogen raus wie sie am besten laufen konnte, ohne den verletzten Fuß zu stark zu beanspruchen. Es dauerte alles nur entsprechend länger. Sie war zuversichtlich, dass das Laufen in ein paar Tagen besser klappen würde. Musste das ausgerechnet jetzt passieren? Warum mussten die Leute überall ihren Müll herumliegen lassen? Als Pia an ihrer Liege angekommen war, ließ sie sich erschöpft darauf sinken. Ihr Buch lag noch auf dem kleinen Tischchen daneben, ganz so, wie sie es einige Stunden zuvor verlassen hatte. Sie griff danach. In der jetzigen Situation war sie praktisch zum Lesen gezwungen. Was sollte sie sonst machen? Ausgedehnte Strandspaziergänge fielen momentan definitiv aus.

Etwas Nasses kitzelte sie am Ohr. Pia schlug die Augen auf und erblickte Bo neben sich. Der Hund hielt den Kopf schief und sah sie aus dunklen Augen aufmerksam an. Sie musste mitten im Lesen eingenickt sein. Wie lange hatte sie wohl geschlafen?

»Hallo, mein Süßer!« Sie wuschelte dem Hund liebevoll durchs Fell. Der Hund lehnte sich der Länge nach gegen ihre Liege und hob genussvoll den Kopf.

»Hallo!«

Erst jetzt bemerkte Pia Alexander, der auf der anderen Seite von ihr im Gras saß und sie beobachtete.

»Geht es dir besser?«, erkundigte er sich. »Ich habe dir etwas mitgebracht, aber wie ich sehe, bis du ausreichend mit Literatur versorgt.«

Er deutete auf das dicke Buch, das neben Pia im Gras lag. Es musste ihr aus der Hand gefallen sein, als sie eingeschlafen war. Eine Ameise rannte quer über das Cover. Alexander beugte sich vor und reichte Pia ein Taschenbuch, das etliche Gebrauchsspuren aufwies. Die Vorderseite war abgegriffen und leicht vergilbt, sodass der Titel nur noch schwer lesbar war.

»Ich dachte, das könnte dir gefallen. Es ist allerdings in Englisch.«

»Danke, das macht nichts. Da kann ich gleich meine Sprachkenntnisse etwas auffrischen. Früher habe ich viele englische Bücher gelesen«, erklärte Pia, ohne genauer auf den Titel zu achten. »Worum geht es in dem Buch?«

»Die Geschichte handelt von der wahren Liebe.«

Pia sah Alexander erstaunt an. Seit wann lesen Männer solche Bücher, stand ihr auf die Stirn geschrieben.

»Warum sollten Männer nicht auch Liebesgeschichten lesen?«, sagte er, als hätte er Pias Gedanken gelesen. »Wie gesagt, du musst es nicht lesen, nur, wenn du magst.«

»Nein, nein, ich möchte es gern lesen. Glaubst du an die große Liebe?«, fragte sie ihn und wartete gespannt auf seine Reaktion.

»Tun wir das nicht insgeheim alle?«

Ein weiteres Mal erhielt sie keine direkte Antwort auf ihre Frage. Alexander Kramer war ein Meister im Ausweichen. Er lächelte entwaffnend. Dann erhob er sich wortlos und ging quer über den Rasen zurück zu seiner Unterkunft. Bo folgte ihm. Nachdenklich sah Pia ihm nach. Mit welchen unerwarteten

Offenbarungen musste sie wohl noch rechnen? Der Mann blieb ihr ein Rätsel.

»Na, Liebes, wie geht es deinem Fuß?«

Tante Clara gesellte sich zu ihr und brachte ein Glas frisch gepressten Orangensaft. Ehe Pia antworten konnte, nahm ihre Tante das Buch in die Hand, das Alexander mitgebracht hatte.

»Woher hast du das?«, wollte sie wissen und blätterte vorsichtig darin.

»Alexander hat es mir eben gegeben. Er hat gemeint, ich könnte es lesen, da ich doch nun viel Zeit habe.«

Tante Clara zog die Augenbrauen hoch und spitzte die Lippen.

»Was ist? Kennst du es?«, bohrte Pia ungeduldig nach.

»In der Tat. Ich kenne das Buch. Das ist die schönste Liebeserklärung an die Liebe, die ich je gelesen habe. Ich bekomme heute noch eine Gänsehaut, wenn ich daran denke.«

Pias Tante schwieg andächtig und strich so zärtlich mit den Fingern über das Buch, als sei es von unschätzbarem Wert. Pia lief ein Schauer über den Rücken.

»Dann komme ich nicht umhin, es zu lesen«, verkündete Pia.

Tante Clara nickte und legte das Buch zurück auf das Tischchen. »Unbedingt. Ich wollte dich fragen, ob du mittlerweile Hunger bekommen hast. Ich würde uns etwas kochen. Nachher bin ich mit meinen Musikern verabredet und fahre nach Braderup. Ich habe keine Ahnung, wann ich zu Hause sein werde.«

»Ja, gerne. Kann ich dir behilflich sein?«, bot Pia an.

»Du bleibst schön hier liegen und schonst deinen Fuß. Umso schneller ist er wieder einsatzfähig. Sylt hat viel zu bieten, das willst du doch nicht verpassen wegen einer blöden Scherbe im Fuß.«

Tante Clara ging zurück ins Haus, und Pia lehnte sich entspannt in ihren Liegestuhl. Sie blickte durch das Blätterdach des Apfelbaumes in den Himmel. Der leichte Wind vom Nachmittag hatte aufgehört, und es herrschte absolute Windstille. Die typische Sylt-Flagge am Fahnenmast des Nachbargrundstücks hing schlapp wie ein nasser Lappen herunter und bewegte sich nicht. Bei Wind, wenn sie stolz flatterte, konnte man die drei waagerechten Streifen in Gelb, Rot und Blauviolett, in deren Mitte die Insel Sylt in Türkis abgebildet war, deutlich erkennen. In der rechten oberen Ecke prangte auf gelben Hintergrund der Schriftzug Sylt.

Nach einer halben Stunde trug Tante Clara ein vollbeladenes Tablett zu Pia in den Garten.

»So, ich hole mir nur noch einen Stuhl, und dann kann es losgehen.«

Sie stellte das Tablett auf dem Tischchen neben Pia ab und ging zur Terrasse zurück.

Tante Clara hatte Spaghetti Vongole zubereitet, eines von Pias absoluten Lieblingsgerichten. Ein verführerischer Duft zog Pia in die Nase. Zu den Nudeln und der Soße hatte Tante Clara einen leichten Weißwein gewählt, der eisgekühlt fantastisch dazu schmeckte. Pia fühlte sich wie im Paradies, abgesehen von ihrer Schnittverletzung. Der Fuß hatte sich in der Zwischenzeit beruhigt und tat im Ruhezustand nicht mehr weh. Nachdem sie gegessen und sich dabei angeregt unterhalten hatten, verabschiedete sich Tante Clara und fuhr mit ihrem Wagen wie angekündigt nach Braderup. Pia nahm an, dass ihre Tante ihren Bekannten aufsuchte und das nicht allein wegen des gemeinsamen Musizierens. Sie gönnte es ihr von Herzen. Warum sollte sie sich nicht auch verlieben in diesem Sommer? Auch? Pia erwischte sich bei dem Gedanken. Sie konnte längst nicht mehr leugnen, dass sie sich bis über beide Ohren in Alexander verliebt hatte, obwohl sie noch immer kaum etwas über ihn wusste. Sie trank einen Schluck Weißwein und begann das Buch, das Alexander ihr gegeben hatte, zu lesen. Anfangs fiel es ihr schwer, sich auf die englische Sprache einzustellen, aber von Seite zu Seite gewöhnte sie sich daran. Ihr Englisch reichte aus, um den Inhalt gut zu verstehen, auch wenn sie nicht jedes Wort übersetzen konnte. Vokabeln, die sie nicht kannte, ergaben sich meist aus dem Zusammenhang. Pia tauchte ab in eine fremde exotische Welt mit all ihren schillernden Gestalten, bis ihr auffiel, dass ihr manches seltsam bekannt vorkam. Dann fiel es ihr ein. Exakt dieses Buch hatte sie vor sechs Jahren gelesen und anschließend ihrem geheimnisvollen Patienten am Krankenbett davon erzählt. Sie bekam Herzklopfen. Sollte es wirklich nur ein Zufall sein, dass Alexander ihr ausgerechnet dieses Buch gegeben hatte? Wollte er ihr damit etwas sagen? Warum war er dann bislang allen ihren Anspielungen ausgewichen? Das ergab keinen Sinn. Pia wusste nicht mehr, was sie glauben sollte und mahnte sich, ihrer Fantasie Einhalt zu gebieten.

Langsam dämmerte es. Die Sonne war im Meer versunken und hatte den Stab an den Mond weitergegeben. Zum Lesen war es mittlerweile zu dunkel, denn einzelne Wolken schoben sich am Mond vorbei und verdeckten die letzte natürliche Lichtquelle. Eine sternenklare Nacht würde es heute nicht geben, stellte Pia mit einem Blick in den Himmel fest. Sie setzte sich auf und sammelte ihre Sachen zusammen. Dann stand sie auf und humpelte mit den Büchern und dem leeren Weinglas in den Händen zur Terrasse. Plötzlich trat eine Gestalt seitlich aus dem Schatten neben sie. Pia fuhr erschrocken zusammen.

»Entschuldigung, ich wollte dich nicht erschrecken, Pia.«

Alexander hob beschwichtigend die Hände. Er war allein, ohne die Begleitung von Bo.

»Alexander, du bist das! Ich habe dich nicht kommen hören und war in Gedanken.«

Er machte einen Schritt auf sie zu.

»Ich wollte nachsehen, wie es deinem Fuß geht und fragen, ob ich dir behilflich sein kann.«

Er stand weniger als einen Meter von ihr entfernt und seine blauen Augen strahlten im blassen Mondlicht. Pia spürte, wie ihr heiß wurde und ihr Puls zu rasen begann, ohne dass sie Einfluss darauf nehmen konnte.

»Danke der Nachfrage, es geht ihm schon viel besser. Falls du mich allerdings zu einem Strandspaziergang abholen wolltest, muss ich dich leider enttäuschen«, erwiderte sie.

Ohne ein weiteres Wort nahm er ihr Gesicht in seine Hände und zog sie behutsam zu sich. Sie spürte seine warmen Lippen auf ihren, als er sie zärtlich küsste. Die Bücher und das Weinglas glitten aus ihren Händen und fielen leise ins Gras. Er küsste sie erst zaghaft, dann voller Leidenschaft, als hätte er ein Leben lang darauf gewartet. In Pias Kopf drehte sich alles. Selbst als er sich von ihr löste, war ihr noch immer schwindelig.

»Das war der schönste Krankenbesuch, den ich jemals hatte«, flüsterte sie und strich ihm mit der Hand über die Wange.

Auf seinem Gesicht erschien ein Lächeln.

»Und das aus dem Mund einer Krankenschwester. Ich fasse es als Kompliment auf.«

Dann packte er sie und trug sie zum Haus. Sie schmiegte sich fest an ihn und legte ihren Kopf an seinen Hals. Dieses Mal genoss sie diesen Augenblick in vollen Zügen. An der Terrassentür setzte er sie vorsichtig ab. Pia stand unschlüssig vor ihm. Sie hatte Mühe, ihre Gedanken zu sortieren.

Er bemerkte ihre Unsicherheit und sagte: »Gute Nacht, Pia! Schlaf gut! Ich würde mich freuen, dich morgen wiederzusehen.«

Er küsste sie sanft auf die Wange. Dann verschwand er genauso schnell in der Dunkelheit, wie er aufgetaucht war. Sie konnte schemenhaft erkennen, dass er die Bücher und das Weinglas zurück auf das kleine Tischchen neben der Liege legte, bevor die Nacht ihn gänzlich verschluckte. Pia blieb einen Moment regungslos stehen und versuchte das Geschehene Revue passieren zu lassen. Sie fand keine Worte für diesen Gefühlscocktail, den sie durchlebte. Warum war er so schnell gegangen? War sein leidenschaftliches Verhalten lediglich eine Kurzschlusshandlung, die er bereits bereute? Oder wollte er ihr ursprünglich etwas ganz anderes sagen und hatte im letzten Moment einen Rückzieher gemacht? Eines wusste sie jedoch sicher: Sie konnte es kaum erwarten, Alexander am nächsten Tag wiederzusehen.

Das Klingeln des Telefons riss ihn aus dem Schlaf. Er blinzelte auf seine Armbanduhr auf dem Nachttisch. Es war kurz vor 6.00 Uhr morgens. Verschlafen drehte er sich auf den Rücken und hielt sich das Telefon ans Ohr. Die Stimme am anderen Ende der Leitung gehörte Kriminalhauptkommissarin Städtler.

»Na, Kramer, sollte ich Sie etwa aus Ihren süßen Träumen geholt haben? Dann tut es mir aufrichtig leid.«

Trotz der frühen Stunde bemerkte er den süffisanten Unterton in der Stimme der Kollegin, ging jedoch nicht darauf ein.

»Was ist los?«, murmelte er.

»Es gibt Neuigkeiten. Ich sollte Sie umgehend informieren.«

»Und die wären?«, hakte Alexander ungeduldig nach und rieb sich mit einer Hand über die Augen.

»Die Kollegen haben in der Nähe des Parkplatzes zum Strandabschnitt Samoa zwei verdächtige Personen gesichtet.«

»Weiter! Mein Gott, können Sie auch mehr als immer nur einen Satz von sich geben?«

Er kniff die Augen zusammen und massierte sich mit Daumen und Zeigefinger der linken Hand die Nasenwurzel.

Seiner Laune nach zu urteilen, hatte er kein erfülltes Wochenende gehabt, überlegte Katja Städtler, bevor sie fortfuhr. »Sicher. Eine der beiden Personen, ein Mann, ist polizeibekannt. Er steht seit einiger Zeit unter Beobachtung, da vermutet wird, dass er in Zusammenhang mit Anschlagsplänen in mehreren deutschen Städten stehen könnte. Bislang konnte ihm allerdings nichts nachgewiesen werden. Sonst hätten die Kollegen vom BKA ihn natürlich längst festgesetzt.«

Alexander war mit einem Schlag hellwach und setzte sich aufrecht in seinem Bett auf. Bo, der neben ihm auf dem Fußboden lag, hob den Kopf.

»Was haben Sie daraufhin veranlasst? Wer war die zweite Person? Ist sie ebenfalls bekannt?«, erkundigte er sich und kratzte sich nervös am unrasierten Kinn.

»Wir behalten beide weiterhin im Auge. Bislang haben sie nichts getan, was ein direktes Handeln oder gar einen Zugriff rechtfertigen würde. Sie haben sich am Strand getroffen und sind ein Stück zusammen gegangen. Danach haben sie sich wieder getrennt. Worum es in diesem Gespräch ging, wissen wir nicht. Die Kollegen haben sich absichtlich im Hintergrund gehalten, weil wir hoffen, auf diese Weise leichter an Hintermänner zu kommen. Die zweite Person konnten die Kollegen nicht identifizieren. Bei dem bekannten Mann handelt es sich um Tali Ergon. Er ist 25 Jahre alt und ist vergangenes Jahr legal über die Türkei nach Deutschland eingereist. Bisher wurde er immer allein gesehen. Warum er sich so früh am Morgen mit einer anderen Person trifft, muss noch geklärt werden. Mehr Informationen habe ich momentan nicht. Die Kollegen sind noch beim Auswerten.«

Alexander gab ein brummendes Geräusch von sich. Der Name sagte ihm mehr, als ihm lieb war.

Schließlich erwiderte er: »Danke, Frau Städtler. Ich sehe mich nachher an der Stelle um, an der sich die beiden aufgehalten haben. Vielleicht fällt mir etwas auf.«

»Tun Sie das, Kramer. Ein romantisches Picknick am Strand bei Sonnenuntergang soll dort übrigens sehr schön sein. Oder Sie machen einen Ausflug in die Strandsauna.«

Er legte, ohne näher darauf einzugehen, auf. Was sollten diese überflüssige Bemerkungen und Anspielungen? Plötzlich hatte er eine Idee. Er könnte Pia heute Abend zum Essen einladen. Im gleichen Augenblick erschien ihm die Idee jedoch schon nicht mehr so brillant. Es war ihr gegenüber unfair und zu gefährlich, sie in die Angelegenheit mit reinzuziehen. Unter keinen Umständen durfte sie oder jemand anderes erfahren, weshalb er tatsächlich auf der Insel war. Jedenfalls im Moment nicht. Das diente auch ihrem eigenen Schutz. Er hatte sich in sie verliebt, was nicht zum Plan gehörte – ganz und gar nicht. Gestern Abend hatte er sich nicht unter Kontrolle gehabt, sondern sich von seinen Gefühlen leiten lassen. Das war ein Fehler. Pia durfte nicht in Gefahr geraten, und er musste sich auf seine Aufgabe konzentrieren. Er stand auf, warf einen Blick aus dem Fenster und beschloss spontan, schwimmen zu gehen. Den Kopf frei bekommen und nachdenken, das stand an erster Stelle.

Pia hatte in der vergangenen Nacht kaum geschlafen. Sie war nach dieser letzten Begegnung mit Alexander viel zu aufgekratzt. Jetzt war es kurz nach 7.30 Uhr. Sie setzte sich in ihrem Bett auf und rekelte sich ausgiebig. Draußen war es hell, und die Vögel zwitscherten seit Stunden pausenlos um die Wette, als würden sie für einen anstehenden Gesangswettbewerb trainieren. Pia schlug die Bettdecke beiseite und betrachtete ihren Fuß. Vorsichtig zog sie das Pflaster ab. Die Wunde darunter war nicht mehr stark gerötet und sah relativ passabel aus. Nichts hatte sich entzündet. Wenn Pia Glück hatte, würde sie in spätestens zwei Tagen den Fuß wieder voll belasten können. Sie schälte sich aus dem Bett und humpelte ins Badezimmer. Als sie aus dem Fenster blickte, sah sie, wie Alexander durch die Gartentür kam. Er trug lediglich eine Badehose und hatte ein großes Handtuch um die Schultern gelegt. Allem Anschein nach war er zu dieser frühen Stunde schwimmen gewesen. Bei seinem Anblick fühlte Pia schlagartig ein angenehmes Prickeln. Bo lief ein paar Meter vor ihm her. Sein schwarzes Fell war nass und glänzte im aufgehenden Sonnenlicht. Beide verschwanden im Ferienhaus. Pia duschte, zog sich an und ging nach unten in die Küche. Ihre Tante stand im Bademantel vor der Kaffeemaschine und wirkte noch sehr müde. Ihr Haar war ungekämmt und stand ihr unordentlich vom Kopf ab. Tante Clara in einem völlig anderen Licht, dachte Pia überrascht.

»Guten Morgen, Tante Clara, schönen Abend gehabt?«, fragte Pia forsch.

»Wenn man von diesem Teufelszeug absieht, das getrunken wurde, ja«, gab ihre Tante gequält zurück und verzog den Mund. Neben ihr in einem Glas Wasser löste sich gerade eine Tablette sprudelnd auf.

»Von welchem Teufelszeug sprichst du?«

»Ach, ich habe vergessen, wie es heißt. Es schmeckt wunderbar, aber die Wirkung ist, wie gesagt, teuflisch.«

Sie fasste sich mit einer Hand theatralisch an die Schläfe und stöhnte.

Pia konnte sich ein Grinsen nicht verkneifen. Derart wehleidig kannte sie ihre Tante nicht. Aber besonders wundern, tat sie sich auch nicht. Bei Tante Clara musste man stets mit allem rechnen. Das war es, was Pia an ihr schon immer faszinierend fand, die Überraschungsmomente. Das Leben von Tante Clara in all seinen Facetten.

»Wie war dein Abend? Ich hoffe, du hast dich nicht allein gelangweilt und vor lauter Kummer womöglich sinnlos betrunken.« Sie sah ihre Nichte fragend an.

»Nein, da kann ich dich beruhigen, ich bin nüchtern geblieben. Mein Abend war interessant.« Pia konnte sich ein Lächeln nicht verkneifen, und ihre leuchtenden Augen sprachen Bände.

»Sieh an, es hat dich voll erwischt! Ich hoffe, der Abend hat sich gelohnt?«

»Also bitte, Tante Clara! Was denkst du von mir?«

»Ich denke, dass du eine gut aussehende, intelligente, junge Frau bist, die das Leben zu genießen weiß. Und da draußen läuft ein Mann rum, für den man sterben könnte. Mehr brauche ich wohl nicht zu sagen.«

Pia wurde rot. »Dass du immer so maßlos übertreiben musst. Wir haben uns geküsst, das war alles.«

»Keine Details! Sonst werde ich am Ende noch neidisch.« Sie zwinkerte Pia zu. »So, aber jetzt brauche ich mindestens zwei Tassen Kaffee, sonst muss dieser Tag ohne mich zurechtkommen! Was macht eigentlich dein Fuß?«

»Ich bin es. Konntest du etwas herausfinden?«

»Hallo, Tali! Nein, ich hatte bislang keine Gelegenheit, mir alles genauer anzusehen«, antwortete die Stimme am anderen Ende der Leitung.

»Verdammt, keine Namen! Das habe ich dir mehrfach gesagt, und ich wiederhole mich ungern.«

»Entschuldigung.«

»Wie lange brauchst du noch? Uns bleibt nicht mehr viel Zeit. Bald ist Mittsommer, bis dahin muss alles fertig sein. Hat er etwas damit zu tun? Gibt es Hinweise oder Verdachtsmomente?«

»Ich glaube nicht, aber ich mag ihn trotzdem nicht. Sein Hund ist mir auch nicht geheuer.«

»Du musst dir absolut sicher sein. Sieh zu, dass du das schleunigst klärst. Du musst dir seinen Laptop schnappen, erst dann haben wir endgültig Gewissheit. Ich melde mich in ein/zwei Tagen wieder bei dir. Dann will ich Ergebnisse. Verstanden?«

»Okay, okay, verstanden! Du, T…, ich meine, der tote Taucher am Strand neulich. Hat das was mit der Sache zu tun?«

»Kümmere dich um deinen Auftrag, alles andere ist uninteressant. Jeder von uns hat seine spezielle Bestimmung. Wir sind nur kleine Rädchen im Gesamtwerk. Merk dir das und stell keine überflüssigen Fragen. Kein Sterbenswort zu niemandem. Kapiert? Auch nicht zu dieser kleinen Schlampe.«

»Wen meinst du?«

Doch das Gespräch war bereits zu Ende.

Pia stand mit ihrer Kaffeetasse in der Hand auf der Terrasse, als Alexander das Haus verließ.

Lächelnd kam er über den Rasen direkt auf sie zu. »Guten Morgen! Ich hoffe, du hast gut geschlafen.« Er sah sie liebevoll an und steckte ihr eine Haarsträhne hinters Ohr.

»Ja, ganz gut«, erwiderte sie mit klopfendem Herzen.

Sie wollte nicht zugeben, dass sie seinetwegen die ganze Nacht fast kein Auge zugetan hatte. Er sah zufrieden aus. Bo schnüffelte interessiert die Holzdielen der Terrasse ab.

»Musst du weg?«, fragte Pia, als sie den Autoschlüssel in Alexanders Hand bemerkte.

»Ja, die Arbeit ruft. Wie geht es deinem Fuß?«

»Schon viel besser. Es geht steil bergauf.«

»Das freut mich zu hören.« Er hielt kurz inne. Dann sagte er: »Hast du Lust, in mein Büro am Strand mitzukommen? Ich muss allerdings arbeiten und kann mich nicht die ganze Zeit um dich kümmern.«

»Warum nicht, ich habe nichts vor heute. Ich müsste mir nur eben andere Schuhe anziehen, wenn wir an den Strand gehen.«

Sie blickte nach unten auf ihre bunten Clogs.

»Okay, Bo und ich warten am Auto auf dich. Ich muss nochmal kurz ins Haus, meinen Laptop holen. Den habe ich vergessen.«

Pia humpelte los und wäre im Flur um ein Haar mit ihrer Tante zusammengestoßen.

»Du meine Güte, Liebes, du hast es ja eilig!«, rief sie erstaunt.

Jetzt sah sie wieder aus wie die Tante Clara, die Pia vertraut war. Das blonde Haar war gerichtet, und sie trug eines ihrer Etuikleider, die ihr stets gepflegtes Erscheinungsbild noch unterstrichen. Es war unerheblich, wann man Tante Clara antraf, sie war immer perfekt für den jeweiligen Anlass gekleidet. Das beeindruckte Pia stets aufs Neue. Dabei wirkte sie nie verkleidet oder künstlich. Ihre natürliche Eleganz überstrahlte alles.

»Alexander nimmt mich mit in sein Büro an den Strand. Wir fahren gleich los. Er wartet am Auto auf mich«, erklärte Pia gehetzt und schlüpfte in ihre Sneakers.

Bei dem verletzten Fuß hatte sie Schwierigkeiten, mit dem dicken Pflaster in den Schuh zu kommen. Es drückte ein bisschen. Aber in Anbetracht der Tatsache, dass sie den Tag mit Alexander verbringen würde, nahm sie das gerne in Kauf.

»Soso. Und was ist mit deiner armen, alten Tante?«, fragte Tante Clara und setzte einen mitleidvollen Blick auf.

»Oh. Hattest du mich eingeplant? Soll ich dir helfen? Dann sage ich ihm ab«, erwiderte Pia pflichtbewusst.

»Pia, Liebes, das war ein Witz! Mach dir keine Gedanken. Schließlich komme ich mein ganzes Leben allein zurecht. Da wird mich dieser Tag nicht aus dem Gleichgewicht bringen. Bei meinem Brummschädel werde ich heute sowieso keine Berge erklimmen können.« Sie grinste ihre Nichte schief an. »Sieh zu, dass du einen schönen Tag verlebst, und genieße die Zeit mit ihm.«

»Okay, dann bis später. Ach, wo ist überhaupt dein Auto?«

»Das steht bei Rolf. Ich konnte gestern unmöglich noch fahren. Er bringt es im Laufe des Tages vorbei. Jetzt lass Alexander nicht warten!«

Tante Clara machte eine Handbewegung in Richtung Tür. Draußen wartete Alexander geduldig am Wagen auf Pia.

»Sorry, aber es ging nicht schneller«, entschuldigte sich Pia.

»Kein Problem. Wollen wir?«, fragte er und öffnete ihr die Beifahrertür.

»Gern«, sagte Pia und nahm Platz.

Dann machten sie sich auf den Weg. Nachdem sie List, Kampen, Westerland und schließlich Rantum hinter sich gelassen hatten, fuhren sie noch ein Stück weiter nach Süden. Alexander bog auf einen großen Parkplatz neben der Hauptstraße und stellte den Motor ab. Nur wenige Fahrzeuge parkten dort, da das hier kein ausgewiesener Badestrand war. Es gab weder Strandkörbe, die man mieten konnte, noch Rettungsschwimmer, die im Ernstfall eingreifen konnten. Der Strandabschnitt war dafür bei Surfern sehr beliebt. Pia konnte sich erinnern, einmal hier gewesen zu sein. Das musste schon lange her sein. Von dieser Stelle aus hatte sie eine Strandwanderung bis nach Hörnum unternommen und war anschließend mit dem Bus zurück nach Westerland gefahren. Das war in der Zeit, nachdem sie die Unfallklinik in Hamburg verlassen hatte und zwei Wochen Resturlaub verbrauchen musste. Zu diesem Zeitpunkt lebte Tante Clara noch nicht auf Sylt.

»Meinst du, du schaffst den Weg bis zum Strand mit deinem Fuß?«, fragte Alexander und sah auf ihren Schuh.

»Ein Indianer kennt keinen Schmerz.«

»Und eine Krankenschwester wohl auch nicht«, konterte er.

Während Pia ausstieg, öffnete Alexander die Heckklappe seines Kombis, und Bo sprang mit einem Satz heraus. Er freute sich, dass es ans Meer ging, so wie er sein Herrchen umkreiste und aufgeregt bellte. Alexander griff nach Pias Hand. Händchenhaltend gingen sie nebeneinander her. Ein schönes Gefühl, dachte Pia. Bo war vorgelaufen, drehte sich aber in regelmäßigen Abständen nach ihnen um, um sich zu vergewissern, dass sie ihm folgten.

»Hier arbeitest du also«, stellte Pia fest, als sie den Container erreicht hatten und Alexander den Schlüssel in das Vorhängeschloss an der Tür steckte.

»Ja, das ist sozusagen mein mobiles Büro. Die eigentliche Schutzstation liegt in Hörnum, ein ganzes Stück südlicher.«

»Ja, ich weiß. Ich habe dort mal einen Seehund gemeldet, den ich beim Spazierengehen entdeckt hatte. Er schien mir verletzt zu sein.«

Alexander sah Pia aufmerksam an.

»Du scheinst dich um alle Verletzten sehr intensiv zu kümmern. Oder?«

Pia wusste im ersten Augenblick nicht, wie sie diese Frage deuten sollte. Dann erwiderte sie: »Das ist mein Job. Ich bin Krankenschwester, schon vergessen?«

»Nein«, entgegnete er, »wie könnte ich das vergessen?«

Pia lief ein Schauer über den Rücken. Am liebsten hätte sie ihn auf der Stelle gefragt, ob er der Verletzte von damals war. Aber sie brachte es einfach nicht übers Herz. Sie konnte es sich selbst nicht erklären. Dabei war diese simple Frage das Einfachste auf der Welt. Wovor hatte sie Angst? Sie hatte sich in diesen Mann verliebt, der nun vor ihr stand. Was spielte es noch für eine Rolle, ob er der Mann von vor sechs Jahren war? Sie hatte sich in etwas hineingesteigert, worüber sie langsam die Kontrolle zu verlieren schien. Eine schwärmerische Träumerei wie in einem kitschigen Roman, nichts weiter. Alexander war Realität und eine verdammt gute. Ihre Gefühle für ihn waren echt. Sie musste sich endlich von ihrer romantisierten Vorstellung verabschieden.

»Pia?«

Alexander riss sie aus ihren Überlegungen.

»Bitte? Oh, entschuldige. Ich war mit meinen Gedanken woanders.«

»Das merke ich«, sagte er und gab ihr einen Kuss.

Er hatte seinen Laptop angeschlossen und kontrollierte jetzt seine E-Mails, als von draußen Stimmen zu ihnen drangen. Pia, die Alexander gegenüber auf einem Stuhl saß und in einem Buch über die Meeresbewohner der Nordsee blätterte, blickte auf. Bo war sofort aufgesprungen und zur Tür gelaufen. Er knurrte und hatte deutlich die Nackenhaare aufgestellt. Alexander stand auf, um nachzusehen, was draußen vor sich ging. Vor dem Container standen die drei Praktikanten Sven, Paul und Julia.

»Hi, Alexander«, grüßte Sven.

»Morgen«, entgegnete Alexander und sein Ton verriet, dass er alles andere als begeistert war, die drei erneut anzutreffen. »Was gibt es? Ich dachte, ich hätte mich neulich klar ausgedrückt, dass ich Ulf Bescheid gebe, wenn ich eure Hilfe benötige.«

In diesem Augenblick erschien Pia hinter ihm in der offenen Tür.

»Na, wie es aussieht, stören wir bei einem Schäferstündchen«, stellte Sven mit einem süffisanten Grinsen fest.

»Pass auf, was du sagst«, erwiderte Alexander und trat dichter an die drei heran. Seine Augen funkelten angriffslustig. Er hatte keine Lust, sich von einem Haufen Halbstarker vorführen zu lassen. »Ich frage ein letztes Mal. Was wollt ihr?«

»Hey, Alter, schon gut! Bleib locker. Wir waren zufällig in der Gegend und wollten nur Hallo sagen. Das wird wohl unter Kollegen erlaubt sein, oder gibt es ein Problem?«, entgegnete Sven und baute sich vor Alexander auf.

Paul hielt Sven leicht am T-Shirt zurück, um ihn daran zu hindern, handgreiflich zu werden. Julia versteckte sich hinter Paul und spielte nervös an ihrem Armband.

»Abflug jetzt! Ihr habt sicher Sinnvolleres zu tun. Dafür seid ihr schließlich hier. Rumhängen könnt ihr in eurer Freizeit.«

Pia erlebte hautnah, was es heißen konnte, sich mit Alexander Kramer anzulegen. Diese Seite an ihm hatte sie bislang nicht kennengelernt. Auch wenn er sonst stets gelassen wirkte, brachten ihn diese drei Jugendlichen ziemlich in Rage. Weshalb reagierte er derart gereizt? Er würde seine Gründe haben, da war sich Pia sicher. Sie beschloss, es auf sich beruhen zu lassen und keine unnötigen Fragen zu stellen. Sie spürte den bohrenden Blick von Julia, der auf ihr ruhte. Vermutlich missfiel es ihr, Pia erneut an Alexanders Seite auftauchen zu sehen.

Nachdem die drei Jugendlichen den Rückzug angetreten hatten, kam Alexander in den Container zurück. Pia stand noch immer in der offenen Tür. Er sah sie an, dann umfasste er ihre Hüfte und begann ihren Hals zu küssen. Sie spürte, wie sich seine Hände langsam unter ihre Bluse schoben. Ihr Puls beschleunigte sich.

»Alexander, ich weiß nicht, ob das hier …«, hauchte sie.

Augenblicklich ließ er von ihr ab, als hätte jemand einen Schalter umgelegt.

»Du hast recht, entschuldige.« Er entzog sich ihr und küsste sie flüchtig auf die Stirn. »Ich sollte das nicht tun und mich auf meine Arbeit konzentrieren«, sagte er und setzte sich vor seinen Laptop.

Sein Verhalten irritierte Pia zutiefst. Sie hatte das Gefühl, dass ihn irgendetwas belastete. Das würde seinen abrupten Stimmungswandel erklären. Sie hoffte inständig, es möge nichts mit ihr zu tun haben.

»Versteh mich bitte nicht falsch, Alexander. Ich habe das nicht böse gemeint«, begann sie mit einem Erklärungsversuch. »Ich wollte bloß nicht, dass …«

»Alles gut. Es ist nicht deine Schuld. Wenn du magst, kannst du, solange ich beschäftigt bin, ein bisschen mit Bo am Strand spielen. Sein Ball liegt irgendwo neben der Tür. Da schleppt er ihn meistens hin.« Mit diesen Worten drehte er sich um und konzentrierte sich auf den Computer.

Pia fühlte sich verunsichert. Was war plötzlich mit Alexander los? Kurz zuvor hatte er sie voller Leidenschaft geküsst und mit einem Mal war er so distanziert, als wäre sie eine Fremde. Sie verzichtete wieder auf eine Nachfrage und ging mit Bo nach draußen an den Strand. Alexander brütete derweil nachdenklich über seiner Arbeit.

»Na, wie war dein Tag?«, wollte Tante Clara wissen, als Pia am späten Nachmittag ins Wohnzimmer kam.

Ihre Tante saß auf dem Sessel und hatte einen Fuß auf einem kleinen Hocker abgelegt. Sie lackierte sich die Fußnägel. In Türkis.

»Krasse Farbe«, bemerkte Pia anerkennend und ließ sich auf das Sofa fallen. Sie griff sich ein Kissen und umklammerte es mit beiden Armen fest vor den Bauch gepresst.

»Findest du? Ist die Farbe der Saison. Willst du auch?«

»Später vielleicht. Aber um auf deine Frage zurückzukommen, mein Tag war interessant. Obwohl ich nicht einen dieser Schweinswale zu Gesicht bekommen habe.«

Das merkwürdige Verhalten von Alexander verschwieg sie ihrer Tante. Wie sollte sie ihr es erklären? Sie verstand es noch nicht einmal selbst.

»Tja, die stehen nicht parat, nur weil du sie kennenlernen möchtest. Dazu braucht es Geduld und eine Portion Glück.«

»Das ist mir klar. Ich hätte gerne einen in freier Wildbahn gesehen. Stattdessen sind drei Praktikanten aufgetaucht, mit denen sich Alexander rumschlagen musste. Dieses Mädchen von neulich war auch dabei. Aber ich glaube, so schnell kommen die nicht wieder. Alexander hat ihnen sehr deutlich gemacht, dass er sie nicht gebrauchen kann.«

»Wo ist er?«, fragte Tante Clara und betrachtete zufrieden ihren Fuß. Der Lack leuchtete auf ihren Fußnägeln.

»Alexander?«

»Wer sonst?«

»Er muss etwas erledigen, hat er gesagt.«

»Hm. Ist das der Grund für deine schlechte Laune?«

»Ich habe keine schlechte Laune«, rechtfertigte sich Pia.

»Dann ist ja gut. Geht ihr heute Abend zusammen aus?«

»Du bist ganz schön neugierig, liebe Tante!«

»Ich würde eher sagen, ich bin um dein Seelenheil besorgt. Schließlich bist du Gast in meinem Haus. Dein Wohlbefinden liegt mir sehr am Herzen.« Sie schmunzelte vielsagend.

»Du machst dir ernsthaft Sorgen um mein Wohlergehen? Da kannst du beruhigt sein, damit ist alles in Ordnung. Es geht mir bestens.«

»Da bin ich erleichtert«, erwiderte Tante Clara, richtete ihre Brille und trug hoch konzentriert den Lack am anderen Fuß auf.

Alexander war zum Strandübergang Samoa gefahren. Bevor er auf der Terrasse eines Restaurants Platz nahm, ging er mit Bo ein Stück am Strand entlang. An diesen Strandabschnitt konnte er ihn problemlos mitnehmen, ohne dass er seinen Dienstausweis zeigen musste. Während der Saison durften Hunde ausschließlich an ausgewiesenen Stränden mitgeführt werden, und dieser Strand war einer davon. Er lief den Strandabschnitt ab und sah sich nach Personen und Dingen um, die er für verdächtig erachtete. Aber er konnte nichts Auffälliges feststellen. Genau an diesem Strandübergang verlief das AC-1, das transatlantische Datenkabel. 14.000 Kilometer lang verlief es auf dem Meeresboden und diente dem Transfer von Telefon- und Internetdaten zwischen Europa und den USA. Eine Art elektronische Hauptschlagader zwischen zwei Kontinenten. Und exakt das war es, was ihm ernsthafte Sorgen bereitete. Bereits vor Jahren galt diese sensible Stelle unter Experten als ein mögliches Terrorziel. Eine Zerstörung dieser Datentrasse hätte weitreichende Folgen. Damit wäre die gesamte Datenverbindung unterbrochen. Zweifelsohne gab es für eventuell auftretende Störungen, beispielsweise durch Seebeben oder ähnliches, Notfallpläne. Doch die Auswirkungen eines Anschlages und die damit einhergehenden Konsequenzen konnte zum jetzigen Zeitpunkt niemand genau beziffern.

Nach seiner Runde am Strand setzte sich Alexander auf die Terrasse des Restaurants und bestellte sich ein Wasser. Zu essen bestellte er nichts, da er später mit Pia zum Essen verabredet war. Er hatte lange überlegt, ob die Idee gut war, sich weiterhin mit ihr zu treffen. Aber er hatte sich in sie verliebt. Er konnte das Gefühl nicht in Worte fassen, das ihn jedes Mal ergriff, wenn sie in seiner Nähe war. Sie zog ihn an wie ein Magnet.

Trotzdem war da diese Angst. Die Angst, dass Pia etwas zustoßen könnte. Die Angst, sie in etwas hineinzuziehen, dessen Ausmaße er nicht abzuschätzen vermochte.

Kurz vor 20.00 Uhr kam Pia die Treppe herunter und ging ins Wohnzimmer in der Hoffnung, ihre Tante dort anzutreffen. Sie bemerkte, dass die Terrassentür weit geöffnet war. Dann hörte sie Stimmen. Als sie näherkam, konnte sie ihre Tante sehen, die mit einer Gießkanne ihre Blumenkübel goss. Sie trug ein langes gemustertes Sommerkleid und scherzte mit Alexander. Er wartete offensichtlich bereits auf Pia. Er trug Jeans und ein weißes Hemd, das einen starken Kontrast zu seinem schwarzen Haar und seiner gebräunten Haut bildete. Als Pia dann in seine blauen Augen blickte, stockte ihr fast der Atem. Mit einem strahlenden Lächeln kam er auf sie zu.

»Du siehst umwerfend aus!« Dann küsste er sie, ohne auf Tante Clara zu achten, die direkt neben ihnen stand.

Doch Tante Clara machte ein höchst zufriedenes Gesicht und sagte: »Ich wünsche euch beiden einen schönen Abend! Ich nehme mal an, dass es später werden wird. Pia, hast du einen Schlüssel dabei?«

»Ja, habe ich. Allzu spät wird es nicht.«

Ihre Tante verzog amüsiert den Mund und widmete sich wieder ihren Blumenkübeln.

»Wohin fahren wir?«, wollte Pia wissen, als sie List hinter sich gelassen hatten.

»Nach Westerland. Ich habe einen Tisch in einem meiner Lieblingsrestaurants bestellt.«

»Da bin ich aber gespannt.«

Alexander fand mit viel Glück einen freien Parkplatz in der Boysenstraße. Nach ein paar Schritten zu Fuß erreichten sie das Restaurant. Die Bedienung begrüßte sie freundlich, warf einen Blick in ihren Reservierungskalender und führte sie anschließend auf die Terrasse zu einem Tisch im überdachten Teil. Alexander rückte Pia den Stuhl zurecht und setzte sich ihr gegenüber.

»Das ist sehr chic hier«, stellte Pia ehrfürchtig fest, während sie sich umsah.

»Ich mag das Ambiente, und das Essen ist hervorragend. Weißt du schon, was du trinken möchtest?«

»Die Entscheidung überlasse ich gerne dir. Überrasch mich!«

»Okay, du hast es so gewollt«, erwiderte er.

Die Bedienung brachte die Speisekarten und nahm die Getränkebestellung entgegen.

»Hm«, überlegte Pia beim Blick in die Karte. »Das klingt alles sehr verlockend. Hast du einen Tipp für mich? Ich kann mich einfach nicht entscheiden.«

»Ich weiß nicht, was du besonders magst. Neulich hatte ich Fisch. Der Fisch schmeckt ausgezeichnet. Ich esse jedenfalls gerne ab und zu Fisch und Meeresfrüchte.«

»Fisch mag ich auch. Austern sind dagegen weniger mein Fall. Ich glaube, ich entscheide mich für die Dorade mit mediterranem Gemüse. Das klingt lecker.« Entschlossen klappte Pia die Karte zu. »Und was nimmst du?«

Alexander ließ seinen Blick kurz über die Speisekarte wandern. Dann klappte er sie ebenfalls zu und sah Pia an.

»Ich nehme die Wokpfanne. Hatte ich lange nicht mehr.«

»Das klingt auch sehr gut. Was mache ich bloß?«

»Du kannst gerne bei mir probieren. Wenn es dir zusagt, weißt du für das nächste Mal, was du bestellen kannst, wenn wir hier sind.«

Die Kellnerin kam mit einer Flasche Rotwein an ihren Tisch.

Alexander erhob sein Glas und prostete Pia zu. »Auf einen schönen Abend!«

»Danke«, erwiderte Pia und trank einen kleinen Schluck. »Das ist aber ein edler Tropfen. Viel zu schade, ihn zum Essen zu trinken.«

Alexander zuckte die Achseln. »Da sehe ich kein Problem. Zu gutem Essen passt ein guter Wein. Das eine schließt das andere nicht aus.«

»Wenn man es so betrachtet, hast du natürlich recht.«

Pia sah sich auf der Terrasse um. Die Atmosphäre war sehr angenehm. Überall auf den Tischen standen blaue oder weiße Hortensien in geflochtenen Körben. Außerdem große bauchige Windlichter aus feinem Glas, in denen sich jeweils eine schlichte weiße Kerze befand. Eben diese Schlichtheit verlieh dem gesamten Ambiente die edle Note. Pia blickte zu Alexander, der sie die ganze Zeit betrachtete.

»Stimmt was nicht?«, fragte Pia verunsichert.

»Alles in Ordnung. Ich sehe dich nur gerne an.«

»Aha«, antwortete sie und spülte ihre Nervosität mit einem Schluck Wein hinunter. »Hast du das da schon lange?«

Pia deutete mit einer Kopfbewegung auf die Tätowierung auf Alexanders Oberarm, die durch sein weißes Hemd schimmerte.

»Seit vier Jahren.«

»Hat sie eine bestimmte Bedeutung?«

Er zog fragend die Augenbrauen hoch.

»Naja, ich meine, warum hast du es machen lassen? Das macht man nicht einfach aus einer Laune heraus, oder doch? Ich kann mir vorstellen, dass das bestimmt ziemlich schmerzhaft ist«, fuhr Pia fort und verzog das Gesicht, als würde sie die Schmerzen nachempfinden können.

Er lachte zunächst und erwiderte dann ernst: »Ja, es gibt einen Grund dafür. Das ist eine Erinnerung an meine Familie.«

»Familie?«, wiederholte Pia zögernd und sah ihn fragend an.

Alexander atmete tief durch, blickte vor sich auf den Tisch und fuhr mit den Fingern über sein Besteck. »Na schön, warum sollte ich es dir nicht erzählen. Ich habe einige Zeit aus beruflichen Gründen in Chicago gelebt. Meine Eltern und mein Bruder haben mich damals dort besucht. Ich hatte gerade eine neue Wohnung bezogen, und sie wollten mir unbedingt bei den Renovierungsarbeiten helfen.« Pia hörte aufmerksam zu. »Ich musste an dem Tag arbeiten, also fuhren sie in der Zeit in einen Baumarkt, um Farbe zu kaufen und alles, was man sonst zum Renovieren braucht. Ich habe ihnen vorgeschlagen, sich lieber Chicago anzusehen, anstatt in meiner Wohnung zu arbeiten. Aber sie ließen sich von der Idee nicht abbringen und wollten mir unbedingt erst helfen.«

Alexander machte eine kurze Pause und biss sich auf die Unterlippe. Seine Finger umspielten nervös den Fuß seines Weinglases.

»Was ist dann passiert?«, hakte Pia vorsichtig nach, als sie merkte, wie nachdenklich Alexander wurde.

»Tja. In dem Baumarkt ist in diesem Moment jemand Amok gelaufen und hat wild um sich geschossen. Meine Eltern waren auf der Stelle tot. Mein Bruder verstarb einen Tag später im

Krankenhaus. Mit ihnen starben sechs weitere Menschen. Ein Dutzend wurde zum Teil lebensgefährlich verletzt.«

Pia schlug entsetzt eine Hand vor den Mund. Ihr fehlten die Worte.

»Oh Gott, Alexander, ich wollte nicht … Das wusste ich nicht«, flüsterte sie mit erstickter Stimme.

Alexander beugte sich vor und legte seine Hand auf ihre.

»Mach dir keine Vorwürfe. Das konntest du nicht wissen. Es ist – wie gesagt – vier Jahre her. Ich habe mir damals das Tattoo als Erinnerung zugelegt. Diese drei Bänder sollen mich für immer mit ihnen verbinden. Albern, oder?«

»Nein, das finde ich überhaupt nicht – ganz im Gegenteil.« Tränen standen ihr in den Augen.

»Pia, du musst deshalb nicht weinen.«

Er sah sie liebevoll an und wischte ihr eine Träne aus dem Gesicht. In diesem Augenblick wurde das Essen serviert.

»Jetzt lass uns das Essen genießen, es wäre schade drum«, forderte Alexander sie auf. Dann fragte er: »Was ist mit deiner Familie? Hast du Geschwister? Was machen deine Eltern?«

»Nein, Geschwister habe ich nicht. Ich bin ein Einzelkind. Ich habe mir immer Geschwister gewünscht, aber meine Eltern waren nicht mehr sehr jung, als ich geboren wurde. Vor Kurzem sind sie in Rente gegangen und bereisen ganz Europa mit dem Wohnmobil. Ich kann dir gar nicht genau sagen, wo sie sich momentan aufhalten.«

»Ist doch gut, wenn es ihnen Spaß macht. Dann sind sie beschäftigt, und du hast deine Ruhe! Das kann manchmal von Vorteil sein.« Er zwinkerte er ihr zu.

»Ja, stimmt. Das klingt irgendwie blöd, aber ich hatte nie ein besonders enges Verhältnis zu meinen Eltern. Sie waren eher mit sich selbst beschäftigt und haben sich nicht sonderlich für meine Belange interessiert. Das soll nicht bedeuten, dass sie mich nicht lieben, aber das ist einfach ihre Art. Nach dem Motto: Du machst das schon, alles andere regelt sich von selbst. Tja, was soll's!«

Pia zuckte die Achseln und spießte ein Stück Gemüse auf ihrer Gabel auf. Das Thema belastete sie mehr, als sie zugeben wollte. Sie war oft traurig, nicht mehr im Fokus ihrer Eltern zu stehen. Sie hatte mehrere Anläufe gestartet, mit ihrer Mutter über ihre Gefühle zu reden, aber war jedes Mal gleich zu Beginn der Gespräche auf Unverständnis gestoßen. Seitdem vermied sie es tunlichst, das Thema offen zur Sprache zu bringen.

»Wie stehst du zu deiner Tante?«

»Tante Clara?«

Er nickte und führte eine volle Gabel zum Mund.

»Tante Clara ist super. Sie ist die jüngere Schwester meines Vaters. Aber sie ist ihm überhaupt nicht ähnlich. Die beiden sind grundverschieden. Wenn man nicht wüsste, dass es sich um Geschwister handelt, käme man niemals auf die Idee. Sie sehen sich nicht einmal ähnlich. Tante Clara war eine erfolgreiche Chirurgin und viel unterwegs auf der Welt. Sie hat mir aus jedem Land oder größeren Stadt eine Postkarte geschickt. Ich habe sie damals alle in meinem Zimmer an die Wand geheftet.«

»Das ist eine nette Geste. Es ist nicht zu übersehen, dass ihr euch gut versteht und euch viel miteinander verbindet.«

»Sonst würde ich kaum vier Wochen Urlaub bei ihr machen.«

»Stimmt. Hast du den Besuch längerfristig geplant?«

»Nein«, kam es wie aus der Pistole geschossen aus Pias Mund.

Alexander sah sie verdutzt an.

»Nein, der Urlaub war nicht geplant. Ich will ehrlich mit dir sein: Meine Beziehung ist in die Brüche gegangen. Sie war von Anfang an etwas kompliziert. Eigentlich war es nur eine Frage der Zeit. Aber mit Details möchte ich dich lieber verschonen.«

»Schon gut, du musst nicht darüber sprechen, wenn du nicht willst. Es geht mich nichts an.« Alexander legte sein Besteck beiseite und wischte sich den Mund mit der Serviette ab. Dann trank er einen Schluck Wein. »Hier bitte, du wolltest probieren!« Er deutete auf seinen Teller. »Du solltest dich beeilen, bevor ich alles aufgegessen habe.«

Pia nahm ihre Gabel, spießte ein Stückchen Rindfleisch mit einem Zipfel Gemüse auf und steckte es in den Mund.

»Hm, wirklich lecker!«, stellte sie anerkennend fest. »Das nehme ich das nächste Mal ganz sicher.«

Nachdem sie gegessen hatten, unterhielten sie sich weiterhin angeregt. Alexander hatte sich als Nachtisch einen Espresso bestellt. Pia entschied sich für das Zitronensorbet, weil sie schlecht schlafen konnte, wenn sie spät am Abend Kaffee trank. Bevor sie zu Alexanders Wagen gingen, schlenderten sie gemächlich durch die Friedrichsstraße. Obwohl die Läden längst geschlossen hatten, flanierten viele Passanten über die beliebte Einkaufsmeile. Pia und Alexander betrachteten die beleuchteten Auslagen der Geschäfte. Am Fenster eines Juweliers blieben sie stehen.

»Schau mal!«, sagte Pia und zeigte auf einen breiten, silbernen Ring, auf dem zwei Herzmuscheln kunstvoll arrangiert waren. Eine von beiden war etwas größer als die andere. Beide Muscheln berührten sich, wobei die große Muschel von der kleineren an einer Stelle überlagert wurde. »Der Ring ist ausgesprochen hübsch! Findest du auch?«

Alexander nickte nur. Die meisten Männer konnte man mit Schmuck nicht begeistern, das war Pia bewusst. Also setzten sie ihren Weg weiter in Richtung Promenade fort. Aufgrund des lauen Sommerabends war es nicht verwunderlich, dass sich auch hier viele Urlauber und Einheimische aufhielten. Überall saßen die Menschen draußen vor den Cafés und Bars oder in den Strandkörben. Die ganze Atmosphäre versprühte südliches Flair. Alexander hatte einen Arm um Pias Schultern gelegt. Sie umfasste mit einem Arm seine Taille. So standen sie auf der Promenade und blickten auf die unendliche Weite des Meeres. Pia fühlte sich unbeschwert und glücklich. Sie wünschte, dieser Moment würde nie vorübergehen. Unten am Strand hatten sich junge Leute eine regelrechte Festung aus Strandkörben gebaut. Sie feierten ausgelassen und tranken Bier und Wein. Alles blieb friedlich. Pia hätte sich gerne in einen der Strandkörbe auf der Promenade mit Blick auf das Meer gesetzt, aber sie waren alle belegt. Wer solch einen Premiumplatz einmal ergattert hatte, gab ihn ungern auf. Daher blieben sie am Geländer stehen. Pia wusste nicht, wie lange sie dagestanden und auf das dunkle Meer geblickt hatten. Auf dem Wasser blitzten hier und da kleine Lichter. Sie gehörten zu den Seezeichen vor der Küste, die die Schiffe davor warnten, zu dicht an den Strand zu fahren. Irgendwann gingen Pia und Alexander zurück zu seinem Wagen und machten sich auf den Heimweg.

»Danke für diesen wunderschönen Abend«, sagte er, als sie vor Tante Claras Haustür standen.

»Ja, er war sehr schön. Ich danke dir für das ausgezeichnete Essen und den guten Wein.«

»Nichts zu danken.«

Sie sahen sich einen Moment schweigend an. Dann machte Alexander einen Schritt auf Pia zu, und sie küssten sich lange und leidenschaftlich.

»Ich bin sehr gern mit dir zusammen, Pia«, flüsterte er, als sie voneinander ließen.

»Das bin ich auch.« Pia wurde nervös. Sollte sie ihn noch hereinbitten?

Doch ehe sie eine Entscheidung treffen konnte, sagte er: »Schlaf gut, bis morgen!«

Dann drehte er sich um und verschwand um die Hausecke. Pias Herz schlug heftig, und sie spürte ein wohliges Kribbeln bis in die Fingerspitzen.

»Guten Morgen, verehrte Kollegin Städtler!«

»Was ist denn mit dir los, Wenger?«, erkundigte sich Katja Städtler, als sie das Büro betrat.

Sie ließ ihre Tasche neben ihrem Schreibtisch auf den Boden sinken und griff als Erstes nach ihrem Kaffeebecher. Ein Blick hinein verriet ihr, dass er dringend eine Runde in der Spülmaschine vertragen konnte. Aber ihr Bedürfnis nach Koffein überwog den Wunsch nach einer sauberen Tasse. Sie ging zum Fenster, auf dessen Fensterbank die Kaffeemaschine mit frischgebrühtem Kaffee stand.

»Du kommst gerade richtig. Kramer hat vor einer Minute angerufen.«

»Ich wusste es, also doch schlechte Nachrichten!«, murmelte sie, während sie sich ihren Becher randvoll goss und ihn anschließend an ihren Platz zurück balancierte. »Und? Was wollte er dieses Mal?«

»Ein Boot«, erwiderte Kai Wenger und spielte mit einem Kugelschreiber, den er in beeindruckender Geschwindigkeit durch seine Finger wandern ließ.

Das tat er ständig. Katja Städtler hatte es heimlich ausprobiert, aber der Stift flog sofort quer durch den Raum. Daraufhin hatte sie von weiteren Versuchen aus Sicherheitsgründen abgesehen.

»Ein Boot? Wozu braucht er das? Will er jetzt auch noch der Wasserschutzpolizei Konkurrenz machen?« Mit einem Kopfschütteln nahm sie an ihrem Schreibtisch Platz.

»Er braucht ein Boot und eine Taucherausrüstung. Am besten heute noch. Mehr hat er nicht gesagt, und ich habe vorsichtshalber nicht nachgefragt.«

»Ja klar. Das ist typisch. Vielleicht sollen wir ihm das Boot auch noch persönlich vorbeibringen.« Die Kriminalhauptkommissarin stöhnte und trank dann einen kräftigen Schluck aus ihrer Tasse. »Der Typ macht mich wahnsinnig! Dein süffisantes Grinsen kannst du dir sparen, Wenger, das habe ich gesehen!«

Kai Wenger machte sofort ein angestrengt ernstes Gesicht. »Ich habe bei den zuständigen Kollegen angerufen, die kümmern sich um die Sachen. Spätestens heute Nachmittag hat er alles.«

»Gott sei Dank. Hoffentlich klappt das, sonst muss ich womöglich seine schlechte Laune ausbaden.«

»Ach, er war eigentlich ganz zahm.«

Katja Städtler brummte etwas vor sich hin und widmete sich den Papieren auf ihrem Schreibtisch, ohne auf die Bemerkung des Kollegen einzugehen. Während sie durch eine Akte blätterte, überlegte sie, ob sie Kramer anrufen sollte. Sie hätte zu gern gewusst, was er genau vorhatte. Gleichzeitig ärgerte sie sich, dass Kramer sie offensichtlich nicht in seine Pläne einweihen wollte. Dabei war er es, der umgekehrt über jedes noch so kleine Detail informiert werden wollte. »Von Teamarbeit hatte Herr Oberschlau scheinbar noch nichts gehört. Typisch«, nuschelte sie vor sich hin.

»Hast du was gesagt?«, erkundigte sich Wenger.

»Nein!«, entgegnete sie barsch, ohne den Kopf zu heben.

»Schon gut«, wehrte er ab.

Katja Städtler wandte sich wieder der Akte zu und verwarf den Gedanken, Kramer anzurufen. Einerseits wollte sie sich nicht erneut über ihn aufregen, andererseits würde er wissen, was er macht.

Als Pia in die Küche kam, lachten Tante Clara und ihr Bekannter Rolf fröhlich.

»Pia, Liebes, guten Morgen! Na, hattest du einen schönen Abend gestern? Rolf kennst du ja von unserem gemeinsamen Abend neulich.«

Rolf war aufgestanden und gab Pia die Hand zur Begrüßung.

»Guten Morgen! Ja, es war schön gestern. Ich war gar nicht spät zu Hause, bin aber trotzdem noch ein bisschen müde.« Sie unterdrückte ein Gähnen.

Ihre Tante schenkte ihr einen wissenden Blick, aber Pia schüttelte den Kopf.

»Ich will euch nicht stören«, sagte sie, nahm sich ein Hörnchen aus dem Brotkorb und verschwand damit auf der Terrasse.

Tante Clara blickte ihr nach. Dann wandte sie sich wieder ihrem Bekannten zu.

»Eine sehr hübsche junge Frau, deine Nichte«, stellte Rolf fest, als Pia außer Hörweite war.

»Oh ja, das ist sie. Und intelligent dazu. Leider hatte sie bislang nicht viel Glück im Leben.«

»Was genau willst du damit sagen?«, fragte Rolf.

»Pias Eltern waren immer mehr mit sich selbst beschäftigt, als sich um ihre Tochter zu kümmern. Bedauerlicherweise hatte ich zu wenig Zeit, sonst hätte ich mich mehr engagiert. Ich konnte ihr lediglich in finanzieller Hinsicht ein bisschen unter die Arme greifen. Musikunterricht, Reitunterricht und so weiter.« Tante Clara seufzte und rührte gedankenverloren in ihrer Tasse.

»Sind Pias Eltern denn sehr arm?«

»Arm? Nein, mein Bruder ist ein elender Geizkragen, und seine Frau steht unter seinem Pantoffel, obwohl sie auch keinen Deut besser ist als er. Er wollte ursprünglich nie Kinder, aber letztendlich kamen sie zu der Überzeugung, ein Kind gehöre zu einer ordentlichen Familie dazu. Die Leute könnten sonst Spekulationen anstellen.«

»Spekulationen?«

»Ich sage ja, alles Schwachsinn! Als wenn es fremde Menschen interessieren würde, warum jemand Kinder hat oder nicht. Das bleibt glücklicherweise jedem selbst überlassen.« Das Thema erzürnte Tante Clara noch im Nachhinein. »Was habe ich auf die beiden eingeredet, dass sie Pia studieren lassen sollen. Das Zeug dazu hat sie. Aber angeblich konnten sie sich ein Studium finanziell nicht leisten. Dabei ist Pia ihr einziges Kind!«

»Ein Studium zu finanzieren ist kein Zuckerschlecken, Clara«, gab Rolf zu bedenken.

»Rolf, ich bitte dich! Wozu gibt es BAföG? Und ich bin schließlich auch noch da. Nein, mein Bruder ist zu bequem und denkt nur an sich. Jetzt hat er sich ein teures Wohnmobil gekauft und tourt mit seiner Frau durch Europa. Dafür ist offensichtlich ausreichend Kapital vorhanden. Außerdem hat er bei Weitem nicht so wenig verdient, wie er stets behauptet hat. Er hat bei einer Bank gearbeitet. In einer Führungsposition. Jeder weiß, dass dort kein Hungerlohn gezahlt wird. Es kam ihm recht, dass Pia sich für eine Ausbildung zur Krankenschwester entschieden hat. Sie wollte ihren Eltern nicht auf der Tasche liegen und musste von dem mageren Gehalt, was sie während der Ausbildung verdiente, ordentlich zu Hause abgeben. Sie spricht nicht gerne darüber, aber ich weiß es. Eine Frechheit war das von meinem Bruder, diesem …!« Tante Clara musste sich zusammenreißen, nicht ausfallend zu werden.

»Warum studiert sie nicht jetzt noch? Sie ist jung genug.«

»Ich wollte ohnehin mit ihr sprechen. Der Job im Krankenhaus belastet sie körperlich wie seelisch sehr. Bei ständig leeren Haushaltskassen wird es in den nächsten Jahren nicht besser werden. Das steht außer Frage. Ganz zu schweigen von diesen ewigen Reformen, die ständig beschlossen werden, das eigentliche Problem aber nicht ansatzweise lösen.« Tante Clara machte eine abwertende Handbewegung. »Da erzähle ich dir nichts Neues.«

Rolf nickte zustimmend.

Pia war zum Haus von Alexander gegangen. Er schien nicht da zu sein. Auch von Bo war weit und breit nichts zu sehen oder hören. Sie machte kehrt und stieg die Treppe zum Meer hinunter. Am Strand konnte sie die beiden ebenfalls nirgends entdecken. Vermutlich war Alexander sehr früh nach Rantum gefahren. Hoffentlich hatte er sich von dem gestrigen Abend nicht mehr erhofft und war nun enttäuscht, kam es Pia plötzlich in den Sinn. Spontan beschloss sie, nach Rantum zu fahren, um ihn zu überraschen. Sicher arbeitete er in seinem Containerbüro. Sie lief zurück zum Haus. Ihre Verletzung am Fuß war kaum mehr zu spüren. Sie fragte Tante Clara, ob sie sich ihr Auto ausleihen dürfe. Sie hatte nichts dagegen einzuwenden.

In Pias Hosentasche hörte sie ihr Handy brummen. Sie hatte es gestern Abend auf lautlos geschaltet, um nicht gestört zu werden. In der Hoffnung, Alexander würde sich melden, zog sie es eilig heraus. Die Nachricht war von ihrer Freundin Sophie. Stimmt, Pia hatte versprochen, sich zu melden. Statt eine Nachricht zu schreiben, wählte Pia kurzerhand Sophies Nummer. Es dauerte nicht lange und Sophie nahm ab.

»Pia, na endlich! Ich hatte Befürchtungen, das Meer hätte dich auf immer und ewig verschlungen! Du wolltest dich doch melden. Wie geht es dir? Ist alles in Ordnung?«

»Tut mir leid, dass ich mich nicht gemeldet habe. Es geht mir gut. Das Wetter ist toll und es ist so schön hier«, berichtete Pia.

»Und sonst? Wie geht es deiner Tante? Hast du zwischenzeitlich nette Leute kennengelernt? Gefällt dir das Haus?«, sprudelte es aus Sophie heraus.

»Tante Clara ist wohlauf. Das Haus ist traumhaft. Es ist viel größer, als ich es mir vorgestellt habe. Dazu gehört ein riesiger Garten. Wirklich fantastisch! Am Ende des Gartens führt eine Treppe direkt zum Meer.«

»Klingt super. Was gibt es sonst Neues?«, versuchte Sophie ihre Freundin aus der Reserve zu locken. »Was treibst du so den ganzen Tag?«

Pia ahnte, worauf ihre Freundin mit ihrer Frage abzielte. Also spannte sie sie nicht länger auf die Folter.

»Ich habe jemanden kennengelernt.«

»Sehr schön. Das wollte ich hören. Und? Wie ist er? Wie sieht er aus? Erzähl schon!«

»Sophie, du kannst es nicht lassen. Habe ich recht? Er arbeitet als Meeresbiologe auf der Insel, ist sehr nett und sieht ganz gut aus.«

»Nett? Und was heißt ›ganz gut‹? Pia! Geht es vielleicht ein bisschen konkreter?« Sophie hatte Blut geleckt und wollte jedes Detail erfahren.

»Okay, er ist charmant und sieht umwerfend aus. Bist du nun zufrieden?«, fragte Pia mit einem Schmunzeln in der Stimme, da sie sich den Gesichtsausdruck ihrer Freundin lebhaft vorstellen konnte.

»Allerdings! Wann lerne ich ihn kennen? Kannst du mir nicht vorab ein Foto schicken?«

»Sophie, ich kenne ihn selbst erst seit kurzer Zeit. Ich habe keine Ahnung, ob und wie es mit uns weitergeht. Wenn es soweit ist, wirst du ihn kennenlernen, das verspreche ich dir. Nimm es mir nicht übel, aber ich muss los. Ich melde mich bei dir.«

»Halt mich unbedingt auf dem Laufenden! Viel Spaß noch! Ich bin schon sehr gespannt. Übrigens: Wie heißt dein Traummann?«

»Alexander. Mach's gut, Sophie!«

Pia legte auf. Sophie würde ab jetzt keine Minute mehr Ruhe geben, dessen war sich Pia bewusst. Aber sie war ihre beste Freundin und hatte ihr auch in schweren Zeiten immer beigestanden.

Pia fuhr mit Tante Claras Wagen in südliche Richtung und hielt auf dem großen Parkplatz hinter Rantum. Dort erkannte sie Alexanders schwarzen Kombi, der neben einem Dickicht aus rosa blühenden Heckenrosen parkte. Sie stieg aus, schloss den Wagen ab und machte sich auf den Weg durch die Dünen zum Strand. Sie freute sich auf Alexanders Gesicht, wenn sie unerwartet vor ihm stand. Hoffentlich war er da. Als sie am Container ankam, sah sie, dass an der Seitenwand ein Fahrrad lehnte. Der Lenker war mit einer Sonnenblume aus Plastik verziert. In dem Korb auf dem Gepäckträger lagen eine bunte Badetasche und eine Strandmatte aus Bambus. Von Alexander oder Bo war weit und breit nichts zu sehen.

»Alexander? Bo?«, rief Pia, erhielt aber keine Antwort. Nachdem sie einmal um den Container herumgegangen war, beschloss sie hineinzuschauen, denn das Vorhängeschloss war nicht verschlossen. Sie würde drinnen auf die beiden warten. In dem Moment, als sie nach der Türklinke greifen wollte, wurde die Tür von innen geöffnet. Pia wich einen Schritt zurück. Julia erschien in der offenen Tür. Ihr langes Haar war zerzaust und sowohl das T-Shirt als auch der Träger ihres BHs hingen seitlich über ihre linke Schulter.

»Huch«, sagte sie und blickte Pia frech ins Gesicht. »Ein Überraschungsgast!«

Pia stockte für einen kurzen Moment der Atem, und Bilder tauchten vor ihrem inneren Auge auf, die sie sich lieber nicht vorstellen mochte. Ehe sie etwas erwidern konnte, spürte sie eine kalte Hundenase in ihrer Kniekehle. Bo war von hinten – vom Strand aus – angelaufen gekommen und begrüßte sie stürmisch. Er umkreiste sie schwanzwedelnd und schmiegte sich gegen ihr Bein. Gleich hinter ihm tauchte Alexander auf. Er hielt sein Handy in der Hand und hatte die Hosenbeine seiner Jeans hochgekrempelt. Als er die Situation erkannte, verengten sich seine Augen zu schmalen Schlitzen.

»Was ist hier los? Das ist nicht mehr lustig, Julia. Verschwinde augenblicklich aus meinem Büro und lass dich hier nicht mehr blicken!«

Geballter Zorn lag in seiner Stimme. Das Mädchen wurde schlagartig knallrot im Gesicht, zog hektisch ihr T-Shirt gerade, band sich flüchtig mit einem Gummiband ihr Haar zusammen und schnappte sich ihr Fahrrad, mit dem sie eilig den Strand verließ. Alexander ging auf Pia zu, nahm sie fest in den Arm und gab ihr anschließend einen Kuss. Sie ließ es geschehen, erwiderte jedoch weder seine Umarmung noch den Kuss. Sie fühlte sich noch immer wie gelähmt. Fragen schwirrten durch ihren Kopf. Was war wirklich passiert? Warum war dieses Mädchen hier? Hatte sie sich in Alexander getäuscht?

»Tut mir leid, Pia. Ich hatte keine Ahnung, dass sie hier war. Ich habe keine Erklärung für ihr Verhalten. Ich musste telefonieren, aber der Empfang ist drinnen sehr schlecht. Deshalb bin ich weiter hinten an den Strand gegangen. Dort funktioniert es besser. In der Zwischenzeit muss sie gekommen sein.«

»Ist schon gut. Sie ist sehr jung und steht offensichtlich auf dich«, erwiderte Pia mit einem Kloß im Hals. Dabei sah sie ihm fest in die Augen. Sollte sie ihm die Geschichte abnehmen? Pia war verwirrt und wusste momentan nicht, was sie glauben sollte.

»Du hast nicht wirklich geglaubt, dass sie und ich …?«

Pia senkte ihren Blick. Doch, eben dieser Gedanke war ihr gekommen, und jetzt war es ihr peinlich.

»Pia!« Alexander nahm ihr Gesicht in seine Hände. »Sieh mich bitte an! Das kann nicht dein Ernst sein?« Seine Stimme klang verletzt. »Glaubst du, ich gehe erst mit dir essen, und wir verbringen einen unvergesslichen Abend miteinander, um am nächsten Tag mit einer anderen ins Bett zu gehen?« Er sah sie prüfend an. »Davon abgesehen, bin ich doch viel zu alt für sie.«

»Naja, wegen gestern Abend. Ich dachte, du warst vielleicht enttäuscht, weil der Abend anders zu Ende gegangen ist, als du es dir vorgestellt hast.« Pia wusste nicht, wie sie ihre Gefühle umschreiben sollte und kam sich plötzlich absolut lächerlich vor. Sie war schließlich kein Teenager mehr.

Alexander schüttelte energisch den Kopf. »Das ist völliger Quatsch! Ich habe mir gar nichts vorgestellt. Hey, wir haben Zeit, niemand drängt uns. Es gibt doch kein festes Programm! Du bist mir wichtig, Pia. Mehr, als du dir vorstellen kannst.«

Pia schmiegte sich fest an ihn. Sie konnte sein Herz schlagen hören und war zutiefst erleichtert, dass alles bloß ein Missverständnis war. Alexander löste sich von ihr und küsste sie auf die Stirn.

»Komm, ich koche uns einen Kaffee. Oder möchtest du lieber einen Saft? Ich glaube, es ist noch Orangensaft im Kühlschrank.«

Plötzlich durchschnitten Motorengeräusche die Luft. Ein Traktor mit einem Anhänger kam den Dünenweg entlang gerumpelt. Auf dem Anhänger schaukelte bedrohlich ein Motorboot hin und her. Das Gespann hielt direkt neben Alexander und Pia. Bo lief bellend auf das Gefährt zu. Ein älterer Mann mit grauem Vollbart und blauer Wollmütze stieg aus und stapfte behäbig durch den Sand auf sie zu. Er zog sein linkes Bein leicht nach. Sein Gesicht war sonnengegerbt, und tiefe Falten hatten sich in seine Stirn gegraben. Grüne Augen blitzten hellwach unter buschigen Augenbrauen hervor.

»Moin, sind Sie«, er las von einem zerknitterten Zettel ab, den er aus seiner Latzhose gefischt hatte, »Alexander Kramer?«

»Ja, der bin ich.«

»Gut, dann ist das da für Sie!« Er zeigte mit dem Daumen der rechten Hand über seine Schulter auf den Anhänger mit dem Boot. »Würden Sie mir das bitte quittieren?« Er reichte Alexander einen Zettel und einen Stift.

Nachdem beide Männer das Boot mit Mühe von dem Anhänger bugsiert hatten, setzte sich der Mann auf seinen Traktor. Er nickte Pia und Alexander kurz zu und knatterte davon.

»Wozu brauchst du ein Boot? Was hast du vor?«, wollte Pia wissen, während Alexander das Wasserfahrzeug sicherte.

Es stand auf einer Holzkonstruktion mit Rädern, sodass man es bequem bis an die Wasserkante ziehen konnte.

»Ich muss mobil sein, auch auf dem Wasser«, entgegnete Alexander und zerrte an einem Spanngurt.

»Und das Tauchzubehör im Container?«, fragte sie. »Gehst du auch tauchen?«

Pia hatte es vorhin im Inneren des Büros liegen sehen.

»Ich muss sehen, ob die Schweinswale im Wasser von irgendetwas gestört werden. Ihr Orientierungssinn kann durch Kabel oder andere Dinge stark beeinträchtigt werden. Wir hatten in den letzten Wochen zwei gestrandete Tiere und wollen der genauen Todesursache nachgehen.«

Diese Erklärung erschien Pia plausibel, und sie fragte nicht weiter nach.

»Ich habe Hunger«, stellte Alexander fest. »Wollen wir etwas essen gehen? Nur eine Kleinigkeit.«

»Gute Idee! Ich hätte richtig Lust auf ein Fischbrötchen«, erwiderte Pia. »Seit ich auf der Insel bin, hatte ich noch keins.«

»Dann sollten wir das schleunigst nachholen.«

»Wir fahren am besten mit zwei Autos. Tante Clara braucht ihren Wagen sicherlich bald zurück, deshalb würde ich ihn ungern hier stehen lassen.«

»Kein Problem. Wir treffen uns in Westerland am Aquarium. Einverstanden?«

»Das machen wir. Da bekommen wir auch problemlos einen Parkplatz.«

Pia wartete auf Alexander, der seine Sachen aus dem Container holte und ihn verschloss. Dann gingen sie zu ihren Autos. Bo lief wie immer einige Meter vor ihnen. Er drehte sich regelmäßig nach ihnen um, um sicherzugehen, dass er sie nicht verlor.

»Was ist denn mit dir passiert?«, wollte Paul wissen, als Julia an ihm vorbei in die Schutzstation stürmte.

Sie hatte gerötete Augen und ihre Schminke war verschmiert.

»Ach, lass mich in Ruhe«, entgegnete sie mürrisch, ohne ihn anzusehen und feuerte ihre Tasche wütend auf einen leeren Stuhl.

»War wohl nicht von Erfolg gekrönt der Ausflug zu deinem Supermann?« Sven war hinter seinem Computerbildschirm aufgetaucht und grinste über das ganze Gesicht.

»Welcher Supermann? Von wem redet ihr?«, fragte Paul überrascht und sah einen nach dem anderen an.

»Na, unsere Julia hat sich unsterblich in Alexander Kramer verliebt, aber leider scheint er nicht anbeißen zu wollen«, erklärte Sven amüsiert. »Alles deutet darauf hin, dass er seine Fühler in eine andere Richtung ausgestreckt hat. Pech für unser Julchen!«

»Was weißt du schon! Halt die Klappe und nenn mich nicht Julchen!«, fauchte Julia. Ihre Augen funkelten zornig.

»Interessant. Stimmt das, Julia?«, erkundigte sich Paul und sah sie eindringlich an.

Aber Julia wich seinem Blick aus, schnappte ihre Tasche und verschwand in einem der Nebenzimmer, dessen Tür sie mit lautem Knall hinter sich zuschlug.

»Was findet sie bloß an dem?«, bemerkte Paul in leicht abfälligen Ton.

Sven saß entspannt zurückgelehnt auf seinem Stuhl und hatte zufrieden die Arme vor der Brust verschränkt.

»Muss ich dir das wirklich erklären? Hast du mal in letzter Zeit in den Spiegel geschaut?«

Paul verstand kein Wort.

»Mensch Paul, nenn mir eine Frau, die bei einem Kerl wie dem Kramer nicht schwach wird. Da können deine inneren Werte noch so toll sein, null Chance! Aber mach dir nix draus, so wie Julia sich gerade aufgeführt hat, hat er sie eiskalt abblitzen lassen. Das habe ich ihr von Anfang an gesagt. Deine Chancen stehen also wieder besser. Ich kann Kramer jedenfalls so oder so nicht leiden.«

Sven widmete sich wieder seinem Computer.

Paul starrte auf die geschlossene Tür, hinter der Julia verschwunden war.

»Das wird dir noch leidtun«, murmelte er vor sich hin und ging zurück an seine Arbeit.

»Hallo, Tante Clara!«, rief Pia, als sie durch den Garten kam. »Ich bin zurück!«

»Ich bin hier drüben!«, hörte Pia ihre Tante vom Liegestuhl unter dem Apfelbaum aus antworten. Auf ihrem Schoß lag die Tageszeitung ausgebreitet.

»Ich habe deinen Wagen in der Einfahrt geparkt. Danke nochmal fürs Leihen.«

»Kein Problem. Du kannst ihn jederzeit haben, wenn du ihn brauchst. Warst du erfolgreich?«

»Ja, Alexander war am Strand, wie ich vermutet habe.«

Pia erzählte ihrer Tante von dem Besuch, angefangen mit der unschönen Begegnung mit Julia bis hin zu der Bootslieferung.

»So ein kleines Biest«, murmelte Tante Clara. »Da wundert es einen nicht, dass da manche Männer schwach werden oder ihnen eine Affäre angedichtet wird, die keine ist.«

Pia sah sie verwundert an. »Das habe ich aus deinem Mund nicht erwartet.«

»Man macht seine Erfahrungen im Laufe der Zeit. Alexander ist standhaft geblieben. Das ist das Wichtigste und zeugt von einem guten Charakter. Ihm liegt viel an dir. Daran besteht nicht der geringste Zweifel!«

Pia musste unweigerlich lächeln und merkte, wie sie rot wurde.

»Schau mal, Pia, das habe ich gerade in der Zeitung entdeckt.« Tante Clara blätterte die Seiten durch. »Wo habe ich es bloß gesehen? Ach, hier. An der Buhne 16 in Kampen findet dieses Jahr wieder eine Mittsommernachtsparty statt. Das soll jedes Mal sehr gut sein. Da könntet ihr beide hingehen. Frag Alexander, ob er Lust hat.«

»Zeig mal bitte.«

Tante Clara reichte Pia die Zeitung, und sie überflog den Artikel.

»Ja, das klingt interessant. Sogar eine Fackelwanderung ist geplant. Hoffentlich spielt das Wetter mit. Ich glaube, das wäre etwas für uns. Ich werde ihn heute Abend gleich fragen.«

»Mach das. Essen wir heute Abend zusammen, oder bist du verabredet?«, wollte Tante Clara wissen.

»Nein, wir können gerne zusammen essen. Fest verabredet sind wir nicht, aber ich denke, dass ich Alexander heute noch sehen werde. Naja, das hoffe ich jedenfalls.«

»Ach, Liebes!« Ihre Tante strich ihr übers Haar. »Das freut mich, dass du wieder fröhlich bist. Alexander ist ein toller Mann, soweit ich das beurteilen kann.« Sie faltete die Zeitung zusammen. »Aber jetzt mal ein ganz anderes Thema. Ich weiß, dass du in deinem jetzigen Job nicht zufrieden bist. Was hältst du von der Idee, Medizin zu studieren?«

Pia starrte ihre Tante ungläubig an.

»Das meine ich ernst. Dein Abitur war sehr gut, und du hast medizinische Vorkenntnisse und eine Ausbildung zur Krankenschwester. Jung genug bist du auch.«

Pia musste die Worte zunächst sacken lassen.

»Aber wie stellst du dir das vor? Ich kann unmöglich nebenbei studieren. Das schaffe ich zeitlich gar nicht. Von den Kosten ganz zu schweigen. Selbst wenn ich meine Arbeitszeit reduzieren würde, das kann ich mir nicht leisten. Und ich glaube nicht, dass meine Eltern mich unterstützen würden. Du kennst ihre Einstellung. Mein Erspartes reicht gerade eben, um ein anderes Auto zu kaufen, falls das alte kaputtgeht.«

»Über das Finanzielle brauchst du dir keine Sorgen machen. Schließlich bin ich ja da«, stellte ihre Tante fest.

»Also, ich weiß nicht. Das kommt alles ein bisschen plötzlich.« Pia wirkte nachdenklich und wusste nicht, was sie zu diesem Vorschlag sagen sollte. Damit hatte sie nicht gerechnet. Zum einen reizte sie die Vorstellung zu studieren, da es insgeheim immer ihr Wunsch war, aber zum anderen war der Gedanke fernab der Realität. Sie hatte weder die Zeit, noch das Geld und erst recht nicht die Absicht, irgendwem auf der Tasche zu liegen. Ihre Ausbildung lag Jahre zurück. Sollte sie noch einmal von vorne beginnen? Wieder Bücher wälzen, nächtelang lernen und Prüfungen schreiben?

»Das musst du nicht gleich entscheiden. Das war nur eine Idee. Aber eine brillante, das musst du zugeben.« Tante Clara sah ihre Nichte freundlich an.

»Hallo. Ich bin's. Der Termin ist auf morgen vorgezogen worden.«

»Schon morgen?«

»Gibt es ein Problem?«

»Nein, nein, ich dachte nur …«

»Das Denken kannst du anderen überlassen. Hier geht es einzig um deine Aufgabe. Also, du machst es wie besprochen, verstanden?«

»Ja.« Eine kurze Pause entstand. »Ich dachte bloß, ich habe mehr Zeit.«

»Wofür? Du weißt, was du wissen und tun musst. Ich rate dir, keine Schwierigkeiten zu machen.«

»Nein, alles klar. Wo finde ich alles?«

»In der Nähe des Parkplatzes, mitten in den Dünen gibt es einen alten Bunker. Sehr klein und unscheinbar. Du musst genau hinsehen, damit du die Stelle findest. Von der Straße und dem Parkplatz aus ist er nicht einsehbar. Ich lasse dir die genauen

Koordinaten zukommen, dann kannst du ihn nicht verfehlen. Vergiss dein Handy also nicht. Im Bunker findest du alles, was du brauchst. Er ist abgeschlossen. Der Schlüssel befindet sich bereits in der Satteltasche deines Fahrrades.«

»Aber wie …«

»Also, morgen 11.00 Uhr. Noch Fragen? Jetzt ist die letzte Gelegenheit, dann bist du auf dich allein gestellt. Es gibt kein Zurück mehr.«

»Und wenn ich es getan habe, was geschieht dann?«

»Dann machst du weiter wie bisher, damit niemand Verdacht schöpft.«

»Was passiert überhaupt mit den Sachen?«

»Damit hast du nichts zu tun. Das geht dich nichts an. Tu, was ich dir sage! Du hörst von mir.«

»Gut, aber …«

Die Verbindung war bereits unterbrochen.

Es war kurz nach 18.00 Uhr, als Pia Alexander auf das Ferienhaus zugehen sah. Sie trat nach draußen auf die Terrasse und rief seinen Namen. Er blieb stehen und blickte in ihre Richtung.

»Hallo, Alexander! Magst du mit uns zu Abend essen?«

»Sehr gerne! Ich geh schnell duschen, okay?«, antwortete er.

»Du brauchst dich nicht zu hetzen! Das Essen braucht ohnehin einen Moment.«

Pia ging zurück in die Küche, während Alexander im Haus verschwand.

»Alexander kommt gleich zum Essen. Er duscht nur noch schnell«, sagte Pia an ihre Tante gewandt.

»Das habe ich mitbekommen. Dann halte dich mal ran! Du kannst den Rucola waschen und anschließend die Avocado in dünne Spalten schneiden.«

»Das mache ich. Kommen die Tomaten auch dazu?« Sie deutete auf eine Schale Cocktailtomaten neben der Spüle.

»Richtig, die müssen auch in den Salat. Zum Abschluss wird frischer Parmesan darüber gehobelt. Im Kühlschrank liegt ein Stück. Dieses fertig geriebene Zeug in den Plastiktüten kann man ja nicht ertragen. Bei dem Geruch wird mir regelmäßig speiübel«, sagte Tante Clara und verzog angewidert das Gesicht.

»Ich weiß, was du meinst. Bei uns in der Kantine steht immer eine riesige Schüssel mit geriebenem Parmesan neben dem Besteckkasten, wenn es Spaghetti Bolognese gibt. Das stinkt grauenhaft, da vergeht einem regelrecht der Appetit. Echt widerlich!«

»Am besten sollte man eine Schüssel Wäscheklammern daneben stellen!«, schlug Tante Clara vor und hielt sich demonstrativ mit zwei Fingern die Nase zu.

»Gute Idee! Ich werde es bei nächster Gelegenheit vorschlagen.« Pia musste lachen.

Der Tisch wurde später auf der Terrasse gedeckt. Pia stellte gerade die Salatschüssel ab, als Alexander in Begleitung von Bo erschien. In seiner Jeans und dem schwarzen Poloshirt sah er blendend aus. Ein Lächeln erschien auf seinem Gesicht, als er sie erblickte. Pia war sich sicher, dass es kein Outfit gab, in dem er nicht fantastisch aussah. Er trat näher, sodass sie den Geruch seines Duschgels wahrnahm, und küsste sie. Er hatte eine Flasche Rotwein mitgebracht und stellte sie auf den Tisch.

»Ich wollte einen kleinen Teil zum Abendessen beitragen«, sagte er, als Tante Clara mit einer Platte gedünstetem Lachs nach draußen kam.

»Guten Abend, Alexander! Wie schön, dass Sie uns Gesellschaft leisten. Der Wein sieht vielversprechend aus. Ich hole am besten gleich die Weingläser.«

»Das kann ich doch machen«, erwiderte Pia und verschwand nach drinnen.

»Ja, dann setzen Sie sich bitte. Wir sollten anfangen, sonst wird es kalt«, bat Tante Clara Alexander und deutete auf einen der Stühle.

Bo legte sich neben sein Herrchen auf den hölzernen Terrassenboden.

»Das sieht ausgezeichnet aus, Clara. Ich muss zugeben, dass ich sehr gerne bekocht werde«, gab Alexander zu.

»Das hört ihre Mutter bestimmt gern«, erwiderte Tante Clara, bevor sie der warnende Blick ihrer Nichte traf, die in diesem Augenblick mit den Gläsern zurückkehrte.

»Meine Eltern leben nicht mehr.«

»Oh, das tut mir sehr leid.«

»Sie brauchen sich nicht dafür zu entschuldigen. So, dann werde ich mal die Flasche öffnen, wenn Sie nichts dagegen haben.«

»Das ist der Wein, den wir in dem Restaurant getrunken haben, oder?«, stellte Pia begeistert fest, als sie sich das Etikett näher ansah. Alexander nickte. »Tante Clara, der schmeckt einfach wunderbar. Ich hatte neulich das Vergnügen, ihn genießen zu dürfen.«

Tante Clara hob ihr Glas, schnupperte an der dunkelroten Flüssigkeit darin und setzte es an die Lippen, um zu probieren. Dann legte sie den Kopf schief, schmeckte ein paarmal und sagte schließlich zu Alexander: »In der Tat. Ein sehr edler Tropfen. Einen ausgezeichneten Geschmack haben Sie, das muss man Ihnen lassen.«

Alexander schmunzelte und blickte zu Pia. »Ich weiß.«

Nach dem Essen zog sich Tante Clara ins Haus zurück. Sie wollte unbedingt die Noten für ihre Chorprobe zusammenstellen, aber Pia vermutete, dass sie ihr und Alexander Zeit zu zweit gönnen wollte. Sie saßen eine Weile auf der Terrasse und sahen der untergehenden Sonne zu, wie sie langsam hinter den Lister Dünen verschwand und alles in ein dunkeloranges Licht tauchte. Die dünnen Wolken bildeten bizarre Muster am Himmel. Direkt am Meer war dies jedes Mal ein beeindruckendes Erlebnis. Jung und Alt warteten stets geduldig mit Fotoapparaten oder Handys bewaffnet bis die glutrote Sonne die Wasseroberfläche berührte und letztendlich spektakulär im Meer erlosch. Sonnenuntergänge hatten eine magische Anziehungskraft auf die Menschen. Pias Fotoalben beherbergten ebenfalls Dutzende dieser Bilder. Und doch war jedes Einzelne ein Kunstwerk für sich. Pia blickte versonnen zum Horizont. Das Licht des Kampener Leuchtturms und die Silhouette der Kirche St. Severin in Keitum waren deutlich wie vor einem brennenden Himmel zu erkennen. Alexanders Arm ruhte auf Pias Stuhllehne und seine Hand streichelte zart ihren Nacken. In der anderen Hand hielt er sein Weinglas. Pias Hand ruhte auf seinem Oberschenkel. Beide genossen diese friedliche Stille und das eindrucksvolle Naturschauspiel, das sich ihnen bot. Bo schlummerte zu ihren Füßen. Ab und zu zuckte eine seiner Pfoten. Vermutlich träumte er von einem ausgiebigen Strandspaziergang oder der Jagd nach seinem Ball.

»Demnächst findet an der Buhne 16 eine Mittsommernachtsparty statt«, durchbrach Pia die Stille. »Das soll legendär sein. Dort gibt es ein Mittsommernachtsfeuer und Live-Musik. Hast du Lust, mit mir hinzugehen? Wenn es uns nicht gefällt, gehen wir halt einfach.«

»Warum nicht? Können wir machen. Veranstaltungen zu Mittsommer gibt es seit vielen Jahren auf der Insel. Ich war allerdings noch nie bei einer dabei, obwohl ich früher regelmäßig auf Sylt war.«

»Später nicht mehr?«

»Nein, dann nur hin und wieder. Obwohl ich diese Insel liebe. Ich denke, es gibt nur zwei Möglichkeiten: Entweder du liebst sie, oder du hasst sie. Die Eltern meiner damaligen Freundin haben ein Haus auf Sylt, deshalb war ich so oft hier.«

»Ach«, erwiderte Pia und verspürte einen kleinen Stich mitten ins Herz.

»Das ist über zehn Jahre her. Damals war ich schrecklich verliebt gewesen.«

»Was ist dann passiert? Warum habt ihr euch getrennt?«, erkundigte sich Pia.

»Tja, der Klassiker. Sie hat mich wegen eines anderen verlassen und mir das Herz gebrochen.«

»Du Armer! Trotzdem bin ich ihr dankbar dafür«, sagte Pia und küsste ihn.

»Wahrscheinlich …« Alexander wurde mitten im Satz durch das Klingeln seines Handys unterbrochen. Er sah auf das Display und runzelte die Stirn. »Sorry, das ist wichtig«, flüsterte er Pia zu und nahm das Gespräch an.

Er stand auf und ging ein paar Schritte auf den Rasen. Pia konnte nicht hören, worüber er sprach, aber seinen Gesten nach zu urteilen, war es ein unschönes Telefonat.

Als er zurückkam, fragte sie: »Ärger?«

»Kann man wohl sagen. Das war die Polizei. Jemandem ist aufgefallen, dass in meinem Büro eingebrochen wurde. Die Tür stand auf. Es wurde aber scheinbar nichts gestohlen. Meinen Laptop habe ich glücklicherweise drüben.« Er deutete zum Ferienhaus.

»Wer macht so etwas? Was wollten die Diebe stehlen? Von dem Laptop abgesehen«, wollte Pia wissen, obwohl sie wusste, dass Alexander ihr vermutlich auch keine Antwort darauf geben konnte.

»Ich habe keine Ahnung.« Alexander setzte sich und streichelte Bo über den Kopf, der neben ihm saß. Der Hund gähnte ausgiebig. »Na, Dicker, bist du noch müde? Pia, ich wollte dich fragen, ob du dich morgen Vormittag um Bo kümmern kannst.«

»Ja klar, ich habe nichts vor. Musst du weg?«

»Ich will mit dem Boot raus und tauchen. Bo ist kein guter Seemann. Er schwimmt zwar für sein Leben gern, aber auf einem Boot hat er Angst.« Alexander verzog den Mund zu einem Grinsen und tätschelte seinen Hund.

»Kein Problem, das mache ich gern. Das kriegen wir hin oder Bo?«

Pia beugte sich zu dem Hund hinunter und kraulte ihn am Ohr. Er legte vor Begeisterung den Kopf schief und schloss genüsslich die Augen.

»Danke, Pia«, sagte Alexander.

Gegen Mitternacht verabschiedete sich Alexander mit einem zärtlichen Kuss von Pia und ging in seine Unterkunft. Pia nahm die beiden Gläser und die leere Weinflasche vom Tisch und ging rein. Drinnen brannte kein Licht. Anscheinend war Tante Clara längst zu Bett gegangen. Unter dem Türspalt zu ihrem Schlafzimmer war ebenfalls kein Lichtstrahl zu erkennen.

Sie verschloss die Terrassentür, knipste in der Küche das Licht aus und schlich auf Zehenspitzen die Treppe nach oben in ihr Zimmer.

Julia schielte durch den engen Türspalt ihres Zimmers auf den Flur. Sie war von einem Geräusch vor ihrer Tür wach geworden und wollte nachsehen, was es war. Sie konnte weit und breit niemanden erblicken. Alle schienen zu schlafen. Aus dem gegenüberliegenden Zimmer drang ein gleichmäßiges Schnarchen zu ihr herüber. Wahrscheinlich hatte sie bloß geträumt. Oder kam das Geräusch von draußen? Sie schloss die Tür leise und bewegte sich zum Fenster. Vorsichtig schob sie den Vorhang ein Stück zur Seite. Die Wolken schufen immer wieder kurze Lücken, in denen das Mondlicht die Umgebung erhellte. Sie sah eine Gestalt aus dem Nebeneingang huschen und erkannte Paul, der sein Fahrrad nahm und davonfuhr. Er schien es ausgesprochen eilig zu haben. Julia fragte sich, wohin er mitten in der Nacht wollte. Sie überlegte kurz, Sven zu wecken, aber diese Idee erschien ihr überzogen. Paul war alt genug. Ob er eine heimliche Verabredung hatte, kam es ihr in den Sinn, und sie merkte, wie sie ein leichter Anflug von Eifersucht überkam. Sie würde ihn morgen früh auf seinen nächtlichen Ausflug ansprechen. Dann legte sie sich in ihr Bett und schlief kurz darauf ein.

Paul radelte durch das nächtliche Sylt. Er begegnete einer Gruppe Touristen, die zu dieser späten Stunde die Straße entlangliefen oder besser gesagt torkelten. Nach 20 Minuten erreichte er den Strandübergang. Er schob sein Fahrrad die letzten Meter auf dem schmalen Weg durch die Dünen. Als das Gehen in dem tiefen Sand zu mühselig wurde, ließ er das Rad einfach fallen und ging ohne es weiter. Um diese Zeit würde es niemand mitnehmen, war er überzeugt. Schließlich erreichte er den Container. Der Mond schien so hell, dass er keine Taschenlampe brauchte, um etwas erkennen zu können. Von Alexander Kramer war – wie vermutet – nichts zu sehen. Paul machte sich an dem Vorhängeschloss zu schaffen, und nach einiger Zeit gelang es ihm tatsächlich, es aufzubrechen. Der erste Schritt seiner Mission war geschafft. Was man im Internet alles fürs Leben lernen konnte, dachte er zufrieden. Das Ergebnis seiner Arbeit verschaffte ihm Auftrieb. Er war kein unscheinbarer Loser, wie alle dachten. Julia würde ihn eines Tages auf Knien bitten, mit ihm zusammen sein zu dürfen. Davon war Paul überzeugt. Dieser eingebildete Typ Alexander wäre dann längst Schnee von gestern. Er ließ das Schloss achtlos in den Sand fallen, öffnete die Tür ein Stück und schlüpfte ins Innere des Containers. Die Luft roch leicht abgestanden. Der Kühlschrank in der Ecke gab ein monotones Brummen von sich, sonst war es still. Von draußen hörte man das leise Rauschen des immerwährenden Wellenspiels. Paul machte kein Licht. Er konnte ausreichend sehen, sobald sich seine Augen an die Lichtverhältnisse angepasst hatten. Er sah sich nach seinem festen Ziel um. Aber der Laptop war nicht da. Verdammt, den musste Kramer mitgenommen haben, fluchte er. Beim letzten Mal hatte er ihn gesehen. Er suchte weiter fieberhaft danach. Vielleicht hatte Kramer ihn lediglich gut versteckt. Paul durchsuchte jeden Winkel, fand jedoch weder den Laptop noch Hinweise, die Kramer in irgendeiner Weise verdächtig machten. In der Spüle standen zwei benutzte Kaffeebecher. Auf dem Tisch lagen einige Papiere und Tabellenblätter, auf denen mit Bleistift Notizen gemacht worden waren. Paul überflog sie schnell. Nichts von Belang. Sein Auftraggeber musste sich getäuscht haben. Gleich morgen früh würde er ihm die ernüchternde Rückmeldung geben. Als er den Container enttäuscht verlassen wollte, fiel ihm ein kleines Stück Papier auf, das neben der Tür auf dem Fußboden lag. Er bückte sich, um es aufzuheben. Dann betrachtete er es eingehend. Der Mond schien in diesem Moment durch eine Wolkenlücke und bot ausreichend Licht. Was Paul da in den Händen hielt, war kein einfacher Notizzettel, sondern eine Visitenkarte. Er las den Satz, der handschriftlich mit Kugelschreiber auf die Rückseite gekritzelt war: *Frau Städtler hat morgen Geburtstag. Überraschungsparty im Bistro am Strand, 18.00 Uhr! Hoffe, Sie sind dabei. K.W.* Paul drehte die Karte um. Darauf stand gedruckt: *Kai Wenger, Kriminalpolizei Westerland.* Dann folgten Adresse, Telefon und die üblichen Angaben.

»Volltreffer!«, murmelte er vor sich hin. »Kramer ist also doch ein Bulle.«

Ein breites Grinsen erschien auf seinem Gesicht, und ein wahres Glücksgefühl durchflutete seinen Körper. Jetzt wusste er, was zu tun war.

Sehr früh am nächsten Morgen stand Alexander auf, um mit Bo eine Runde am Strand zu drehen. Als er zurückkam, sah er Licht im Haus von Clara Könemann. Eine der beiden Frauen schien bereits wach und in der Küche zu sein. Er ging in sein Ferienhaus, zog sich aus und stellte sich unter die Dusche. Nachdem er fertig angezogen war und hastig ein Müsli gefrühstückt hatte, verließen Bo und er das Haus. Seine Armbanduhr zeigte 7.30 Uhr. Er ging über den noch feuchten Rasen zur Terrasse von Tante Clara. Sie hatte ihn durch das Küchenfenster kommen sehen und öffnete die Terrassentür, bevor er sich bemerkbar machen musste.

»Guten Morgen, Alexander! Ich fürchte Pia schläft noch, falls Sie zu ihr wollten«, wurde er von Tante Clara begrüßt.

»Das macht nichts. Sie hat schließlich Urlaub. Pia hatte sich bereit erklärt, sich heute Vormittag um Bo zu kümmern. Ich weiß, dass es noch sehr früh ist, darf er trotzdem schon hierbleiben? Ich muss heute zeitig los.«

»Ja, natürlich kann er bleiben. Man bemerkt ihn kaum, so brav ist er.«

»Danke, Clara. Ich wünsche Ihnen einen schönen Tag. Bo, du benimmst dich! Dass mir keine Klagen kommen. Ich bin gegen Mittag zurück.«

»Braucht Bo irgendwelches Futter?«, erkundigte sich Tante Clara.

»Nein, er bekommt abends erst sein Futter. Also, bis später!« Er streichelte dem Hund über den Rücken und verabschiedete sich dann. Tante Clara schloss die Terrassentür hinter ihm, und Bo folgte ihr neugierig in die Küche.

»Na, Paul, wie war die Nachtwanderung?«, fragte Julia, als sie sich im Frühstücksraum neben ihn setzte.

Sven sah interessiert von seinem Frühstücksteller auf.

»Welche Nachtwanderung? Wie kommst du denn darauf?«, erwiderte Paul und sah sich nervös um. Julias Frage schien ihm unangenehm zu sein.

»Weil ich dich gesehen habe. Darum. Also? Wo warst du mitten in der Nacht?«

Nach einem kurzen Zögern gab er zurück: »Ich hatte mein Handy am Strand verloren. Da wollte ich lieber gleich nachsehen, bevor ich bis morgens warte. Bis dahin haben es unter Umständen irgendwelche Leute gefunden, und es ist ein für alle Mal futsch.«

»Hast du es gefunden?«, schaltete sich Sven ein. Sein Haar stand ihm wirr vom Kopf ab, als wäre er heute Morgen noch nicht dazu gekommen, es zu kämmen.

»Ja, es lag tatsächlich da, wo ich vermutet habe. Glück gehabt. Seid ihr nun zufrieden?«

»Dann ist ja alles gut«, antwortete Sven und widmete sich seinem Frühstück.

Paul wirkte angespannt, das war Julia nicht entgangen. Sie glaubte ihm die Geschichte mit dem Handy nicht. Sie hatte in der vergangenen Nacht versucht, ihn anzurufen, gleich nachdem er mit dem Fahrrad weggefahren war. Das Klingeln im Nachbarzimmer war deutlich zu hören gewesen. Offensichtlich hatte Paul sie gerade beide belogen. Aber warum tat er das? Was hatte Paul Röber zu verbergen? Der Sache wollte Julia unbedingt nachgehen.

»Guten Morgen, Tante Clara! Oh, Bo, du bist ja schon da!«, stellte Pia fest, als sie in die Küche kam und der Hund sie schwanzwedelnd begrüßte.

»Ja, Alexander ist sehr früh aufgebrochen, zu der Zeit hast du fest geschlafen. Er wollte dich nicht wecken, da du Urlaub hast. Und ich konnte ohnehin nicht mehr schlafen.«

»Ich habe geschlafen wie ein Murmeltier. Ich denke, ich fahre nach dem Frühstück mit Bo zu Alexander an den Strand. Er wollte mit dem Boot raus und tauchen. Ich warte am Container auf ihn, bis er wieder zurück ist. Währenddessen kann ich mit Bo spielen oder spazieren gehen. Kann ich mir dein Auto nochmal leihen?«

»Sicher. Auf dem Rückweg könntest du ein paar Lebensmittel aus Westerland mitbringen … Der Supermarkt liegt direkt auf dem Weg. Dann muss ich nicht deswegen extra los und du kannst das Auto solange haben, wie du willst. Es ist nicht viel, was ich brauche.«

»Das ist kein Problem. Natürlich bringe ich die Sachen mit.«

»Aber jetzt wird erst gefrühstückt. Du fällst mir sonst vom Fleisch! Setz dich!«, fuhr Tante Clara fort.

»Das ist kaum zu befürchten bei dem guten Essen, das du ständig zauberst«, antwortete Pia und legte sich eines der dunklen Brötchen auf ihren Teller.

»Die sind einfach zu lecker, diese Brötchen, machen aber ordentlich satt. Die werde ich zu Hause ganz sicher vermissen. Wie heißen sie nochmal?«, fragte Pia ihre Tante.

»Das sind ›Sylter Knacker‹. Ich befürchte, wenn ich dir welche davon per Post nach Hause schicke, schmecken sie nicht mehr so gut.«

»Das denke ich auch. Sie sind ein guter Grund, dich öfter besuchen zu kommen.«

»Glaubst du eigentlich immer noch, dass Alexander dein ehemaliger Patient ist?«, fragte Tante Clara nach einer Weile und sah von ihrer Zeitung auf.

»Wie kommst du ausgerechnet jetzt darauf?«

»Nur so. Es hat dich sehr beschäftigt in der letzten Zeit.«

»Den Gedanken habe ich ein bisschen verdrängt. Momentan bin ich so gern mit Alexander zusammen, dass es für mich keine Rolle mehr spielt, ob er es ist oder nicht. Irgendwann werde ich ihn fragen, das habe ich mir fest vorgenommen. Aber der Moment muss stimmen. Ich möchte ihm nicht das Gefühl vermitteln, dass er nur zweite Wahl ist, oder ich einem Phantom nachjage, falls er es nicht ist. Denn das ist überhaupt nicht der Fall. Verstehst du, was ich damit sagen will?«

»Ich denke. Frag ihn, wenn die Zeit gekommen ist. Vielleicht erübrigt sich die Frage auch, weil es sich von selbst klärt.«

Pia sah ihre Tante verdutzt an.

»Wie meinst du das? Ich kann dir nicht ganz folgen.«

Tante Clara schmunzelte amüsiert und strich sich mit der Handfläche über ihren Bauch. Pia merkte, wie sie schlagartig errötete.

»Ach so.« Normalerweise war sie nicht derart begriffsstutzig. »So weit sind wir noch nicht«, fügte sie schnell hinzu.

»Ich freue mich jedenfalls von ganzem Herzen, dass du glücklich bist. Ihr gebt wirklich ein schönes Paar ab«, stellte Tante Clara zufrieden fest.

»Kramer. Frau Städtler, ich …«

»Herr Kramer, einen wunderschönen guten Morgen wünsche ich Ihnen! Ich konnte es kaum erwarten, Ihre Stimme zu hören«, flötete Katja Städtler in den Hörer ihres Telefons. Kollege Wenger legte verwundert die Stirn kraus.

»Das wird sich herausstellen, ob er schön wird. Ist mit Ihnen alles in Ordnung?«, fragte Alexander, dem der Gefühlsausbruch der Kollegin unheimlich vorkam.

»Mir geht es meistens blendend. Jedenfalls so lange, bis Sie anrufen. Also, was ist? Ach, ehe ich es vergesse: Haben Sie noch einmal überprüft, ob nicht doch etwas aus Ihrem Büro entwendet wurde?«

Er war beruhigt, es schien ihr gut zu gehen, und er musste sich keine Sorgen machen.

»Nein, es fehlt nichts. Schätze sind dort nicht zu finden. Ich wollte Ihnen Bescheid geben, dass ich jetzt mit dem Boot rausfahre und an der Stelle vor Samoa tauchen werde. Sie können mich in den nächsten zwei Stunden telefonisch nicht erreichen. Gegen Mittag bin ich zurück.«

»Was bedeutet das für uns?«, fragte sie.

»Vergessen Sie es. Ich wollte Sie lediglich über die weiteren Schritte informieren. Man nennt das auch Teamarbeit. Jedenfalls kenne ich das so.«

Mit diesen Worten legte er auf.

Das sagt ja der Richtige, fügte Katja Städler im Stillen hinzu und verzog den Mund.

»Was wollte er?«, fragte Wenger die Kollegin, als diese aufgelegt hatte.

»Kramer wollte uns mitteilen, dass er jetzt mit dem Boot rausfährt. Er will sich die Stelle um das Kabel herum vom Meer aus genauer ansehen.«

»Was erhofft er sich von der Aktion?«

»Wie ich ihn verstanden habe, sucht er nach Anhaltspunkten, die auf einen geplanten Anschlag hindeuten könnten. Keine Ahnung wie das da unten aussieht. Kann nicht schaden, wenn jemand sich das Ganze mal ansieht. Ich hoffe bloß, er ist vorsichtig.« Den letzten Satz murmelte sie mehr vor sich hin, als dass sie ihn laut aussprach.

»Das ist okay, dass er uns über seine Schritte informiert. Sonst beschwerst du dich immer, er wäre nicht teamfähig.«

»Jaja, man könnte fast annehmen, du würdest irgendwelche Sympathien für ihn hegen.«

»Also, mir persönlich hat er nichts getan. Ich finde ihn insgesamt betrachtet sogar ziemlich cool.«

»Cool, soso.«

Die Kriminalhauptkommissarin schüttelte den Kopf und steuerte mit der Kaffeetasse in der Hand auf die Kaffeemaschine zu. Heute war ihr Geburtstag, aber scheinbar war das niemandem im Revier aufgefallen. Insgeheim war sie sogar froh darüber. Wer gab schon gerne zu, dass er 40 wurde. Schon gar nicht, wenn der Kollege gegenüber gerade erst Anfang 20 war. Wenn man erst mal die 40 erreicht hatte, rückte die 50 in greifbare Nähe. Je älter man wurde, je schneller flog die Zeit dahin. Das hatte ihre Oma früher immer zu ihr gesagt. Damals hatte sie darüber geschmunzelt, heute bewahrheitete sich diese Aussage. Trotz allem würde sie am heutigen Abend gemütlich mit ihrem Freund Essen gehen und ihren Tag auf diese Weise zelebrieren. Wohin es ging, hatte er ihr nicht verraten. Aber in dieser Hinsicht ließ sie sich gerne überraschen. Sie wusste, dass sie nicht enttäuscht werden würde.

Plötzlich wurde die Bürotür weit aufgerissen, und der Chef kam herein, gefolgt von einigen Kolleginnen und Kollegen. Der Raum wurde augenblicklich von lautem Stimmengewirr geflutet. Der Chef hielt einen riesigen Blumenstrauß in den Händen und kam freudestrahlend damit auf sie zu. Er sah wie aus dem Ei gepellt aus. Anzug, Krawatte und Frisur saßen perfekt. Katja Städtler war der Ansicht, dass an ihm ein Bankdirektor verloren gegangen war. In eine Bank hätte er ihres Erachtens besser gepasst, als in eine Polizeidienststelle, jedenfalls optisch. Aber er war ihr Chef, und sie kam bisher gut mit ihm aus. Er war ein Mensch, der stets ein offenes Ohr für seine Mitarbeiter hatte, und im Zweifelsfall hinter ihnen stand. Das war in der heutigen Zeit selten geworden.

»Meine liebe Frau Städtler, im Namen aller Kolleginnen und Kollegen gratuliere ich Ihnen herzlich zu Ihrem Geburtstag. Bleiben Sie gesund und weiterhin so erfolgreich wie bisher. Auf gute Mitarbeiterinnen wie Sie können wir auf der Insel unter keinen Umständen verzichten.«

Katja Städtler stieg eine leichte Röte ins Gesicht. Mit dieser Geste hatte sie im Leben nicht gerechnet! Vor wenigen Minuten hatte sie angenommen, die Kollegen hätten ihren Geburtstag schlichtweg vergessen.

»Vielen Dank. Das ist eine gelungene Überraschung!« Das waren die einzigen Worte, die sie zustande brachte. Sie war überwältigt und regelrecht sprachlos. Sie nahm die Blumen entgegen und schüttelte ihrem Chef die Hand.

»Zur Feier des Tages habe ich mir erlaubt, heute Abend einen kleinen Umtrunk in Ihrem Lieblingsbistro auf der Westerländer Promenade für Sie und die Kollegen zu organisieren.« Er rieb sich die Hände und blickte dann auf seine Armbanduhr. »Dann haben wir ausgiebig Zeit, gebührend auf Ihr Wohl anzustoßen. In diesem Sinne! Ich muss mich jetzt leider verabschieden. Der Bürgermeister wartet!«

Nachdem alle Gratulanten nach und nach das kleine Büro verlassen hatten, öffnete Katja Städtler weit das Fenster. Es war mit einem Mal unerträglich stickig geworden in dem engen Raum. Sie hatte plötzlich das Gefühl, keine Luft zu bekommen. Ihr Kaffee war mittlerweile nur noch lauwarm.

»Du hast es gewusst?«, fragte sie den Kollegen Wenger mit strenger Miene.

»Na klar!«

Er lehnte lässig mit hinter dem Kopf verschränkten Armen in seinem Stuhl und grinste wie ein Honigkuchenpferd.

»Toll! Du hättest mich wenigstens vorwarnen können.«

»Dann wäre es keine Überraschung mehr geworden. Ich fand die Idee von unserem Chef echt nett. So kennt man ihn sonst nicht. Und um noch einen draufzusetzen: Dein Freund ist ebenfalls eingeweiht.«

»Was? Martin weiß Bescheid? Läuft hier eine Verschwörung gegen mich?«, fragte die Kriminalhauptkommissarin fassungslos.

Ihr Kollege zuckte die Achseln.

»Dann müssen wir Kramer auch Bescheid geben. Das wäre sonst unkollegial. Auch wenn er vermutlich eine Spaßbremse ist.«

»Der ist längst eingeweiht«, verkündete Kai Wenger stolz.

»Ach. Woher weiß er es?«

»Ich habe ihm gestern Abend eine Nachricht zukommen lassen.«

»So. Und wie hast du das angestellt? Du hast seine Handynummer nicht.«

»Ich war bei meiner Oma in Hörnum und habe auf dem Heimweg an seinem Container angehalten. Das liegt sozusagen auf der Strecke.«

Katja Städtler sah ihn überrascht an. »Darf ich fragen, wie genau du ihm die Nachricht hinterlassen hast? Er war sicher nicht mehr da um die Zeit. Hast du die Nachricht auf die Tür gesprayt?«, fragte sie und eine böse Vorahnung beschlich sie plötzlich.

»Natürlich nicht. Ich habe auf die Rückseite einer Visitenkarte von mir eine Nachricht geschrieben und sie unter der Tür durchgeschoben. Da bist du platt, was?«

Mit stolz geschwellter Brust verschränkte er die Arme und wartete auf die Reaktion der Kollegin.

»Bist du von allen guten Geistern verlassen? Kai! Eine Visitenkarte von dir? Wenn die jemand anderes findet, ist Kramer geliefert und seine Tarnung aufgeflogen!«

Katja Städtler sprang von ihrem Stuhl auf. Sie verspürte ein beklemmendes Gefühl. Sie kramte das Handy auf ihrem

Schreibtisch hervor, das unter diversen Akten verschüttet lag, und wählte sofort Kramers Nummer. Ihr Puls begann zu rasen und ihre Hände wurden feucht je länger sie es klingeln ließ. Sie wusste, dass sie in Wengers Augen vermutlich überreagierte, aber das war ihr egal.

»Los Kramer, geh endlich ran! Scheiße, er nimmt nicht ab«, fluchte sie.

»Er wollte tauchen gehen!«, warf Wenger kleinlaut ein.

Sie überlegte. Kai Wenger hatte hektische Flecken im Gesicht und rutschte unruhig auf seinem Stuhl hin und her. Sein jungenhaftes Lächeln war einer angespannten Miene gewichen.

»Aber wer sollte die Nachricht außer ihm finden? Außer Kramer und uns hat niemand einen Schlüssel zu dem Containerbüro.«

»Hast du vergessen, dass gerade bei ihm eingebrochen wurde? Los komm, Kai, wir fahren sofort an den Strand! Ich habe ein ungutes Gefühl.«

Sie riss ihre Jacke von der Stuhllehne, griff nach dem Autoschlüssel und stürmte aus dem Büro. Kai Wenger musste sich anstrengen, mit ihr Schritt zu halten.

»So, Bo, jetzt gehen wir Herrchen besuchen. Freust du dich?«

Der Hund legte den Kopf schief und sah Pia erwartungsvoll an. Pia hatte den Motor abgestellt und stieg aus. Auf dem Parkplatz stand außer Alexanders Wagen kein weiteres Fahrzeug. Bo sprang mit einem Satz vom Beifahrersitz, als sie ihm die Tür öffnete. Er lief zielstrebig zu Alexanders Wagen und schnüffelte aufgeregt an der Fahrertür. Pia ging den langen Weg zum Strandübergang. Bo hatte sie an die Leine genommen. Er hörte ausgezeichnet, aber sie war nicht sicher, ob er ihren Befehlen genauso gut folgen würde, wie er es bei Alexander tat. Unten am Strand würde sie Bo losmachen. Als sie die Kuppe des Dünenweges erreichte, konnte sie das Meer sehen und hören. Weiße Schaumkronen tummelten sich auf den Wellen, und das Licht der hochstehenden Sonne entlockte dem Meer die unterschiedlichsten Blau- und Grüntöne. Der Wind spielte in Pias Haaren. Sie blickte aufs Wasser und erkannte Alexanders Boot. Es war höchstens 50 Meter vom Strand entfernt. Bo zog plötzlich kräftig an der Leine und bellte aufgeregt. Er umkreiste Pia immer wieder, aber sie verstand nicht, was er ihr mit seinem Verhalten mitteilen wollte. Wahrscheinlich freute er sich so sehr auf sein Herrchen und hatte längst seine Witterung aufgenommen. Da sonst niemand am Strand zu sehen war, ließ Pia ihn von der Leine. Sie hatte den Haken kaum vom Halsband gelöst, da raste der Hund zum Flutsaum. Sand spritzte hoch. Pia folgte ihm durch den tiefen Sand, der sich mit jedem Schritt mehr in ihren Schuhen breitmachte. Als sie an der Wasserkante angekommen war, befand sich Alexanders Boot nur noch circa 30 Meter vom Strand entfernt. Bo sah zum Boot und bellte in einem hellen Ton, dann legte er sich flach auf den Boden.

»Was hast du, Bo? Alexander kommt gleich. Ist doch alles gut«, versuchte sie den Hund zu beruhigen.

Aber Bo beruhigte sich nicht – im Gegenteil. Immer wieder bellte er in hoher Stimmlage und legte sich dann flach in den Sand. Pia sah auf das Meer. Alexander war auf dem Boot und verstaute gerade etwas in einer großen Kiste am Bug. Er trug einen Taucheranzug, der seinen Körper in der Sonne schwarz glänzen ließ. Als er herüber sah und Pia erkannte, hob er den Arm.

»Siehst du, Bo, Alexander hat uns gesehen, und gleich kannst du ihn begrüßen«, wandte sich Pia an das aufgeregte Tier.

Dann blickte sie zum Boot zurück. Im gleichen Augenblick zerriss ein ohrenbetäubender Knall die Luft, und auf dem Wasser erschien ein riesiger Feuerball, der dann als lange schwarze Rauchsäule in den Himmel emporstieg. Holz- und Plastikstücke wirbelten durch die Luft. Pia wurde durch die enorme Druckwelle zu Boden gerissen und verlor für einen kurzen Augenblick das Bewusstsein. Als sie zu sich kam, starrte sie mit weit aufgerissenen Augen auf das unfassbare Bild, das sich vor ihr auf dem Wasser bot. Dort, wo eben Alexanders Boot friedlich auf den Wellen auf und ab schaukelte, war außer starkem Brandgeruch, Qualm und ein paar Holzplanken nichts mehr zu sehen. Das Boot existierte nicht mehr.

»Nein!!! Alexander!!!«, schrie Pia aus vollem Hals, und Tränen schossen ihr in die Augen.

Dann schlug sie vor Entsetzen die Hände vors Gesicht. Sie konnte nicht begreifen, was sich Sekunden zuvor vor ihren Augen abgespielt hatte. Sie setzte sich auf und blickte verzweifelt um sich. Ihr Herz hämmerte in ihrer Brust. Ihre Augen brannten, sie bekam kaum Luft und musste immer wieder husten. Wo war Alexander? Und wo war Bo? Niemand war zu sehen. Ganz in der Ferne konnte sie jetzt Strandspaziergänger erkennen, die eilig näherkamen. Von weit her hörte sie Stimmen. Ein paar Meter weiter links sah sie etwas Dunkles im Sand liegen.

»Oh mein Gott!«, wisperte sie.

Sie rappelte sich auf, wischte sich mit dem Handrücken die Tränen aus dem schmutzigen Gesicht und lief mit letzter Kraft darauf zu. Ihre Beine spürte sie nicht, als wäre alles Leben aus ihrem Körper entwichen. Sie rannte und wäre mehrfach beinahe gestürzt. Als sie die Stelle fast erreicht hatte, erkannte sie Bo. Er lag regungslos auf der Seite. Pia ließ sich neben ihn in den Sand auf die Knie fallen und beugte sich vorsichtig über ihn.

»Bo!«, flüsterte sie und legte dem Tier behutsam eine Hand auf den Brustkorb, während ihr die Tränen unaufhaltsam über die Wangen liefen.

Sein Fell war struppig vom Sand und dem Salzwasser. Unter ihrer Handfläche konnte sie einen schwachen Herzschlag spüren. Sofort rubbelte sie dem Tier kräftig über die Rippenregion, um seine Atmung anzuregen.

»Bitte Bo, komm!« Kurz darauf hob Bo tatsächlich den Kopf an. Erleichtert konnte Pia feststellen, dass er lebte. »Gott sei Dank!«, murmelte sie und vergrub für einen Moment ihr Gesicht in seinem Fell.

Dann wischte sie sich mit den Händen den Sand aus dem Gesicht und richtete sich auf. Wo war Alexander? Verzweifelt lief Pia am Ufer entlang und rief seinen Namen. Es war weit und breit nichts von ihm zu sehen. Mittlerweile waren Spaziergänger an der Unglücksstelle eingetroffen. Sie waren durch die laute Explosion und die Feuersäule aufmerksam geworden. Zwei weitere Personen tauchten direkt am Strandübergang auf. Auch sie kamen rasch näher. Es handelte sich um eine Frau und ein jungen Mann. Das Entsetzen stand ihnen ins Gesicht geschrieben, als sie die umherliegenden Trümmerteile erblickten.

»Was ist passiert?«, fragte die Frau, die sich als Kriminalhauptkommissarin Katja Städtler vorstellte, obwohl sie die Antwort auf ihre Frage mehr als deutlich vor sich sah.

»Alexander war auf dem Boot!«, stammelte Pia und kämpfte gegen eine Ohnmacht an. Sie stand unter Schock. Sie fühlte sich, als hätte im Inneren ihres Körpers dieselbe Feuerwalze gewütet und alles Leben in ihr verbrannt. Übrig blieben grenzenloser Schmerz und tiefe Verzweiflung.

»Skander!«, flüsterte Pia plötzlich, den Blick starr aufs Wasser gerichtet.

»Was haben Sie gesagt?«, hakte Katja Städtler nach und sah Pia fragend an.

»Skander«, wiederholte Pia apathisch und hielt den Blick weiterhin auf den Horizont gerichtet. Dicke Tränen rollten über ihr Gesicht.

Zwischenzeitlich waren Rettungssanitäter und zwei Suchtrupps der Küstenwache mit ihren Booten an der Unglücksstelle eingetroffen. Die Besatzung suchte krampfhaft das Wasser nach Alexander ab, jedoch ohne Erfolg. Es gab nicht die geringste Spur von ihm.

»Wie ist Ihr Name?«, fragte Katja Städtler Pia, die von einer Notärztin versorgt wurde.

Eine kleine Schnittverletzung über ihrer linken Schläfe blutete. Vermutlich war Pia von einem umherfliegenden Splitter getroffen worden. Einer der zahlreichen Spaziergänger und Schaulustigen entpuppte sich als Tierarzt und kümmerte sich um Bo, der dicht neben Pia im Sand saß und benommen wirkte.

»Pia Könemann. Ich wollte meinen Freund besuchen. Er war mit dem Boot draußen. Er war tauchen, als …«, antwortete Pia und presste sich ein Taschentuch vor Mund und Nase. Sie war unfähig, weiterzusprechen. Erneut liefen Tränen über ihre Wangen. Ihr gesamter Körper bebte.

»Wir bringen Sie jetzt nach Hause, Frau Könemann. Wo wohnen Sie?«

Katja Städtler legte behutsam einen Arm um Pias Schultern.

»Was ist mit Alexander?« Pia sah die Polizistin aus geröteten Augen an. »Ich kann nicht weg. Ich muss hierbleiben und nach ihm suchen. Er braucht Hilfe.«

»Wir suchen weiter nach ihm, das verspreche ich Ihnen. Wir geben Ihnen sofort Bescheid, wenn wir ihn gefunden haben. Bitte kommen Sie mit. Sie können hier momentan nichts tun und sollten sich ausruhen. Sie stehen unter Schock.«

Sie winkte eine Beamtin zu sich und half Pia beim Aufstehen. Pias Knie fühlten sich wackelig an, und sie hatte die ersten Schritte über Schwierigkeiten, sich überhaupt auf den Beinen zu halten.

»Die Kollegen bringen Sie und Ihren Hund nach Hause.«

Das hasste sie an ihrem Job, Angehörigen eine traurige Nachricht überbringen zu müssen. Sie ahnte, was Kramer widerfahren war. Aber noch wollte sie die Hoffnung nicht aufgeben. Sie hatten Alexander Kramer bislang nicht gefunden, und leider schwand die Aussicht, ihn lebend zu bergen mit jeder Minute. Katja Städtler brach es beinahe das Herz, die junge Frau dermaßen verzweifelt zu sehen. Da war Kramer also doch nicht der gefühlskalte Typ, für den sie ihn gehalten hatte. Er hatte eine ausgesprochen hübsche Freundin. Wie man sich täuschen konnte. Katja Städtler musste bei dem Gedanken an den Kollegen für einen kurzen Moment lächeln. Im Grunde hatte sie nichts persönlich gegen ihn. Er war ein verdammt guter Ermittler und ohne Zweifel ein sehr attraktiver Mann. Sie kam nur manchmal mit seiner knallharten Art nicht zurecht, obgleich es vielleicht eben diese Mischung war, die ihn interessant machte. Das musste sie sich insgeheim eingestehen.

Eine junge Polizistin kümmerte sich um Pia, legte einen Arm um sie und führte sie zum Parkplatz. Bo trottete mit gesenktem Kopf und hängender Zunge neben Pia her. Er war unverletzt geblieben, brauchte aber Ruhe und Zuwendung, hatte der Tierarzt gesagt. Auf dem Parkplatz angekommen, setzte sich Pia in einen bereitstehenden Streifenwagen, der sie nach List zu ihrer Tante bringen sollte.

Kriminalhauptkommissarin Städtler stand derweil am Strand und verfolgte mit angespannter Miene die Arbeit der Rettungskräfte auf dem Wasser. Sie war ständig über Funk mit dem Einsatzleiter in Kontakt. Kai Wenger tauchte plötzlich neben ihr auf.

»Es ist alles meine Schuld«, sagte er betreten und wirkte zerknirscht.

»Nein, Kai. Das darfst du nicht persönlich nehmen. Das ist das Risiko, das wir bei diesem Beruf tragen. Kramer ist ein Profi und harter Brocken, wir werden ihn finden.«

»Hoffentlich lebend. Ich würde mir mein Leben lang Vorwürfe machen, sollte er …« Er beendete den Satz nicht. »Hätte ich bloß nicht diese verdammte Nachricht geschrieben.«

»Wir kennen die Zusammenhänge noch nicht. Hör auf, dir Vorwürfe zu machen. Das ist verschwendete Energie. Bislang wissen wir noch überhaupt nicht, wie es zu dieser Explosion kommen konnte. Vielleicht war es auch ein technischer Defekt. Erstmal dürfen wir die Hoffnung nicht aufgeben und müssen weiter nach Kramer suchen.«

Katja Städtler klopfte dem jungen Kollegen aufmunternd auf die Schulter. Die Chance, Kramer lebend zu finden, war bei realistischer Betrachtung schwindend gering. Da brauchte sie niemandem etwas vorzumachen. Das Boot war zwar relativ groß gewesen, aber die Wucht der Detonation hatte nichts davon übriggelassen außer ein paar zersplitterten Holzplanken, die entweder am Strand verteilt lagen oder auf dem Wasser trieben. Da gerade ablaufendes Wasser war, war es durchaus möglich, dass Kramer von der kräftigen Strömung weit hinaus aufs Meer gezogen wurde. Es war ungewiss, ob sie ihn jemals finden würden. Schnell verdrängte sie den Gedanken. Sollte der Kollege die Explosion tatsächlich überlebt haben, müsste er einen riesigen Schutzengel gehabt haben. Sie wünschte es sich von ganzem Herzen. Dann nahm sie ihr Telefon aus der Jackentasche und rief ihren Chef an, um ihn von der aktuellen Lage in Kenntnis zu setzen. Er konnte auch gleich die geplante Party abends absagen. Katja machte sich ohnehin nichts aus großen Geburtstagsfeiern. Plötzlich knackte das Funkgerät in ihrer Hand, und eine Stimme von einem der Rettungsboote meldete sich.

Der Streifenwagen hielt direkt vor Tante Claras Haus. Sie musste ihn kommen gesehen und die Haustür geöffnet haben. Pia stieg, von einer Beamtin begleitet, aus.

»Pia, Liebes, was um Himmels willen ist passiert? Bist du in Ordnung?«

»Sie steht unter Schock, die Notärztin wollte ihr ein Beruhigungsmittel geben, aber sie hat abgelehnt. Es hat einen Unfall gegeben«, erklärte die Polizeibeamtin und führte Pia zum Treppenabsatz, wo Tante Clara ihre Nichte in Empfang nahm.

Bo wich Pia nicht von der Seite.

»Danke, ich bin selbst Ärztin. Ich werde mich gleich um meine Nichte kümmern.«

Die Beamtin nickte ihr zu und ging zurück zu ihrem Wagen. Tante Clara schob Pia vor sich her ins Haus und schloss die

Tür hinter ihnen. Dann führte sie sie weiter ins Wohnzimmer. Dort ließ Pia sich wie ein Häufchen Elend auf das Sofa sinken und starrte mit regloser Miene vor sich hin. Sie hatte bislang kein einziges Wort gesprochen.

»Liebes, bitte erzähl mir, was passiert ist. Im Radio haben sie eben gesagt, dass es eine Explosion am Strand von Rantum gegeben hat. Ich hatte solche Angst um dich!«

Pia hob den Kopf und sah ihre Tante aus verweinten Augen an.

»Alexander. Sein Boot ist explodiert. In dem Augenblick, als er mich gesehen und gewinkt hat.«

Ihre Tante wurde kreidebleich und hielt sich entsetzt eine Hand vor den Mund.

»Oh mein Gott«, flüsterte sie. Sie rückte dicht an Pia heran und schloss sie fest in die Arme.

»Er hat mir noch gewinkt. Ich habe zu Bo gesehen und im selben Moment gab es einen lauten Knall. Mehr weiß ich nicht.«

Pia schlug sich die Hände vors Gesicht und fing herzzerreißend zu schluchzen an. Alle Anspannung fiel mit voller Wucht von ihr ab, unter der sie zu ersticken drohte. Ihre Tante drückte sie an sich, um sie zu trösten. Pia umklammerte sie.

»Das tut mir alles schrecklich leid. Bestimmt finden sie ihn bald, du wirst sehen, und es wird alles gut«, sagte Tante Clara nach einer Weile, als Pias Körper sich langsam entspannte.

Pia wischte sich die Tränen aus den Augen und schnäuzte in das Taschentuch, das ihr ihre Tante gereicht hatte. »Ich wünsche mir nichts mehr als das. Aber er kann die Explosion unmöglich überlebt haben. Von dem Boot ist praktisch nichts übriggeblieben.« Bei den letzten Worten drohte ihre Stimme zu versagen.

»Du darfst die Hoffnung niemals aufgeben, Pia.«

»Skander«, sagte Pia unerwartet und sah ihrer Tante fest in die Augen.

»Skander?«, wiederholte diese und zog die Augenbrauen hoch. »Ich verstehe nicht. Was meinst du damit, Pia?«

»Das war sein Name. Plötzlich ist es mir eingefallen, als ich die Trümmer auf dem Wasser treiben sah. Er war es, ich bin mir jetzt absolut sicher. Ich habe ihn ein zweites Mal verloren, Tante Clara. Dieses Mal für immer.«

Sie fing erneut an zu weinen.

»Pia, beruhige dich, das war alles sehr viel für dich. Du solltest dich ausruhen. Leg dich hier aufs Sofa und versuch, etwas zu schlafen. Ich wecke dich, wenn es Neuigkeiten gibt.«

Tante Clara stand auf und ging in die Küche. Gleich darauf kam sie mit einem Glas Wasser in der Hand zurück.

»Hier, nimm das bitte!« Sie reichte Pia das Wasserglas und eine längliche Tablette. »Das ist ein leichtes Beruhigungsmittel, vertrau mir, es wird dir helfen. Bitte tu dir selbst den Gefallen und nimm es.«

Pia war zu erschöpft, um Widerstand zu leisten und nahm das Medikament. Dann legte sie sich auf das Sofa. Tante Clara deckte sie mit einer leichten Wolldecke zu und strich ihr eine Haarsträhne aus dem Gesicht. Nach kurzer Zeit war Pia in einen unruhigen Schlaf gefallen. Bo lag neben dem Sofa auf dem Teppich und wurde von Tante Clara gestreichelt.

»Gut gemacht, Kleiner. Respekt! Man muss ein Ziel haben, dann kann man alles schaffen.«

»Ich weiß nicht.«

»Hast du plötzlich Skrupel? Dafür ist es zu spät.« Gelächter ertönte.

»Und wenn mich jemand gesehen hat?«

»Das ist dein Problem. Wir haben niemals miteinander gesprochen, verstanden? Ich kenne dich nicht und du mich nicht.«

»Was ist mit dem Rest? Wann ist es soweit?«

»Damit hast du nichts mehr zu tun. Planänderung. Es ist besser, wenn du dazu nichts weißt. Ich melde mich, falls du gebraucht wirst. Und vergiss niemals: Ein Wort und du bist tot! Mausetot.«

Er bekam plötzlich Angst, und ein kalter Schauer lief ihm über den Rücken. Heftige Zweifel nagten an ihm. Aber es gab kein Zurück mehr. Er hatte sich entschieden. Die anderen würden sich noch wundern, zu was er in der Lage war. Endlich würde er den Respekt erlangen, der ihm längst zustand. Er kämpfte doch für eine ehrenwerte Sache, oder?

Am nächsten Morgen klingelte es an der Tür. Tante Clara öffnete. Vor der Haustür stand eine Frau, die ihr einen Dienstausweis vor die Nase hielt.

»Guten Morgen, mein Name ist Katja Städtler. Ich bin Kriminalhauptkommissarin auf Sylt. Wohnt bei Ihnen eine Pia Könemann? Es geht um Alexander Kramer.«

»Ja, das ist meine Nichte. Bitte, kommen Sie herein. Ich schlage vor, wir gehen in die Küche.«

Tante Clara ging vor, und Katja Städtler folgte ihr. Bo kam hinterher.

»Ich gehe davon aus, dass Sie wissen, was gestern passiert ist«, begann Katja Städtler ohne Umschweife und nahm auf einem der ihr angebotenen Küchenstühle Platz.

»Ja«, antwortete Tante Clara mit einem Seufzer. »Mögen Sie einen Kaffee?«

Katja Städtler nickte zustimmend, und Pias Tante goss frisch gebrühten Kaffee in eine Tasse.

»Meine Nichte und Herr Kramer sind befreundet.«

»Das ist mir bekannt. Leider habe ich keine guten Nachrichten.«

»Haben Sie ihn gefunden?«, fragte Pia, die unbemerkt plötzlich in der Küchentür aufgetaucht war.

Katja Städtler nickte.

»Ist er … tot?« Pia bekam eine Gänsehaut.

»Ja, es tut mir sehr leid, Frau Könemann.«

Pia stiegen Tränen in die Augen, sodass sie ihre Umwelt nur noch verschwommen wahrnahm. Sie stützte sich am Türrahmen ab.

»Warum musste er sterben?«, fragte sie mit brüchiger Stimme und war um Fassung bemüht.

»Frau Könemann, wir sind dabei, das herauszufinden und ermitteln in alle Richtungen. Die Ermittlungen stehen erst ganz am Anfang.«

»Darf ich ihn noch einmal sehen?«, fragte Pia zur Überraschung aller Anwesenden.

»Das geht leider nicht. Und glauben Sie mir, das möchten Sie auch bestimmt nicht. Die Beerdigung findet in vier Tagen statt, um 10.00 Uhr auf dem Neuen Friedhof Westerland. Wie gesagt, es tut mir sehr leid, dass ich Ihnen keine besseren Nachrichten überbringen kann. Mein Beileid.« Sie machte eine kurze Pause. »Frau Könemann, fühlen Sie sich in der Lage, mir ein paar Fragen zu beantworten?« Pia nickte wortlos. »Ist Ihnen vor der Explosion etwas aufgefallen? Gab es irgendetwas, was

Ihnen merkwürdig vorgekommen ist? Sind Sie kurz zuvor noch jemandem begegnet oder ähnliches?«

Pia versuchte sich krampfhaft zu erinnern. Doch das Einzige, was sie deutlich vor Augen hatte, waren der dunkle Qualm und die Trümmerteile des Bootes, die überall herumgelegen hatten. »Nein, es tut mir leid, aber mir ist nichts aufgefallen. Ehrlich gesagt, habe ich auch gar nicht darauf geachtet. Handelt es sich denn nicht um einen technischen Defekt?«

»Wir gehen davon aus, aber wir müssen das routinemäßig fragen. Haben Sie vielen Dank, Frau Könemann. Jetzt möchte ich Sie auch nicht unnötig länger mit meiner Anwesenheit behelligen.«

Dann stand Katja Städtler auf, verabschiedete sich von Pia, und wurde von Tante Clara zur Tür begleitet. Pia ließ sich auf einem der Stühle in der Küche nieder und vergrub ihr Gesicht in den Händen. Bo kam zu ihr und legte seinen Kopf auf ihren Oberschenkel. Sie begann, ihn zu streicheln.

»Ich kann das nicht glauben. Warum? Ich wünschte, es wäre nur ein böser Traum und ich würde gleich aufwachen«, sagte sie mit trauriger Stimme und sah aus dem Fenster. »Ich habe es geahnt.«

»Was hast du geahnt, Pia?«, fragte Tante Clara und stellte die Tasse der Kommissarin in die Spülmaschine.

»Dass irgendwas Schlimmes passieren wird. Es war einfach zu perfekt. Scheinbar darf ich nicht glücklich sein. Oder?«

»Aber Pia, das ist völliger Blödsinn! Rede dir so etwas nicht ein. Das konnte niemand vorhersehen, es sei denn du verfügst über seherische Fähigkeiten, was ich jedoch aus wissenschaftlicher Sicht stark bezweifeln möchte«, erwiderte Tante Clara.

Pia schüttelte den Kopf. »Wenn ich solche Fähigkeiten besitzen würde, hätte ich verhindert, dass Alexander jemals auf dieses verdammte Boot geht.« Sie machte eine Pause. »Was wird eigentlich aus Bo?«

Das Tier spitzte die Ohren und hob den Kopf, als es seinen Namen hörte.

»Er kann bei mir bleiben, wenn sich keine Angehörigen von Alexander melden sollten. Ein Hund im Haus kann nicht schaden, vor allem wenn man alleine lebt«, erklärte Tante Clara, ohne zu zögern.

»Seine Familie lebt nicht mehr. Seine Eltern und sein Bruder sind bei einem Amoklauf in den USA vor vier Jahren ums Leben gekommen. Er hat es mir neulich erzählt, als wir zusammen essen waren.« Pia merkte, wie es ihr die Kehle zuschnürte bei der Erinnerung an diesen Abend. Der Gedanke an den Verlust von Alexander tat ihr sogar körperlich weh. Der Schmerz fräste sich wie ein Virus durch ihren Körper.

»Was für eine tragische Familiengeschichte«, stellte Pias Tante nachdenklich fest und streichelte Bo über den Kopf.

»Moin. Ich habe euch hergebeten, weil ich euch eine traurige Mitteilung machen muss.«

Der Leiter der Schutzstation, Ulf Jacobs, stand in dem kleinen Ausstellungsraum und hatte ein Dutzend Mitarbeiter um sich versammelt. Er holte tief Luft und war sichtlich um Fassung bemüht. »Sicher wissen es einige von euch bereits. Gestern Mittag ist unser Kollege Alexander Kramer tödlich verunglückt.« Ein leises Raunen ging durch die Gruppe wie ein plötzlicher Windstoß, der durch einen Raum wehte. Dann fuhr

Jacobs fort: »Wenige von euch haben ihn persönlich kennengelernt. Er arbeitete vorwiegend von dem Containerbüro am Strand aus. Er war mit dem Boot vor Rantum unterwegs. Es ist explodiert. Genaueres weiß die Polizei im Augenblick nicht. Man vermutet allerdings, dass es sich um einen technischen Defekt handelt. Die Untersuchungen der Polizei laufen verständlicherweise noch, aber alles deutet darauf hin.«

Paul Röber, der sich unter den Anwesenden befand, räusperte sich. Julia war bei der Nachricht leichenblass geworden und musste von Sven gestützt werden, der ebenso schockiert war.

»Ja, das war es, was ich euch mitteilen wollte. Es ist schrecklich, einen guten und jungen Mitarbeiter und Freund zu verlieren. Bitte geht zurück an eure Arbeit. Wir werden in Alexanders Sinn weitermachen. Er hätte es so gewollt.«

Ergriffen von der Nachricht löste sich die kleine Versammlung nach und nach auf. Kaum jemand sprach ein Wort. Alle kehrten betroffen mit hängenden Köpfen an ihren Arbeitsplatz zurück. Lediglich Julia, Sven und Paul gingen nach draußen vor die Tür. Dort setzte sich Julia auf die Bank, die neben dem Fahrradständer stand. Sie war noch immer blass und wirkte zerbrechlich.

»Das ist entsetzlich!«, sagte sie leise und sah hilflos erst zu Sven und anschließend zu Paul.

»Gut, dass wir nicht mit ihm auf dem Boot waren. Stellt euch vor, wir hätten ihm ausgerechnet gestern helfen sollen. Dann wären wir jetzt alle tot. Tja, irgendwann müssen wir eben alle gehen. Die einen erwischt es früher, die anderen später«, entgegnete Paul schulterzuckend und erntete dafür einen vernichtenden Blick von Sven und einen entsetzten Gesichtsausdruck von Julia. Sie wirkte wie versteinert.

»Hast du sie nicht mehr alle, Paul? Wie kannst du sowas sagen? Alex ist tot! Tot! Ist das in deinem Spatzenhirn noch nicht angekommen?«, fuhr Julia ihn an, als sie sich aus ihrer Starre gelöst hatte. Schmerz und Zorn vermischten sich. Sie wollte mit geballten Fäusten auf Paul losgehen, wurde aber von Sven zurückgehalten. Pauls Augen verengten sich feindlich, und er ballte die Hand in seiner Hosentasche zur Faust. Julia fing jämmerlich an zu weinen. Sven setzte sich neben sie auf die Bank und legte tröstend einen Arm um sie. Sie lehnte ihren Kopf gegen seine Schulter und schluchzte vor sich hin.

»Du bist ein solcher Idiot, Paul! Ehrlich«, zischte Sven. »Du tickst doch nicht ganz sauber.«

Paul erwiderte nichts. Er hatte die Arme vor dem Körper verschränkt und blickte trotzig zu Boden. Dabei schubste er mit seiner rechten Schuhspitze kleine Kieselsteine hin und her.

Die nächsten Tage durchlebte Pia wie in Trance. Sie konnte sich auf nichts konzentrieren, sondern tigerte ziellos durchs Haus. Ihre Tante versuchte sie aufzumuntern und überredete sie zu Strandspaziergängen oder beschäftigte sie anderweitig. Für den nächsten Tag war die Beerdigung angesetzt, der Pia mit Unbehagen entgegensah. Damit würde es endgültig sein und auch der letzte Funken Hoffnung, Alexander könne doch leben, würde im wahrsten Sinne des Wortes begraben werden.

In dieser Nacht konnte Pia nicht schlafen. Sie wälzte sich stundenlang wach in ihrem Bett hin und her. Die Schlaftabletten, die Tante Clara ihr gegeben hatte, lagen unberührt auf dem Nachttisch neben ihr. Der Mond schien zwischen Wolkenlücken durch das kleine Fenster in ihrem Zimmer auf ihr Bett. Irgendwann stand sie auf und schlich leise auf Zehenspitzen die Treppe nach unten in die Küche. Bo, der unter der Treppe auf einem riesigen Kissen sein neues Reich bezogen hatte, hob kurz den Kopf. Pia strich ihm über den Kopf und ging weiter in die Küche. Dort nahm sie sich ein Glas Wasser, stellte sich damit an das große Küchenfenster und blickte in den Garten, wie sie es so oft in den letzten Tagen getan hatte. In Gedanken sah sie Alexander, wie er ihr den Rasenmäher in Gang gebracht hatte, das Gartentor reparierte und wie sie sich das erste Mal geküsst hatten. Dann wanderte Pias Blick zum Himmel. Dort stand der Mond in seiner ganzen Vollkommenheit. Er strahlte majestätisch und imposant, und sein helles Licht spiegelte sich in den vielen gläsernen Gefäßen, die sich auf der Fensterbank aneinander reihten wie an einer kunstvoll aufgefädelten Perlenschnur. Eine Sammelleidenschaft ihrer Tante. Gedankenverloren fuhr Pia vorsichtig mit zwei Fingern über den feinen Rand einer bauchigen Vase.

Dann richtete sich ihr Blick erneut zum Mond und sie flüsterte: »Warum? Warum hast du ihn mir ein zweites Mal genommen?«

Tränen, die über ihre Wangen rollten, erstickten jedes weitere Wort. Pia stand eine Weile barfuß auf den kalten Fliesen und sah in die Nacht. Unfähig sich zu bewegen. Ihr Herz brannte vor Schmerz und Hilflosigkeit. Sie spürte die Kälte kaum, die langsam an ihr hochkroch. Irgendwann kehrte sie zurück in ihr Zimmer und vergrub sich, zusammengerollt wie ein Igel, unter ihrer Bettdecke. Ihr gesamter Körper zitterte vor Kälte und Müdigkeit, bis sie endlich einschlief.

Am kommenden Morgen stand Pia auf, duschte und zog sich an. Tante Clara hatte ihr eines ihrer schwarzen Etuikleider an den Schrank gehängt, da Pia nichts Schwarzes eingepackt hatte, was sie auf einer Beerdigung hätte tragen können. Das Kleid passte wie angegossen.

»Weißt du, Pia, wenn man in meinem Alter ist, ist man eher auf Beerdigungen vorbereitet«, hatte Tante Clara zur ihr gesagt, als sie das Kleid brachte.

»Können wir?«, fragte sie dann, als Pia unschlüssig im Flur stand.

Auf das Frühstück hatte Pia verzichtet. Sie hätte keinen einzigen Bissen herunterbekommen. Mit Müh und Not hatte Tante Clara sie überreden können, eine Tasse Kaffee zu trinken. Pia trug das schwarze Kleid, war ungeschminkt und hatte ihr Haar zu einem strengen Knoten im Nacken gebunden. Trotz des traurigen Anlasses strahlte sie eine gewisse Eleganz aus.

»Ja, ich bin soweit. Was machen wir mit Bo?«

»Den nehmen wir natürlich mit«, erwiderte ihre Tante und griff nach Handtasche, Autoschlüssel und Hundeleine.

Tante Clara hielt auf dem Parkplatz vor dem Friedhof, und sie stiegen aus. Bo lief brav zwischen ihnen an der Leine. Die Sonne fand kaum eine Lücke zwischen den vielen dicken Wolken, aber Pia trug trotz allem eine dunkle Sonnenbrille, allein damit man nicht ihre geröteten und geschwollenen Augen sehen konnte. Auf dem Friedhof waren bereits einige Trauergäste versammelt. Pia erkannte die Kriminalhauptkommissarin Städtler, ihren Kollegen Wenger sowie die Praktikantin Julia. Die beiden Jungen an Julias Seite kamen ihr nur vage bekannt vor. Eine Gruppe junger Leute stand etwas abseits. Vermutlich handelte es sich um weitere Mitarbeiter der Schutzstation. Von ihnen kannte Pia niemanden, weder persönlich noch namentlich. Sie hatte nie mit Alexander über seine Kollegen gesprochen.

Jetzt, als alle Trauergäste am offenen Grab standen, hielt der Pastor eine kurze Ansprache. Pia sah währenddessen immer wieder zu Katja Städtler, die ihrem Blick meistens auswich. Schließlich herrschte Stille und der schlichte Sarg wurde langsam der Erde übergeben. Pias Brustkorb krampfte sich so stark zusammen, dass sie fürchtete, jeden Augenblick zu ersticken. Mit einer Hand hielt sie die Hand ihrer Tante fest umklammert, und Tränen liefen ihr unter ihrer Sonnenbrille hervor. Sie presste sich schnell ein Taschentuch fest vor Mund und Nase. Ihr gesamter Körper erbebte unter dem Versuch, ein lautes Schluchzen zu unterdrücken. Pia zwang sich mit aller Kraft, Haltung zu bewahren, so schwer es ihr auch fiel. Sie steckte das Taschentuch ein. Immer wieder tauchte Alexanders Gesicht vor ihr auf, wie er sie anlachte. Seine blauen Augen strahlten. Pia hielt krampfhaft eine weiße Rose in der Hand und umklammerte sie dermaßen stark mit ihren Fingern, dass sich ein Dorn in ihren Handballen bohrte. Selbst als sie den brennenden Schmerz spürte, konnte sie nicht loslassen – im Gegenteil. Sie drückte noch fester zu, als könne dieser Schmerz den in ihrem Herzen überlagern. Sie trat an das offene Grab und ließ die Rose hineinfallen.

»Ich werde dich niemals vergessen, Skander«, flüsterte sie.

Tante Clara stützte sie. Bo hatte die ganze Zeit über ruhig neben ihr gesessen. Sie hatte angenommen, er würde winseln, wenn er den Geruch seines Herrchens witterte. Taten Hunde sowas nicht? Wahrscheinlich konnte er Alexanders Witterung nicht mehr erkennen, jetzt wo er nicht mehr am Leben war. Schnell versuchte Pia, die Bilder zu verdrängen, die ihr bei diesem Gedanken in den Sinn kamen.

Im Anschluss an die Beerdigung waren Pia, Bo und Tante Clara auf direktem Wege nach Hause gefahren. Sie saßen schweigend auf der Terrasse und sahen gedankenverloren in den Garten. Tante Clara hatte eine Kanne Tee gekocht und selbstgebackene Kekse dazu gereicht.

»Was geschieht mit seinen Sachen?«, brach Pia das Schweigen und deutete auf das Ferienhaus.

»Lass ein paar Tage ins Land gehen, dann kümmere ich mich darum. Sicherlich möchte diese Kommissarin vorher noch einmal in das Haus. Sie hat das nicht explizit erwähnt, aber ich könnte es mir vorstellen. Das ist üblich.«

»Ich kann das Haus jedenfalls nicht betreten, da schnürt es mir allein bei dem Gedanken die Kehle zu.«

»Das musst du auch nicht, Pia. Niemand wird dich dazu zwingen. Ich war gestern drüben und habe für Bo das Hundefutter geholt.«

Pia sah ihre Tante an und erneut stand ihr das Wasser in den Augen. »Warum ist das Leben derart ungerecht und grausam?«, fragte sie mit nachdenklicher Stimme.

»Wir empfinden es momentan als grausam, weil wir selbst von einem Schicksalsschlag betroffen sind. Ich kann dich gut verstehen, Pia. So ein Verlust ist schwer zu begreifen, da es keine rationale Erklärung dafür gibt, warum es ausgerechnet dieser Mensch sein musste, der aus dem Leben gerissen wurde. Du musst es akzeptieren, wie es ist, weil du daran nichts mehr ändern kannst.«

»Das kann ich nicht«, erwiderte sie ruhig. »Ich kann und will nicht glauben, dass man einen Menschen zweimal verlieren kann. Ich bin mir definitiv sicher, dass Alexander Skander ist. Das war alles kein Zufall, dass wir uns hier getroffen haben. Er ist, kurz nachdem wir telefoniert haben, in dein Haus eingezogen. Dann das Buch, das er mir gegeben hat. Es ist genau die Geschichte, von der ich Skander damals im Krankenhaus erzählt habe. Ich glaube der Kommissarin außerdem nicht, dass es ein technischer Defekt gewesen sein soll, der zu der Explosion geführt hat.«

Tante Clara zog fragend eine Augenbraue hoch. »Wie kommst du darauf?«

»Das sagt mir mein Gefühl. Die Kommissarin hat sich auf der Beerdigung merkwürdig verhalten. Mir kam es vor, als würde sie meinem Blick ausweichen.«

Tante Clara stieß einen lang gezogenen Seufzer aus und legte Pia ihre Hand auf den Unterarm.

»Das kann unterschiedliche Gründe haben. Wäre es dir lieber gewesen, sie hätte dich ständig angestarrt? Sicher wollte sie nur rücksichtsvoll sein.«

»Wahrscheinlich hast du recht«, gab Pia kleinlaut zu.

»Na also. Pia. Hör mir zu. Wenn es wirklich so gewesen sein sollte, wie du annimmst, und Alexander tatsächlich dieser Skander war, solltest du dankbar sein, dass du noch einmal die Gelegenheit hattest, ihn wiederzusehen. Quäle dich nicht mit irgendwelchen Spekulationen oder Theorien. Das ist sinnlos und macht alles nur schlimmer. Trauere, aber lerne auch loszulassen. Er hätte bestimmt nicht gewollt, dass du seinetwegen derart leidest.«

Sie war sich bewusst, dass ihre Worte den Schmerz, den Pia augenblicklich empfand, nicht mildern konnten. Doch gab es überhaupt die richtigen Worte in solch einer Situation? Nein. Nur die Zeit würde Linderung bringen und die tiefen Wunden verschließen.

Den Rest des Tages konnte Pia wenig mit sich anfangen. Lesen hatte sie schnell aufgegeben, da ihre Gedanken immer wieder abschweiften. Sie beschloss daher, mit Bo am Wasser zu spielen. Der Hund brauchte ebenfalls Zuwendung. Er vermisste sein Herrchen bestimmt. Das arme Tier hatte schon zum zweiten Mal seine Bezugsperson verloren.

Als sie nach gut einer Stunde vom Meer zurückkehrten, hörte Pia ein Auto in der Einfahrt halten. Bo lief aufgeregt nach vorne und bellte freudig. Pia folgte ihm um die Ecke des Hauses und erstarrte auf der Stelle. Vor ihren Augen parkte Alexanders Kombi. Sie hatte das Gefühl, als würde ihr Herzschlag aussetzen, und für die Dauer eines Wimpernschlages keimte Hoffnung in ihr auf. Als sich jedoch die Fahrertür öffnete, entstieg dem Wagen ein fremder Mann. Ein blonder, uniformierter Polizist. Katja Städtlers Wagen parkte gleich dahinter. Offensichtlich waren sie gekommen, um Alexanders Wagen zurückzubringen. Die Kommissarin sprach mit Tante Clara. Anschließend steuerte sie in Begleitung ihres Kollegen auf das Ferienhaus zu.

»Was wollen die hier?«, fragte Pia ihre Tante, als sie zusammen in der Küche standen und hinüberschauten.

»Sie wollen Alexanders Laptop holen und irgendwelche Unterlagen. Das habe ich nicht genau verstanden.«

»Aha. Was wollen sie damit? Ich denke, die Explosion ist auf einen technischen Defekt zurückzuführen. Was wollen sie dann mit seinem Laptop? Interessiert sich die Polizei neuerdings für Schweinswale?«

»Pia! Reiß dich zusammen. Dein Zynismus hilft uns keinen Schritt weiter.«

»Tut mir leid.« Sie lächelte Tante Clara entschuldigend zu. »Ich fahre nachher nach Rantum.«

Tante Clara sah ihre Nichte überrascht an.

»Pia, ich bin nicht sicher, ob das zum jetzigen Zeitpunkt ratsam ist. Was bezweckst du damit? Mach dir das Leben doch nicht selbst schwer und quäle dich unnötig. Du musst lernen, loszulassen. Das habe ich dir schon einmal gesagt.« Sie sah Pia eindringlich an.

Pia kannte diesen Blick. Tante Clara meinte es ernst.

»Ich will mich ein letztes Mal verabschieden, danach werde ich diese Stelle nie wieder aufsuchen. Versprochen! Bo lasse ich hier. Ich möchte allein sein.«

»Wie du meinst, du bist alt genug, um zu wissen, was du tust. Du lässt dich ohnehin nicht bremsen.« Ihre Tante seufzte und schüttelte verständnislos den Kopf. »Komm Bo, du bekommst jetzt etwas zu fressen.«

Bo folgte Tante Clara in die Küche.

Bevor Pia nach Rantum fuhr, beschloss sie, ihre Freundin Sophie anzurufen. Sie hatte am Morgen eine SMS von ihr bekommen, in der sie wissen wollte, wie es Pia ging, und ob es Neuigkeiten in Bezug auf Alexander gab. Pia hatte schlucken müssen, als sie seinen Namen gelesen hatte. Sie wählte Sophies Nummer und wartete das Freizeichen ab, bis die Stimme ihrer Freundin ertönte.

»Bergleitner.«

»Hallo, Sophie, hier ist Pia«, erwiderte Pia und kämpfte mit ihrer Selbstbeherrschung, um nicht sofort in Tränen auszubrechen.

»Pia! Wie schön, ich wollte dich auch anrufen, nachdem du nicht auf meine SMS reagiert hast. Wie schaut's aus? Was macht dein neuer …«

»Er ist tot, Sophie«, unterbrach Pia ihre Freundin, ehe diese weitersprechen konnte.

Stille am Ende der anderen Leitung.

»Was sagst du? Tot?«, fragte Sophie irritiert. Sie war sich nicht sicher, ob sie sich verhört hatte.

Pia konnte hören, dass Sophie die Worte fast im Halse stecken geblieben wären.

»Es hat einen Unfall gegeben. Heute früh war die Beerdigung.« Pia verspürte mit einem Mal eine vollkommene Leere. Sie konnte noch nicht einmal mehr weinen. Sie hatte das Gefühl, als sei sie selbst gestorben.

»Mein Gott, Pia, das ist entsetzlich. Ich möchte das nicht glauben. Kann ich irgendwas für dich tun? Dann sag es mir! Soll ich zu dir kommen?« Ihre Freundin schien sichtlich betroffen.

»Nein, das ist lieb von dir. Ich bin ja nicht allein. Helfen kann mir eh niemand. Ich wollte dir nur Bescheid geben. Tante Clara kümmert sich rührend um mich.«

»Oh Gott, ich weiß nicht, was ich sagen soll. Das tut mir unendlich leid, Pia. Bitte melde dich, ganz egal, wie spät es ist, wenn du Hilfe oder jemanden zum Reden brauchst, dann komme ich sofort. Das mit den Kindern kriege ich hin, das ist kein Problem. Ich bin immer für dich da! Also zöger nicht.«

»Ich weiß. Danke, Sophie. Du bist eine wahre Freundin. Ich melde mich bald. Ich kann momentan über das alles noch nicht reden.«

»In Ordnung. Mach es gut, Pia. Ich drück dich ganz fest«, sagte Sophie.

»Ich dich auch! Bis bald!«

Pia beendete das Gespräch und ging zum Auto. Sie wusste, dass Sophie keine Sekunde gezögert hätte, wenn sie sie darum gebeten hätte zu kommen. Sie konnte immer auf sie zählen. Doch im Augenblick war Pia lieber allein mit ihrer Trauer.

Den Wagen parkte Pia auf dem großen Parkplatz. Da es relativ spät am Abend war, waren keine weiteren Autos mehr hier. Die meisten Touristen waren unterwegs in die vielen Restaurants auf der Insel. Pia marschierte los in Richtung Strand, obwohl ihr der Weg dorthin unendlich schwerfiel. Je dichter sie dem Container kam, der Alexander als Büro gedient hatte, desto enger schnürte sich ihr Brustkorb zusammen. Als sie den Container erreicht hatte, sah sie, dass er mit einem rot-weißen Flatterband mit der Aufschrift *Polizeiabsperrung* begrenzt worden war. Sie hatte ohnehin nicht vorgehabt, ihn zu betreten. Das würde sie nicht fertigbringen. Pia holte tief Luft und wollte sich gerade auf den Weg zur Wasserkante machen, da hörte sie ein lautes Scheppern aus dem Inneren des Büros. Es klang, als wäre etwas Schweres umgefallen. Neugierig pirschte sie sich an den Container heran. Sie bückte sich unter dem Absperrband hindurch. Das schmale Fenster war gekippt, aber zu hoch, um hineinzuschauen. Sie schlich weiter zur Tür. Im Sand waren ihre Schritte praktisch nicht zu hören. Außerdem schluckte das Grollen der Wellen, die an den Strand krachten, alle Geräusche im näheren Umkreis. Die Tür des Containers war nicht verschlossen, sondern nur leicht angelehnt. Jemand schien sich unbefugt Zutritt verschafft zu haben, denn das amtliche Polizeisiegel war beschädigt. Pia stand ganz dicht an der Tür und schielte vorsichtig durch den schmalen Spalt. Sie wagte nicht, die Tür weiter zu öffnen, aus Angst, nicht unbemerkt zu bleiben. Das Herz schlug ihr bis zum Hals. Sie konnte vage eine Gestalt erkennen, die sich gerade auf den Boden legte und unter das Feldbett sah, als suche sie nach etwas. Wer war diese Person? Aber viel wichtiger war, was suchte sie? Dass es sich bei der Person um einen Mitarbeiter der Polizei handelte, schloss Pia aus. Er oder sie müsste nicht heimlich eindringen. Pia bekam plötzlich Angst. Sie musste hier weg! Schnell. Kaum hatte sie sich umgedreht, um heimlich den Rückzug anzutreten, hörte sie eine Männerstimme hinter sich.

»Halt! Wohin wollen Sie?«

Pia blieb auf der Stelle stehen und drehte sich langsam um. Ein junger Mann stand in der offenen Tür des Containers und blickte sie feindselig an.

»Ich kenne Sie doch. Sind Sie nicht die Freundin von Alexander Kramer?«, fragte er.

»Ich habe keine Ahnung, wovon Sie sprechen«, antwortete Pia so überzeugend wie möglich.

»Na klar. Ich erinnere mich. Sie waren auch bei der Beerdigung. Der schwarze Hund war bei Ihnen«, ließ er nicht locker.

Pia erinnerte sich jetzt ebenfalls an ihn. Sie wollte sich wieder umdrehen und weggehen, da kam er gefährlich nah auf sie zu. Pia sah sich hilfesuchend um, aber weit und breit war kein Spaziergänger zu sehen.

»Hey, nicht so eilig. Hiergeblieben!«

»Ich gehe nach Hause. Das sollten Sie auch tun. Ich glaube nicht, dass Sie hier etwas zu suchen haben. Die Polizei hat die Untersuchungen noch nicht abgeschlossen.«

Pia zeigte auf das Absperrband, an dem der Wind erbarmungslos zerrte und ihm ein surrendes Geräusch entlockte.

»Was Sie nicht sagen!« Er lachte hämisch und kam einen weiteren Schritt auf Pia zu. »Sie haben mir gar nichts vorzuschlagen!«, erwiderte er in verächtlichem Ton und griff nach ihrem Arm.

»Au, lassen Sie mich auf der Stelle los!«, protestierte Pia und versuchte sich aus seinem Griff zu befreien. Sie bereute zutiefst, dass sie Bo bei Tante Clara gelassen hatte. Dann hätte der Typ sich sicherlich nicht an sie herangetraut. Der junge Mann ließ wider Erwarten ihren Arm los. Pia drehte sich um und war im Begriff loszurennen, als sie von einem festen Schlag im Nacken getroffen wurde. Um sie herum wurde alles tiefschwarz.

»Guten Abend, Frau Städtler. Hier spricht Clara Könemann, die Tante von Pia. Bitte entschuldigen Sie die späte Störung. Sie hatten mir freundlicherweise bei Ihrem Besuch diese Telefonnummer hinterlassen.«

»Hallo, Frau Könemann, was kann ich für Sie tun?« Katja Städtler hatte es sich auf dem Sofa vor dem Fernseher bequem gemacht, als ihr Handy klingelte.

»Es geht um meine Nichte. Sie ist vor über vier Stunden an den Strand nach Rantum gefahren und bislang nicht zurückgekehrt. Sie geht auch nicht an ihr Telefon. Ich weiß, dass nicht genügend Zeit vergangen ist, um jemanden als vermisst zu melden, aber ich mache mir ernsthafte Sorgen. Pia ist ein pflichtbewusster Mensch. Sie bleibt nicht grundlos so lange weg, ohne Bescheid zu geben.«

»Wissen Sie, wohin genau sie gefahren ist?«, fragte die Kriminalhauptkommissarin und griff beherzt in die Schüssel mit den Erdnussflips, die vor ihr auf dem Couchtisch stand. Ihr Freund konzentrierte sich derweil auf das Fußballspiel im Fernsehen.

»Sie wollte ein letztes Mal an die Unglücksstelle, um sich zu verabschieden. Ich habe versucht, es ihr auszureden, aber es war zwecklos. Pia geht es verständlicherweise nicht besonders gut im Moment. Sie verkraftet den Tod von Herrn Kramer nur schwer.«

»Denken Sie, sie könnte sich etwas angetan haben?«

»Nein, das kann ich mir nicht vorstellen. Pia ist eine verantwortungsbewusste Frau, aber in solchen Extremsituationen macht man Dinge, die einem unter normalen Umständen unmöglich erscheinen. Ich habe Angst, dass ihr etwas zugestoßen ist. Das ist überhaupt nicht Pias Art! Ich fand es allerdings merkwürdig, dass sie den Hund nicht mitnehmen wollte.«

»Gut, dass Sie angerufen haben, Frau Könemann. Ich fahre sofort los und schau mich dort um. Sollte ihre Nichte in der Zwischenzeit bei Ihnen auftauchen, oder Sie etwas von ihr hören, sagen Sie mir bitte umgehend Bescheid.«

»Selbstverständlich, haben Sie vielen Dank!«

Tante Clara legte auf. Nachdenklich sah sie zu Bo, der zu ihren Füßen lag und fest schlief. Sie hoffte inständig, Pia hatte keine Dummheiten gemacht. Aber für derart labil hielt sie ihre Nichte nicht, auch wenn Pia gerade eine harte Zeit überstehen musste.

»Was war los?«, wollte Martin, der Freund von Katja Städtler, wissen.

»Die Freundin von Kramer ist verschwunden. Das war ihre Tante. Sie macht sich ernsthafte Sorgen.« Sie seufzte und erhob sich vom Sofa.

»Oh. Das klingt nicht gut.«

»Ja, das sehe ich genauso. Tut mir leid, Martin, du musst das Spiel ohne mich gucken. Aber lass mir ein paar von den Dingern übrig!« Sie deutete auf die Schüssel mit den Erdnussflips.

Ihr Freund grinste breit und schob sich demonstrativ einige davon in den Mund. Katja Städtler boxte ihn spielerisch gegen den Oberarm und machte sich dann auf den Weg. Wie gerne wäre sie auf dem Sofa sitzen geblieben. Aber das brachte der

Job nun mal mit sich. Da half alles nichts. Sie hoffte inständig, dass Pia Könemann nichts zugestoßen war.

Pia hatte keine Ahnung, wo sie sich befand, als sie zu Bewusstsein kam. Um sie herum war es dunkel. Sie verspürte hämmernde Kopfschmerzen und fuhr sich mit der Hand über den schmerzenden Nacken. An einer Stelle tat es höllisch weh. Sie zuckte zusammen und ihr wurde regelrecht übel. Was war passiert und wo war sie? Ihr Mund fühlte sich trocken an, und sie verspürte stechenden Durst. Das Schlucken fiel ihr schwer. Sie sah sich um, aber in der Dunkelheit konnte sie kaum etwas erkennen. Sie schien allein zu sein.

»Hallo?«, rief sie.

Niemand antwortete. Ich bin gefangen, schoss es ihr durch den Kopf. Pure Angst ergriff sie. Trotz der starken Kopfschmerzen versuchte sie aufzustehen. Schnell merkte sie, dass sie in ihrem Gefängnis nicht aufrecht stehen konnte, denn sie stieß sich unsanft den Kopf. Aufs Neue erfasste sie Übelkeit. Für einen Moment blieb sie reglos sitzen. Plötzlich entdeckte sie jedoch einen dünnen Lichtschein. Sie tastete sich, auf allen Vieren kriechend, auf die spärliche Lichtquelle zu. Um sie herum roch es nach feuchter Erde, und Pia spürte kleine Steine unter ihren Handflächen und Knien. Sie befühlte die Wände mit den Fingern. Sie waren ebenfalls feucht und hatten eine großporige, unebene Oberfläche. Pia vermutete, dass es sich um grobe Steinwände handelte. Wo befand sie sich und wie war sie überhaupt in diese missliche Lage geraten? Schrittweise kehrte ihre Erinnerung zurück. Sie war noch einmal zur Unglücksstelle gegangen, um sich von Alexander zu verabschieden. Am Container war sie auf einen jungen Mann getroffen. Er war ihr feindselig begegnet und wollte sie nicht gehen lassen. An mehr konnte sie sich nicht erinnern. Sie versuchte, sich an sein Gesicht zu erinnern. Wenn sie sich nicht sehr täuschte, hatte sie ihn schon einmal gesehen, und das war nicht lange her. Plötzlich fiel es ihr ein. Er war einer der beiden jungen Männer, die an der Beerdigung neben dieser Praktikantin Julia gestanden hatten. Er hatte sich ebenfalls an sie erinnert. Hatte er sie niedergeschlagen und an diesen Ort verschleppt? Warum? Sie hatte ihm nichts getan. Pia erreichte die schwache Lichtquelle. Das Licht drang durch den schmalen Spalt einer Metalltür. Pia legte sich flach auf den Boden und versuchte, durch die enge Öffnung zu spähen. So sehr sie sich anstrengte, sie konnte nichts erkennen. Der Schlitz war viel zu eng. Außerdem war es zu dunkel. Mit beiden Händen berührte sie das kalte Metall der Tür und suchte vergeblich nach einem Türgriff. Außer zwei kreisrunden Erhebungen im linken Bereich der Tür, bei denen es sich höchstwahrscheinlich um die Schrauben der Scharniere handelte, ertastete sie nichts. Dann versuchte sie, die Tür mit aller Kraft aufzudrücken. Ohne Erfolg. Sie bewegte sich keinen Zentimeter. Pia probierte, sich mit beiden Füßen dagegen zu stemmen. Doch auch dieser Versuch blieb ergebnislos. Die Tür gab in keiner Weise nach. Pia rief so laut sie konnte um Hilfe, aber ihre Worte wurden ungehört von der Dunkelheit in ihrem Verlies verschluckt. Niedergeschlagen kauerte Pia auf dem Boden, zog die Beine fest an ihren Körper und schlang ihre Arme darum. Nach einer Weile begann sie am ganzen Körper zu zittern und kämpfte gegen die aufsteigende Panik, die schleichend Besitz von ihr ergriff. Die Erkenntnis, in Gefangenschaft verweilen zu müssen, löste schreckliche Bilder in ihrem Kopf aus. Sie zwang sich, nicht die Nerven zu verlieren und gleichmäßig zu atmen. Tante Clara würde sie vermissen und nach ihr suchen lassen. Wie lange würde das dauern? Pia hatte jegliches Zeitgefühl verloren. Sie fühlte sich zu kraftlos und erschöpft, um den Gedanken weiter zu spinnen. So hockte sie auf einer Stelle und ergab sich vorläufig ihrem Schicksal.

»Sven?«

Sven drehte sich brummend in seinem Bett um.

»Hey, Sven, wach auf!«

Sven fuhr aus dem Schlaf hoch und stieß sich gehörig den Kopf an der Lampe, die über seinem Bett an der Wand befestigt war.

»Julia! Bist du bescheuert? Was machst du in meinem Zimmer um diese Zeit? Wie bist du überhaupt hier reingekommen? Ich kann mich nicht erinnern, dass wir ein Date haben.« Er rieb sich mit schmerzverzogenem Gesicht die Stelle am Kopf.

»Spinner! Nein, wir haben kein Date, aber du musst mitkommen. Sofort!«, drängte Julia und zog Sven ungeduldig am Arm.

»Wohin? Hast du mal auf die Uhr gesehen? Es ist mitten in der Nacht. Hast du was getrunken, oder was ist in dich gefahren?«

»Jetzt komm schon, ich erzähle dir alles unterwegs. Schnell, aber sei leise, dass die anderen uns nicht hören! Wir müssen ja nicht das gesamte Haus aufwecken.«

Sven schälte sich widerwillig aus seinem warmen Bett und maulte leise vor sich hin, während er nach seiner Kleidung angelte. Julia betrachtete ihn, wie er nur mit seiner Unterhose bekleidet, auf der Bettkante saß. Bislang war ihr gar nicht aufgefallen, dass Sven so sportlich gebaut war. Unter seinen schlabbrigen T-Shirts war das nie zu erkennen gewesen. Er war sogar ein äußerst attraktiver Mann, wenn man sich den Vollbart wegdachte, überlegte Julia. Sven zog sich seine Jeans an und schlüpfte anschließend in seine dunklen Sneaker. Julia reichte ihm seinen Kapuzenpulli, den er sich überzog. Dann verließen beide über den Flur die erste Etage, in der sich die Mitarbeiterzimmer der Schutzstation befanden. Sie benutzten den Hintereingang, für den sie einen Schlüssel besaßen. Der Haupteingang war nachts abgeschlossen. Sie huschten zu ihren Fahrrädern.

»Jetzt sag endlich was los ist, Julia!«, forderte Sven eine Begründung für die nächtliche Störung. »Du weckst mich mitten in der Nacht hoffentlich nicht grundlos. Also ich höre! Es sollte im Übrigen eine verdammt gute Erklärung sein.«

»Psst! Nicht so laut, du weckst ja alle auf.« Sie hielt sich demonstrativ einen Finger vor den Mund. »Ich habe vorhin Geräusche in Pauls Zimmer gehört.«

Sven stöhnte. »Deshalb weckst du mich? Jeder macht mal Geräusche, das ist nichts Ungewöhnliches. Vielleicht hat er schlecht geträumt oder hatte Damenbesuch. Du wolltest ja nichts mehr von ihm«, sagte Sven und setzte ein schelmisches Grinsen auf.

»Red' keinen Unsinn! Da war außer ihm niemand. Es war schon ziemlich spät, als ich seine Zimmertür gehört habe. Kurz darauf habe ich gesehen, wie er hier unten stand und telefoniert hat. Anschließend nahm er sein Fahrrad und fuhr weg. Nachtausflüge sind scheinbar ein neues Hobby von ihm.«

Sven kratzte sich nachdenklich am Bart und gähnte aus vollem Hals. »Ich gebe dir recht, ein bisschen ungewöhnlich klingt das schon. Jedenfalls hat sein Ausflug nichts mit unserer Arbeit zu tun, das steht fest.«

»Wir sollten ihm folgen«, schlug Julia vor.

»Und wohin? Wir wissen doch gar nicht, wo wir nach ihm suchen sollen. Ich schlage vor, wir warten, bis er zurückkommt und stellen ihn zur Rede. Wenn wir jetzt aufbrechen, verpassen wir ihn am Ende, wenn er zurückkommt. Nein, das bringt nichts. Wir warten hier auf ihn.«

»Okay, dann machen wir es halt so. Wo wollen wir auf ihn warten?«

»Wir setzen uns dahinten unter den Carport, wo Ulfs Wagen steht. Da ist es windgeschützt, und Paul kann uns nicht sehen, wenn er sein Rad abstellt. Sonst haut er womöglich ab, wenn er uns zu früh entdeckt.«

»Das ist eine geniale Idee, Sven. Los, komm.«

Paul bog mit seinem Fahrrad auf den Parkplatz ein, als er ein Auto sah, aus dem eine Person ausstieg. Er bremste abrupt, sprang vom Rad und versteckte sich hinter einem Gebüsch aus Heckenrosen. Im Schutz der Hecke konnte er sehen, wie die Gestalt sich in Richtung des Strandübergangs auf den Weg machte. Genau in dieselbe Richtung musste er auch. Was wollte jemand dort mitten in der Nacht? Paul blickte der Person mit gemischten Gefühlen nach. Er fragte sich, was er als Nächstes tun sollte. Wenn er ihr folgte, bestand die Gefahr, entdeckt zu werden. Tat er es nicht, könnte er ernsthafte Probleme bekommen. Was also sollte er machen? Er beschloss, noch eine Weile in seinem Versteck auszuharren und die Rückkehr der Person abzuwarten. Zu dieser späten Stunde würde sie bestimmt nicht lange am Strand verweilen. Paul wartete ungeduldig, bis die Gestalt nach wenigen Minuten endlich zurückkam und wegfuhr. Er hatte nicht erkennen können, ob es sich um eine Frau oder einen Mann gehandelt hatte, denn derjenige trug eine weite Kapuzenjacke und eine Mütze.

Pia wurde durch ein Geräusch aus ihrem Dämmerschlaf geweckt. Erschrocken fuhr sie zusammen und lauschte angestrengt.

»Hallo?«, rief sie zaghaft.

»Hallo«, antwortete eine Stimme und eine kleine Colaflasche wurde durch einen seitlichen Spalt in der Tür geschoben.

»Halt, lassen Sie mich raus, bitte!«, flehte Pia und kroch auf die Tür zu.

In dem Augenblick, als sie die Tür erreicht hatte, wurde sie kraftvoll zugedrückt, und Pia hätte sich um ein Haar die Hand eingeklemmt. Erschrocken zog sie sie zurück.

»Machen Sie auf! Ich habe keinem etwas getan! Bitte!«, wimmerte sie, denn sie war am Ende ihrer Kräfte.

Sie bekam keine Antwort und die Person, die ihr die Colaflasche gebracht hatte, entfernte sich. Der kleine Funke Hoffnung, die Freiheit zu erlangen, war augenblicklich erloschen. Pia war verzweifelt, nahm die Flasche und öffnete sie, denn sie hatte furchtbaren Durst. Gierig trank sie einige Schlucke. Es tat unendlich gut, die süße Flüssigkeit die Kehle hinunter laufen zu spüren. Am liebsten hätte sie alles auf einmal ausgetrunken, aber da sie nicht wusste, wie lange sie in Gefangenschaft ausharren musste, teilte sie sich ihre Ressourcen ein. Sie konnte sich nicht erinnern, dass ihr eine Cola jemals so gut geschmeckt hatte. Normalerweise trank sie keine Limonaden. Nachdem der erste Durst gestillt war, lehnte Pia sich in der Nähe der Tür mit dem Rücken gegen die Wand. Sie fror immer stärker. Die Kälte kam tief aus ihrem Inneren. Abgeschnitten von der Außenwelt hing sie ihren Gedanken nach. Zusätzlich zu ihrer aussichtslosen Situation überkam sie der Schmerz über den Verlust von Alexander erneut mit ganzer Wucht. Ein dunkler Schleier aus Verzweiflung legte sich fest um sie und drohte, sie zu ersticken.

Bo sprang mit einem Satz von seinem Kissen auf und lief bellend zur Tür, als die Klingel ertönte. Tante Clara war auf dem Sofa eingeschlafen. Sie schoss in die Höhe und eilte zur Haustür. Pia! Dabei wäre sie beinahe über ein Kissen gestolpert, das vom Sofa gefallen war.

»Guten Abend, Frau Könemann.«

Vor der Haustür stand die Kriminalhauptkommissarin Katja Städtler. Sie hatte ihre Hände in die Taschen ihrer Kapuzenjacke gesteckt und trug eine dünne Baumwollmütze auf dem Kopf. Tante Clara hatte sie im ersten Moment nicht gleich erkannt.

»Hallo, haben Sie Pia gefunden?«, fragte Tante Clara aufgeregt und war plötzlich hellwach.

»Nein, leider nicht. Tut mir leid. Ihr Wagen steht auf dem Parkplatz bei Rantum, wie sie gesagt haben. Die Tür zum Bürocontainer von Herrn Kramer stand offen, aber von ihrer Nichte fehlt jede Spur. Sie haben auch nichts von ihr gehört, nehme ich an?«

»Nein, nichts. Ich hätte sie nicht gehen lassen sollen!«

»Sie ist erwachsen, Frau Doktor Könemann, und Sylt ist kein kriminelles Pflaster.« Katja Städtler machte eine Pause. »Wir werden gleich morgen früh bei Tagesanbruch weiter nach ihr suchen. Jetzt in der Dunkelheit ist es so gut wie aussichtslos. Ich schlage vor, Sie bleiben hier, für den Fall, dass sie nach Hause kommt und melden sich dann.«

»Selbstverständlich. Ich kann sowieso nicht weg, Pia hat ja meinen Wagen. Ich danke Ihnen für ihre Hilfe, Frau Städtler. Gute Nacht!«

Als sie ein Stück gefahren war, wählte die Kommissarin die Nummer des Kollegen Wenger.

»Ja?«, erklang seine schläfrige Stimme, nachdem sie bereits die Hoffnung aufgegeben hatte, ihn zu erreichen.

»Städtler. Pia Könemann ist verschwunden, und jemand ist erneut in Kramers Büro eingebrochen. Das Siegel war gebrochen, und die Tür stand weit offen. Da stimmt etwas nicht.«

»Mist. Und jetzt?«

»Jetzt schwingst du deinen Hintern aus dem Bett, und wir treffen uns in einer Viertelstunde auf dem Revier zur Lagebesprechung.«

»Aber …« Bevor Kai protestieren konnte, hatte die Kollegin aufgelegt.

»Mensch, Sven, wach auf! Er kommt!«

»Was?« Sven zuckte zusammen als Julia ihn am Arm schüttelte. Er war tatsächlich eingenickt.

»Paul ist zurück.«

»Na, dann sind wir gespannt, was er uns zu sagen hat«, sagte Sven und rekelte sich. Dann stand er auf. Sein linker Fuß war eingeschlafen, weil er unbequem gesessen hatte. Beinahe wäre er beim Aufstehen gestolpert. Er konnte sich im letzten Moment an Julia abstützen.

»Alles in Ordnung?«, erkundigte sie sich besorgt.

»Jaja, mein Fuß hat nur noch nicht mitbekommen, dass es losgeht«, erwiderte Sven.

Julia und er tauchten aus ihrem Versteck auf und steuerten direkt auf Paul zu, der dabei war, sein Fahrrad anzuschließen.

»Wie war die Nachtwanderung, Paul?«, fragte Sven.

Paul fuhr erschrocken herum und starrte seine Freunde an. Er hatte nicht damit gerechnet, jemanden um diese Zeit anzutreffen.

»Wo warst du?«, wollte Julia wissen und stand dicht neben Sven.

»Geht euch gar nichts an«, erwiderte Paul, nahm seinen Rucksack vom Gepäckträger und wollte sich an ihnen vorbeischieben.

Doch Sven stellte sich ihm in den Weg. Er war mindestens einen Kopf größer als Paul und insgesamt kräftiger gebaut.

»Und ob uns das etwas angeht. Wo warst du, Paul? Das ist nicht das erste Mal, dass du dich heimlich nachts davonstiehlst. Also?«

Paul zog überrascht die Augenbrauen hoch und spielte nervös an dem Verschluss seines Rucksackes, den er mit beiden Händen vor den Körper gepresst hielt.

»Also? Sag schon!« Sven ließ nicht locker.

»Ach, lasst mich in Ruhe. Ihr habt mir gar nichts zu sagen. Ich kann hingehen, wohin ich will.«

Dann drängte er sich zwischen ihnen durch zum Hintereingang.

»Wir können ihn doch nicht einfach gehen lassen? Sven!«, warf Julia ein. »Wir haben extra die ganze Zeit auf ihn gewartet!«

»Was schlägst du vor? Soll ich die Wahrheit aus ihm heraus prügeln?«, gab Sven genervt zurück. »Mir reicht's für heute. Von dem erfahren wir nichts mehr. Wir versuchen es morgen noch einmal. Aber ich gebe dir recht, irgendetwas stimmt mit ihm nicht, das Gefühl habe ich auch. Er ist komisch drauf. Ich finde, er wirkt so angespannt. Komm, wir gehen rein!«

Sven legte den Arm um Julias Schulter und führte sie ins Haus.

Als Kai Wenger gähnend das Büro betrat, saß die Kollegin Städtler bereits an ihrem Schreibtisch. Ein Becher dampfender Kaffee stand wie immer vor ihr.

»Moin, da ist frischer Kaffee, wenn du magst. Die Nacht kann lang werden.«

Sie deutete auf die röchelnde Kaffeemaschine auf der Fensterbank.

»Würdest du mir bitte erklären, wieso ich mitten in der Nacht hier aufschlagen muss?«

»Weil es nötig ist. Wie ich am Telefon sagte, ist Pia Könemann nicht nach Hause gekommen.«

»Ja und? Soweit ich mich erinnere, ist sie erwachsen. Vielleicht hat sie eine heimliche Verabredung.«

»Ganz sicher nicht. Mensch, Kai! Sie hat gerade ihren Freund verloren. Er ist vor ihren Augen in die Luft geflogen. Ihre Tante sagt, sie wollte zur Unglücksstelle fahren, um sich ein letztes Mal von Kramer zu verabschieden. Den Wagen habe ich gefunden, er steht tatsächlich auf dem Parkplatz, aber von ihr fehlt jede Spur.«

»Glaubst du, sie hat sich etwas angetan?«, fragte Kai zögerlich und schüttete Kaffee in seine Tasse, nachdem er zuvor zwei Stück Zucker hineingegeben hatte.

»Zu viel Zucker ist ungesund«, bemerkte Katja Städtler mit kritischem Blick. »Nein, das glaube ich nicht und ihre Tante auch nicht. Ich befürchte, sie hat jemanden getroffen, der sich durch ihre Anwesenheit gestört fühlte. Oder sie hat ihn sogar auf frischer Tat ertappt, als er in den Container eingedrungen ist.«

»Meinst du, es könnten die gleichen Leute sein, die Kramers Boot in die Luft gesprengt haben?«

»Ja, davon bin ich fest überzeugt. Das beunruhigt mich am meisten.« Sie stieß einen tiefen Seufzer aus.

Kai Wenger kaute nachdenklich auf seiner Unterlippe herum und ließ seinen Kugelschreiber wieder durch die Finger flitzen. »Dann vermutest du, sie könnte von den Tätern entführt worden sein?«

»Bislang hat sich niemand bezüglich einer Lösegeldforderung gemeldet. Daher gehe ich nicht von einer gewöhnlichen Entführung aus.«

»Was sagt die Tante von ihr dazu? Hat sie eine Idee, wer sie gekidnappt haben könnte?«

»Ich habe ihr gegenüber nichts von meinem Verdacht geäußert. Die offizielle Variante ist weiterhin, dass Kramers Boot durch einen technischen Defekt zerstört wurde. Es war ein Unfall. Von einem Sprengstoffattentat darf vorerst niemand erfahren. Nicht auszudenken, was auf der Insel los wäre, wenn die Presse davon Wind bekommen würde.«

»Wir könnten ihr Handy orten lassen, um sie ausfindig zu machen«, schlug Kai vor.

»Gute Idee, bringt uns jedoch in diesem Fall nicht weiter, da es in ihrem Wagen auf dem Beifahrersitz liegt.«

Katja Städtler rieb sich die Schläfen. Sie fühlte sich müde und ausgelaugt. Wenn das hier alles vorbei war, brauchte sie dringend Urlaub.

»Wie machen wir weiter?«

»Oh, Wenger, vielleicht bemühst du zur Abwechslung dein Hirn auch mal selbst. Wir müssen diese Pia schnellstmöglich finden, also streng dich an! Eine dritte Leiche können wir uns nicht leisten. Die SOKO Strand hat ihre Arbeit im Fall des toten Kollegen noch nicht abgeschlossen, wenn ich dich erinnern darf. Unser Chef sitzt mir im Nacken und will verständlicherweise Fortschritte sehen. Er bekommt Druck aus Flensburg.«

»Sollen wir beide etwa die ganze Insel alleine nach Pia Könemann abgrasen? Ich bin kein Spürhund!«, erwiderte Kai und lehnte sich bockig in seinem Stuhl zurück.

Katja Städtler sah den Kollegen mit weit aufgerissenen Augen an.

»Wenger! Du bist ein Genie! Los, komm!«

»Was meinst du und wohin gehen wir? Katja! Oh nee.«

Er schnappte sich seine Jacke und folgte der Kollegin, die bereits im Eiltempo den Flur entlanghastete. Draußen dämmerte es bereits wieder, und die ersten Vögel zwitscherten um die Wette. Ein neuer Tag stand in den Startlöchern.

»Der Hund!«, erklärte Katja Städtler, während sie in den Wagen stiegen.

»Welcher Hund? Bitte Katja, könntest du aufhören in Rätseln zu sprechen und ein bisschen konkreter werden? Es ist sehr früh, ich habe kaum geschlafen und laufe noch nicht in vollem Betriebsmodus.«

»Na, der Hund von Kramer! Verstehst du? Der kann uns vielleicht helfen, Pia zu finden. Einen Versuch ist es wenigstens wert.«

Obwohl es erst kurz nach 5.00 Uhr morgens war, lenkte die Kriminalhauptkommissarin Städtler ihren Wagen vor die Einfahrt von Doktor Clara Könemanns Haus. Sie bog so schwungvoll um die Kurve, dass sie um Haaresbreite einen Mann umgefahren hätte, der dabei war, die Tageszeitungen auszutragen. Entschuldigend hob sie die Hand.

»Meinst du, wir können sie um diese Zeit wecken?«, überlegte Kai Wenger mit einem unsicheren Unterton.

»Ich denke, in diesem Fall ist das legitim. Sie will doch auch, dass wir ihre Nichte so schnell wie möglich finden.«

Katja Städtler betätigte den Klingelknopf und sogleich ertönte lautes Hundegebell.

»Der Hund ist jedenfalls wach«, bemerkte Wenger.

Er hatte die Hände in die Hosentaschen gesteckt und wippte auf den Fußspitzen auf und ab.

»Wenger, hör auf damit! Du machst mich völlig nervös mit dem Gezappel.«

»Schon gut.« Er blieb augenblicklich neben ihr stehen und rührte sich nicht. »Besser?«, fragte er.

»Sei nicht albern. Du weißt, was ich meine.« Sie schüttelte den Kopf.

Die Tür öffnete sich und Tante Clara stand mit einem Morgenmantel bekleidet vor den beiden Beamten.

»Haben Sie Pia gefunden?«, fragte sie umgehend und sah die beiden Besucher mit gemischten Gefühlen an.

»Nein, das nicht, aber wir würden uns gerne Ihren Hund ausleihen, wenn das möglich ist«, erklärte Katja Städtler und zeigte auf Bo.

»Bo? Aber wozu brauchen Sie den denn?«, erkundigte sich Tante Clara.

»Weil wir hoffen, dass er uns zu Ihrer Nichte führen kann.«

»Hm«, überlegte Tante Clara laut vor sich hin, »keine schlechte Idee. Ich hole gleich noch ein Kleidungsstück von Pia, damit er ihren Geruch aufnehmen kann. Das könnte helfen. Kann Bo das denn überhaupt?«

Katja Städtler zuckte mit den Schultern.

»Der Hund …«, wollte Kai Wenger gerade erwidern, da wurde er von der Kollegin unsanft in die Rippen gestoßen. Verständnislos sah er sie an.

»Tun Sie das, danke«, fuhr Katja Städtler an Tante Clara gewandt fort. »Wir müssen es wenigstens versuchen. Hunde haben eine hervorragende Nase. Wir warten solange. Können Sie uns bitte auch eine Leine für ihn mitgeben?«

Tante Clara nickte und verschwand im Haus.

»Was sollte das eben?«, verlangte Kai Wenger eine Erklärung.

»Es ist eindeutig zu früh für dich.«

Pia erwachte in ihrem Gefängnis. Sie war vor Erschöpfung tief eingeschlafen. Jetzt taten ihr alle Knochen weh. Sie sehnte sich danach, aufrecht stehen zu können und sich zu strecken. Doch der niedrige Raum ließ es nicht zu. Ihre Muskeln hatten sich schmerzhaft verkrampft. Sie versuchte, sich nicht darauf zu konzentrieren. Draußen wurde es langsam hell und zaghaft bahnten sich die ersten Sonnenstrahlen ihren Weg durch den schmalen Türspalt. Da die Sonne im Osten aufging, musste die Tür gen Osten ausgerichtet sein, folgerte Pia. Es war relativ ruhig draußen, daher konnte Pia hören, dass nicht weit entfernt ein Bus fuhr. Dieses Geräusch war ihr vertraut. Vermutlich befand sie sich in der Nähe des Parkplatzes, auf dem sie gestern Abend Tante Claras Wagen abgestellt hatte. Dort verlief die große Straße mit der Bushaltestelle. Das hieß, dass sich Alexanders Container ebenfalls im näheren Umkreis befinden musste. Ihr Entführer musste sie von dort hierhergebracht haben, wie auch immer er das bewerkstelligt hatte. Pias Rücken und Schultern schmerzten zusehends stärker aufgrund der gebückten Haltung. Um sich etwas Bewegung zu verschaffen, wagte Pia sich ein Stück tiefer ins Innere ihrer vorläufigen Behausung. Sie hatte keine Vorstellung, wie weit es dort hinten weiterging. Aufgrund der spärlichen Lichtverhältnisse verlor sie das Gefühl für jegliche Maße. Vielleicht war die Decke dort hinten höher? Einen Versuch konnte sie wagen, auch wenn ihr leicht mulmig zumute war, sich von der vertrauten Umgebung in die ungewisse Dunkelheit zu begeben. Sie tastete sich voran. Mit jedem Zentimeter, den sie sich von der Tür entfernte, wurde es dunkler und kälter. Plötzlich stieß Pia mit der Hand gegen etwas Hartes. Erschrocken hielt sie inne. Was war das? Am liebsten wäre sie panikartig zurückgewichen. Sie zwang sich, das Fundstück näher zu untersuchen. Als sich ihre Augen besser an die Dunkelheit gewöhnt hatten, konnte sie die Umrisse einer Kiste erkennen. Sie war aus Holz und nicht verschlossen oder gesichert. Hoffnung keimte in Pia auf. Vielleicht befanden sich im Inneren der Kiste Werkzeuge, mit denen sie ihrem Gefängnis entkommen konnte. Pia zog die Kiste an einem seitlich angebrachten Metallgriff zurück in den helleren Teil in die Nähe der Tür. Sie war schwer, ließ sich jedoch bewegen. Dann öffnete Pia vorsichtig den Deckel. Was sie jetzt sah, ließ ihr das Blut in den Adern gefrieren. Sie behielt den Deckel fest mit einer Hand umklammert. In der Kiste lagen, alles ordentlich in Holzwolle eingebettet, zwei Pistolen, diverse Kabel, Klebeband sowie mindestens zwei Dutzend dicke Rollen, die mit einer Art bräunlichem Packpapier ummantelt waren. Sie erinnerten Pia an Feuerwerkskörper. Aber diese Rollen waren eindeutig Sprengstoff! Sie kannte sie aus dem Fernsehen und dort nicht nur aus Spielfilmen, in denen der Realität gerne ein bisschen nachgeholfen wurde, sondern auch aus Dokumentationen. In was war sie hineingeraten? Ein böser Verdacht erwachte in ihr. War Alexander Opfer eines Anschlages geworden? Hatte jemand sein Boot absichtlich in die Luft gesprengt, um ihn zu töten? Warum? War es am Ende tatsächlich kein technischer Defekt gewesen, sondern eiskalt geplanter Mord? Sie bekam augenblicklich eine Gänsehaut. Verstört von den neuen Gedanken ließ sie sich neben der Tür auf den Boden sinken, die Kiste stets im Auge. Die Geräusche, die von der Straße zu ihr herüberdrangen, wurden häufiger. Obwohl Pia lange nichts mehr gegessen hatte, verspürte sie keinen Hunger, nur diesen quälenden Durst. In ihrer kleinen Colaflasche war lediglich ein winziger Schluck übrig, aber den bewahrte sie eisern auf. Sie hatte keine Vorstellung, wann der Kidnapper wiederkam. Ob er überhaupt jemals zurückkehrte. Vielleicht hatte die Polizei ihn längst gefasst, aber er schwieg. Hoffentlich war er nicht bereits über alle Berge oder gar tot!

Tante Clara hatte darauf bestanden, die Kommissarin zu begleiten. Im Gegenzug musste sie versprechen, sich strikt an die Anweisungen der Beamten zu halten. Mit dem Streifenwagen fuhren sie zu dem Parkplatz, auf dem Pia den Wagen am Vorabend geparkt hatte. Als sie Bo aus dem Wagen gelassen hatten, hielt Katja Städtler ihm Pias Pullover vor die Nase.

»Hier, Bo!« Der Hund schnüffelte schwanzwedelnd an dem Kleidungsstück. »Ja fein, mein Junge. So und jetzt such Pia! Lauf und such!«

Bo lief an einer langen Schleppleine vorweg erst zu Tante Claras Wagen, dann schlug er den Weg zum Strand ein. Die Nase war stets über den Boden gerichtet.

»Meinen Sie, er versteht, was wir von ihm wollen oder ist das Zufall?«, fragte Tante Clara die Kriminalhauptkommissarin Städtler.

»Ich hoffe doch, dass er versteht. Er ist jedenfalls gleich zum Auto gelaufen. Das deute ich als gutes Zeichen. Glücklicherweise hat es seit gestern Abend nicht geregnet. Die Spur müsste gut für ihn zu finden sein.«

»Ich dachte, am Container hast du keinerlei Spuren von ihr gefunden?«, mischte sich Kai Wenger ein.

»Wenger, ich glaube, unser Vierbeiner hat eindeutig die bessere Nase. Nur, weil ich nichts gesehen habe, bedeutet das nicht, dass sie nicht dort gewesen ist«, erwiderte Katja Städtler gereizt und warf dem Kollegen einen vorwurfsvollen Blick zu.

»So blöd bin ich nicht. Wusstest du, dass die Nase eines Schäferhundes über 200 Millionen Riechzellen besitzt? Der Mensch dagegen hat nur …«

»Wenger, bitte verschone uns mit deinem Allgemeinwissen. Überleg lieber, wo wir Pia Könemann finden«, unterbrach Katja Städtler die Ausführungen des Kollegen.

Der zuckte eingeschnappt die Achseln.

»Schmoll nicht wie ein Mädchen, sondern setz dich in Bewegung!«, forderte sie ihn auf.

Plötzlich blieb Bo stehen und hielt die Nase in den Wind. Dann wechselte er abrupt die Richtung, ein Stück den gleichen Weg zurück und rechts in die Dünen. Er wurde schneller und zog kräftig an seiner Leine. Katja Städtler hatte Schwierigkeiten, ihm in diesem Tempo zu folgen, da das Gelände unwegsam und schwer zugänglich wurde. Normalerweise war das Betreten dieses Bereichs strikt untersagt, eine Maßnahme im Rahmen des Küstenschutzes. Man konnte nicht genug Hinweisschilder aufstellen, um Leute davon abzubringen, hier achtlos herumzulaufen. Aber scheinbar gab es mehr Analphabeten in diesem Land, als man statistisch annahm. Das belegten dünne Trampelpfade überall quer durch die Dünenlandschaft.

»Wo will er hin?«, wollte Tante Clara wissen.

»Da ist kein Weg, da geht es nur quer durch die Dünen. Die darf man nicht betreten«, gab Kai Wenger zu bedenken, der als Letzter in der Reihe ging.

»Wir werden ihm folgen, egal wohin er uns führt«, erwiderte die Kriminalhauptkommissarin. »Frau Könemann, ich glaube, es ist besser, wenn Sie zurück zum Wagen gehen. Wir müssen nicht alle hier durchlaufen.«

»Wie Sie meinen. Bitte geben Sie mir umgehend Bescheid, wenn Sie eine Spur von Pia gefunden haben. So oder so.« Sie machte ein besorgtes Gesicht, als rechne sie mit dem Schlimmsten.

»Selbstverständlich«, antwortete Katja Städtler. »Wenger! Weiter geht's! Ich glaube, der Hund hat eine Spur! Wir dürfen keine Zeit verlieren.«

Katja Städtlers Puls beschleunigte sich. Die beiden Beamten bahnten sich ihren Weg quer durch die Heide über die Dünen, dem Hund folgend, während Tante Clara mit einem unbehaglichen Gefühl zurück zum Parkplatz ging. Ihr Handy hielt sie fest umklammert in ihrer Jackentasche. Mittlerweile stand die Sonne am klaren blauen Himmel, und die ersten Urlauber bevölkerten mit ihren Autos, zu Fuß oder mit Fahrrädern die Straßen und Wege.

Da sie Paul beim Frühstück vermisst hatten, machten sich Sven und Julia auf den Weg, ihren Mitstreiter zu suchen. Sie brauchten nicht lange, um ihn wenig später draußen bei den Fahrrädern zu entdecken. Er hatte telefoniert, denn er ließ hastig sein Telefon in der Hosentasche verschwinden, als er sie kommen sah.

»Na, Paul, wichtige Geschäfte früh am Morgen?«, fragte Sven herausfordernd, während sie sich ihm näherten.

»Wie kommst du darauf?« Paul versuchte, seine Nervosität zu überspielen, aber seine Ohren waren rot. »Wo ist dein Bart? Brauchst du ein neues Image oder steckt eine Frau dahinter?«, bemerkte er und versuchte krampfhaft, locker zu wirken.

»Lenk nicht vom Thema ab, Paul. Irgendetwas stimmt mit dir nicht«, platzte es aus Julia heraus.

»Spuck es aus! Du tust so geheimnisvoll, du verschwindest mitten in der Nacht. Was ist los? Du führst dich auf wie ein Geheimagent. Müssen wir dich ab sofort mit 007 ansprechen?« Sven lachte.

Pauls linkes Auge zuckte nervös. Ihm wurde plötzlich heiß, aber er versuchte gelassen zu bleiben. Er merkte, wie er zu schwitzen begann. Seine beiden Kameraden trieben ihn in die Enge. Er musste sie dringend loswerden.

»Nein, alles okay. Ich kann in letzter Zeit schlecht schlafen, da habe ich es mit frischer Luft versucht. Das ist doch nicht verboten. Und eben am Telefon, das war meine Mutter. Sie wollte wissen, wie es mir geht.« Er hoffte, die beiden damit zu beruhigen.

»Wohin willst du jetzt?«, erkundigte sich Sven, da Paul im Begriff war, sein Fahrrad aufzuschließen.

»Zum Strand, die Arbeit ruft«, entgegnete er. »Wir sind schließlich nicht zum Vergnügen hier. Oder?«

»Gut, da wollten wir auch gerade hin. Wir begleiten dich«, schlug Julia vor.

»Das schaffe ich allein, danke.«

Paul fühlte sich zunehmend unwohler in seiner Haut. Schweißperlen standen ihm auf der Stirn, und er bekam feuchte Hände. Die Zeit saß ihm im Nacken. Er konnte die beiden unmöglich bei sich haben. Eben hatte er einen Anruf erhalten, dass der Sprengstoff nun doch an einen anderen Ort gebracht werden musste, bald war Mittsommernacht. Außerdem musste er sich etwas einfallen lassen, was die Frau betraf. Das war allein sein Problem. Er hatte überreagiert, als er sie niedergeschlagen und verschleppt hatte. Das war ein grober Fehler und nicht geplant gewesen. Er musste eine Lösung finden und zwar ohne Sven und Julia im Schlepptau. Es gefiel ihm nicht, dass sie sich an seine Fersen hefteten.

Katja Städtler knickte in dem unwegsamen Gelände immer wieder um und musste den Löchern der Kaninchenbauten ausweichen. Mit ihren dünnen Sneakers trug sie nicht das entsprechende Schuhwerk für eine solche Geländewanderung. Darüber hinaus musste sie feststellen, dass es mit ihrer Kondition nicht zum Besten bestellt war. Sie musste dringend daran arbeiten. Mehr Sport und weniger Erdnussflips, schwor sie sich. Sie hatte ihr Sportprogramm in den letzten Wochen schleifen lassen, das war ihr durchaus bewusst. Seit dem Tod des Kollegen am Strand gab es wichtigere Dinge als das persönliche Sportprogramm. Selbst ihr wesentlich jüngerer Kollege Wenger hatte Probleme, mit dem Tempo mitzuhalten, was sie mit einem Gefühl der Genugtuung zur Kenntnis nahm. Wie es aussah, war Fitness keine Frage des Alters. Bo lief einen kaum sichtbaren Trampelpfad entlang, der allem Anschein nach noch nicht sehr lange existierte, da die Heide nur leicht eingedrückt war.

»Wo führt das Vieh uns denn noch hin?«, hörte Katja Städtler den Kollegen hinter sich japsen.

»Ich glaube, es kann nicht mehr weit sein.«

»Dein Wort in Gottes Ohr! Marathon ohne Frühstück ist definitiv nichts für mich.«

»Jammer nicht ständig rum, Wenger. Ich denke, du bist ein ganzer Kerl? Warte mal ab, bis du erst über 30 bist! Dann solltest du bei deiner Kondition über ein Sauerstoffgerät nachdenken.«

Katja Städtler drehte sich nach dem Kollegen um und schenkte ihm ein spöttisches Grinsen. Plötzlich hatte sie das Bild von Kramer vor sich. Er hätte bestimmt nicht rumgejammert. Ihn hätte diese Strecke wahrscheinlich nicht einmal eine Schweißperle gekostet. Sie streifte diesen Gedanken ab und konzentrierte sich wieder auf den Weg und Bo, der mit hängender Zunge unbeirrt vorwärts zog.

Kollege Wenger war dicht hinter ihr und fuhr sich mit der Hand über die Stirn, damit ihm der Schweiß nicht in die Augen lief.

»Machst du schlapp?«, fragte sie ihn.

»Das ist echt nicht mein Ding. Meine Qualitäten liegen eindeutig woanders«, entgegnete er keuchend.

»Oh, bitte keine Details. Die Bilder werde ich sonst nicht mehr los!«

Plötzlich blieb Bo vor einer kleinen Senke in der Landschaft stehen, hob seine Nase und begann zu bellen.

»Wenger! Ich glaube, er hat etwas gefunden!«

Aufgeregt rannten die Kollegen zu der Stelle, an der der Hund stand und bellte. Dann legte Bo sich flach auf den Boden.

»Was hat er?«, fragte Kai Wenger verwirrt und sah ratlos zu der Kollegin.

»Keine Ahnung! Komm, wir sehen nach.«

Katja Städtler rutschte etwa einen halben Meter tief in die Kuhle und bewegte sich auf ein Gebüsch zu. Mehrere Zweige waren an einer Stelle abgeknickt. Das musste erst kürzlich geschehen sein, denn die Blätter waren noch nicht völlig verwelkt. Sie schob sie mit der Hand zur Seite. Dahinter kam eine verrostete Metalltür zum Vorschein, die offensichtlich zu einem ehemaligen Bunker gehörte. Davon gab es viele auf Sylt, große und kleine. Ihr Herz begann aufgeregt zu schlagen.

»Kannst du was erkennen?«, wollte Kollege Wenger wissen. Er hielt den Hund an der Leine, der sich nicht beruhigen wollte.

»Ich nehme an, es handelt sich um einen alten Bunker. Diese Dinger gibt es zu Dutzenden auf der Insel. Irgendwo versteckt in den Dünen wie dieser hier. Nach schweren Sturmfluten ist es mehrfach vorgekommen, dass einige von ihnen dadurch erst freigespült und überhaupt entdeckt wurden.«

Kai Wenger war ihr zwischenzeitlich gefolgt. Als sie die Tür vollständig freigelegt hatten, rief die Kriminalhauptkommissarin: »Hallo? Ist da jemand?«

Dann lauschten beide angestrengt. Bo kratzte mit der Pfote an der Tür und winselte.

»Also, ich höre nichts, der Hund ist zu laut«, beschwerte sich Kai Wenger.

»Bo, aus!«, versuchte Katja Städtler, den Hund zu beruhigen.

In diesem Augenblick flog ein Flugzeug mit lautem Grollen über die Insel, sodass man sein eigenes Wort nicht mehr verstand. Dann verebbte das Geräusch und es wurde ruhiger. Auch Bo hatte aufgehört zu winseln.

»Psst, doch, da war etwas!« Katja Städtlers Herz begann kräftiger zu schlagen.

»Dafür kann ich nichts!«, erwiderte Wenger und zeigte entschuldigend zum Himmel.

»Das meine ich nicht.«

Dann hörten sie eine Stimme, die abgehackt und gedämpft klang. Umgehend fing Bo erneut an zu bellen.

»Pia? Sind Sie das?« Katja Städtler versuchte die Tür zu öffnen, aber es gelang ihr nicht. Sie war verschlossen.

»Ja, wer ist da?«, kam die Antwort aus dem Inneren des Bunkers. Jetzt klang die Stimme deutlicher und näher, gefolgt von einem Husten. Pia!

Katja Städtler fiel ein riesiger Stein vom Herzen. Pia Könemann war am Leben.

»Hier ist Katja Städtler von der Polizei, Frau Könemann, wir holen Sie gleich raus. Bleiben Sie ruhig!« Dann wandte sie sich an den Kollegen Wenger. »Kai, ruf Verstärkung, die sollen etwas mitbringen, womit wir die Tür aufbrechen können.« Etwas leiser sagte sie: »Die sollen sich beeilen! Ruf auch einen Rettungswagen.«

»Geht klar! Bin schon unterwegs.«

Kai Wenger griff in seine Tasche und zog das Handy hervor. Damit entfernte er sich einige Meter, um besseren Empfang zu bekommen. Bo schnüffelte weiterhin aufgeregt an der Tür. Dann umkreiste er Katja Städtler, die in der Nähe nach einem geeigneten Gegenstand Ausschau hielt, um damit die Tür zu öffnen, und legte sich vor ihr flach auf den Boden.

»Was ist mit dem los?«, fragte Kai Wenger, als er sein Telefonat beendet hatte und zurückkam.

»Ich weiß es nicht. Vermutlich will er spielen. Und, konntest du alles erledigen?«

»Alles paletti! Die Kollegen sind unterwegs. Der Rettungswagen müsste auch jeden Moment da sein.«

Katja Städtler nickte zufrieden. Dann wandte sie sich an Pia hinter der Metalltür und rief: »Frau Könemann? Wie geht es Ihnen? Sind Sie verletzt? Sie müssen noch einen Augenblick durchhalten, die Kollegen sind unterwegs. Es dauert nicht mehr lange, und Sie sind frei.«

»Nein, ich bin unverletzt. Mir ist kalt, und ich bin durstig.«

Katja Städtler hatte Schwierigkeiten, sie durch die schwere Tür hindurch zu verstehen. Doch sie versuchte, weiter mit ihr im Gespräch zu bleiben.

»Können Sie mir sagen, wie Sie hergekommen sind?«

»Nein, ich kann mich nicht erinnern. Ich bin erst hier aufgewacht«, erwiderte Pia auf die Frage der Polizistin.

Kai Wenger tigerte ungeduldig auf und ab und hielt Ausschau nach den Kollegen und dem Rettungswagen. Dann hockte er sich neben die Kollegin vor die verschlossene Tür und streichelte Bo, der hechelnd neben ihnen lag.

»Findest du nicht, wir sollten Bescheid geben?« Er sah sie eindringlich an, und Katja Städtler verstand sofort.

Sie nickte, und Wenger entfernte sich erneut ein Stück, um zu telefonieren.

»Frau Könemann, wir holen Sie gleich hier raus. Bo ist hier, er hat Sie aufgespürt. Er ist ein ausgesprochen schlauer Hund.«

»Bo? Ja, das ist er«, erklang Pias erschöpfte Stimme.

»Ihre Tante ist ebenfalls hier. Sie wartet unten auf dem Parkplatz. Der Kollege sagt ihr gerade Bescheid, dass wir Sie gefunden haben.« Katja Städtler versuchte, Pia in ein Gespräch zu verwickeln, um sie zu beruhigen.

Es war nachts nicht mehr sehr kalt, aber sie machte sich dennoch Sorgen um den Zustand der jungen Frau. Schon allein aufgrund der Tatsache, dass sie in den letzten Stunden vermutlich weder Nahrung noch ausreichend Flüssigkeit zu sich genommen hatte. Wenger kam zurück.

»Alles erledigt, Chefin«, sagte er, dann blickte er in Richtung der Dünen. »Wer ist das?«, fragte er plötzlich und deutete zur Straße.

Katja Städtler folgte seinem Blick. Ungefähr 100 Meter entfernt von ihnen war eine Gestalt zu erkennen, die sich zu Fuß durch die Heidelandschaft bewegte. Es handelte sich, der Statur nach zu urteilen, offensichtlich um eine männliche Person. Als sie die beiden Beamten erblickte, blieb sie zunächst wie angewurzelt stehen und sah herüber.

»Halt!«, schrie Wenger. »Warten Sie, bitte!«

Aber der Mann machte auf dem Absatz kehrt und rannte davon.

»Scheiße! Der haut ab! Na, warte, Bürschchen, dich kriege ich!«

Wenger packte augenblicklich das Jagdfieber, und er sprang mit einem beeindruckenden Satz aus der Kuhle heraus und sprintete los.

»Nimm den Hund mit!«, rief die Kollegin ihm nach, aber er war bereits außer Hörweite. Katja Städtler reagierte blitzartig und machte Bo von der Leine los. »Los, Bo, lauf!«, rief sie ihm zu, in der Hoffnung, der Hund würde auch dieses Mal verstehen, was er tun sollte.

Augenblicklich jagte der Hund den beiden hinterher.

»Was ist passiert?«, fragte Pia hinter der verschlossenen Tür.

»Bo jagt eine verdächtige Person«, erläuterte Katja Städtler die Situation.

In diesem Augenblick tauchte eine Gruppe Beamter in Uniform hinter der Düne auf und kam auf sie zu. Sie waren mit schwerem Gerät ausgestattet. Ein Notarzt war ebenfalls dabei. Den Abschluss der Truppe bildete Tante Clara.

»Pia!«, rief sie aufgeregt, als sie die Stelle erreicht hatte. »Wie geht es meiner Nichte?«

Die Kriminalhauptkommissarin bat sie, Abstand von der Tür zu halten, damit die Kollegen sie öffnen konnten.

»Sie ist am Leben und bei Bewusstsein. Sie können jeden Moment mit ihr sprechen, aber gehen Sie bitte von der Tür weg!«

»Gott sei Dank!«, stieß Tante Clara hervor und griff sich ans Herz.

Die Erleichterung war ihr sichtlich anzumerken. Es krachte zweimal laut, und dann war der Zugang zu Pias Gefängnis endlich frei. Ein Beamter steckte den Kopf durch die Öffnung und half Pia behutsam heraus. Sie hatte Mühe sich gerade hinzustellen und auf den Beinen zu halten, da sie sich die letzten Stunden über nicht hatte aufrichten können. Ihren Aussagen zufolge taten ihr Knie und Rücken bei jeder Bewegung unbeschreiblich weh, aber sie war unversehrt. Es ging ihr den Umständen entsprechend gut. Sie blinzelte gegen das helle Sonnenlicht. Der Notarzt nahm sie in Empfang und kümmerte sich im Beisein von Tante Clara um sie.

»Frau Städtler?« Einer der Beamten winkte die Kriminalhauptkommissarin zu sich. »Wir haben etwas gefunden, dass Sie sich unbedingt ansehen sollten.«

Er kroch mit einer Taschenlampe in der Hand voran in den Bunker. Katja Städtler folgte ihm. Sie knieten vor einer Holzkiste, in deren Inneren sich neben Kabeln und Klebeband auch zwei Handfeuerwaffen und mehrere Rollen Sprengstoff befanden.

Sie pfiff leise und murmelte: »Was haben wir denn hier?« Dann bückte sie sich über die Kiste, um den Inhalt näher zu studieren. »War das alles oder ist vielleicht noch mehr von dem Zeug hier?«

»Nein, das scheint alles zu sein, obwohl es dort hinten ein Stück weitergeht. Wir nehmen das gleich näher unter die Lupe«, erwiderte der Beamte und leuchtete tiefer in die Dunkelheit.

»Gut, dann nehmen wir das alles schon mal für die Spurensicherung mit. Danke!«

Sie strebte dem Ausgang zu und war froh, als sie wieder im Freien stand. Da drinnen herrschte eine beklemmende Atmosphäre, und sie mochte sich nicht vorstellen, wie Pia sich gefühlt haben musste. Dann begab sie sich zu ihr. Pia saß etwas abseits auf dem Boden mit einer Flasche Wasser in der Hand und einer um die Schulter gewickelten Decke. Der Notarzt hatte ihr eine Spritze gegeben.

»Haben Sie das gefunden?«, fragte Katja Städtler Pia und deutete auf die Kiste, die die Kollegen vorsichtig abtransportierten.

»Ja, ich habe hineingesehen. Die Kiste stand weiter hinten. Ich hatte gehofft, das sich darin Werkzeug befindet, mit dem ich mich eventuell befreien könnte.«

Pia hatte mittlerweile etwas Farbe im Gesicht. Die frische Luft tat ihr gut.

»Wie fühlen Sie sich?«, erkundigte sich Katja Städtler. »Sollen wir Sie lieber in die Klinik bringen? Was sagt der Arzt?«

Pia schüttelte den Kopf. »Nein, es geht schon. Ich bin dehydriert, aber wenn ich genügend trinke, kriege ich das in den Griff. Außerdem bin ich ja in den allerbesten Händen.«

Sie blickte zu ihrer Tante Clara, die ihr aufmunternd und erleichtert zulächelte.

»Ich werde mich um sie kümmern, machen Sie sich keine Sorgen«, versicherte Tante Clara und legte einen Arm um Pia.

Plötzlich waren laute Stimmen zu hören und dazwischen Hundegebell. Kai Wenger kam abgekämpft und verschwitzt, aber sichtlich zufrieden, mit einem jungen Mann zurück, den er in Handschellen mit sich zog. Er übergab ihn den Kollegen der Streife, die ihn abführten.

»Wenger! Glückwunsch!«, begrüßte Katja Städtler ihn. »Wie mir scheint, war die Jagd erfolgreich. Waidmannsheil!«

»Weit… was?« Wenger pfiff aus dem letzten Loch und rang nach Luft. Sein Gesicht war knallrot angelaufen.

»Vergiss es! Das Lob gebührt in erster Linie Bo, vermute ich?« Sie grinste.

»Das stimmt. Ohne ihn hätte ich es nicht geschafft.«

Er lächelte erschöpft und streichelte Bo über dem Kopf, der hechelnd mit hängender Zunge neben ihm saß. Als er Pia erblickte, lief er zielstrebig auf sie zu. Er schmiegte sich an sie, und Pia vergrub ihr Gesicht in seinem Fell.

»Wen habt ihr überhaupt zur Strecke gebracht?«, erkundigte sich Katja Städtler.

»Keine Ahnung, er schweigt wie ein Grab. Aber das ist nur eine Frage der Zeit, bis er auspackt. Mit diesem Verhalten macht er sich bloß verdächtig. Wenn er nichts zu verbergen hätte, hätte er nicht abhauen müssen. Oder?«

Pia saß in Tante Claras Wagen auf dem Beifahrersitz. Sie sah aus dem Fenster und erkannte in dem Streifenwagen, der beim Ausparken an ihnen vorbeifuhr, das Gesicht des Mannes, den sie am Container von Alexander getroffen hatte. Sie erinnerte sich, dass er dort herumgeschnüffelt und sie ihn überrascht hatte.

»Kannst du bitte kurz anhalten, Tante Clara!«, sagte sie und öffnete die Beifahrertür.

»Liebes, was ist denn los? Wohin willst du?«

»Bin gleich wieder da.« Pia stieg aus und bewegte sich, noch immer etwas wackelig auf den Beinen, auf den Wagen der Kriminalhauptkommissarin zu. Diese ließ die Scheibe runter und sah Pia erwartungsvoll an.

»Was kann ich noch für Sie tun, Frau Könemann?«

»Der Mann, der in dem Streifenwagen saß.«

»Ja, was ist mit ihm?«

»Ich kenne ihn.«

Katja Städtler wurde hellhörig. Diese Information war von äußerster Wichtigkeit und konnte ihre Arbeit unter Umständen enorm beschleunigen.

»Sie kennen diesen Mann?«, wiederholte sie mit hochgezogenen Augenbrauen.

»Kennen ist zu viel gesagt, aber ich habe ihn an Alexanders Büro gesehen. Ich wollte nicht in das Büro, sondern nur an die Stelle, an der …« Sie macht eine Pause und unterdrückte die aufsteigenden Tränen. »Ich habe Geräusche im Container gehört. Die Tür war nur angelehnt, und ich habe durch den Türspalt gesehen. Da habe ich diesen Mann gesehen. Er lag auf dem Boden und hat unter dem Bett nach etwas gesucht. So sah es jedenfalls aus.«

»Haben Sie ihn angesprochen?«

»Nein, ich habe plötzlich Angst bekommen und wollte mich unbemerkt davonschleichen, aber er hat mich bemerkt. Er wollte mich am Gehen hindern und hielt mich am Arm fest. Was dann geschah, weiß ich nicht mehr. Aufgewacht bin ich erst in diesem Bunker, aus dem Sie mich befreit haben.«

»War er es, der Ihnen die Cola gebracht hat?«, wollte Katja Städtler wissen.

»Das weiß ich nicht. Ich konnte niemanden sehen. Es war aber ein Mann, das weiß ich genau. Aber er hat kaum mit mir gesprochen. Seine Stimme konnte ich nicht eindeutig zuordnen.«

»Danke für Ihre Aussage. Das hilft uns sehr weiter. Erholen Sie sich erst mal und kommen Sie dann bitte heute Nachmittag aufs Revier, damit wir Ihre Aussage zu Protokoll nehmen können.«

»Ja, das mache ich. Danke.«

Pia ging zurück zum Auto, in dem Tante Clara und Bo ungeduldig auf sie warteten. Sie fuhren nach Hause nach List.

Katja Städtler ließ sich erschöpft in ihren Bürostuhl fallen.

»Der Tag fängt ja gut an.«

Sie rieb sich mit beiden Händen übers Gesicht. Sie war nicht geschminkt, daher war es ohne Belang. Es gab keine Wimperntusche, die verwischen konnte.

»Tja, der Aussage von Kramers Freundin nach, haben wir den richtigen Kerl erwischt. Wer hätte das gedacht«, bemerkte Kai Wenger zufrieden.

»Kann durchaus sein. Ob er allerdings Kramers Boot in die Luft gesprengt hat, wissen wir nicht mit Sicherheit. Das gilt es zu beweisen.« Sie sah den Kollegen ratlos an.

»Sein Name ist Paul Röber.«

»Konntest du schon etwas aus ihm herausbekommen?«

»Nein, er schweigt beharrlich, aber er hatte freundlicherweise seinen Ausweis dabei. Das hat uns bei der Ermittlung seiner Identität viel Arbeit erspart. Er ist einer der drei Praktikanten oder wie sich das nennt, die in der Schutzstation arbeiten.«

»Tatsächlich?«, erwiderte Katja Städtler überrascht. »Hattest du die nicht auf Herz und Nieren überprüft?« Sie lehnte sich zurück und rieb sich die Stirn. »Offensichtlich hatte Kramer doch recht«, murmelte sie. »Auf was warten wir? Nehmen wir den Burschen mal anständig in die Mangel, komm mit!«

»Katja! Ich brauche echt mal eine Pause. Wenigstens fünf Minuten für einen ordentlichen Kaffee müssen drin sein«, nörgelte Kai Wenger und setzte seinen Hundeblick auf.

»Okay. Aber nur, weil du den Typen erwischt hast. Fünf Minuten, nicht mehr.« Sie grinste und griff nach ihrer Tasse.

»Pia, was kann ich dir Gutes tun? Du musst unbändigen Hunger haben, Liebes«, sagte Tante Clara, als sie die Küche betraten.

»Ach, Tante Clara, ich würde am liebsten sofort schlafen gehen. Ich bin total erledigt, und mir ist entsetzlich kalt.« Pia setzte sich auf einen der Stühle und kraulte Bo, der ihr keine Sekunde mehr von der Seite wich, hinterm Ohr.

»Das kannst du gleich, aber vorher mache ich dir erst einmal eine Kanne Tee. Du brauchst unbedingt Flüssigkeit. Zusätzlich koche ich dir eine Hühnerbrühe, und Bo bekommt ein Würstchen, das hat er sich wirklich verdient. Ohne ihn hätten wir dich nicht gefunden und diesen Mann nicht erwischt.« Den Gedanken, dass sie ohne Bo vielleicht nicht rechtzeitig gefunden worden wäre, verdrängte Pia lieber. Dank dieses intelligenten Tieres war alles glimpflich verlaufen. »Ja, Bo ist ein toller Hund«, sagte sie erschöpft und streichelte ihn voll tiefer Dankbarkeit.

Nachdem Pia einen Teller Suppe gelöffelt, von ihrem Tee getrunken und Tante Clara zuliebe eine Scheibe Toastbrot mit selbstgemachter Brombeermarmelade gegessen hatte, fiel sie todmüde ins Bett. Sie schlief schnell ein und träumte lebhaft. Immer wieder sah sie Alexander, der im Mondschein am Strand entlangging und an der Treppe zum Meer auf sie wartete. Sie sah sein Lachen, seine ungewöhnlich blauen Augen und konnte die Wärme spüren, die sein Körper ausstrahlte, wenn er ganz dicht neben ihr stand. Der Geruch seines Duschgels lag ihr in der Nase. Sie konnte beinahe seine feste Haut spüren, wenn sie ihn berührte und seine weichen Lippen auf ihren fühlen, wenn er sie küsste. Doch seine Umrisse wurden immer schwächer je näher sie kam, bis er schließlich vollständig verschwand. Sie versuchte nach ihm zu greifen und rief seinen Namen, aber er blieb verschwunden. Als Pia schweißgebadet erwachte, war es bereits Nachmittag. Die Sonne stand hoch am Nordseehimmel, und Möwen glitten vom leichten Wind getrieben über das wolkenlose Blau. Eine herrlich friedliche Fassade wie aus dem Bilderbuch. Pia blieb einen Moment liegen, krabbelte dann aus dem Bett und schlurfte ins Badezimmer. Die Dusche tat ihr gut. Sie stand regslos da, hatte die Augen geschlossen und ließ den angenehm warmen Wasserstrahl einige Minuten über Kopf und Körper laufen. Als sie nach unten kam, war die Terrassentür weit geöffnet, und Tante Clara lag auf dem Liegestuhl unter dem Apfelbaum im Garten. Bo lag neben ihr auf der Seite und schien zu schlafen. Als er Pia bemerkte, kam er freudig auf sie zugelaufen. Sie kniete sich zu ihm auf den Rasen und begrüßte ihn, indem sie ihn ausgiebig streichelte.

»Pia, Liebes! Na, konntest du dich ein bisschen erholen?«, fragte Tante Clara. »Du siehst wesentlich besser aus als heute Morgen.«

»Kein Wunder, obwohl ich viel unsinniges Zeug geträumt habe«, antwortete Pia und blieb im Gras neben Tante Clara sitzen. Bo stupste mit seiner kalten Nase gegen ihr Ohr.

»Ach, Bo, sei nicht albern! Das kitzelt!« Sie lachte kurz auf.

Bo legte sich hin. Pia zupfte gedankenverloren an einem Gänseblümchen. Ein Marienkäfer landete auf der Blüte, verweilte einige Sekunden und flog dann weiter.

»Pia«, begann Tante Clara, »es bricht mir das Herz, dich so traurig zu sehen. Ich weiß, du musstest viel durchmachen in der letzten Zeit. Die Entführung muss eine furchtbare Erfahrung für dich gewesen sein. Es tut mir so leid, dass du das miterleben musstest. Gerade jetzt darfst du dich nicht in deiner Trauer verkriechen. Und … du kanntest Alexander nicht sehr lange.«

Pia war sich sicher, dass Tante Clara wusste, dass das eben der überflüssigste Satz war, den sie in der letzten Zeit von sich gegeben hatte. Vermutlich wusste sie einfach nicht, wie sie es auf den Punkt bringen sollte, ohne verletzend zu wirken. Im Grunde wollte sie nur helfen. Seit Alexanders Tod waren erst ein paar Tage vergangen. Pia wusste, dass die Zeit Wunden heilte, doch im Augenblick überwog der Schmerz trotz allem.

Pia sah ihre Tante direkt an. Ein stummer Vorwurf lag in ihrem Blick.

»Damit will ich nicht sagen, dass du deshalb weniger für ihn empfunden hast. Versteh mich bitte nicht falsch. Ich weiß, dass er dir sehr viel bedeutet hat. Doch die Zeit heilt alle Wunden. Verbau dir nicht dein Leben, indem du dich zu sehr an die Vergangenheit klammerst. Gib dir selbst eine Chance. Sieh nach vorn! Alles im Leben hat einen Sinn, auch wenn es dir im Moment anders erscheint. Du bist zu jung, um dich gramgebeugt vor der Welt zu verschließen und mit deinem Schicksal zu hadern. Das ist nicht gut.«

»Ich weiß, was du sagen willst, Tante Clara. Du hast vollkommen recht, aber es fällt mir einfach schwer. Es tut so unendlich weh. Wie ich für Alexander empfunden habe, habe ich für Johannes nie empfunden. Ich fühle mich, als wäre ein Teil von mir mit ihm gestorben. Ich bin überzeugt, dass Alexander umgebracht wurde. Das war kein Unfall. Ehe ich das nicht endgültig weiß, kann ich mit der Sache nicht abschließen.«

Tante Clara musterte ihre Nichte.

»Umgebracht? Wie kommst du darauf, Pia?«

»Ich habe diesen Mann im Container gesehen, er hat nach etwas gesucht. Dort, wo ich eingeschlossen war, habe ich eine Kiste mit Waffen und Sprengstoff gefunden. Klingt das nach einem Unfall? Nein.« Sie schüttelte den Kopf. »Hinter alldem steckt mehr, da bin ich mir absolut sicher. Diese Kommissarin hat uns nicht die ganze Wahrheit gesagt.«

»Hm.« Tante Clara machte ein nachdenkliches Gesicht.

»Erinner dich an Alexanders alte Verletzung, seine gut sortierte Hausapotheke. Und schließlich Bo. Dieser Hund kann vermutlich noch viel mehr, als wir ahnen. Hätte er mich sonst ohne Weiteres gefunden?«, fuhr Pia fort.

»Klingt plausibel. Ich verstehe das alles nicht.«

»Alexander hat mir erzählt, er hätte eine Zeitlang in Chicago gearbeitet. Was macht bitte ein Meeresbiologe in Chicago, frage ich dich?«

»Er könnte dort am Michigansee gearbeitet haben. Das finde ich nicht unbedingt ungewöhnlich«, erwiderte Tante Clara.

»Als Meeresbiologe? Ganz zu schweigen von seinen Ausweichmanövern, wenn ich ihn auf seine Vergangenheit angesprochen habe. Bis auf die tragische Geschichte mit seiner Familie weiß ich praktisch nichts von ihm. Das ist mir erst im Nachhinein richtig bewusst geworden. Seltsam, oder?«

»Ach, Pia. Das ist jetzt nicht mehr von Bedeutung. Du solltest …«

Tante Clara wurde durch das Klingeln des Telefons, das neben ihr auf dem kleinen Tischen lag, unterbrochen. Sie griff danach und nahm das Gespräch an. Pia beobachtete genau ihr Mienenspiel, während sie redete.

Als sie aufgelegt hatte, sagte sie: »Das war Kriminalhauptkommissarin Städtler. Du brauchst heute nicht mehr aufs Revier kommen wegen des schriftlichen Protokolls, es reicht am Montag. Du hast deine Aussage ja bereits mündlich gemacht.«

Pia nickte und war froh, dass sie vorerst Ruhe von den Geschehnissen der letzten Zeit hatte.

»Ich habe Lust auf einen Ostfriesentee, möchtest du auch einen?«, fragte Pia ihre Tante.

»Gerne!«, erwiderte diese.

Ein Lächeln erschien zum ersten Mal seit geraumer Zeit auf Pias Gesicht. Sie ging durch den Garten zum Haus und verschwand über die Terrasse in der Küche. Als sie dabei war, Wasser aufzusetzen, hörte sie ihr Handy auf dem Wohnzimmertisch klingeln. Sie sah auf das Display. Die Nummer gehörte Johannes. Sie zögerte kurz, nahm das Gespräch dann aber an.

»Pia, endlich erreiche ich dich«, ertönte Johannes erleichterte Stimme.

»Was willst du?«, fragte Pia knapp und straffte die Schultern, um ihrer Stimme mehr Ausdruck zu verleihen.

»Kleines, wie geht es dir? Und wo bist du überhaupt? Ich mache mir Sorgen. Ich war schon zweimal bei dir zu Hause, habe dich aber nicht angetroffen, obwohl dein Auto vor dem Haus steht.«

»Was willst du?«, wiederholte Pia und holte tief Luft.

Er rief sicherlich nicht grundlos an.

»Pia, ich weiß, ich habe neulich etwas überreagiert. Es tut mir alles schrecklich leid. Wenn ich könnte, würde ich es ungeschehen machen.«

»Johannes, es ist aus und vorbei. Das hast du mir vor Kurzem selbst sehr deutlich zu verstehen gegeben. Also, ich frage jetzt zum letzten Mal: Warum rufst du mich an?«

Eine kurze Pause entstand. »Johannes? Bist du noch da?«

»Ja, ich bin noch dran. Pia, ich möchte, dass wir es noch einmal miteinander versuchen«, gab er ihr reumütig zu verstehen.

»Warum sollte ich das wollen?« erwiderte sie schroff.

»Weil ich dich brauche!«

Sie lachte bitter. »Nein, du brauchst mich nicht. Und ich dich auch nicht. Du hast eine Familie und wirst bald zum dritten Mal Vater. Schon vergessen?« Sie konnte ihn atmen hören.

»Sabine hat mich betrogen. Das Kind ist nicht von mir.«

Pia traute ihren Ohren nicht und musste sich augenblicklich setzen. Das war eine Neuigkeit, mit der sie nicht gerechnet hatte. »Wie bitte? Was hast du da eben gesagt?« Sie wusste nicht, ob sie nicht einfach in schallendes Lachen ausbrechen sollte, aber danach war ihr nicht zumute, wenn man die Gesamtsituation betrachtete. Sie hatte wahrlich andere Sorgen. »Das ist nicht dein Ernst, Johannes! Du machst dir einen Spaß mit mir, oder?«

»Leider nicht. Ich bin verraten und verkauft worden. Stell dir vor, sie hat eine Affäre mit unserem Anwalt, meinem besten Freund! Das geht schon eine ganze Weile. Wie konnte sie mir das bloß antun?«, berichtete er zutiefst entrüstet.

»Tja, mein lieber Johannes, dann wird das vermutlich mit dem neuen Job auch nichts, oder?«

»Wie kannst du nur derart taktlos sein, Pia. Das hätte ich ausgerechnet von dir nicht erwartet. Ja, das hat sich erledigt, ich bleibe bei uns an der Klinik«, gab er zähneknirschend zu.

»Du wirst sicher verstehen, dass sich mein Mitleid in Grenzen hält. Ich kann deiner Frau nur gratulieren. Und das mit uns war von Anfang an ein Fehler«, stellte Pia klar und empfand eine Art Befreiung bei diesen Worten.

»Aber Pia, wir hatten doch auch schöne Zeiten zusammen! Bitte, Pia, lass es uns nochmal versuchen. Dieses Mal wird alles anders, ich verspreche es dir! Ich bin bald ein freier Mann.« Johannes flehte sie förmlich an.

»Nein, Johannes. Für uns gibt es keine gemeinsame Zukunft. Das wirst du wohl oder übel akzeptieren müssen«, erklärte Pia mit entschlossener Stimme.

»Du hast wohl einen Neuen? Das ging ja schnell!« Er lachte verächtlich. »Das hätte ich mir denken können. Hat er dir schon ein Kind gemacht, damit du endlich deine Familie bekommst, mit der du mir ständig in den Ohren gelegen hast?«

Johannes klang gekränkt, und Pias Herz krampfte sich bei seinen Worten zusammen. Seine Äußerung traf sie wie ein Schlag in die Magengrube. Sie musste die Zähne zusammenbeißen, um nicht die Beherrschung zu verlieren. Auch wenn er nicht wissen konnte, was passiert war, war seine Reaktion abscheulich und zutiefst verletzend. Doch sie passte zu ihm.

»Ruf mich nie wieder an, Johannes, leb wohl«, beendete Pia in ruhigem, aber bestimmten Ton das Gespräch.

Johannes entgegnete etwas, aber Pia hörte seine Worte nicht mehr. Sie ließ das Handy langsam in ihrer Hand sinken und legte es zurück auf den Tisch. Dann kehrte sie in die Küche zurück und goss den Tee auf. Ihre Finger zitterten dabei.

Als sie mit einem Tablett in den Garten zu Tante Clara kam, sah diese sie fragend an.

»Warst du zum Tee holen in Indien?«, fragte sie und grinste.

»Nein.« Pia schüttelte lachend den Kopf. »Du glaubst nicht, wer mich eben angerufen hat.«

»Lass mich nachdenken. Deine Eltern? Sie haben ihr gesamtes Urlaubsgeld verprasst, und du sollst ihnen dringend einen Scheck schicken«, scherzte Tante Clara.

»Nein, die melden sich höchstens alle halbe Jahr bei mir. Sie vergessen sogar meinen Geburtstag. Nein, Johannes hat mich angerufen!«

»Der Johannes?«

»Ja, der Johannes.«

»Was wollte er, wenn ich fragen darf?«

»Eine zweite Chance«, sagte Pia ohne Umschweife und sah in Tante Claras entgeistertes Gesicht.

»Pia! Darauf hast du dich hoffentlich nicht eingelassen!« Ihre Tante wirkte regelrecht aufgewühlt.

»Keine Angst. Es kommt viel besser.« Pia konnte sich eine gewisse Schadenfreude kaum verkneifen. »Seine Frau ist nicht von ihm schwanger. Sie hat ihn mit seinem Rechtsanwalt, der gleichzeitig sein bester Freund ist, betrogen. Die Affäre läuft wohl schon eine Weile. Dieser tolle Job bei seinem Schwiegervater ist damit hinfällig. Er bleibt uns an der Klinik erhalten.«

»Ich wusste es!«, rief Tante Clara aus und klatschte in die Hände. Dabei stieß sie beinahe die Teekanne um. »Jeder bekommt eines Tages seine Quittung. Das geschieht ihm recht.«

Pia sah ihre Tante wie versteinert an, und plötzlich füllten sich ihre Augen mit Tränen.

»Glaubst du, Alexander musste sterben, weil ich Mist gebaut habe? Ist das meine Quittung?«

»Um Himmels willen, nein, Pia! Wie kommst du darauf? Das darfst du nicht denken. Alexanders Tod hat nichts damit zu tun! Dich trifft in keinem Fall eine Schuld.« Sie griff nach der Hand ihrer Nichte und drückte sie fest. »So habe ich das nicht gemeint.«

Pia schluckte ihre Tränen runter und goss heißen Tee in die beiden Tassen.

»Schon gut«, flüsterte sie. »Ich weiß, wie du es meinst. Ich stehe einfach ein bisschen neben mir. Entschuldige.«

Seit über einer Stunde versuchten Kriminalhauptkommissarin Städtler und Kollege Wenger, Informationen aus dem jungen Paul Röber herauszubekommen. Ohne Erfolg. Katja Städtler schloss die Tür des Vernehmungszimmers hinter sich und ging in ihr Büro, wo sie sich entnervt auf ihren Schreibtischstuhl fallen ließ. Sie stützte die Ellenbogen auf und rieb sich mit beiden Händen das Gesicht. »Was für ein Tag!«, seufzte sie.

»Kaffee?«, fragte Kai Wenger und hielt die Kanne hoch.

»Gute Idee. Mann, ist das eine harte Nuss! Ich hätte nicht gedacht, dass die Vernehmung derart zäh verlaufen würde. Der kriegt die Zähne einfach nicht auseinander. Aber der weiß was, da bin ich mir absolut sicher.«

»Das vermute ich auch.«

»Hast du in der Zwischenzeit irgendwas über sein Umfeld herausgefunden?«

»Ja, die Kollegen in Berlin konnten mir ein paar wichtige Hinweise liefern. Warte!«

Er lehnte sich über seinen Schreibtisch und angelte nach einem Notizblock, auf dem neben wilden Kritzeleien einige Stichworte notiert waren.

»Also, Röber kommt aus gutem Hause, Vater Arzt, Mutter Rechtsanwältin, zwei wesentlich ältere Geschwister, haben beide ebenfalls studiert. Paul war sozusagen das Nesthäkchen. Er ist schon immer etwas stiller gewesen, aber sonst nicht auffällig geworden. Will Jura studieren, aber erst im kommenden Jahr. Hat sich letztes Jahr für einen Arabischkurs angemeldet.« Er blickte von seinen Aufzeichnungen auf.

»Das sind oft die schlimmsten«, bemerkte Katja Städtler und trank von ihrem Kaffee.

»Die, die arabisch lernen?«, wollte Kai Wenger wissen.

»Nein, die, die so still sind. Arabisch?« Sie machte eine kurze Pause. »Meinst du, er ist da in irgendwas hineingeraten?«

»Was weiß ich? Vielleicht plant er seinen nächsten Sommerurlaub im Irak?«

»Das ist nicht sehr witzig, Wenger!«, antwortete die Kommissarin ernst.

»Vielleicht sollten wir den Kollegen Schering mit einbeziehen. Der ist Experte auf dem Gebiet.«

»Bist du verrückt geworden? Auf gar keinen Fall! Das fehlt mir gerade noch. Das mit dem Jungen schaffen wir auch allein.«

»Ist ja schon gut!« Kai Wenger hob beschwichtigend beide Hände.

»Los, Wenger, nächste Runde. Jetzt kochen wir ihn weich. Wäre doch gelacht, wenn wir so ein Bürschchen nicht knacken würden. Sobald bestätigt ist, dass die Fingerabdrücke auf der Kiste und dem Inhalt von ihm stammen, ist er sowieso geliefert.«

»Sven, ich denke, wir sollten zur Polizei gehen«, schlug Julia unvermittelt vor, während sie Zahlenkolonnen in eine Tabelle eingab. Sie konnte sich jedoch nicht auf ihre Aufgabe konzentrieren, denn ihre Gedanken waren völlig woanders.

»Warum?«, fragte Sven überrascht und lugte hinter seinem Bildschirm hervor.

»Hast du nicht mitbekommen, dass Paul von der Polizei festgenommen wurde? Die anderen haben es eben erzählt.«

»Doch, habe ich«, erwiderte Sven beiläufig.

»Weißt du weshalb?«

Sven schüttelte den Kopf, den Blick auf den Bildschirm gerichtet. Julia ging um den Tisch herum und stellte sich hinter Sven, der sofort seinen Bildschirm zuklappen wollte, aber dieses Mal war Julia schneller und hinderte ihn daran.

»Was machst du da eigentlich immerzu?«

»Das geht dich nichts an!«, verteidigte sich Sven und bekam knallrote Ohren.

»Sieh an! Svenny!« Auf Julias Gesicht erschien ein breites Grinsen. »Ein Datingportal! Suchst du eine Freundin per Internet?«

Svens Gesicht nahm nun ebenfalls die Farbe seiner Ohren an. »Mann, ja, anders wird das nichts.« Verschämt blickte er zu Boden.

»Ist doch nicht schlimm«, erwiderte Julia. »Das machen fast alle heutzutage. Das muss dir nicht peinlich sein. Ich finde es sogar irgendwie süß.«

»Echt?«

»Echt. Außerdem siehst du ziemlich okay aus, finde ich. Vor allem, weil du dir endlich diesen blöden Bart abrasiert hast.« Sie schenkte ihm einen koketten Blick. »Was ist jetzt? Ich meine, wegen Paul. Findest du nicht, wir sollten der Polizei sagen, dass wir bemerkt haben, dass er nachts unterwegs war? Ich glaube, da stimmt etwas nicht. Vielleicht hältst du mich für übertrieben ängstlich, aber ich mache mir wirklich Sorgen um Paul. Er hat sich in der letzten Zeit so merkwürdig verhalten.«

Sven überlegte kurz, dann sagte er: »Ich weiß nicht. Damit reiten wir ihn am Ende noch tiefer rein. Andererseits, wenn er Mist gebaut hat, muss er dafür geradestehen. Vielleicht können wir ihn mit unserer Aussage auch entlasten und verschaffen ihm dadurch ein Alibi.«

»Er hat mir noch immer nicht meine Kette zurückgegeben«, warf Julia ein.

»Welche Kette?«, wollte Sven wissen und strich sich über sein glattrasiertes Kinn.

»Ganz zu Anfang da habe ich ihm meine Kette gegeben, weil er sie schön fand. Ein dünnes Lederband mit einem silbernen Anhänger in der Form eines Schweinswals. Die Kette haben mir meine Freunde geschenkt, als ich hier angefangen habe. Eine Art Glücksbringer für die Zeit auf Sylt. Verstehst du?«

»Ja, ich erinnere mich, dass du sie getragen hast, gleich zu Beginn, als du angekommen bist.«

»Das ist dir aufgefallen?«

»Ja, ist es.«

Julia nahm seine Äußerung zufrieden zur Kenntnis. »Also, gehen wir?«

»Ja, einen Moment noch. Ich bin gleich soweit.«

Sven fuhr seinen Rechner runter. Anschließend machten sie sich beide auf den Weg nach Westerland zum Polizeirevier.

Pia saß mit ihrer Tante und deren Bekannten Rolf beim Abendessen auf der Terrasse.

»Heute ist Mittsommernacht, die kürzeste Nacht des Jahres«, stellte Rolf fest und wischte sich den Mund an der Serviette ab, um anschließend einen Schluck Wein zu trinken.

»Das stimmt. Danach werden die Tage leider wieder kürzer. Aber im Grunde ist es ein Abend wie jeder andere auch«, erwiderte Tante Clara mit Rücksicht auf Pia.

Pia trug nichts zu diesem Thema bei, sondern schwieg. Tante Clara wusste, dass Pia mit Alexander zu der Mittsommernachtsfeier an der Buhne 16 gehen wollte. Sie selbst hatte sie auf die Idee gebracht. Am liebsten hätte sie das Thema ganz vermieden und war froh, als Rolf das Gespräch in eine andere Richtung lenkte.

»Wie lange werden Sie auf der Insel bleiben, Pia?«, fragte Rolf.

»Geplant sind noch zwei Wochen. Dann muss ich zurück«, antwortete sie und steckte sich mit der Gabel ein Stück Fisch in den Mund.

Seit Tagen sah man ihr an, dass sie sich zwingen musste, überhaupt etwas zu essen.

»Ihre Tante«, fuhr Rolf mit einem Seitenblick zu Tante Clara fort, »hat mir erzählt, dass Sie sich gerne beruflich verändern würden.«

»Ich habe darüber nachgedacht, das ist richtig.«

»Ich hätte einen Vorschlag für Sie … Mein Neffe hat meine Praxis auf der Insel vor drei Jahren übernommen und sucht gerade dringend eine Assistentin, weil seine bisherige Mitarbeiterin geheiratet hat und aufs Festland in die Nähe von Oldenburg zieht. Er sucht keine Sprechstundenhilfe, sondern eine gelernte Krankenschwester, da er ambulante Operationen durchführt. Ich kann Ihnen versichern, dass es sich um eine durchaus anspruchsvolle Tätigkeit handelt. Darüber hinaus garantiere ich Ihnen eine ausgezeichnete Bezahlung und – ganz wichtig – geregelte Arbeitszeiten. Lassen Sie sich die Sache durch den Kopf gehen. Nehmen Sie sich alle Zeit der Welt. Mein Angebot steht.«

Pia war im ersten Moment für jeden sichtbar überwältigt und ahnungslos, wie sie reagieren sollte.

»Das ist ausgesprochen freundlich von Ihnen. Danke, Rolf. Das muss ich erst mal sacken lassen, aber ich werde ernsthaft darüber nachdenken.« Pia erhob sich von ihrem Platz. »Bitte entschuldigt mich, Bo muss seine kleine Runde drehen vor dem Schlafengehen. Danke fürs Essen. Bis später vielleicht!«

Tante Clara nickte und blickte ihrer Nichte nach, wie sie mit Bo durch den Garten ging und schließlich über die Treppe zum Meer verschwand.

»Dein Angebot ist überaus großzügig, Rolf. Aber ich denke, Pia braucht Zeit. Bitte nimm es ihr nicht übel, wenn sie sich nicht sofort entscheidet«, gab Tante Clara zu bedenken.

»Warum sollte ich ihr das übelnehmen? Ich kann sie gut verstehen. Sie macht gerade eine schwere Zeit durch. Im Übrigen ist mein Neffe schwul, ich will sie also auf keinen Fall mit ihm verkuppeln, falls du irgendeinen Hintergedanken bei der Sache vermuten solltest.«

»Ich? Darauf wäre ich im Leben nicht gekommen!« Sie zwinkerte ihm zu, worauf beide zu lachen begannen.

Ein Beamter steckte den Kopf durch die Tür des Vernehmungsraumes.

»Frau Städtler, Herr Wenger? Könnte bitte einer von Ihnen mal kommen?«

Katja Städtler warf ihm einen genervten Blick zu. Dann stand sie ohne ein Wort auf und ging hinaus.

»Was steht an der Tür?«, fragte sie verärgert und deutete auf ein kleines Hinweisschild.

»Bitte nicht stören«, erwiderte der Kollege kleinlaut.

»Geht doch. Was gibt es also Wichtiges, weshalb Sie die Anweisung ignorieren? Wir sind mitten in einer Vernehmung, verdammt!« Ihr fehlte dringend Schlaf, sonst hätte sie nicht derart ungehalten reagiert. »Sorry, war nicht so gemeint.« Sie massierte sich mit den Fingern die Schläfen. »Was ist denn?«

»Da sind zwei Jugendliche, die Sie unbedingt sprechen möchten. Die beiden warten in Ihrem Büro.«

»Ach was. Ist gut, danke.«

Katja Städtler begab sich auf direktem Weg in ihr Büro. Dort saßen eine junge Frau und ein blonder etwa gleichaltriger Mann.

»Hallo, mein Name ist Städtler, wer sind Sie und was kann ich für Sie tun?« fragte sie und begutachtete ihre beiden Gäste kritisch.

Hoffentlich hatten sie einen triftigen Grund für ihr Kommen und verschwendeten nicht nur ihre Zeit. Denn Zeit war im Augenblick reichlich knapp.

»Mein Name ist Julia Maurer, und das ist mein Freund Sven Behnsen. Wir wollen eine Aussage machen«, übernahm die junge Frau das Wort nach anfänglichem Zögern.

»Ich höre! Bitte fassen Sie sich kurz, ich habe wenig Zeit«, forderte die Kriminalhauptkommissarin sie auf und setzte sich an ihren Schreibtisch.

»Es geht um einen Freund und Kollegen. Wir haben beobachtet, dass er sich des Öfteren nachts heimlich weggeschlichen hat.«

»Das ist nicht strafbar und in Ihrem Alter auch nicht besonders ungewöhnlich. Vielleicht ist er heimlich verliebt?«

Katja Städtlers Befürchtung, dass lediglich ihre kostbare Zeit vergeudet wurde, schien sich zu bewahrheiten. Sie wurde zunehmend ungeduldiger.

»Er benimmt sich in letzter Zeit merkwürdig. Wir haben das Gefühl, er verschweigt etwas«, sagte der junge Mann. »Irgendetwas muss vorgefallen sein.«

Langsam wurde es Katja Städtler zu dumm.

»Hören Sie, wenn Sie eine wichtige Aussage zu machen haben, dann nehmen wir das gerne auf. Aber mit vagen Vermutungen und Verdächtigungen stehlen Sie uns kostbare Zeit und behindern uns bei unserer Arbeit. Mit Spekulationen kommen wir nicht weiter. Was wir brauchen, sind konkrete Hinweise, denen wir nachgehen können. Damit können Sie gern wiederkommen. Und jetzt entschuldigen Sie mich bitte.«

Mit diesen Worten erhob sie sich. Als ihre Besucher ebenfalls im Begriff waren zu gehen, verharrte Julias Blick auf dem Schreibtisch.

»Woher haben Sie das?«, fragte sie und zeigte auf eine kleine durchsichtige Tüte, die neben dem Telefon auf Katja Städtlers Platz lag.

»Was meinen Sie?«, erwiderte diese überrascht.

»Die Kette dort! Woher haben Sie die?«

»Warum möchten Sie das wissen?«

»Weil ich die Kette kenne!«

Katja Städtler stockte für einen kurzen Augenblick der Atem. Sollte der Besuch der beiden jungen Leute doch nicht umsonst gewesen sein?

»Sie kennen diese Kette?«, wiederholte sie.

»Ja, sie gehört mir. Ich habe sie Paul gegeben.«

»Paul?«

»Ja, Paul Röber. Von dem reden wir doch die ganze Zeit.«

»Warum sagen Sie das denn nicht gleich? Sie haben ihm diese Kette gegeben?«

Die Beamtin traute ihren Ohren kaum. Das klang nach einem Sechser im Lotto. Julia nickte auf diese Frage hin eifrig.

»Wann war das genau? Das ist wichtig. Erinnern Sie sich daran?«

Sie überlegte. »Das war vor circa vier Wochen. Ich war gerade erst ein paar Tage auf Sylt. Ich fand Paul ziemlich nett, wenn Sie wissen, was ich meine.« Julia wirkte leicht verlegen. »Deshalb habe ich sie ihm gegeben. Aber ich wollte sie zurückhaben, als ich gemerkt habe, dass wir doch nicht so gut zusammenpassen.«

»Würden Sie bitte beide einen Augenblick hier warten. Ich bin gleich zurück.«

»Klar«, antworteten Sven und Julia im Chor.

Katja Städtler stürmte zum Vernehmungszimmer und riss, ohne anzuklopfen, die Tür auf. Erschrocken und überrascht zugleich blickten Paul Röber und Kollege Kai Wenger sie mit großen Augen an.

»Kai, kommst du bitte mal«, forderte sie ihn mit eindringlichem Blick auf. Plötzlich war jegliche Müdigkeit von ihr abgefallen. Sie sprühte förmlich vor Energie.

»Gleich, ich …«

»Sofort!«, gab sie ihm unmissverständlich zu verstehen.

Vor der Tür zog sie ihn zur Seite und flüsterte: »Wir haben ihn!«

»Wen? Was meinst du damit?«

»Erinnerst du dich an die Kette mit dem Schweinswal?«

»Welche Kette?«

»Wenger! Na, die Kette, die Kramer bei sich hatte, dieses dünne Lederband mit dem silbernen Wal. Erinnerst du dich?«

Langsam fiel bei Kai Wenger der Groschen, und er nickte.

»Diese Kette gehört einer jungen Frau, die dort drüben bei uns im Büro wartet.«

»Willst du damit sagen, dass Kramer was mit ihr hatte? Ich dachte, er war mit Pia Könemann liiert? Oh Gott, wenn sie davon erfährt, dann ...« Er legte irritiert seine Stirn in Falten. Katja Städtler führte seine Begriffsstutzigkeit auf Übermüdung zurück.

»Oh Wenger, zum Geburtstag schenke ich dir eine Runde Gehirnjogging. Kramer hatte damit nichts zu tun. Diese Kette hat das Mädchen Paul Röber geschenkt oder geliehen, wie auch immer. Jedenfalls hatte Röber sie zuletzt. Na, klingelt es bei dir?«

»Dann denkst du, er hat die Kette auf dem Boot verloren, als er den Sprengsatz mit dem Zeitzünder dort angebracht hat?«, folgerte Kollege Wenger.

»Bingo! So muss es gewesen sein. Kramer muss sie vor der Explosion gefunden und eingesteckt haben. Röber hat erst später bemerkt, dass die Kette fehlt. Daher hat er sie überall verzweifelt gesucht.«

»So auch im Container am Strand! Da wurde er von der ahnungslosen Pia Könemann überrascht. Und ihm ist die Sicherung durchgebrannt. Er hat sie niedergeschlagen, verschleppt und im Bunker eingesperrt«, fasste Kai Wenger den Tathergang zusammen.

»Exakt! Komm, jetzt muss Röber die Hosen runterlassen.«

Katja Städtler eilte mit schnellen Schritten zum Vernehmungszimmer. Der Kollege Wenger folgte ihr. Zuvor bat sie eine Kollegin, die Aussagen der beiden jungen Leute, die in ihrem Büro warteten, schriftlich aufzunehmen. Am Ende schien es doch noch, ein erfolgreicher Tag zu werden.

»So, Herr Röber, verlassen wir mal den gemütlichen Teil dieser Veranstaltung und kommen zum Kernpunkt. Also, rücken Sie mit der Sprache raus. Was wollten Sie in Kramers Büro am Strand, und warum haben Sie den Sprengstoff auf seinem Boot angebracht? Geben Sie sich keine Mühe, alles abzustreiten.«

Sie sah ihm direkt ins Gesicht. Ihre Geduld war am Ende. Aber Röber ließ sich nicht beeindrucken, verschränkte die Arme vor der Brust und blickte stumm vor sich hin.

»Verdammt, Röber!«

Die Kriminalhauptkommissarin schlug mit der flachen Hand auf den Tisch. Wenger zuckte erschrocken zusammen.

»Raus mit der Sprache! Die Fingerabdrücke auf der Kiste aus dem Bunker und auf der Getränkeflasche können Ihnen eindeutig zugeordnet werden. Die sind nicht zufällig darauf gelandet. Und das hier gehört auch Ihnen!« Sie hielt ihm das Tütchen mit der Kette vor die Nase.

Jetzt sah Paul Röber endlich auf.

»Woher haben Sie die?«, fragte er mit belegter Stimme.

»Dreimal dürfen Sie raten! Was meinen Sie, wo wir die gefunden haben?« Wieder senkte er den Blick. »Sie wissen es nicht? Dann will ich Ihrem Gedächtnis ein bisschen auf die Sprünge helfen. Sie haben sie verloren und zwar, als sie den Sprengsatz in Kramers Boot angebracht haben, um ein Menschenleben auszulöschen!« Derart in Fahrt hatte Kai Wenger die Kollegin noch nie erlebt. Sie ließ nicht locker und fuhr fort: »Das Schmuckstück befand sich zu diesem Zeitpunkt in Ihrem Besitz und ist das letzte Puzzleteil, was uns gefehlt hat. Geben Sie es endlich zu, Röber!« Sie machte eine Pause, um Kraft zu schöpfen. Sie setzte sich ihm gegenüber auf einen Stuhl. »Wer hat Ihnen den Auftrag gegeben? Warum sollte Kramer sterben? Was ist darüber hinaus geplant?«

»Weiß ich nicht«, murmelte der junge Mann, der von Minute zu Minute mehr in sich zusammenzufallen drohte.

»Würden Sie bitte lauter sprechen, ich habe Sie nicht verstanden«, erwiderte die Kriminalhauptkommissarin barsch.

»Ich weiß es nicht!«, wiederholte der junge Mann gereizt und mit rauer Stimme. »Kann ich bitte ein Glas Wasser haben?«

Katja Städtler gab Kai Wenger ein Zeichen, und er verschwand für einen kurzen Moment.

»Sie haben einen Mordanschlag verübt, ist Ihnen das klar? Vielleicht sterben weitere Menschen, wenn Sie nicht reden. Wollen Sie das verantworten? Wollen Sie das wirklich? Wenn Sie nicht auspacken, machen Sie sich unter Umständen einer schweren staatsgefährdenden Gewalttat schuldig. Sie wandern dafür lebenslang in den Knast. Das wird alles andere als lustig, das verspreche ich Ihnen.«

Kai Wenger war zurückgekehrt und stellte eine kleine Wasserflasche vor dem Verdächtigen auf den Tisch. Paul Röber griff danach, öffnete sie und trank gierig einige Schlucke.

»Haben Sie verstanden, was ich eben gesagt habe?«, hakte Katja Städtler nach.

»Sicher, ich bin ja nicht schwerhörig«, erwiderte Paul Röber und schraubte den Verschluss der Flasche zu.

»Schön zu hören.« Katja Städtler kochte innerlich vor Wut über seine Kaltschnäuzigkeit. Jetzt wurde dieser Kerl auch noch unverschämt. Offensichtlich war ihm der Ernst seiner Lage noch immer nicht bewusst. »Verdammt, dann machen Sie endlich den Mund auf!« Langsam verlor sie wirklich die Geduld. Dann kam ihr eine Idee, und sie setzte alles auf eine Karte. »Wir gehen mittlerweile davon aus, dass der Tote vom Strand ebenfalls auf Ihr Konto geht. Das wären dann schon zwei Tötungsdelikte.«

Entsetzt blickte Paul Röber auf. »Damit habe ich nichts zu tun!«, verteidigte er sich.

»Das glaube ich Ihnen nicht. Wer sollte es sonst gewesen sein außer Ihnen?«

»Ich kenne ihn nicht persönlich!«, platzte es unerwartet aus Röber heraus.

Das Eis war gebrochen. Nur nicht lockerlassen, weiter im Gespräch bleiben, ermahnte sich Katja Städtler und sah zu Kollege Wenger, der die Entwicklung gebannt verfolgte.

»Wen? Jemand muss mit Ihnen in Kontakt getreten sein. Woher stammten Ihre Anweisungen?«

»Telefon«, kam die knappe Antwort wie aus der Pistole geschossen.

»Von wem? Herrgott, Röber, wer hat Sie Ihnen gegeben? Ich brauche Namen, Telefonnummern, E-Mail-Adressen!« Katja Städtlers Nerven lagen blank.

»Hieß Ihre Kontaktperson Tali Ergon?«, mischte sich Wenger ein.

Katja Städtler funkelte ihren Kollegen böse an. Er sollte mit Namensnennungen vorsichtig sein, das hatte sie ihm oft genug gepredigt. Mit solch unüberlegten Äußerungen konnte ein ganzes Geständnis hinfällig werden.

»Ja«, antwortete Paul Röber leise und senkte seinen Blick.

»Würden Sie das bitte wiederholen?«, fragte sie nach. Da war endlich die erlösende Antwort.

»Ja, es war Tali Ergon. Ich kenne ihn aber nicht persönlich, das müssen Sie mir glauben. Wir sind uns nie begegnet. Er darf niemals erfahren, dass ich ihn verraten habe. Er wird mich töten. Ich habe ihn über eine Kontaktgruppe im Internet kennengelernt.«

»Was wissen Sie noch?«, fragte Katja Städtler nach. Der Junge zuckte gleichgültig mit den Schultern. »Herr Röber, bitte reden Sie! Sollten Sie uns Informationen vorenthalten, werden Sie zur Verantwortung gezogen und machen sich mitschuldig. Wollen Sie das wirklich? Machen Sie nicht alles noch schlimmer.«

Paul Röber rutschte nervös auf seinem Stuhl hin und her.

»Heute Abend«, murmelte er und sah zur Seite.

»Was ist heute Abend?«

Katja Städtler war am Ende ihrer Kraft. Sie litt unter Schlafmangel und obendrein quälte sie ein zunehmendes Hungergefühl. Diese Vernehmung verlangte ihr Einiges ab.

»So, mein Freund«, übernahm Kai Wenger das Ruder, als er merkte, dass sich die Kraftreserven der Kollegin gen Ende neigten. »Wenn du nicht für den Rest deines Lebens in irgendeiner stinkigen Zelle verrotten willst, dann spielst du ab sofort nach unseren Regeln. Hast du das kapiert?«

Der Junge sah ihn verblüfft an und nickte zaghaft. Die Kriminalhauptkommissarin war ebenfalls von Wengers Auftritt beeindruckt. Da schlummerte offenbar Potenzial in ihm, von dem sie bislang nichts geahnt hatte.

»Sehr gut. Das hast du immerhin verstanden. Jetzt noch einmal von vorne. Was ist für heute geplant? Wann und wo genau?«

»Samoa, Mitternacht.«

Mehr sagte Paul Röber nicht, dann liefen ihm dicke Tränen über die Wangen.

»Das AC-1«, flüsterte Katja Städtler erschrocken und sah dabei zu ihrem Kollegen Kai Wenger. Sie bekam eine Gänsehaut, während ihr Hirn unter Hochdruck an den nächsten Schritten arbeitete. Dann sagte sie: »Los, Kai, komm! Uns bleibt nicht mehr viel Zeit.«

Beide Kommissare verließen fluchtartig den Vernehmungsraum, in dem Paul Röber, zusammengesunken wie ein Häufchen Elend, auf seinem Stuhl saß und schluchzte. Ein Beamter brachte ihn zurück in eine Zelle.

»Am Strandabschnitt Samoa findet heute Abend eine riesige Strandparty statt wie jedes Jahr zur Mittsommernacht. Die muss unbedingt abgesagt werden«, stellte Katja Städtler fest.

»Dafür dürfte es zu spät sein. Wie stellst du dir das vor, ohne eine Panik auszulösen? Es ist kurz vor 20.00 Uhr, die haben längst angefangen«, gab Kai Wenger zu bedenken.

»Willst du eine Katastrophe verantworten? Wir müssen umgehend mit dem Chef sprechen.«

Sie stürmten zum Büro ihres Vorgesetzten. Er war gerade im Begriff zu gehen, als die beiden eintraten.

»Guten Abend, Herr Bruckner!«, sagte Katja Städtler. »Wir müssen Sie dringend sprechen.«

»Frau Städtler, Herr Wenger! So spät noch im Büro? Selbstverständlich, bitte nehmen Sie Platz.« Er deutete auf die Besucherstühle und setzte sich hinter seinen Schreibtisch. »Legen Sie los. Was gibt es denn Dringendes?«

Katja Städtler schilderte in knappen Sätzen die neuesten Entwicklungen, über die er sich alles andere als erfreut zeigte. Er griff sofort nach dem Telefon. Nach endlos scheinenden Diskussionen und mehreren Telefonaten mit den Verantwortlichen kamen sie letztendlich zu einem Ergebnis. Die Kommissare Städtler und Wenger sahen ihren Chef erwartungsvoll an, als er den Hörer auflegte und sich seufzend auf seine Ellenbogen stützte.

»Und?«, fragte Katja Städtler ungeduldig.

»Was soll ich sagen? Kriminaldirektor Bänder sieht keinen Grund, die Feierlichkeiten abzusagen.«

»Wie bitte?« Katja Städtler verstand die Welt nicht mehr.

»Tja, ihm reicht die Beweislage nicht aus. Er vermutet, der Junge will sich nur aufspielen.«

»Dieser Junge, wie er ihn nennt, hat eiskalt einen Sprengstoffanschlag auf einen unserer Leute verübt, eine Person niedergeschlagen und verschleppt und steht mit einer mutmaßlichen Terrorzelle in Kontakt. Das ist längst nicht alles auf der Liste seiner Vergehen. Ich finde, man sollte das nicht lapidar herunterspielen. Das sind keine Kavaliersdelikte!« Sie war außer sich und tigerte auf und ab. »Tut mir leid, aber hier endet mein Verständnis! Wozu schlagen wir uns die Tage und Nächte um die Ohren? Damit das saubere Image irgendeines Bürokraten keinen Schaden nimmt, falls sich alles als Fehlalarm herausstellen sollte? Und wenn nicht? Was, wenn der Junge recht hat? Ich glaube, ich sollte mich dringend nach einem neuen Job umsehen, wenn das hier vorbei ist!«

»Ich kann Ihre Verärgerung durchaus verstehen, Frau Städtler. Ich sehe das ähnlich, aber mir sind die Hände gebunden. Ich mache Ihnen folgenden Vorschlag …«

Als Katja Städtler mit dem Kollegen Wenger wenig später am Auto stand, sagte sie: »Ich kann der Argumentation der Herren da oben nicht folgen. Ich begreife nicht, wie man ein derartiges Risiko eingehen kann. Ich habe ein ungutes Gefühl bei

Bruckners Plan. Wenn dabei etwas schiefgeht, können wir alle einpacken.«

»Bruckner sind die Hände gebunden. Er riskiert mit dem Plan seinen Kopf, weil er sich den offiziellen Anweisungen widersetzt«, wurde sie von dem Kollegen Wenger erinnert. »Wahrscheinlich denkt alle Welt, Sylt ist unantastbar, und das ist alles nur ein PR-Gag.«

»Ich kann nur hoffen, dass das Spiel zu unseren Gunsten ausfällt. Vor Bruckners Entscheidung habe ich absoluten Respekt.«

Sie seufzte. Dann stiegen sie ins Auto. Dieses Mal nahmen sie Katja Städtlers Privatwagen, da er unauffälliger war, als ein Streifenwagen und fuhren nach List. Vor dem Haus von Clara Könemann hielten sie und stiegen aus.

»Hoffentlich ist sie zu Hause«, bemerkte die Kriminalhauptkommissarin.

»Sieht so aus, sie scheint Besuch zu haben. Da steht ein Wagen.«

»Ich wäre auch gerne mal wieder zu Hause«, murrte Katja Städtler und rieb sich mit der Hand über die Augen.

Sie sehnte sich nach einer heißen Dusche, etwas Ordentlichem zu essen und ihrem Bett.

Ein Ereignis jagte das nächste, das kostete enorm Energie. Sie gingen die zwei Stufen zur Haustür hoch und betätigten die Klingel. Es dauerte nicht lange und die Tür wurde geöffnet. Pias Tante begrüßte die Beamten erstaunt.

»Guten Abend! Ist etwas mit Pia passiert?«, fragte sie erschrocken und hielt sich besorgt eine Hand an den Hals.

»Nein. Sie ist nicht zu Hause?«, schlussfolgerte Katja Städtler aus der Frage von Clara Könemann.

»Pia ist mit Bo unterwegs.«

Das erklärte, warum kein Hundegebell zu hören war, als sie geklingelt hatten.

»Wir möchten Sie bitten, uns den Hund ein weiteres Mal auszuleihen. Es ist überaus wichtig.«

»Sicherlich, ich habe nichts dagegen einzuwenden. Pia müsste jeden Moment zurück sein. Sie können gern drinnen auf sie warten.« Tante Clara wollte die Beamten eintreten lassen, als sie Pias Stimme aus der Richtung der Terrasse hörten. Erleichtert rief sie: »Pia, da bist du! Kommst du bitte mal an die Tür?«

»Was ist? Oh, guten Abend, Frau Städtler, Herr Wenger.«

Ehe einer von beiden etwas erwidern konnte, erklärte Tante Clara: »Bos Mithilfe ist erneut gefragt.«

»Aha, wen soll er dieses Mal finden?«, wollte Pia wissen und sah zu dem Hund, der zwischen ihr und ihrer Tante saß. Er trug seinen Ball in der Schnauze. Sein Fell war noch ganz nass vom Baden im Meer.

»Das dürfen wir Ihnen aus ermittlungstechnischen Gründen leider nicht sagen. Wir möchten Sie bitten, uns das Tier für heute Abend zu überlassen.«

»Ja, wenn er Ihnen behilflich sein kann. Aber ich komme mit, und es darf ihm nichts passieren!«, machte Pia zur Bedingung.

»Nein, das geht nicht, Frau Könemann. Ich verspreche Ihnen, wir passen gut auf ihn auf. Sie können unbesorgt sein«, erwiderte Kai Wenger.

»Ich komme mit«, wiederholte Pia selbstbewusst.

Tante Clara sah ihre Nichte verwundert an.

»Erkläre ich dir später«, flüsterte sie ihrer Tante zu, als sie an ihr vorbeiging, um nach ihrer Jacke von der Garderobe zu greifen.

»Wenn Sie versprechen, im Auto zu bleiben, können Sie ausnahmsweise mit«, erklärte Katja Städtler widerwillig und erntete einen missbilligenden Blick des Kollegen.

Die Kommissare nahmen Bo und Pia mit.

Katja Städtler bog auf den Parkplatz des Strandübergangs Samoa, wo ein Restaurant idyllisch in den Dünen lag. Sie fühlte eine gewisse Nervosität, denn sie setzten alles auf eine Karte, nämlich auf Bo, den Hund von Alexander Kramer. Es durfte nichts schiefgehen, sonst würde es womöglich zur Katastrophe kommen. Mehrere Kollegen in Zivil hatten sich unters Volk gemischt und liefen am Strand entlang oder saßen als Pärchen auf der Terrasse des Restaurants. Es war nicht einfach gewesen, in kürzester Zeit ausreichend viele Beamte zu mobilisieren und ihnen alles zu erläutern. Bislang war niemandem etwas Verdächtiges aufgefallen. Einige Experten des Kampfmittelbeseitigungsdienstes saßen ebenfalls in den Startlöchern – als Surfer getarnt unterhalb der Dünen zum Meer. Sie waren zufällig zu einer Fortbildung auf der Insel und hatten sich bereit erklärt, die Aktion zu unterstützen. Jeder wusste, was auf dem Spiel stand.

Die Kommissare Städtler und Wenger hatten sich ebenfalls in Urlauber verwandelt. Sie hatten sich unterwegs umgezogen. Katja Städtler trug ein buntes Sommerkleid und ihr Haar offen, was ihr umgehend ein charmantes Kompliment des Kollegen Wenger einbrachte.

»Du siehst gleich nicht mehr so …«

»Alt aus, wolltest du sagen, oder?«, hatte sie darauf geantwortet.

»Nein, das wollte ich überhaupt nicht sagen! Warum denkst du immer gleich negativ über mich? Ich wollte sagen, du siehst nicht so streng aus. Irgendwie weiblicher. Das gefällt mir.« Er grinste schief.

»Vergiss es! Und glaub bloß nicht, dass ich gleich über dich herfalle, nur weil du Bein zeigst«, erwiderte sie und musste schmunzeln, als sie seine strammen Waden betrachtete.

Kai Wenger bot in seinem knappen T-Shirt und seiner kurzen Hose wirklich einen appetitlichen Anblick.

»Also, Frau Könemann. Sie bleiben hier am Auto, wie vereinbart. Ich lasse Ihnen dieses Handy da. Damit können Sie mich im Notfall erreichen und umgekehrt. Die Nummer ist eingespeichert. Bitte keine Alleingänge. Ich hoffe, ich kann mich auf Sie verlassen.«

»Ja, versprochen. Passen Sie mir gut auf Bo auf. Es darf ihm nichts passieren!«, betonte Pia und strich Bo über den Kopf. »Mach deine Sache gut, mein Süßer!«

Die beiden Beamten mischten sich unter die Partygäste, während Pia im Auto sitzen blieb. Katja Städtler führte Bo an einer langen Schleppleine. Damit er nach Touristenhund aussah, hatte sie ihm ein rotes Halstuch mit Sylt-Logo um den Hals gebunden.

»Gab es das Tuch nicht in blau?«, hatte Wenger gefragt. »Schließlich ist Bo ein Junge. Ist sowieso peinlich genug für das Tier, mit so etwas herumlaufen zu müssen.«

Katja Städtler hatte seine Äußerung mit einem verständnislosen Kopfschütteln quittiert.

Über einen kleinen Kopfhörer im Ohr, den man unter ihrem Haar nicht erkennen konnte, war sie mit den übrigen Kollegen verbunden. Kai Wenger trug eine Baseballmütze mit dem Schirm nach hinten und verbarg damit seinen Knopf im Ohr so gut wie möglich. Vom Strand wurden keine Auffälligkeiten gemeldet. Alles war normal. Tali Ergon war bislang nicht aufgetaucht und identifiziert worden. Vermutlich kam er nicht persönlich, sondern bediente sich irgendwelcher hilflosen Seelen, die naiv genug waren, sich auf sein mörderisches Spiel einzulassen. So wie Paul Röber. Katja Städtler blickte nervös auf ihre Armbanduhr. Es war kurz nach 22.00 Uhr, und es strömten unaufhaltsam immer mehr Besucher zum Strand. Das schöne warme Wetter lockte die Menschen zur Strandparty. Der Abschnitt hatte sich in eine Partymeile mit Getränkeständen und einer Bühne mit Live-Musik verwandelt. An Mittsommer fanden überall auf der Insel Partys, Fackelwanderungen und ähnliche Veranstaltungen statt. Doch die friedliche Idylle täuschte. Viele fröhliche, ausgelassen feiernde Menschen konzentriert an einem Ort – ein gefundenes Fressen für Terroristen. Nicht auszudenken, wenn sich bewahrheiten sollte, was sie vermuteten, überlegte Katja Städtler. Sie konnte noch immer nicht nachvollziehen, warum diese Veranstaltung nicht geräumt wurde. Die Entscheidung war absolut leichtsinnig. Bei dem Gedanken, was im schlimmsten Fall passieren konnte, wurde ihr schlecht. Aber sie musste sich mit der Entscheidung abfinden und das Beste daraus machen. Immer wieder sah sie sich unauffällig nach ihren positionierten Kollegen um. Ihre Nervosität stieg von Minute zu Minute mit jedem weiteren Besucher, der der Einladung zu der Party gefolgt war. Plötzlich knackte es in ihrem Ohr.

»Achtung, hier Fiedler. Von der Wasserkante auf neun Uhr nähert sich eine verdächtige Person, männlich, Baseballmütze, mit Rucksack. Behalten ihn im Auge.«

»Verstanden«, bestätigte sie.

Sie nickte dem Kollegen Wenger zu, der die Meldung ebenfalls mitgehört hatte.

Sie schlenderten wie ein verliebtes Pärchen händchenhaltend den Strandübergang in Richtung der Wasserkante entlang. Die verdächtige Person kam direkt in ihre Richtung. Katja Städtlers Herz schlug aufgeregt. Ruhig bleiben und bloß keinen Fehler machen, sagte sie sich. In diesem Moment knackte es erneut in ihrem Ohr.

»Achtung, hier Schering. Bei der Person handelt es sich mit absoluter Sicherheit um Tali Ergon. Erst passieren lassen, dann Zugriff. Aufpassen, er dürfte bis an die Zähne bewaffnet sein, also vorsichtig. Machen Sie den Hund von der Leine los, er weiß, was er zu tun hat.«

Katja Städtler diskutierte nicht, sondern tat, wie ihr geheißen und löste die Leine von Bos Halsband. Ergon kam geradewegs auf sie zu. Katja Städtler merkte, wie ihre Hände feucht wurden, und auch Wengers Puls beschleunigte sich. Erneut meldete sich die Stimme von Schering.

»Los, spielen Sie verliebtes Paar, umarmen und küssen Sie sich, wenn er an ihnen vorbeigeht. Er darf unter keinen Umständen Verdacht schöpfen.«

Die beiden Kommissare zögerten. Ergon war höchstens noch 20 Meter von ihnen entfernt. Er sah zufrieden aus und wiegte sich offensichtlich in Sicherheit. Wie konnte man entspannt umherlaufen, wenn man tödliche Absichten im Gepäck hatte, fragte sich Katja Städtler und spürte, wie unbändige Wut in ihr aufstieg. Am liebsten würde sie diesem zufrieden dreinblickenden Kerl eigenhändig den Hals umdrehen.

»Los jetzt«, drängte Schering. »Keine Sorge, wir schlagen euch nicht für einen Oscar vor mit der Szene!«

Ein kollektives Lachen war zu hören. Die übrigen Kollegen bekamen jedes Wort mit. Dann fasste sich Kai Wenger ein Herz, schlang seine Arme um seine Chefin und küsste sie hingebungsvoll. In diesem Augenblick passierte Tali Ergon das vermeintliche Liebespaar und blieb wenige Meter hinter ihnen stehen. Er stellte seinen Rucksack im Sand ab und sah sich um. Er fühlte sich noch immer unbeobachtet. Dann bückte er sich in Seelenruhe, um den Reißverschluss des Rucksacks zu öffnen.

»Zugriff«, ertönte es aus den Kopfhörern.

Plötzlich tauchten aus unterschiedlichen Richtungen Beamte auf und stürzten sich auf die Zielperson. Alles ging so schnell, dass der Verdächtige von dem Angriff völlig überrumpelt wurde.

»Es reicht, Wenger«, sagte die Kriminalhauptkommissarin und löste sich aus der Umarmung des Kollegen. »Wenn du deinen Job bloß immer so ernst nehmen würdest.«

»Ich gebe stets mein Bestes«, antwortete er mit einem bübischen Grinsen.

»Das merke ich. Du darfst jetzt gerne deine Hand von meinem Hintern nehmen. Die Show ist vorbei.«

»Oh, habe ich glatt vergessen.«

Katja Städtler musste schmunzeln. Tali Ergon wurde in Handschellen abgeführt. Er leistete keinerlei Widerstand. Die Aktion lief dezent und unspektakulär ab, sodass von den Anwesenden glücklicherweise niemand etwas mitbekam. Die Sprengstoffexperten überprüften den Rucksack, konnten aber nichts finden. In dem Rucksack befanden sich einige persönliche Gegenstände, eine Handfeuerwaffe, ein Messer, aber keine Spur von Sprengstoff. Kein Zünder, nichts, was darauf hindeutete, dass in Kürze etwas passieren würde. War alles tatsächlich ein Bluff gewesen? Sollte die Polizei auf eine falsche Fährte gelockt werden, während an anderer Stelle ein Anschlag verübt wurde? Die Gedanken in Katja Städtlers Kopf überschlugen sich.

»Verdammt!«, schimpfte sie verzweifelt. »Heißt das, wir sind dem Kerl auf den Leim gegangen? Oder er war schneller und das Zeug liegt hier bereits irgendwo und kann jeden Augenblick hochgehen! Scheiße! Schering, was machen wir denn jetzt?« Ihr Knopf im Ohr knackte wieder.

»Geben Sie dem Hund das Kommando *blasting* und beobachten Sie, was er macht.«

»Blasting?«, wiederholte Kai Wenger.

»Das ist Englisch und bedeutet so viel wie *sprengen*.«

»Sagt man da nicht eher *explode*«, insistierte der Kollege stirnrunzelnd.

»Was meinst du, was hier los wäre, wenn ich laut von Explosion reden würde? Dann wüsste sofort jeder, worum es geht«, konterte Katja Städtler.

»Eben. Wenn Bo etwas wittert, erkennen Sie es sofort. Ich behalte alles von hier aus im Auge. Beeilen Sie sich. Alle anderen suchen unauffällig weiter. Es ist längst nicht vorbei. Wir müssen unbedingt eine Massenpanik verhindern. Wann hat der Junge gesagt, soll es losgehen?«, fuhr Schering fort.

»Um Mitternacht«, warf Kai Wenger ein.

»Dann suchen wir noch 45 Minuten, dann evakuieren wir, wie besprochen. Das Risiko ist zu groß. Ergon war nicht rein zufällig hier«, erklärte Schering. »Er ist sich seiner Sache äußerst gewiss.«

»Was macht Sie da so sicher?«, wollte Katja Städtler wissen.

»Ich weiß es. Jetzt machen Sie schon!«

»Ihr Wort in Gottes Ohr!«, stöhnte Katja Städtler. Sie war zu erschöpft, um sich auf irgendeine Diskussion einzulassen. Dann wandte sie sich an den Hund. »So, Bo, dann wollen wir mal.« Sie gab ihm das verabredete Kommando. Aber Bo rührte sich nicht von der Stelle. Er saß vor ihr im Sand und reagierte nicht.

»Los, Bo, mach schon!«, versuchte sie es erneut.

Nichts geschah. Sie bekam einen Schweißausbruch. Warum streikte dieses Tier ausgerechnet jetzt? Der Hund saß leise winselnd vor ihr und legte den Kopf schief.

»Was will er von mir?«, fragte Katja Städtler ratlos.

»Vielleicht sprichst du das Wort nicht richtig aus«, bemerkte der Kollege.

»Wenger, du Klugscheißer! Fällt dir nichts Besseres zu dem Problem ein?«, fauchte sie ihn an. Ihr Nervenkostüm drohte jeden Augenblick zu zerreißen.

»T'schuldigung«, murmelte er, »ich meine ja nur.«

»Schering!«, rief Katja Städtler verzweifelt. »Ihre brillante Idee funktioniert leider nicht. Der Hund verweigert die Mitarbeit. Gibt es einen anderen Befehl, mit dem er mehr anfangen kann?«

»Vermutlich akzeptiert er sie nicht als Leittier«, entgegnete Schering per Funk.

Genauso wie du, ergänzte Katja Städtler in Gedanken.

»Vielleicht versuchen wir es mit ihr?«, schlug Kai Wenger vor.

»Von wem sprechen Sie?«, wollte Schering wissen.

Bevor Katja Städtler reagieren konnte, beantwortete Kai Wenger die Frage des Kollegen bereitwillig.

»Pia Könemann.«

Für den Bruchteil einer Sekunde herrschte Totenstille in der Leitung. Dann konnte man hören, wie Schering die Luft scharf einsog.

»Wo ist sie und was macht sie hier?«, fragte er.

»Sie wollte unbedingt mitkommen wegen des Hundes«, erklärte Katja Städtler.

Sie wusste von Anfang an, dass es ein Fehler sein würde, Pia mitzunehmen. Aber sie hatte ihr leidgetan, und sie wollte ihr entgegenkommen, da sie sich um den Hund sorgte.

»Das hätten Sie niemals zulassen dürfen!«, erwiderte Schering verärgert. »Keine Zivilisten! Ich bin davon ausgegangen, Sie kennen diese Regel!« In seiner Stimme schwangen gleichermaßen Sorge und Zorn.

»Ach ja, und warum hätte ich das nicht zulassen dürfen? Was kann ich dafür, dass …«

»Schluss!«, erklang plötzlich die sonore Stimme von Manfred Bruckner, Katja Städtlers Chef. Er war ebenfalls über Funk mit ihnen verbunden, um im Notfall die maßgeblichen Entscheidungen zu treffen. »Wir müssen einen Anschlag verhindern und keine Privatfehde führen. Reißen Sie sich gefälligst zusammen! Das gilt für Sie beide. Wenger!«

»Hier, Herr Bruckner!«

»Holen Sie diese Frau und dann sputen sich alle. Zack, zack. Wir stehen am Rande einer Katastrophe, die einige von uns Kopf und Kragen kosten kann. Ich appelliere an Ihre Professionalität.«

Betretenes Schweigen in der Leitung. Kai Wenger war indessen losgelaufen, um Pia zu holen. Kriminalhauptkommissarin Städtler machte ein betretenes Gesicht. Sie hatte die Nerven verloren. Das war alles zu viel gewesen in letzter Zeit. Es dauert nicht lange, und Kai Wenger kam mit Pia zurück. Beide waren vom Laufen außer Atem.

»Frau Könemann, wir brauchen Ihre Hilfe. Bitte geben Sie dem Hund das Kommando *blasting*«, bat sie die Kriminalhauptkommissarin. Kai Wenger hatte Pia auf dem Weg in knappen Sätzen erklärt, worum es ging. »Beeilen Sie sich, wir haben keine Zeit für lange Erklärungen. Bitte.«

Pia wandte sich an Bo und gab ihm das Signalwort. Sofort lief der Hund los. Sie folgten ihm. Je näher Bo sich auf das Restaurant zubewegte, desto angespannter wurden die Mienen der Beamten. Sollte tatsächlich das Restaurant Ziel eines Anschlages sein und in die Luft gesprengt werden? Bo änderte plötzlich die Richtung und lief in Richtung Strand. Pia folgte ihm in geringem Abstand.

»Brav, Bo, gut machst du das. Weiter so, guter Junge!«, ermutigte sie ihn aufs Neue.

Dort, wo der befestigte Weg endete und der Sand begann, stand ein weiß gelb gestreifter Strandkorb. Darein ließ sich Katja Städtler erschöpft fallen. Sie brauchte unbedingt eine Pause. Wenigstens eine Minute. Ihr Körper bestand nur noch aus Schmerz, und ihre Beine versagten langsam aber sicher den Dienst. Kollege Wenger lehnte sich von außen gegen den Korb und verschränkte die Arme vor der Brust.

»Also wenn du mich fragst, ist das reine Zeitverschwendung. Dieses alberne Getue mit diesem Hund«, sagte Katja Städtler und beobachtete die Szene aus der Ferne.

Kai Wenger zuckte die Achseln. »Immerhin hat er die Könemann neulich gefunden.«

»Ja, aber es ist nur ein Hund und kein Wundertier. Ich bezweifele, dass er unsere Sprache spricht oder in der Lage ist, logische Zusammenhänge zu erkennen und dementsprechend eigenmächtig zu handeln. Er folgt Befehlen, die man ihm beigebracht hat. Nicht mehr und nicht weniger.«

Plötzlich machte Bo eine Kehrtwendung und kam auf die beiden Kommissare zugelaufen. Pia eilte ihm nach. Das Tier umkreiste bellend den Korb und legte sich dann flach vor ihnen in den Sand. Das wiederholte er mehrfach.

»Siehst du, was habe ich gesagt, der will spielen!« Katja Städtler fühlte sich in ihrer Annahme bestätigt. Sie hatte den Satz kaum ausgesprochen, da dröhnte Scherings Stimme aus dem Kopfhörer.

»Raus aus dem Korb! Machen Sie, dass Sie da wegkommen. Schnell! Da muss es sein!«

»Ich glaube, jetzt dreht er völlig durch«, sagte Katja Städtler so leise sie konnte, aber es bekam trotzdem jeder mit.

»Wenn Sie nicht augenblicklich in die Luft fliegen wollen, sollten Sie meinen Rat befolgen«, ertönte Scherings angespannte Stimme. Seiner Stimmlage nach zu urteilen, meinte er es bitterernst.

Blitzartig sprang die Kriminalhauptkommissarin aus dem Korb auf und entfernte sich einige Meter. Kai Wenger machte ebenfalls einen großen Satz zur Seite. Sie zogen Pia mit sich. Sofort eilten die Sprengstoffexperten herbei, um die Stelle unter die Lupe zu nehmen.

»Und? Kann man schon etwas entdecken?«, erkundigte sich Katja Städtler nervös aus sicherer Entfernung.

»Einen Augenblick brauchen wir schon noch. Wir können auch nicht hexen. Sollte sich hier tatsächlich ein Sprengsatz befinden, müssen wir äußerst vorsichtig vorgehen, damit uns nicht alles um die Ohren fliegt«, gab der Kollege gereizt zurück.

»Tut mir leid«, entschuldigte sich Katja Städtler kleinlaut und sah zu ihrem Kollegen Wenger. Dieser zuckte lediglich mit den Schultern.

Die Kollegen vom Kampfmittelbeseitigungsdienst untersuchten den Strandkorb Zentimeter für Zentimeter, konnten jedoch keine Bombe oder etwas Ähnliches ausfindig machen.

»Dann hat sich der Hund wohl dieses Mal geirrt«, murmelte Wenger und kratzte sich nachdenklich am Kinn.

»Glaube ich nicht«, widersprach ihm Katja Städtler, den Blick auf den Strandkorb geheftet. »Ich frage mich bloß, warum das so lange dauert.«

»Können Sie Entwarnung geben?«, erklang in diesem Augenblick die Stimme von Manfred Bruckner. Seine Anspannung war nicht zu überhören.

»Nein, auch wenn im Korb selbst nichts ist. Der Hund hat eindeutig angeschlagen. Dann muss hier etwas sein. Wir werden den Strandkorb jetzt abrücken und darunter weitersuchen«, erklärte der Sprengstoffexperte.

»Tun Sie, was Sie für richtig halten. Ich vertraue Ihnen«, betonte Manfred Bruckner.

Kurz zuvor war eine weiträumige Sicherheitszone am Strand eingerichtet und vorsichtshalber auch die Terrasse des nahgelegenen Restaurants evakuiert worden. Alles verlief ohne größere Probleme. Die Menschen wurden gebeten, das Gebiet zu verlassen und ruhig zu bleiben. Die meisten Gäste fügten sich den Anweisungen der Polizei widerstandslos und ohne lange Diskussionen. Auf Rückfragen seitens der Besucher wurde mitgeteilt, dass es sich hierbei um eine reine Vorsichtsmaßnahme handele und der eigenen Sicherheit diene. Eine befürchtete Massenpanik blieb glücklicherweise aus.

»Meinen Sie, sie werden wirklich fündig?«, fragte Pia skeptisch und streichelte Bo über den Kopf.

»Das werden wir hoffentlich bald wissen.« Katja Städtler stieß einen tiefen Seufzer aus.

»Da! Sie haben etwas gefunden!«, ertönte plötzlich die aufgeregte Stimme von Schering.

Alle Köpfe drehten sich augenblicklich in Richtung der Stelle, an der die Sprengstoffexperten fieberhaft suchten.

»Und? «, wollte Katja Städtler wissen und knete nervös ihre Hände.

Ein kurzes Knacken war in der Leitung zu hören, bevor sich der Experte zu Wort meldete. »Wir haben die Bombe!«

»Gott sei Dank!«, schickte Manfred Bruckner ein Stoßgebet gen Himmel. Eine Prise Erleichterung mischte sich in seine Stimme. Die nervenaufreibende Suche hatte ein Ende. »Um welche Art Bombe handelt es sich? Können Sie sie vor Ort entschärfen? Brauchen Sie weitere Verstärkung?«, wollte er gleich darauf wissen.

»Es handelt sich definitiv um einen Sprengsatz Marke Eigenbau mit einer Zeitschaltuhr. Sie ist auf Punkt Mitternacht programmiert. Die Bombe wurde in einem Loch tief unter dem Strandkorb vergraben. Soweit ich das erkennen kann, verläuft direkt daneben ein dickes Kabel.«

»Das AC-1 Datenkabel!«, stieß Katja Städtler hervor. Ihre Wangen glühten. Sie hatte den Wortwechsel hoch konzentriert verfolgt. Wenger stand unmittelbar neben ihr und kaute aufgeregt auf seiner Unterlippe herum. Auch Pia trat nervös von einem Fuß auf den anderen. »Er wollte tatsächlich das Kabel zerstören!«, stellte Katja Städlter fest.

»Aber offensichtlich nicht nur das!«, mischte sich Schering ein. »Denken Sie an die vielen unschuldigen Menschen, die er zusätzlich damit treffen wollte.«

»Das war vermutlich der Plan. Total krank so was. Aber es dürfte nicht schwierig sein, das Ding unschädlich zu machen. Die Technik ist hinreichend bekannt. Die Anleitung zum Bombenbau findet man heutzutage bequem im Internet.« Der Sprengstoffexperte lachte bitter auf.

»Da haben Sie leider recht«, gab Manfred Bruckner zurück.

»Wie sieht es in der näheren Umgebung aus? Gibt es dort Hinweise auf weitere Sprengsätze?«, meldete sich Schering erneut zu Wort.

»Fehlanzeige. Wir haben alles weiträumig untersucht und nichts gefunden. Scheint tatsächlich der einzige Sprengsatz zu sein«, erklang die Antwort eines weiteren Kollegen.

Nach einer knappen Dreiviertelstunde kam die erlösende Botschaft, dass die Bombe ohne Komplikationen entschärft werden konnte. Die Erleichterung unter allen Beteiligten war kaum in Worte zu fassen. Manfred Bruckner hatte in Absprache mit dem Einsatzleiter des Kampfmittelbeseitigungsdienstes beschlossen, die Evakuierung der Restaurantterrasse aufzuheben und den Strandabschnitt teilweise wieder freizugeben. Der Bereich rund um den Fundort der Bombe blieb jedoch weiterhin weiträumig gesperrt, schon allein, um mögliche Spuren zu sichern. Die Gäste konnten allmählich zurückkehren. Den genauen Grund für die Räumung erfuhr an diesem Abend niemand. Unter den Partyteilnehmern wurde gemunkelt, es hätte sich um eine Übung unter realen Bedingungen gehandelt. Die Wahrheit würde früh genug ans Licht kommen.

Katja Städtler, Kai Wenger, ihr Chef Manfred Bruckner und einige der beteiligten Einsatzkräfte standen am Strandübergang und fühlten sich erschöpft, aber gleichzeitig unendlich erleichtert. Pia befand sich mitten unter ihnen. Bo lag neben ihr. Kriminalrat Manfred Bruckner bedankte sich persönlich bei ihr für ihren mutigen Einsatz.

»Frau Könemann, haben Sie vielen Dank für alles! Gut, dass Sie vor Ort waren und sich so gut mit dem Hund verstehen.«

»Das habe ich gerne gemacht. Aber der eigentliche Held des Tages ist Bo.« Sie machte eine Pause. Dann nahm sie ihren ganzen Mut zusammen. »Er ist kein gewöhnlicher Hund, habe ich recht?«, fragte sie ihn und sah ihrem Gegenüber fest in die Augen.

Manfred Bruckner zögerte kurz, bevor er antwortete. »Sie haben recht, Frau Könemann, Bo ist kein gewöhnlicher Hund. Er ist ein speziell ausgebildeter Sprengstoffspürhund.«

Diese Antwort kam für Pia nicht überraschend. Ihr Gefühl hatte sie nicht getäuscht.

»Und Alexander Kramer war auch kein gewöhnlicher Meeresbiologe, nehme ich an?« Pia sah Manfred Bruckner an, und ihre Augen begannen sich mit Tränen zu füllen.

Manfred Bruckner atmete tief durch und zögerte erneut mit seiner Antwort. Die anderen um sie herum senkten betreten den Blick. Dann erklang eine Stimme hinter Pia, die ihr am ganzen Körper eine Gänsehaut bescherte. Bo spitzte die Ohren und hob den Kopf.

»Das war er nicht.«

Pia drehte sich ganz langsam um und traute ihren Augen kaum. Ihr wurde schwindlig, und sie fürchtete, jeden Moment das Bewusstsein zu verlieren. Scheinbar aus dem Nichts kam der Mann, den sie über alles liebte, auf sie zu. In voller Größe, lebendig und umwerfend, wie sie ihn in Erinnerung hatte. Pias Knie fühlten sich weich an, und sie hatte das Gefühl, der Boden unter ihren Füßen gäbe nach. Bo rannte auf sein Herrchen zu und sprang mit unbändiger Freude an ihm hoch. Dieser begrüßte seinen Hund und ging dann auf Pia zu. Als er direkt vor ihr stand, sah er ihr tief in die Augen, und ein Lächeln erschien auf seinem Gesicht. Pia war zu keinerlei Reaktion fähig.

»Pia, es tut mir alles so leid, aber ich konnte dir nichts sagen. Wie gern hätte ich dir das alles erspart!«

Tränen liefen Pia übers Gesicht, und sie zitterte am ganzen Körper. Sie konnte nicht begreifen, was in diesem Augenblick vor sich ging. Sie war unfähig, etwas zu sagen, und trommelte mit den Fäusten gegen seine Brust, um ihren aufgestauten Gefühlen freien Lauf zu lassen. Dann ließ sie sich in seine Arme sinken. Er zog sie an sich und hielt sie fest. Sie fühlte sich hin und her gerissen zwischen unendlicher Erleichterung, grenzenloser Freude und tiefer Verletzlichkeit. Als sie sich von dem ersten Schock erholt hatte, wischte sie sich die Tränen aus dem Gesicht und sah ihn an.

»Du bist es, oder?«, fragte sie mit brüchiger Stimme. »Du bist Skander, habe ich recht?«

Er sah sie mit seinen blauen Augen an und erwiderte: »Ja, der bin ich. Mein Name ist Skander. Skander Schering.«

Dann küssten sie sich. Sie waren so mit sich selbst beschäftigt, dass sie die umstehenden Urlauber und Kollegen nicht wahrnahmen und erschraken, als plötzlich donnernder Applaus einsetzte. Pia schmiegte sich peinlich berührt an Skander, der einen Arm um sie legte. Sie gingen zu den Kollegen. Eine herrlich ausgelassene Stimmung herrschte im Restaurant und am Strand in der kürzesten Nacht des Jahres. Selbst Katja Städtler hatte bei dem Wiedersehen von Pia und Skander vor Rührung nasse Augen bekommen.

»Ach, Pia, ich darf doch Pia sagen?« Pia nickte zustimmend. »Es tat mir in der Seele weh, Ihnen nicht die Wahrheit sagen zu dürfen. Aber hätten wir Alexander Kramer am Leben gelassen, wäre seine Tarnung vollständig aufgeflogen, und wir hätten eine Katastrophe heute wahrscheinlich nicht verhindern können.«

»Ist die Beerdigung unbedingt nötig gewesen? Er hätte einfach nur für tot erklärt werden können«, wollte Pia wissen.

»Das musste alles möglichst echt wirken«, erklärte Kriminalrat Bruckner, der sich zu ihnen gesellt hatte. »Herr Schering arbeitete als Verdeckter Ermittler unter dem Namen Alexander Kramer. Wir hielten es für sinnvoll, ihn als Meeresbiologen einzusetzen, um sich vor Ort umzusehen, ohne als Polizeibeamter enttarnt zu werden. Das hätte beinahe funktioniert.« Kai Wenger blickte schuldbewusst zu Boden und kratzte sich verlegen am Ohr. »Nachdem seine Tarnung aufgeflogen war, musste seine Legende – wie wir sagen – erlöschen, um nicht die gesamte Aktion zu gefährden. Verstehen Sie?«

»Aber die Explosion auf dem Boot war doch echt. Ich habe sie mit eigenen Augen gesehen!« Pia blickte erwartungsvoll in die Runde.

»Ja, sie war echt. Aber sie war zu keiner Zeit geplant gewesen. Jedenfalls nicht von uns. Kramer sollte zu diesem Zeitpunkt unter keinen Umständen von der Bildfläche verschwinden.«

Skander machte ein ernstes Gesicht. »Du hast mir das Leben gerettet, Pia. So absurd, wie das klingen mag.«

Pia sah ihn verwirrt an. »Wieso ich? Ich habe nichts getan.«

»Du hast mir mit Bo einen Besuch abgestattet. Das hatten wir nicht verabredet.«

»Stimmt«, erinnerte sich Pia, »das war eine spontane Idee von mir.« Langsam dämmerte es ihr. »Bo hat sich damals ebenso auf den Boden gelegt wie vorhin. Das hat dir das Zeichen gegeben, dass es sich um Sprengstoff handelt.«

»Richtig. Ich konnte mich in letzter Minute mit einem Sprung ins Wasser in Sicherheit bringen und möglichst tief eintauchen. Bis auf ein paar Blessuren habe ich nichts abgekommen. Mein rettender Schutzengel warst du.«

Erst jetzt fiel Pia die genähte Verletzung an seiner rechten Schläfe auf. Sie fuhr vorsichtig mit den Fingern darüber.

»Dann habe nicht ich, sondern Bo dir das Leben gerettet.«

»Okay, einigen wir uns auf einen geteilten Sieg, schließlich kann Bo nicht Auto fahren.«

Ein allgemeines Gelächter ertönte.

»Ich glaube«, sagte Pia, »ich sollte mich dringend bei Tante Clara melden. Sie macht sich bestimmt große Sorgen. Sie ahnt von alldem nicht das Geringste.«

»Ja, bestimmt. Komm, lass uns fahren«, schlug Skander vor.

»Ziehst du zurück ins Ferienhaus?« Pia sah ihn abwartend an.

»Soll ich? Zurzeit wohne ich bei einem Kollegen in Keitum unterm Dach.«

Sie schlang ihre Arme um seinen Hals und küsste ihn. Mehr brauchte es nicht als Antwort. Sie verabschiedeten sich von den anderen und fuhren mit dem Taxi nach List. Als sie vor dem Haus hielten, schlug Pia vor, dass sie zunächst allein vorgehen wollte. Sie hatte Bedenken, dass Tante Clara der plötzliche Anblick vom auferstandenen Alexander, beziehungsweise Skander, überfordern könnte.

»Ich glaube, deine Tante ist durch nichts so schnell zu erschüttern, aber ich warte gerne. Geh nur vor.« Er streichelte Pia über die Wange. »Ich hatte entsetzliche Angst um dich«, fügte er hinzu.

Pia griff nach seiner Hand und küsste seine Handfläche. Dann stieg sie aus, ging die beiden Stufen hoch und schloss die Haustür auf, während Skander den Taxifahrer bezahlte. Sie drehte sich nach ihm um, bevor sie im Haus verschwand. Es kam ihr alles wie ein Traum vor. Vor einigen Tagen wäre ihr

Herz fast vor Schmerz zerrissen, und plötzlich hatte ihr Leben wieder eine völlig neue Wendung genommen.

»Tante Clara?«, sagte sie mit leiser Stimme, als sie das Wohnzimmer betrat. »Bist du wach?«

Pia entdeckte Tante Clara schlafend auf dem Sofa. Ein leises, gleichmäßiges Schnarchen war zu hören. Pia überlegte, ob sie sie wecken sollte, aber sie beschloss, sie weiterschlafen zu lassen. Behutsam zog sie ihr die Decke über die Schultern und schlich in die Küche. Dort schrieb sie eine Nachricht auf einen Zettel, den sie mitten auf dem Küchentisch platzierte. Dann verließ sie das Haus und zog die Haustür leise hinter sich ins Schloss. Skander lehnte mit dem Rücken gegen die Hauswand. Bo saß neben ihm und wedelte mit dem Schwanz, als er sie kommen sah.

»Und? Wie hat sie es aufgenommen?«, fragte Skander.

»Sie schläft. Ich wollte sie nicht wecken. Ich habe ihr einen Zettel in die Küche gelegt, dass ich zurück bin und sie sich keine Sorgen machen soll.«

»Gut«, sagte er und schenkte Pia ein Lächeln.

Dann griff er nach ihrer Hand und führte sie zum Ferienhaus.

»Mist, ich habe keinen Schlüssel mehr. Daran habe ich überhaupt nicht gedacht«, stellte er fest, als sie vor der verschlossenen Tür standen.

»Aber ich weiß, wo einer ist.«

Pia ging einige Schritte auf den Blumentopf mit der weiß blühenden Hortensie zu, der neben der Holzbank an der Hauswand stand. Sie hob den Topf mit der einen Hand leicht an und holte mit der anderen darunter einen Schlüssel hervor. Triumphierend hielt sie ihn in die Höhe und reichte ihn Skander.

»Hier. Es ist nicht einmal ein Einbruch, denn du hast im Voraus deine Miete gezahlt. Außerdem bist du bei der Polizei.«

Sie kicherte wie ein Teenager. Skander schloss auf und sie betraten das Haus. Das Licht ließen sie ausgeschaltet, denn Tante Clara würde sich Sorgen machen, wenn sie plötzlich Licht im Haus sah. Außerdem war die Nacht hell genug, um sich drinnen ohne künstliches Licht orientieren zu können. Bo legte sich sofort auf seine Decke im Wohnzimmer. Die letzten Stunden waren aufregend für ihn gewesen, und er hatte hervorragende Arbeit geleistet.

»Pia.« Skander umfasste Pias Taille und zog sie fest an seinen Körper. »Ich kann dir gar nicht sagen, wie froh ich bin, dich endlich bei mir zu haben. Du hast mir gefehlt.«

»Du mir auch. Es war schrecklich. Ich dachte, ich hätte dich für immer verloren.«

Sie sah ihm in die Augen. Er wirkte ernst und strich ihr mit einer Hand übers Haar.

»Ich weiß. Wir hielten es für besser, dich nicht einzuweihen. Es wussten ohnehin nur wenige Kollegen, dass ich noch am Leben bin. Die Gefahr für dich, in die Sache hineingezogen zu werden, war zu groß. Dass du entführt werden würdest, konnte keiner ahnen. Du warst zur falschen Zeit am falschen Ort. Ich habe mir solche Vorwürfe gemacht, als ich davon gehört habe. Ich konnte es kaum ertragen, bei der Suche nach dir nicht helfen zu können.«

»Das hat Bo erledigt. Ich bin zum Strand gefahren, um mich von dir zu verabschieden. An dem Ort, an dem wir uns das letzte Mal gesehen haben.«

Pia hatte einen Kloß im Hals. Die schrecklichen Bilder der Explosion tauchten unweigerlich vor ihr auf. Selbst der Brandgeruch schien in der Luft zu liegen. Skander beobachtete sie mit Sorge und nahm sie in den Arm.

»Ich habe dich vermisst«, flüsterte er dicht an ihr Ohr.

Dann begann er, ohne ein weiteres Wort, ihren Hals zu küssen, was ihr einen tiefen Seufzer entlockte. Ihre Hände wanderten über seinen Rücken. Diesen Mann würde sie niemals wieder freiwillig hergeben. Ohne nur eine Sekunde voneinander zu lassen, wanderten sie ins Schlafzimmer und entledigten sich nach und nach ihrer Kleidung. Getrieben von der Sehnsucht, endlich vereint zu sein, verschmolzen ihre Körper miteinander. Pia erlebte eine Mischung aus Ekstase und Rausch, die sie nie zuvor erlebt hatte.

Später lagen sie erschöpft und überglücklich dicht aneinandergeschmiegt. Pia fuhr mit ihrer Hand über seinen Oberkörper und verharrte schließlich auf seinem Bauch. Dort tasteten ihre Finger über feines Narbengewebe. Sie lächelte.

»Ich habe es gespürt, dass du der Mann von damals bist«, flüsterte sie. »In Hamburg warst du plötzlich verschwunden. Wieso?«

Skander holte tief Luft, dann sagte er: »Ich habe zu der Zeit ebenfalls verdeckt ermittelt. Es ging dabei um Drogengeschäfte im Rotlichtmilieu. Ich bin damals von einem Informanten verraten worden. Meine Tarnung ist aufgeflogen, bevor ich mich zurückziehen konnte. Die Falle ist zugeschnappt, wie man so schön sagt. Die Kollegen hatten Angst, dass die Bande erfährt, dass ich noch lebe. Daher diese Geheimniskrämerei … Ich kann mich an keine Einzelheiten nach dem Schusswechsel mehr erinnern. Aber an dein Gesicht und vor allem an deine Stimme habe ich mich schlagartig erinnert, als du mir bei deiner Tante die Tür geöffnet hast. Ich kann es nicht erklären.«

»Ich habe damals im Krankenhaus jeden Tag an deinem Bett gesessen und dir Geschichten erzählt. Ich hab mich gewundert, dass du niemals Besuch bekommen hast. Dazu kam dieser ungewöhnliche Name. Skander. Ich wusste nicht, ob es ein Name ist oder nur ein Pseudonym oder ein Codewort – für was auch immer.«

»Den Namen Skander hat mir meine Mutter gegeben. Ihre Familie stammt aus der Türkei. Skander ist die türkische beziehungsweise arabische Form von Alexander.«

Pia sah ihn überrascht an.

»Na, wenn ich das gewusst hätte, wäre es mir sicher viel früher aufgefallen.«

»Warum hast du nicht gefragt, ob ich es war?« Skander schmunzelte und strich Pia eine Strähne aus dem Gesicht.

»Du klingst beinahe wie Tante Clara!«, erwiderte Pia. »Ich habe mich nicht getraut. Ich dachte, du hältst mich für verrückt. Außerdem hättest du etwas sagen können, du wusstest doch auch, wer ich war.«

Skander grinste schief.

»Stimmt. Aber ich durfte nichts sagen. Trotzdem hast du versucht, herauszufinden, ob ich eine Narbe am Bauch habe. Das fand ich amüsant.«

»Oh, das hast du gemerkt?« Pia setzte sich aufrecht hin im Bett. Offenbar hatte sie sich plumper angestellt, als sie befürchtet hatte.

»Das war nicht zu übersehen. Als du meine Verletzung an der Schulter versorgt hast, hast du immer wieder versucht, einen Blick auf meine Vorderseite zu werfen. Da wusste ich, dass du etwas ahnst.«

»Dann wäre es von Anfang an klar gewesen.«

»Und? Hätte es etwas zwischen uns geändert? Wärst du dann nicht hier mit mir, wenn ich nicht der Skander von damals gewesen wäre?«

Er betrachtete sie prüfend. Pia spürte eine gewisse Unsicherheit. Sie lehnte sich zu ihm und gab ihm einen Kuss.

»Nein, ich liebe dich ohne Wenn und Aber. Ich bin dankbar, dass es gekommen ist, wie es ist«, erklärte sie.

Ihre Finger fuhren zärtlich über seine breite Brust.

»Was ist hier passiert?«, fragte sie, als sie eine weitere Narbe entdeckte.

»Das ist bei einem anderen Einsatz passiert.«

»Du hast ganz schön viele von diesen Souvenirs«, stellte Pia fest.

»Stört es dich?« Er zog fragend die Augenbrauen hoch.

»Nein, natürlich nicht. Das ist die persönliche Landkarte deines Lebens«, erwiderte Pia lächelnd.

»Das hast du schön gesagt. Aus diesem Blickwinkel habe ich es noch nie betrachtet.«

Erleichtert zog er sie dichter zu sich, und sie tauchten erneut ein in ein Meer aus Verlangen und Leidenschaft.

Als Pia die Augen aufschlug, blickte sie in zwei dunkelbraune Augen, die sie aufmerksam beobachteten.

»Morgen, Bo!«, murmelte sie und blinzelte gegen das Sonnenlicht, das sich durch den Vorhang schummelte.

Zur Begrüßung leckte Bo ihre Hand. Sie kraulte ihn hinterm Ohr und setzte sich auf. Das Bett neben ihr war kalt und verwaist. Nur das zerknüllte Laken wies darauf hin, dass zuvor jemand dort gelegen haben musste. Wo war Skander? Für einen kurzen Moment erschrak Pia. War alles bloß ein fantastischer Traum gewesen? Bevor sie den Gedanken weiterspinnen konnte, hörte sie Skanders Stimme, als er ins Schlafzimmer kam.

»Guten Morgen, Pia!« Er setzte sich auf die Bettkante und gab ihr einen zärtlichen Kuss.

»Bist du schon lange wach?«, fragte Pia und streckte sich.

»Ich konnte nicht mehr schlafen und war mit Bo am Strand.«

»Hoffentlich hat dich Tante Clara nicht gesehen. Ich weiß nicht, wie ich es ihr erklären soll, ohne dass sie in Ohnmacht fällt.«

Pia blickte ratlos drein.

»Ich schlage vor, du machst dich fertig und dann gehen wir gemeinsam rüber zu ihr. Außerdem glaube ich nicht, dass deine Tante schnell zu erschüttern ist«, erwiderte Skander.

»Auf deine Verantwortung.«

Pia krabbelte aus dem Bett und verschwand im angrenzenden Badezimmer.

Tante Clara war durch das Küchenfenster zu sehen, als Pia und Skander durch den Garten auf die Terrasse zusteuerten. Sie blickte aus dem Fenster, dann war sie verschwunden und tauchte kurz darauf in der offenen Terrassentür auf. Sie blieb wie angewurzelt stehen und hielt sich eine Hand vor den Mund, mit der anderen stützte sie sich am Türrahmen ab.

»Mein Gott, Kinder! Ich kann nicht glauben, was ich da sehe! Alexander! Sind Sie es wirklich? Wie ist das möglich?«

Sie machte einige Schritte auf ihn zu und berührte ihn vorsichtig am Arm, als hätte sie Angst, er würde sich bei ihrer Berührung in Luft auflösen.

»Sie leben?!«

Dann zerdrückte sie ihn beinahe vor unbändiger Freude. Erst im Anschluss war Pia mit einer Begrüßung an der Reihe.

»Pia, Liebes, das grenzt an ein Wunder. Ich freue mich für euch. Ich weiß nicht, was ich sagen soll.« Tante Clara bekam vor Rührung feuchte Augen.

»So ähnlich ging es mir gestern Abend«, erwiderte Pia und sah glücklich zu Skander an ihrer Seite.

Er strahlte Pia an und sagte: »Ja, das ist eine lange Geschichte.«

»Ihr müsst mir das alles erklären. Wir sollten zusammen frühstücken. Aber zunächst brauche ich dringend einen Schnaps«, sagte Tante Clara.

»Ist es nicht zu früh dafür?«, gab Pia zu bedenken.

»Unter diesen Umständen nicht«, erklärte Tante Clara und kam kurz darauf mit einer Flasche Wodka und drei Gläsern auf die Terrasse zurück.

»Für mich bitte nicht«, lehnte Skander dankend ab, als Tante Clara ihm ein Glas reichen wollte.

»Ich möchte auch nicht. Seit wann trinkst du so harte Sachen? Ich dachte, du kannst das Zeug nicht leiden!?«, stellte Pia verwundert fest.

»Kann ich auch nicht.«

»Dann verstehe ich es umso weniger.«

»Dafür gibt es eine simple Erklärung. Wenn es gut schmecken würde, wäre die Flasche längst leer. Die ist nur für absolute Notfälle vorgesehen«, betonte Tante Clara und goss sich einen Schluck in ihr Glas. »Prost!« Dann trank sie die durchsichtige Flüssigkeit in einem Zug aus. Anschließend schüttelte sie sich und verzog angewidert das Gesicht. »Igitt!«

Pia und Skander mussten herzlich lachen. Am Frühstückstisch berichteten sie abwechselnd, was am Vorabend geschehen war. Tante Clara schüttelte zum wiederholten Male ungläubig den Kopf.

»Um Gottes willen! Das wäre eine Katastrophe ungeahnten Ausmaßes geworden, wenn der Sprengsatz hochgegangen wäre!«

»Ja. Wir hatten das Problem, dass wir nicht sicher wussten, ob die Aussage des Jungen verlässlich war. Es hatte im Vorfeld Hinweise gegeben, dass ein Terroranschlag geplant war. Zeitpunkt und Ort waren uns nicht bekannt. Es fehlten darüber hinaus handfeste Beweise. Man kann nicht alles evakuieren, nur weil man einen vagen Verdacht hegt. Das ist jedes Mal ein wahrer Drahtseilakt«, erklärte Skander.

»Aber dieser Verdächtige, den ihr gestern Abend festgenommen habt. Was ist mit ihm?«, wollte Pia wissen.

»Tali Ergon. Ihn haben wir lange verdächtigt, für eine Terrorzelle aktiv zu sein. Er ist nur einer der Handlager dieses Netzwerks. Was nicht bedeuten soll, dass er harmlos ist. Ganz im Gegenteil: Er wirbt neue Mitglieder für die angeblich gute Sache.«

»Wie diesen Paul Röber?«, schob Pia ein.

»Ja, genau. Junge Männer, die nicht recht wissen, wo ihr Platz in der Gesellschaft ist oder herbe Enttäuschungen hinter sich haben, sind besonders beliebte Opfer, da sie besonders leicht zu überzeugen sind. Man macht ihnen Versprechungen unterschiedlichster Art. Seien es ein Leben in Luxus, teure Autos oder mehrere Frauen.«

Pia zog ungläubig eine Augenbraue hoch und verzog den Mund.

»Das ist kein Spaß, Pia. Das klappt tatsächlich, dass Leute mit solchen Versprechungen geködert werden.«

»Wer glaubt denn so etwas?«

Sie trank einen Schluck aus ihrer Tasse.

»Siehst du ja, dass es funktioniert. Paul Röber ist nicht dumm, sondern sehr gebildet und intelligent. Trotzdem hat er sich darauf eingelassen. Leider ist er kein Einzelfall.«

Tante Clara sah nachdenklich aus, dann sagte sie: »Vor Kurzem ist ein Toter an den Strand gespült worden. Das stand in der Zeitung. Dazu wurde eine SOKO Strand eingerichtet. Hatte das Opfer etwas mit dem Fall zu tun?«

Skander antwortete zögerlich: »Der Tote war ein Kollege von Katja Städtler. Man hatte ihn im Vorfeld aus verschiedenen Gründen nicht ernst genug genommen mit seinen Vermutungen. Das hat ihn am Ende das Leben gekostet. Und ja, das ging auch auf das Konto von dieser Terrorzelle. Tali Ergon wollte das AC1-Kabel ursprünglich unter Wasser zerstören, aber der Kollege war ihm auf die Schliche gekommen. Er hat ihn kurzerhand mit einem Nervengift außer Gefecht gesetzt, sodass es zunächst aussehen musste, als wäre er ertrunken. Alles deutete auf einen tragischen Unfall hin.«

»Das ist furchtbar und grausam«, stellte Tante Clara mit ernster Miene fest. »Und Sie, Alexander, ich meine, Skander, wären um ein Haar ebenfalls gestorben. Hat sich der Junge dazu geäußert, warum er das getan hat? Doch nicht etwa, weil ihm ein paar Frauen im Paradies versprochen wurden?«

»Er fühlte sich missverstanden und nicht akzeptiert. Das kommt oft bei Jugendlichen vor, die aus gutem Hause kommen. Sie werden in eine Form gepresst, und man verlangt von ihnen, dass sie so werden und denselben Erfolg erbringen wie ihre Eltern. Dem Druck hält nicht jeder stand. Unter diesem häuslichen Erfolgsdruck geraten Jugendliche oft auf die schiefe Bahn und sind dann ein leichtes Opfer für diese Organisationen. Das Internet ist ein hervorragender Multiplikator. Andere nehmen Drogen und geraten auf diese Weise in die falschen Kreise ...«

»Bereut er es wenigstens? Wie lange wird er ins Gefängnis müssen?«, fragte Pia.

»So, wie ich Frau Städtler verstanden habe, bereut er es. Es hat eine Weile gedauert bis er den Plan bei Samoa verraten hat. Ich glaube, ihm ist erst da die Tragweite des Ganzen richtig bewusst geworden, und er hat Skrupel bekommen. Das kommt nicht oft vor, dass die Einsicht siegt. Meistens sind es persönliche Gründe, warum sie aussteigen. Falls sie es überhaupt schaffen, auszusteigen und nicht vorher als Verräter eliminiert werden.« Skander legte eine nachdenkliche Pause ein. »Die Höhe der Haftstrafe hängt vom Richter ab. Ungeschoren wird er nicht davonkommen. Er hat einen Sprengsatz gezündet und billigend in Kauf genommen, dass dabei ein Mensch getötet wird. Des Weiteren muss er sich wegen Körperverletzung und Freiheitsberaubung verantworten. Das sind schwere Straftaten, die geahndet werden müssen.«

»In welcher Welt leben wir!« Tante Clara seufzte und tätschelte Bo den Kopf. »So, Ihr Lieben! So gerne ich mit euch weiterreden würde, ich muss los. Rolf wartet auf mich. Wir treffen nachher eine Dame, die sich unserer Hausmusikgruppe anschließen möchte. Ich bin sehr gespannt, ob sie zu uns passt.«

»Viel Spaß und viel Erfolg!«, erwiderte Pia. »Wir räumen alles weg. Geh ruhig!«

»Danke und bis heute Abend!«

Mit diesen Worten verschwand Tante Clara im Haus.

»Was machen wir?«, fragte Skander und sah Pia fragend an.

»Wie viel Zeit haben wir?«, wollte Pia wissen.

»Alle Zeit der Welt!«

Pia wirkte verunsichert. »Wie darf ich das verstehen?«

Skander beugte sich über den Tisch und griff nach Pias Händen.

»Ich bin auf bestimmte Zeit raus. Das bedeutet, ich nehme mir für ein gutes Jahr lang eine Auszeit. Die letzten Jahre hatte ich das Gefühl, nur noch auf der Überholspur zu leben. Ich muss meine Akkus aufladen. Außerdem habe ich jetzt einen zauberhaften Grund, das Leben zu genießen.« Er sah Pia aus seinen leuchtend blauen Augen liebevoll an. »Was hältst du davon?«

»Das halte ich für eine sehr gute Idee. Hast du vor, auf Sylt zu bleiben?«, erkundigte sich Pia.

»Es gibt schlechtere Orte auf der Welt, um abzuschalten, oder?« Er grinste.

»Da stimme ich dir voll und ganz zu.«

Dann sah sie nachdenklich auf ihren leeren Teller vor sich.

»Was ist?«, fragte Skander. »Du wirkst bedrückt.«

»Der Freund von Tante Clara hat mir ein Jobangebot auf der Insel gemacht. Ich überlege, ob ich es annehmen soll.«

»Wenn es dir zusagt, solltest du auf jeden Fall ernsthaft darüber nachdenken. Die Chance bekommst du vielleicht nie wieder.«

»Ja, aber wo soll ich wohnen? Ich kann schlecht täglich von Augsburg nach Sylt pendeln.«

»Da wird sich eine Lösung finden lassen. Ich werde auch nicht unter der Brücke schlafen.« Er grinste schief.

»Tante Clara hatte die Idee, dass ich Medizin studieren könnte. Das muss ich mir allerdings auch sehr genau überlegen.« Sie machte eine Pause. »Was machen wir jetzt?«, fragte sie. Momentan galt ihre Aufmerksamkeit ausschließlich Skander. Alles andere war nebensächlich und hatte Zeit bis später.

»Was schlägst du vor? Worauf hast du Lust?« Skander hatte sein Kinn in eine Hand gestützt und betrachtete Pia.

»Ich finde, wir gehen rüber zu dir.«

Er verzog seinen Mund zu einem amüsierten Schmunzeln. »Hervorragende Idee!«

»Oh, Mann«, stöhnte Kai Wenger und lehnte sich in seinem Bürostuhl zurück. »Jetzt ist der Fall theoretisch abgeschlossen, aber wenn ich an den ganzen Papierkram denke, wird mir schlecht. Der größte Teil der Arbeit steht uns noch bevor.«

»Stell dich nicht so an. Sei froh, dass alles reibungslos über die Bühne gegangen ist und niemand zu Schaden gekommen ist.«

»Ich beschwere mich doch gar nicht. Schering sind wir auch los für eine Weile. Er macht Urlaub auf Wolke Sieben.«

»Ich gönne es ihm«, gab Katja Städtler zu. »Im Großen und Ganzen fand ich die Zusammenarbeit mit ihm nicht schlimm. Er hat eine komische Art, aber ich glaube, im Prinzip ist er okay. Er ist ein ausgezeichneter Ermittler. Um ein Haar wäre er getötet worden, das sollten wir nicht außer Acht lassen.«

»Dann wären wir diesem kleinen Spinner, Paul Röber, nicht so schnell auf die Schliche gekommen.«

»Wenn Kramer, beziehungsweise Schering die Kette nicht im Boot gefunden und geistesgegenwärtig eingesteckt hätte, wären wir Röber wirklich niemals auf die Spur gekommen oder hätten ihm zumindest eine Beteiligung schwer nachweisen können.«

Die Kriminalhauptkommissarin goss sich Kaffee nach. Sie trank ohnehin viel Kaffee, mehr als gesund war, doch in der letzten Zeit war das schwarze Gebräu praktisch zu ihrem Hauptnahrungsmittel geworden.

»Ehrlich gesagt, habe ich die drei Praktikanten nicht in Verdacht gehabt«, gab Kai Wenger zu und kratzte sich verlegen am Hinterkopf.

»Ich auch nicht. Bis Schering damit anfing. Er hatte zunächst den Blonden mit dem Vollbart in Verdacht, weil er ihm gegenüber so aggressiv reagiert hat.«

»Den Grund für sein Verhalten kennen wir mittlerweile. Er war eifersüchtig auf Kramer, weil er auf dieses Mädchen abfährt, Julia. Sie hat Kramer angehimmelt. Ich meine Schering. Diese zwei Namen machen mich ganz wuschig. Ich weiß nicht, wie ich das in dem Bericht vernünftig trennen soll. Vor seinem Tod hieß er Kramer, danach Schering. Obwohl da war er ja wieder am Leben.« Wenger zog verstört die Stirn kraus.

Katja Städtler musste schmunzeln. »Du machst das schon, Wenger, da bin ich mir sicher! Bist ein cleveres Kerlchen! Du küsst übrigens nicht übel.«

Wenger lief augenblicklich rot an, und Katja Städtler brach in schallendes Gelächter aus.

Tante Clara hatte darauf bestanden, zur Feier des Tages ein opulentes Abendessen zuzubereiten. Rolf, den sie nunmehr offiziell als ihren Freund vorstellte, nahm ebenfalls daran teil. Pia hatte längst geahnt, dass Rolf mehr war als ein Bekannter.

»Danke, Clara, das Essen ist Ihnen ausgezeichnet gelungen! An Ihre Küche könnte ich mich gewöhnen«, lobte Skander und trank einen Schluck von dem hervorragenden Rotwein, den Rolf zum heutigen Abend beigesteuert hatte.

»Vielen Dank. Ich denke, auf die förmliche Anrede sollten wir zukünftig untereinander verzichten.« Sie erhob ihr Glas und alle folgten ihrem Beispiel. »Prost! Auf ein neues Leben!«

Die Gläser erklangen hell. Nach dem Essen zogen sich Pia und Skander zurück. Sie gingen über die Treppe zum Meer an den Strand. Bo begleitete sie selbstverständlich. Hand in Hand spazierten sie der untergehenden Sonne entgegen und ließen ihren Blick über das ruhige Wasser schweifen, das von den letzten Sonnenstrahlen in rötliches Licht getaucht wurde. Der Anblick erinnerte an flüssiges Metall. Stetig rollten kleine Wellen ans Ufer und gaben ein leises Plätschern von sich, wenn sie brachen.

»So friedlich darf es gern immer sein«, stellte Pia fest und lehnte ihren Kopf gegen Skanders Schulter.

Seitdem er wieder bei ihr war, verspürte sie ständig das Bedürfnis, ihn zu berühren.

»Pia, warte bitte kurz. Ich möchte dir etwas geben.« Skander war stehen geblieben. »Das wollte Alexander dir längst geben, aber er kam nicht mehr dazu.«

Skander zog einen kleinen Beutel aus glänzendem Stoff aus seiner Hosentasche und reichte ihn Pia. Überrascht sah sie erst Skander an, und dann richtete sich ihr Blick auf den Beutel in seiner Hand.

»Bitte, das ist für dich. Mach auf!«

Pia nahm das Stoffsäckchen und öffnete vorsichtig die kleine Kordel, mit der es an einem Ende zugezogen war. Dann fühlten ihre Finger einen kleinen harten Gegenstand. Sie zog ihn behutsam aus dem Beutel.

»Oh Skander!«, hauchte sie.

Sie hielt einen silbernen Ring in der Hand, mit zwei sich berührenden Herzmuscheln. Die eine größer, die andere etwas kleiner. Skander beobachtete sie, wie sie das Schmuckstück betrachtete.

»Das ist der Ring, den ich dir gezeigt habe, als wir zusammen in Westerland waren!«, sagte sie und hatte Tränen in den Augen, als sie ihn ansah.

»Ja, das ist er. Ich wollte ihn dir in der Mittsommernacht geben und dir sagen, dass ich dich liebe.«

Er nahm den Ring und steckte ihn Pia auf den Finger. Er passte wie angegossen. Pia betrachtete ihn. Dermaßen überwältigt von ihren Gefühlen, hätte sie die ganze Welt umarmen können.

»Ich liebe dich auch«, flüsterte sie und schlang ihre Arme um seinen Hals.

Sie küssten sich leidenschaftlich.

Am nächsten Morgen telefonierte Pia mit ihrer Freundin Sophie und berichtete ihr von den neuesten Entwicklungen. Sophie war zunächst sprachlos, und Pia musste versprechen, ihr alles ausführlich zu erzählen, sobald sie zurück in Augsburg war. Natürlich wollte sie Skander unbedingt persönlich kennenlernen.

Anschließend rief Pia bei Rolf an und bat ihn um ein Vorstellungsgespräch bei seinem Neffen. Sie hatte noch mehr als eine Woche Zeit, bevor sie zurück nach Hause fliegen würde. Sie hatte beschlossen, den Job anzunehmen und nach Sylt zurückzukehren. Tante Clara hatte zufällig von einer Bekannten aus dem Chor erfahren, dass sie eine sehr schöne Wohnung in ruhiger Lage längerfristig vermieten wollte. Von Pias Tante war nichts anderes zu erwarten gewesen, als dass sie sogleich etwas in die Wege leitete. Das wäre genau das Richtige für Pia und Skander, hatte Tante Clara beschlossen und sofort einen Besichtigungstermin für die beiden vereinbart. Sie betonte es immer wieder, dass sie es begrüßen würde, ihre Nichte in ihrer Nähe zu wissen. Gleichzeitig wollten Pia und Skander natürlich auch einen gewissen Abstand mit ausreichend Zeit und Raum für sich. Das Ferienhaus war auf die Dauer zu eng für die beiden und Bo. Außerdem lag es doch zu dicht an Tante Claras Haus. Mit der zukünftigen Lösung konnte Pia sie trotzdem regelmäßig sehen. Was war schon der Weg von List nach Rantum? Ein Katzensprung!

Epilog

Tante Clara nahm einen Briefumschlag aus dem Sekretär. Sie faltete das Schriftstück sorgfältig und steckte es in das Kuvert. Mit einem Füllhalter schrieb sie schwungvoll Pias Namen darauf. Anschließend verschloss sie den Brief und betrachtete ihn zufrieden. Für Tante Clara stand immer fest, dass Pia eines Tages ihr Haus bekommen sollte. Daher war sie, kurz nachdem Pia auf die Insel gezogen war, bei ihrem Notar gewesen und hatte ein befristetes Angebot auf Abschluss eines Schenkungsvertrages aufsetzen lassen, in dem sie sich ein lebenslanges Wohnrecht eingeräumt hatte. Vielleicht würde sie schon bald zu Rolf ziehen. In dieser Hinsicht war das letzte Wort noch nicht gesprochen. Von alledem ahnte Pia bislang nicht das Geringste. Sie war momentan damit beschäftigt, sich ihr neues Leben mit Skander einzurichten. Bestimmt ergab sich in nächster Zeit eine passende Gelegenheit, Pia davon zu erzählen, denn ohne ihre Zustimmung konnte der Vertrag nicht zustande kommen. Es sollte trotz allem eine Überraschung werden. Ein bisschen Zeit hatte Tante Clara noch. Insgeheim freute sie sich auf diesen Augenblick. Wie würde Pia wohl reagieren? Ein Lächeln huschte über ihr Gesicht. Dann erhob sie sich und ging durch den Garten zur Treppe am Meer.

Danksagung

Bei der Entstehung dieses Buches habe ich von vielen Seiten wertvolle Unterstützung erhalten. Dafür möchte ich mich bedanken.

An erster Stelle danke ich von Herzen meinem Mann, Stefan Narberhaus, für seine Geduld und Unterstützung. Ich weiß, es ist nicht immer einfach mit mir.

Ein weiterer Dank geht an meine Eltern, Gisela und Lothar Eller, sowie an meine Tante Bärbel Wittke, für ihren Zuspruch.

Ein großes Dankeschön richte ich an Florian Arendt für seine Hilfe bei der Beantwortung meiner Fragen in Hinblick auf die Polizeiarbeit. Ebenso danke ich meiner Freundin, Elke Angerhausen, die mir in medizinischen Fragen stets mit Rat und Tat zur Seite steht.

Ein besonderes Dankeschön geht an meine Testleserinnen für ihre offene, ehrliche und konstruktive Kritik: Ulrike Schubert, Yvonne Berngruber, Marita Bootsmann, Bettina Schwarz und Corinna Heinemann.

Darüber hinaus danke ich dem acabus Verlag, der es erst möglich gemacht hat, dass dieses Buch erscheint.

Sollte ich jemanden vergessen haben, ist dies nicht aus böser Absicht geschehen, und ich möchte mich dafür entschuldigen.

Sibylle Narberhaus

Die Autorin

Sibylle Narberhaus wurde 1968 in Frankfurt am Main geboren. Heute lebt und arbeitet die gelernte Versicherungsfachwirtin in der Nähe von Hannover.

Schon früh entwickelte sie eine große Liebe zur Insel Sylt. So oft es die Zeit zulässt, stattet sie „ihrer" Lieblingsinsel einen Besuch ab. Bei ausgedehnten Strandspaziergängen bei Wind und Wetter entstehen immer neue Ideen für ihre Geschichten rund um Sylt.

Ihr erster Krimi „Syltleuchten" erschien 2017 im Gmeiner Verlag.

Weitere Titel im acabus Verlag

Veronika Bicker

Denn die Nacht bringt das Meer
Nordsee-Thriller

ISBN: 978-3-86282-500-4
BuchVP: 14,00 EUR
280 Seiten, Paperback

Ein Leuchtturm an der Nordsee – hier versucht Marit, ihrem Alltag zu entfliehen. Doch nachts rauben nicht nur der tosende Sturm und die um den Turm peitschenden Wellen ihr den Schlaf. Sie fühlt sich beobachtet, als würde jemand in dem alten Gemäuer herumschleichen. Auch werden in ihr düstere Erinnerungen wach. Vor Jahren wäre ihre Tochter Janna hier beinahe ertrunken.

Im Dorf trifft sie auf kauzige Küstenbewohner, die von Geistern und Meermännern sprechen. Marit steht vor einem Rätsel: Was hat es mit den vielen ertrunkenen Kindern an diesem Ort auf sich? Warum fuhr Janna damals ganz allein aufs Meer hinaus?

Und dann kommt erneut ein junges Mädchen zu Tode …

Karl Hemeyer

Entscheidung im Wattenmeer

ISBN: 978-3-86282-307-9
BuchVP: 12,90 EUR
284 Seiten, Paperback

Die schwerste Entscheidung ist die, eine Entscheidung zu treffen. Das merkt auch der in Hamburg tätige Wissenschaftler und Unternehmer Dr. Dr. Joachim Breiter, dessen eigentlich heile Arbeitswelt aufgrund einer feindlichen Übernahme durch den amerikanischen Chemiegiganten BOAR Corporation jäh aus den Fugen gerät.

Der Junggeselle Anfang 40 stellt sich den Herausforderungen seiner plötzlich von Heuschrecken, Industriespionage, Betrug und Insidergeschäften geprägten Welt. Für eine Entscheidungsfindung reist er zu seinem Vater nach Sylt und dann nach Cuxhaven. Im winterlichen Wattenmeer zwischen Sahlenburg und Neuwerk nimmt sein Leben eine dramatische Wendung. Und er wird mit einem neuen Problem konfrontiert: Genmanipulationen. Wieder steckt der Chemiegigant dahinter. Breiter nimmt auch diesen Kampf auf. Im Frühjahr reist er erneut an die Küste. Diesmal mit Janina, der Ex seines größten Widersachers …

Danise Juno

Herbstlilie

Limbergens vergessene Kinder

ISBN: 978-3-86282-349-9

BuchVP: 13,90 EUR

344 Seiten, Paperback

Es ist Liebe auf den ersten Blick, als Julia Meinert auf dem alten Bauernhof nahe Dülmen eintrifft.

Fasziniert von der Geschichte des alten Guts in Limbergen stöbert Julia immer tiefer in der düsteren Vergangenheit. Seit dem 18. Jahrhundert häufen sich hier mysteriöse Todesfälle.

Bei ihren Nachforschungen stößt Julia auf eine uralte Legende: 1690 soll ein todbringendes Wesen ein Kind nach dem anderen zu sich geholt haben. Gibt es etwa einen Zusammenhang zwischen den tragischen Ereignissen und der Sage?

Als sich im Leben der Meinerts plötzlich ungewöhnliche Vorfälle häufen, scheinen die Grenzen zwischen Legende und Realität zu verblassen …

Legende wird zu Bedrohung; Aberglaube wird zu Angst.

Ein fesselnder Thriller, der den Leser mit der Mystik historischer Sagen rund um das Münsterland in seinen Bann zieht.